NORBERT MÜLLER

EASY DEUTSCHLAND

Norbert Müller

Easy Deutschland

Roman

Residenz Verlag

Bibliografische Information der Deutschen Bibliothek
Die Deutsche Bibliothek verzeichnet diese Publikation in der Deutschen Nationalbibliografie; detaillierte bibliografische Daten sind im Internet über http://dnb.ddb.de abrufbar.

www.residenzverlag.at

Umschlaggestaltung: Ramona Scheiblauer
Umschlagillustration: Andrea Maria Dusl
Lektorat: Astrid Graf
Typografische Gestaltung, Satz: wolf, www.typic.at
Gesamtherstellung: CPI Moravia Books

ISBN-10 3-7017-1470-3
ISBN-13 978-3-7017-1470-4

Es sieht ganz so aus,
als kämen wir aus dem Schlamassel
nicht mehr heraus.

Roberto Bolaño

Für meine Tochter Emma
und für meinen Freund Axel Bagatsch

Personenverzeichnis

Hauptfiguren

Arthur Schulze: Angestellter bei der Relocation-Agentur *Easy Deutschland*, vormals Theater- und Fernsehregisseur, Erfinder der TV-Serie *Doktor Markus*
Carol Tolbert: Eigentümerin von *Easy Deutschland*
Eckhard: ehemaliger Dramaturg, Sponsorenakquisiteur beim Theater 94, verheiratet mit Carol
Erik König: Deutsch-Programmleiter an der Volkshochschule Großfelde-Marienrade, *Audifahrer*
Marion König: Multi-Künstlerin, verheiratet mit Erik
Guido Duvall: Darsteller des Doktor Markus, interimistisch Hausmann und Vater
Ann Charlotte Sauber: Schriftstellerin, Freundin von Marion

Nebenfiguren

Simone: Investmentbankerin, verheiratet mit Guido Duvall
Zoe und Thomas: Königs Kinder
Justin: Sohn von Simone und Guido Duvall
Philip Goldberg: Kunde von *Easy Deutschland*
Ellen: seine Tochter
Waltraud Kurz-Kowalski: kommissarische Leiterin der Volkshochschule Großfelde-Marienrade
Möllenkötter: Lektor von Ann Charlotte Sauber
Fritz Nägele: Leiter des Theaters 94
Sabine, Kerstin, Annette, Franz, Roswitha, Hildegard: Kursleiter an der Volkshochschule Großfelde-Marienrade
Heidi Brockmann: Schauspielerin, Namensgeberin einer Strickblusenkollektion
Max Perlmann: Schauspieler, Autor von *Sentimental Escape*
Ariane Jobst: Schauspielerin
Frau Weiss: Pflegerin von Perlmann
Gillian und Dick Tolbert: Carols Eltern
Cornelius Schreker: Künstler, Kunstlehrer
Adele Güssing: Ärztin

Schatzihassrückfall

Telefon! Sicher Marion. Aber Arthur ging nicht ran. Wegen der Service-Männer, die gerade dabei waren, seine nagelneue Einbauküche unter Wasser zu setzen. Der Ältere der beiden meinte, offenbar hätten sie beim Anschließen des Geschirrspülers, statt eines Aquastopp, einen Aquago eingebaut. Die Ansage ertönte schon, und er glaubte zu sehen, wie die Service-Männer die Ohren spitzten.

»Schatz, bist du da?«, fragte Marion. Aus der Küche Lachen. Er suchte den Ausschaltknopf des Anrufbeantworters. »Schatz, bist du da? Wenn du da bist, Schatzi, dann geh doch bitte, bitte ran!«

Die Schatzihasssoße kochte wieder hoch. Bei Schatzi dachte er weniger an Liebe als an Mord. Auch bei Hasi, Mausi, Bärchen, Wuffi, Schnuffi, Arthurlein und so weiter. Da hatte erst Marion kommen müssen, um ihn von seinem Schatzihass zu kurieren. Und jetzt, im Beisein der angeblichen Service-Männer, der allerbrutalste Schatzihassrückfall. Da, endlich, die Rettung, er zog den Stecker des Anrufbeantworters. Was heißt ziehen, er riss so kräftig am Stecker, dass Anrufbeantworter und Telefon vom Telefontischchen fielen. Er flüchtete ins Badezimmer und wählte Marions Handynummer, aber es meldete sich nur die Mailbox. Erneutes Wählen, erneut die Mailbox. Ein Handyhassrückfall kündigte sich an. Sein letzter Handyhassrückfall lag sechs Monate zurück.

Oktobernachmittag, Marion hatte kurzfristig Zeit, ihn in einem Café am Winterfeldtplatz zu treffen. Es war das erste Mal, dass sie sich in der Öffentlichkeit bei Tageslicht küssten. Und das erste Mal, dass Marion ankündigte, ihren Mann verlassen zu wollen. Mein Gott, er traute seinen Ohren nicht! Wie oft hatte er in den drei Jahren Marion vor die Wahl gestellt – ich oder dein Mann! Und jedes Mal hatte ihr Mann gewonnen. Denn zwanzig Ehejahre zählten. Die Kinder zählten. Die gemeinsamen, auf Fotos, Dias und Videos festgehaltenen Erinnerungen zählten. Den Namen des Mannes hatte Arthur bis heute nicht in den Mund genommen. War es unumgänglich, von ihm zu reden, nannte er ihn *Audifahrer*. Mitten hinein in Marions Ankündigung meldete sich ihr Handy. Und Marion ignorierte es nicht, sondern sprach. Nein, quatschte. Fünf Minuten Quatschen mit ihrer Freundin Susanne in Ingolstadt. Wie er auf einmal Susanne hasste. Und Ingolstadt. Das Handy an sich und Marions Handy als solches.

Ein dritter Versuch, wieder die Mailbox. Plötzlich die Panik, *sie* könnte die Affäre beenden. Aber warum Panik, wollte *er* die Affäre nicht längst beenden und sollte er jetzt nicht eigentlich erleichtert sein, dass sie das tat, wozu er die Kraft nicht hatte? Wie oft hatte er sonntagmorgens dagesessen und gedacht, wäre doch jetzt schön, mit Marion zu frühstücken. Und nach dem Frühstück mit Marion durch den Treptower Park zu spazieren. Mit Marion mal ein Wochenende zu verreisen. Überhaupt dieses lächerliche, demütigende Versteckspiel. Weil sie ihre Familie nicht zerstören wollte. Wie oft hatte er sich schon den ganzen Tag auf die ein, zwei Stunden mit Marion gefreut – und dann plötzlich die Absage. Was dazwischen gekommen. Hausaufgabenproblem bei Sohnemann Thomas, Streit mit Töchterlein Zoe, Operneinladung vom Audifahrer.

Der Handyhassrückfall war abgeflaut. Er sah ein, dass ohne ihr Handy die Geschichte zwischen ihnen viel komplizierter wäre. Sie war kompliziert genug. Er durfte sie ja nicht auf dem Festnetz anrufen. Trotzdem wählte er jetzt die Nummer.

»Ja«, sagte Marion.

»Ich bin's«, sagte Arthur.

»Sie haben sich offenbar verwählt«, sagte Marion.

Arthur sagte nichts mehr. Dafür seine Atmung. Die mal wieder zu schnell und zu flach war. Was, wie er nur allzu gut wusste, zu einem Überangebot an Sauerstoff im Körper führte und damit das Gleichgewicht zwischen Sauerstoff und Kohlendioxid störte. Mit der Konsequenz, dass sich die Blutgefäße zusammenzogen. Hyperventilation nannte man das. Die Sauerstoffzufuhr im Blut wurde zwar erhöht, die Sauerstoffabgabe an die Körperzellen aber verringert. Wodurch es zu Schwindelgefühl, Sehstörungen, feuchten Händen, Taubheitsgefühl in den Gliedmaßen, Erstickungsgefühlen, Gefühlen von Unwirklichkeit und noch mindestens zwanzig anderen Symptomen kommen konnte. Das wusste Arthur, weil er seit acht Wochen an der Volkshochschule einen Abendkurs besuchte, um das richtige Atmen zu lernen. Bisher hatte sich der Kurs mit dem richtigen Atmen in Alltagssituationen beschäftigt. Das hier war eindeutig eine Stresssituation. Er hechelte wie ein alter Hund, der die Treppe hochgejagt wird. Wo er doch wie eine Schildkröte atmen sollte – ruhig und tief. Hunde, hatte der Kursleiter gesagt, werden fünfzehn Jahre alt, Schildkröten dagegen dreihundert.

Es klopfte, die Service-Männer. Sie waren fertig. Die Küche stand noch. Er begleitete sie zur Tür. Sie blieben länger im Türrahmen stehen als für die Verabschiedung nötig. Arthur erblickte darin eine aggressive Trinkgelderwartung und gab nichts.

Relocation-Agentur

Das Gespräch mit Frau Jäger lief schon eine Viertelstunde. Nett war die Frau zweifellos. Auch qualifiziert. Perfektes Englisch, perfektes Portugiesisch, perfektes Französisch. Drei Jahre Lektorat an der Universität von Braga. Zwei Jahre an einer Sprachschule in Paris. Trotzdem zögerte Carol noch mit der Zusage.

»Ein Relocation-Consultant braucht Persönlichkeit«, sagte Carol. »Sie müssen dem Kunden zeigen, wie man in Deutschland lebt.«

Frau Jäger nickte.

»Wie man die Mentalität der Deutschen versteht.«

Erneutes Nicken.

»Den Kunden die Angst vor Deutschland nehmen. Vor allem vor den Deutschen. Denn kurz nach der Ankunft bekommen es die meisten Ausländer mit der Angst zu tun.«

Erneutes Nicken.

»So haben sie sich Deutschland nämlich nicht vorgestellt. Nicht die Mülltrennung, nicht die Behördengänge, nicht die Sprache.«

Frau Jäger nickte und sagte, sie habe ein freiwilliges Jahr auf der Vogelbeobachtungsstation auf Amrum verbracht. Und sei nach der Zwischenprüfung drei Monate in China gewesen. Direkt nach dem Abitur ein sechsmonatiges Praktikum in einem Altenheim absolviert.

Carol dachte an die Donnellys: Das Headquarter von Procter & Gamble will Mr. Donnelly für fünf Jahre nach Berlin schicken. Nach Rücksprache mit der Familie sagt Mr. Donnelly zu, denn Auslandseinsatz bedeutet Karrieresprung. Doch dann: Kulturschock! Allmorgendliches und allabendliches Händeschütteln mit allen fünfundzwanzig Mitarbeitern seiner Abteilung. Und bei den anderen Abteilungsleitern geschlossene Türen, als würden Geheimverhandlungen geführt. Mrs. Donnelly wird im Supermarkt an der Kasse angemacht, weil sie ihre Sachen nicht schnell genug in die Tüte bekommt. In Chicago dagegen freundliche Studenten, die das für einen erledigen. Als Mr. Donnelly auf einer Party den Vorschlag macht, den Tüteneinpackdienst auch in Deutschland einzuführen, weil doch so auch viele Jobs geschaffen werden könnten, wird er als Ausbeuter beschimpft. Und die Kinder? Die müssen in der Schule den amerikanischen Imperialismus ausbaden.

Es gab noch schwierigere Fälle. Philip Goldberg aus Boston, der schon einen Relocation-Consultant verschlissen hatte, wegen angeblicher antisemitischer Äußerungen. Oder die Wangs aus Shanghai, die noch keinen einzigen Punkt der Liste umgesetzt hatten, die alle Kunden zu Anfang bekamen und die bei der Integration helfen sollte. Auch so einfache nicht, wie mal ein deutsches Essen zu probieren. Die Wangs aßen ausschließlich Chinesisch und kauften ausschließlich im Asia-Supermarkt ein. Deutsch zu lernen weigerten sie sich, und wenn Herr Wang einmal seinen chinesischen Redestrom unterbrach, dann, um auf Englisch Martha, der Relocation-Consultin, klar zu machen, wie unwohl er und seine Familie sich in Deutschland fühlten. Da nutzte es nichts, dass Martha Herrn Wang erklärte, dass aller Anfang schwer sei. Dass auch sie sich im ersten Jahr in Peking unwohl und erst im dritten Jahr so richtig wohl gefühlt und nach sechs Jahren gar nicht mehr fortgewollt habe. Herr Wang wusste nicht, wie er und seine Familie die nächsten sechs Wochen überstehen sollten.

»Persönlichkeit ist das Wichtigste«, wiederholte Carol. Frau Jäger nickte und sagte, sie sei ehrenamtliche Mitarbeiterin im Tierheim.

»Sie bekommen in den nächsten Tagen Bescheid«, sagte Carol und stand auf. Kaum war Frau Jäger aus der Tür, klingelten beide Telefone. Auf der einen Leitung Herr Bashir, der ägyptische Oberarzt, der seit einer Woche Kunde von *Easy Deutschland* war. Er schrie ins Telefon, dass er sofort einen anderen Deutschlehrer haben wolle.

»Beruhigen Sie sich«, sagte Carol. »Sagen Sie mir, was passiert ist.«

»Wir über Essen reden. Herr Schulze fragen, was essen ich gern. Ich sagen: *B*izza. Herr Schulze sagen: *B*izza falsch. Herr Schulze dann sagen: *B*izza richtig. Ich nix verstehen. Ich sagen: *B*izza. Herr Schulze sagen: *B*izza falsch. Dann Herr Schulze wieder sagen: *B*izza richtig. Andere Student lachen.«

»Herr Schulze will Ihnen nur helfen.«

»Herr Schulze haben keinen Res*b*ekt für meine Kultur.«

»Er muss Sie korrigieren.«

»Ich haben dreitausend Euro bezahlt. Ich erwarten Res*b*ekt.«

Auf der anderen Leitung ein nicht minder erboster Goldberg, der auf der Stelle sein Geld zurückhaben wollte, weil er der Meinung war, dass auch der zweite Relocation-Consultant antisemitisch sei.

»Impossible«, sagte Carol. »Herr Lemmler did his civil service for *Aktion Sühnezeichen* in a kibbuz.«

»I'm not impressed by that. Mr. Lemmler goes on and on talking about Israeli politics. And the Palestinians. I'm not from the Middle East. I'm not Israeli. I'm not Palestinian. I'm American. Like you. But I don't want to talk about American politics either. I don't want to talk about politics at all. I just want to get on with my life in Germany.«

»I'm sorry about that. I will give you Mr. Schulze. He's definitely not antisemitic. He is a member of the *Gesellschaft für christlich-jüdische Zusammenarbeit*.«

»Fine. But if it doesn't work, I want my money back. And I'll expect Mr. Schulze in half an hour.«

Sie wählte Arthurs Nummer, aber es meldete sich nur der Anrufbeantworter. Zweiter Anruf, und ein hörbar um Atem ringender Arthur.

»Ich bin gerade auf dem Sprung. Die O'Briens warten.«

»Vergiss die O'Briens. Ich brauche dich jetzt sofort für Philip Goldberg.«

»Und die O'Briens?«

»Ich rufe an und sage, dass du krank bist.«

»Wo ist der Haken bei Goldberg?«

»Kein Haken, sondern großer Fisch. Sehr großer Fisch. Oberster Personal Manager bei Sony Europa. Wenn Goldberg mit *Easy Deutschland* zufrieden ist, wird er sicher noch andere Sony-Manager zu uns schicken.«

»Verstanden.«

»Und kein Wort über Nahostpolitik!«

»Selbstverständlich.« Arthur hatte sich bisher bei *Easy*

Deutschland immer an Regel Nummer eins gehalten: *Sprich nie über Politik, Religion oder Sex, es sei denn, der Kunde will es.*

Anrufbeantworter

Es klopfte, König rührte sich nicht. Vor einer Minute hatte er die Tür abgeschlossen, um ungestört den Bezirksstadtrat anrufen zu können. Den ganzen Vormittag hatte es pausenlos geklopft. Dozenten, die CDs oder Bücher ausleihen wollten, die fragten, ob sie mehr Stunden haben könnten, die sich vertreten lassen wollten. Frau Berger von der Verwaltung, weil irgendein Papier zu unterschreiben war, der Medienwart, weil er den Schlüssel zum Videoschrank verloren hatte, die Frau von der Mediothek mit der Bitte, die Dozenten auf das vielfältige Angebot von Computerlernprogrammen hinzuweisen. Nicht zu reden von dem pausenlos klingelnden Telefon. Einmal war es ein Beamter vom Bundesamt für Migration und Flüchtlinge, der die beantragten Mittel für die Deutschkurse immer noch nicht bewilligen konnte, dann jemand vom Langenscheidt-Verlag, der eine Buchpräsentation vorschlug, dann ein Dozent, der vergessen hatte, sich auf der Teilnehmerliste für die Prüferschulung einzutragen, und das telefonisch nachholen wollte. Und gerade eben der Kollege aus Neukölln, der für kommenden Mittwoch eine Sitzung aller Deutsch-Programmbereichsleiter einberufen wollte, um eine Stellungnahme an den noch immer über das Zuwanderungsgesetz beratenden Vermittlungsausschuss zu formulieren.

Erneutes Klopfen. Das Licht würde man durchs

Schlüsselloch sehen können. Schloss er jetzt auf, musste er erklären, warum er abgeschlossen hatte. Man würde Vermutungen anstellen. Wenn es kein Dozent war, der geklopft hatte, sondern etwa die Kurz-Kowalski, würde die jetzt sicher ihre Chance wittern, mit ihm einen der drei schärfsten Konkurrenten auf den Volkshochschulleiterposten aus dem Feld zu schlagen. Die brauchte als kommissarische Leiterin der Volkshochschule nur den Hausmeister unter irgendeinem Vorwand zu bitten, sein Büro aufzuschließen. Wie groß ihre gespielte Überraschung dann wäre, ihn im Büro vorzufinden.

Und wenn er aus dem Fenster kletterte? Sein Büro befand sich im Erdgeschoss, das müsste zu schaffen sein. Aber wenn ihn jemand dabei beobachtete? Das Fenster ging auf die Straßenseite hinaus, und der Haupteingang war in nächster Nähe. Und wenn er einen Schwächeanfall simulierte? Der Hausmeister würde die Tür aufschließen, die Kurz-Kowalski hereinstürzen – und er, König, läge wie tot auf der Auslegeware. Vor böswilligen Gerüchten wäre er damit gerettet, die Chance auf den Volkshochschulleiterposten hätte er aber als offensichtlich gesundheitlich angeschlagener Kandidat gleichfalls verspielt.

Kein Klopfen mehr, was eine Falle sein konnte, um ihn in Sicherheit zu wiegen und so aus dem Büro zu locken. Der Kurz-Kowalski war das zuzutrauen. Auch der Wagner, dem Remminger und dem Hartmann, den drei anderen Konkurrenten. Die würden alles tun, um Volkshochschulleiter zu werden. Aber auch er war zu vielem bereit. Zu gut erinnerte er sich noch des jahrelangen Frondienstes als Honorarlehrkraft. Viel Lehrkraft gegeben, aber wenig Honorar dafür bekommen. Nicht zu reden von Prestige. Ein Professor stellte was dar, ein Studienrat stellte was dar, ein Volkshochschuldozent stellte nichts dar. Man wurde Volkshochschuldozent nicht aus

Berufung, sondern aus Einsicht in die eigenen begrenzten Möglichkeiten: Für die Universitätskarriere reichte nicht der Intellekt, für die Schullaufbahn nicht das Nervenkostüm. Programmbereichsleiter, das war schon was. Das war Festanstellung, bezahlter Urlaub, Weihnachtsgeld. Und erst Volkshochschulleiter! Neujahrsempfang beim Bezirksbürgermeister. Einladung zur Aidsgala des Regierenden Bürgermeisters.

Telefon! Nicht rühren, auch das konnte eine Falle sein. Sie sind also doch da, würde Remminger sagen. Remminger fuhr schon seit frühesten Schüler-Unions-Tagen auf dem CDU-Ticket. Wenigstens konnte Remminger, im Gegensatz zur Quereinsteigerin Kurz-Kowalski auf dem SPD-Ticket, einen Computer bedienen. Und hatte wie König als unterprivilegierte Honorarlehrkraft angefangen. Im Grunde wäre Remminger der ideale *Stellvertreter*, zum Leiter fehlten ihm die Visionen. Wie auch Hartmann, seit Studententagen im Charlottenburger Altbaubiotop zu Hause. Bekennender Merlottrinker, der mit seiner Merlotkennerschaft protzte. Zwei Jahre in einer Plattenbausiedlung in Marzahn und Mineralwasserkur täten dem gut. Die Wagner war vielleicht am gefährlichsten, weil tatsächlich am kompetentesten. Die hatte, bevor sie zur Volkshochschule gekommen war, Fortbildungsseminare in der Erwachsenenbildung geleitet. Hatte auch Bücher darüber geschrieben. War eine Zeitlang als Referentin des Staatssekretärs im Bildungsministerium im Gespräch gewesen.

Immer noch das Telefon. Wahrscheinlich eine Falle, aber vielleicht der Bezirksstadtrat.

»Marion, du bist's. Ist was passiert?«

»Immer wenn ich dich im Büro anrufe, fragst du, ob etwas passiert ist.«

»Du rufst mich nicht so oft im Büro an.«

»Soll ich dich öfter anrufen?«

»Worum geht's?«

»Wird's heute wieder spät?«

»Warum fragst du?«

»Ich geh heute Abend ins Kino.«

»Schon wieder?«

»Darf ich nicht ins Kino gehen, wann ich will?«

Es klopfte, er legte auf. War es dieselbe Person wie vorhin? Das Telefon klingelte. Er wartete eine Minute, zwei Minuten, fünf Minuten. Wartete und schwitzte und lauschte. Und sprang auf und lief zur Tür und schloss sie auf und riss sie auf und – niemand! Und schloss sie wieder zu und setzte sich und rief endlich im Büro des Bezirksstadtrats an. Wo sich ein Anrufbeantworter meldete. Ein Anrufbeantworter! Hatten die Sparmaßnahmen jetzt schon das Büro des Bezirksstadtrats erreicht? Er überlegte, ob er auf den Anrufbeantworter sprechen sollte. Normalerweise hatte er keine Probleme mit Anrufbeantwortern, im Gegenteil, es gab Anrufe, bei denen er fürchtete, statt des Anrufbeantworters könnte sich die Person melden. Er legte auf. Schnell noch Marion anrufen, um zu klären, ob … ja, was? Bloß jetzt keine gedanklichen Nebenkriegsschauplätze eröffnen. Andererseits, stand die Heimatfront nicht hinter einem, war die Bewerbungsschlacht gleich verloren.

»Wir wurden vorhin unterbrochen.«

»*Du* hast einfach aufgelegt.«

»Mir ist der Hörer aus der Hand gefallen. Vorhin sagtest du, du gehst heute Abend ins Kino. Was schaust du dir denn an?«

»Du willst wissen, mit *wem* ich ins Kino gehe.«

»Mit wem gehst du denn?«

»Ist das ein Verhör?«

»Bis heute Abend dann.«

Die Heimatfront stand, wenn auch nicht geschlossen. Jetzt rasch der Anruf beim Bezirksstadtrat, wo sich wieder der Anrufbeantworter meldete. Diesmal legte König nach dem Pfeifton nicht auf, sondern sagte: »Ich erwarte Ihren Rückruf!«

Im nächsten Moment dachte er: Ich Idiot! Er, der Programmbereichsleiter, sprach auf den Anrufbeantworter des Bezirksstadtrats: *Ich erwarte Ihren Rückruf.* Das war's. Blackout, Karriere im Arsch.

Burmeister

Zu kalt, das Fahrrad zu nehmen. Und zu weit, denn Goldberg wohnte im Bötzowviertel. Am besten nahm Arthur die U-Bahn. Das Problem mit der U-Bahn war, dass sie ein bevorzugtes Anschlagsziel für Terroristen darstellte. Und wenn er den Bus nahm? Er schaute auf den Stadtplan. Dreimal müsste er umsteigen. Und eine Stunde würde die Fahrt mindestens dauern. Er käme zu spät, Goldberg würde sein Geld zurückfordern und Carol ihn rausschmeißen. Und wirklich sicher wäre er im Bus auch nicht.

Als die U2 zwischen den Stationen Stadtmitte und Hausvogteiplatz stehen blieb, bekam er Herzrasen. Die anderen Fahrgäste lasen weiter ihre Zeitung, unterhielten sich, schauten vor sich hin und rechneten offenbar nicht mit einem Terroranschlag. Der auch ausblieb, wenigstens bis zu der Station, wo Arthur aussteigen musste. Wie demütigend diese Angst doch war! Liefe ihm jetzt ein Terrorist über den Weg, würde er zu ihm sagen: Du Arschgesicht! Stattdessen lief ihm ein Kampfhund über den Weg, gefolgt von seinem Besitzer. Der Kampfhund war nicht an der kurzen Leine, obwohl das neue Hundehaltergesetz das vorsah. Trug auch keinen Beißkorb. Der Mann machte nicht den Eindruck, als warte er darauf, von Arthur über das neue Hundehaltergesetz aufgeklärt zu werden. Der Mann machte den Eindruck, als müsste er selber an kurzer Leine und mit Beißkorb geführt werden.

Arthur hatte wieder einmal Probleme mit den Hausnummern. In keiner Stadt, weder im In- noch im Ausland, hatte er bislang Probleme mit den Hausnummern gehabt, in der Hauptstadt hatte er sie. Arthur suchte auch jetzt schon wieder zehn Minuten nach der Nummer 48. Nummer 46 und 47 und dann plötzlich 102. Auf der anderen Straßenseite 69. Schon zehn Minuten Verspätung, weil sich ihm das Hausnummernzählsystem der Hauptstadt nicht erschließen wollte. Da kam Gott sei Dank eine Frau vorbei, die er fragen konnte.

»Na, machen Sie doch die Augen auf, junger Mann! Sie stehen direkt vor der Nummer 48.«

In der Tat, das Haus direkt vor seiner Nase hatte er übersehen. An der Tafel mit den Namen kein Goldberg. Hatte er am Telefon die Hausnummer etwa falsch verstanden? Jetzt wäre ein Handy günstig gewesen, denn es gab weit und breit keine Telefonzelle. Nach einer Viertelstunde fand er endlich eine. Carol bestätigte die Richtigkeit der Hausnummer. Und sagte, er solle sie in fünf Minuten wieder anrufen, sie werde in der Zwischenzeit Goldberg anrufen. Während Arthur auf die Uhr schaute, trat ein Mann näher, der offenbar telefonieren wollte.

»Dauert es lange?«, fragte Arthur.

»Was geht dich das an?«

»Ich muss gleich telefonieren.«

»Du kannst nach mir telefonieren.«

»Es eilt.«

»Verpiss dich! Sonst gibt's was auf die Schnauze.«

Arthur schaute sich nach Passanten um, die ihm zur Hilfe kommen könnten. Aber da war niemand. Der Mann sah kräftig aus. Fitnessstudio, wenn nicht Kampfsportschule. Messer- oder Schlagringbesitzer. Höchstwahrscheinlich arbeitslos oder Sozialhilfeempfänger mit entsprechendem Frustrationsstau und leicht abrufbarem Aggressionspotenzial. Arthur versuchte sich schnell und unauffällig zu entfernen und eine neue Telefonzelle zu finden, die möglichst weit entfernt war. Das dauerte eine halbe Stunde, während der Carols Ungeduld mit seinem Handyanschaffungswiderstand offenbar so ins Unermessliche gestiegen war, dass sie ihm das Ultimatum stellte, sich entweder bis zum Montag ein Handy oder einen neuen Job zu besorgen. Arthurs Hinweis auf die noch ungeklärte Forschungslage bezüglich der Frage, ob Handys Krebs auslösen, konnte Carol nicht beschwichtigen. Sie sagte, die Hausnummer stimme und er solle bei Burmeister klingeln, und legte grußlos auf. Er klingelte dreimal bei Burmeister, bis sich eine Stimme aus der Gegensprechanlage meldete.

»Burmeister.«

»Arthur Schulze von der Relocation-Agentur *Easy Deutschland*. Sind Sie nicht Herr Goldberg?«

»Burmeister.«

»Wohnt Herr Goldberg nicht im Haus?«

»Burmeister.«

»Ich will zu Herrn Goldberg.«

»Burmeister. Vierter Stock, nehmen Sie den Aufzug!«

Arthur nahm die Treppe, weil in fensterlosen Aufzügen die Gefahr bestand, dass er hyperventilierte. Die Gefahr einer Panikattacke war dann nicht weit. Außer Atem erreichte er den vierten Stock. Er klingelte dort, wo Burmeister stand. Ein Mann um die sechzig öffnete.

»Herr Goldberg?«, sagte Arthur.

»Burmeister«, sagte der Mann. »Kommen Sie rein!«

»Ich verstehe nicht …«

»Kommen Sie endlich rein!« Der Mann, der sich als Burmeister vorgestellt hatte, zog Arthur in die Wohnung. Als die Tür geschlossen war, sagte Burmeister: »Ich bin Philip Goldberg.«

»Wie habe ich das zu verstehen?«

»Denken Sie doch mal nach!«

»Sie wollen nicht –«

»Richtig.«

»Goldberg … die Leute denken –«

»Richtig.«

»Obwohl es auch –«

»Nichtjuden mit Namen Goldberg gibt. Und Juden mit Namen Maier oder Schmidt.«

»Haben Sie denn schon –«

»Anonyme Anrufe bekommen? Ja!«

»Niemand im Haus weiß …?«

»Nein, niemand. Nur der Hausverwalter. Der Hausverwalter ist Jude.« Goldberg nahm Arthur den Mantel ab und führte ihn ins Wohnzimmer. »Mögen Sie etwas trinken?«

»Einen Kaffee, wenn es Ihnen nichts ausmacht. Ihr Deutsch ist übrigens ausgezeichnet.«

»Ihres auch. Mit Milch und Zucker?«

»Nur mit Milch. Danke.« Fünf Minuten später war Goldberg zurück.

»Bevor wir in die Einzelheiten unserer … nennen wir es Zusammenarbeit … gehen, lassen Sie mich eines vorneweg sagen: Kein Wort über Israel!«

»Ich weiß.«

»Den Nahostkonflikt im Allgemeinen ...«

»Klar.«

»Und die israelische Rolle dabei im Besonderen.«

»Klar.«

»Und benutzen Sie niemals, ich wiederhole: *niemals*, die Worte amerikanische –«

»Ostküste, ich weiß. Amerikanische Ostküste als Synonym für die angebliche Macht der Juden in der Welt.«

»Richtig. Ihre beiden Vorgänger haben nämlich ..., aber lassen wir das. Und lassen Sie niemals, ich wiederhole: *niemals*, egal, in welchem Zusammenhang, das Wort Weltverschwörung fallen, denn Weltverschwörung wird immer gleich mit –«

»Jüdischer Weltverschwörung assoziiert, ich weiß.«

»Überhaupt das Wort *Verschwörung*, benutzen Sie es in meiner Gegenwart nicht. Das ganze Leben ist eine einzige Verschwörung, darüber brauchen wir nicht zu reden.«

»Klar.«

»Und noch eins: Erzählen Sie mir nicht, wie einer Ihrer beiden Vorgänger, dass die Gebrüder Albrecht die drittreichsten Männer der Welt seien –«

»Gebrüder Albrecht?«

»Die Eigentümer von Aldi. Erzählen Sie mir das also bitte nicht und schon gar nicht, dass die Gebrüder Albrecht Juden seien, denn wie ich aus sicherer Quelle erfahren habe, sind sie nur die fünftreichsten Männer der Welt und obendrein katholisch.«

»Klar.«

»Ich sehe, wir verstehen uns.«

»Klar.«

»Dann können wir ja anfangen.«

»Ja.«

»Eines habe ich noch vergessen: Falls Ihr Großvater in der SS war und Juden erschossen haben sollte, behalten Sie's bitte für sich. Und falls Ihre Großmutter Juden im Keller versteckt haben sollte, behalten Sie's bitte ebenfalls für sich.«

Interview

»Aufgelegt. Komisch. Gestern und vorgestern auch schon.«

»Da hat sich jemand verwählt«, sagte Marion. Erik verschwand wieder hinter der Zeitung.

»Hast du das Interview mit dem Bischof gelesen?«

»Nein.«

»Das musst du lesen. Toller Mann! Bewundernswert! Fünfunddreißig Jahre verheiratet.«

»Was ist daran so toll?«

»Hör mal zu: *Es gab immer wieder Zeiten, wo ich meiner Frau Anlass gab, sich von mir scheiden zu lassen.*«

»Bist du fertig mit Frühstücken?«

»Hör doch mal zu: *In der Zeit als Studentenpfarrer war ich morgens von sieben bis Mitternacht unterwegs, während meine Frau zu Hause mit drei kleinen Kindern wartete. Obwohl ich ihr versprochen hatte, spätestens gegen neun Uhr abends zurück zu sein.*«

»Das kenne ich, auch wenn es bei uns nur zwei kleine Kinder waren.«

»Warte, es geht weiter: *Es ging nicht anders. Da waren junge Studentinnen, die mit mir dringend ihre Probleme besprechen mussten.*«

»Bis Mitternacht?«

»Offenbar.«

»Gevögelt hat er die.«

»Was du immer denkst.«

»Eine nach der anderen hat er sie gevögelt. Das machen doch alle Studentenpfarrer so.«

»Was du nicht sagst … Jedenfalls hat die Ehe das ausgehalten.«

»Und was sagt seine Frau dazu?«

»Der Bischof sagt, der Gedanke an Scheidung sei ihnen beiden nie gekommen. Gekämpft hätten sie um ihre Ehe, gerungen.«

»So ein Heuchler! Er lebt im reinsten *Vögel*paradies, während seine Frau mit den Kindern allein zu Hause hockt.« Wieder das Telefon, Erik ging ran.

»Wieder aufgelegt. Sag mal, da stimmt doch was nicht.«

Marion stürzte ins Bad. Stürzte aus dem Bad, um ihr Handy zu suchen. Fand ihr Handy im Schlafzimmer und stürzte zurück ins Bad. Auf der Mailbox ihres Handys zehn Nachrichten. Eine von ihren Eltern, neun von Arthur: Neunmal die gleiche Nachricht: *Wo bleibst du? Ich dreh durch!* Marion drückte auf den Spülknopf und wählte Arthurs Nummer. Das Klorauschen war abgeebbt, ehe sich Arthur meldete. Sie drehte den Wasserhahn auf und versuchte es erneut. Es klopfte.

»Brauchst du noch lange?«, fragte Zoe.

»Fünf Minuten.«

»Geht es nicht schneller?« Jetzt reichte es. Marion riss die Tür auf und fuhr ihre Tochter an, sie solle gefälligst warten.

»Was ist los mit dir?«

»Was soll los sein mit *mir*?«

»Du … du … machst so eine Hektik.«

»*Ich* mach eine Hektik?« Jetzt nicht auch noch mit Zoe

streiten. »Geh schon rein!«, sagte Marion. Das würde dauern. Arthur wartete. Wartete schon seit einer Stunde.

»Ist alles in Ordnung?«, fragte Zoe. Sekundenschnelle Verwandlung vom Teenager im Erster-fester-Freund-Stress in die große Schwester. Sag mir, was dir auf dem Herzen liegt, Marion, mir kannst du doch vertrauen. Von wegen! Kein Geständnis jetzt ihrer Verfehlung. Letzter Geschlechtsverkehr mit Erik vor zwei oder drei Jahren. Was heißt Verkehr: Motor einschalten, Dings rein, Dings raus, Motor ausschalten. *Das* war die Ehe. Das war *auch* die Ehe. Von wegen, Herr Bischof, die Ehe sei ein wunderbares, unvergleichliches Gut!

»Marion, schon wieder dieser Anrufer und gleich aufgelegt.«

»Woher weißt du, dass es derselbe Anrufer war?«

Marion hämmerte gegen die Badezimmertür, und Zoe stürzte mit einer Reinigungsmaske auf dem Gesicht heraus: »Sag mal, hast du sie nicht mehr alle?«

Ohrfeige! Gleich zwei. Die große Schwester heulte. Schrie: »Ich hasse dich! Und wie ich dich hasse!«

Aber das Bad war frei. Marion stellte die Dusche an, obwohl sie nach dem Aufstehen schon geduscht hatte. Erik würde gleich fragen, warum sie zweimal duschte. Würde fragen, warum sie Zoe geohrfeigt hatte. Würde fragen, was los sei. Würde wieder mit dem Bischof anfangen. Würde sie aufhalten, so dass Arthur Telefonamok lief und alles verriet. Kämpfen, ich muss jetzt kämpfen um mein Glück. Quatsch, nicht Glück, um Sex! Um diese kleine, schmutzige Affäre, Herr Bischof!

»Ja«, meldete sich Arthur.

»Idiot!«, sagte Marion. Sie kam nicht weiter, weil jemand gegen die Tür hämmerte.

»Ich muss mit dir reden«, sagte Erik.

Marion öffnete die Tür. Sie standen eine Weile stumm im Flur herum. Zoe ging ins Bad, kam wieder heraus, zog Mantel und Schuhe an und knallte die Wohnungstür zu. Würde wahrscheinlich heute Abend dem Papa mit Auszug drohen. *Die* oder ich. Von wegen große Schwester. Erik ging in die Küche, Marion folgte. Das Telefon klingelte.

»Wieder aufgelegt. Jetzt habe ich aber genug. Hast du mir nicht etwas zu sagen?«

Marion überlegte und sagte: »Du solltest mal zum Friseur gehen.«

Erik griff wieder zum Interview mit dem Bischof: »Hör mal zu …«

»Ich muss los.«

»Ein ehrlicher Mann, der Bischof … hörst du zu? *Ich war nicht da, als meine drei Söhne meine Zeit und Aufmerksamkeit brauchten. Ich war auf Konferenzen, Sitzungen, Dienstreisen. Meine Frau musste jeden Tag auf die Frage meiner Söhne, ob denn der Papa sie gar nicht lieb habe, weil er doch nie da sei und nie mit ihnen spiele, antworten: Der Papa hat euch lieb, auch wenn er nicht da ist. Er trägt euch immer im Herzen.*«

»So ein Stuss! Das versteht doch kein Kind. Der Papa ist da oder ist nicht da. Ein Kind muss den Papa sehen. Und zwar täglich!«

»Hör zu, was hier noch steht: *Wir sind froh, trotz mancher schwieriger Zeiten zusammengeblieben zu sein.*«

»Das ist der Gipfel! *Wir!* Wo doch nur *er* froh sein kann, dass die Frau alles ertragen hat. Ich muss gehen. Ann Charlotte wartet.«

»Wo trefft ihr euch denn?«

»Im Café.«

»In welchem Café?«

»Warum willst du das jetzt wissen?«

»Kann ich mitkommen?«

»Du magst Ann Charlotte doch gar nicht.«

»Und du bist sicher, dass du mit Ann Charlotte verabredet bist? Ich rufe sie jetzt an und frage, ob das stimmt.«

»Mach dich nicht lächerlich!«

»Der Bischof und seine Frau sind seit fünfunddreißig Jahren zusammen, in guten wie in schlechten Tagen.«

»Du bist kein Bischof – und ich bin nicht bescheuert!«

Doktor Markus

Guido Duvall sammelte Justins Sandspielzeug ein. Die blaue Schaufel fehlte. Auf jedes Sandspielzeug hatte Duvall Justins Namen geschrieben. Trotzdem fehlte nach dem Spielplatzbesuch meistens ein Sandspielzeug, manchmal fehlten auch zwei oder drei. Um den Schwund nicht zu groß werden zu lassen, sammelte er gelegentlich fremde Sandspielzeuge mit ein. Auch solche, wo Namen draufstanden, Namen wie Leander oder Vivi. Zu Hause entfernte er sie mit einem Essigreiniger und schrieb Justin drauf.

»Auto«, sagte Justin.

»Kein Auto«, sagte Duvall. »Wir gehen jetzt nach Hause.«

»Auto.«

»Wir sind schon den ganzen Nachmittag Auto gefahren.«

»Auto.«

»Also gut, noch ein Viertelstündchen.«

»Schaukel.« Die Schaukel war besetzt. Zwei Schaukeln gab es, und vier oder fünf Kinder warteten.

»Auto«, sagte Duvall. »Komm, wir fahren mit dem Auto.«

»Schaukel«, sagte Justin.

»Eben wolltest du noch mit dem Auto fahren.«

»Schaukel.«

»Schaukel besetzt, Auto frei!«

»Schaukel.«

Er nahm das Sandspielzeug aus dem Kinderwagennetz, aber Justin ignorierte es. Justin hatte den Plastikspaten eines anderen Kindes entdeckt und gleich erobert. Das andere Kind war größer und nicht bereit, den Verlust seines Spatens hinzunehmen. Es zog Justin an den Haaren, Justin schrie. Die Mutter schimpfte mit ihrem Kind und forderte es auf, bei Justin Eiei zu machen. Das Kind weigerte sich, die Mutter lächelte, Duvall lächelte zurück.

»Sie kommen mir irgendwie bekannt vor«, sagte die Frau.

»Ich bin fast jeden Tag auf dem Spielplatz«, sagte Duvall.

»Das meine ich nicht … Ich meine, bekannt aus dem Fernsehen.«

»Justin, komm!«, rief Duvall.

Die Frau ließ nicht locker: »Sind Sie nicht Doktor Markus?«

»Ich? Nein!«

Mittlerweile kam es nur noch selten vor, dass ihn jemand für Dr. Markus hielt. Auf dem Höhepunkt der Doktor-Markus-Hysterie hatte er sich ohne angeklebten Vollbart und eine Sonnenbrille, die das halbe Gesicht bedeckte, nicht aus der Wohnung getraut.

Wendepunkt der Doktor-Markus-Hysterie war der Abend im Grunewald gewesen, an dessen Ende beinahe eine Frau gestorben war. Die Frau eines Vorstandsmitglieds aus dem Bundesverband der Deutschen Industrie hatte ihn zu einem Abendessen im kleinen prominenten Kreis eingeladen. *Ich bin der größte Fan von Ihnen*, stand auf der Einladungskarte. Zwei Tage vor dem Abendessen meldete eine Boulevardzeitung, Duvall habe eine Affäre mit einer CDU-Bundestagsabgeordneten. Auf der Titelseite ein Foto, wo sie mit ihrem Mann und den drei Kindern Eis isst. Daneben ein Foto von ihm. Und die Frage: *Liebt sie Doktor Markus*? Am selben Tag rief die Sekretärin des Vorstandsmitglieds an, das Abendessen müsse wegen Krankheit ausfallen. Einen Tag später rief dessen Frau an, ein Missverständnis liege vor, das Abendessen finde statt und sie freue sich sehr auf sein Kommen. Am selben Tag rief sein Agent an und empfahl den vorläufigen Rückzug aus der Öffentlichkeit inklusive Absage des Abendessens. Am Tag des Abendessens erschien ein Zeitungsinterview mit Gerlinde. Gerlinde war einmal seine große Liebe gewesen. Jetzt ließ sie sich mit verweinten Augen fotografieren und sagte im Interview: *Das Schwein hat mich von Anfang an betrogen. Ein Säufer. Er hat mich geschlagen. Er ist impotent.* Kurz nach der Lektüre, noch beim Frühstück, rief sein Agent an und plädierte für eine Öffentlichkeitsoffensive. Wozu auch die Teilnahme an jenem Abendessen gehöre.

Da saß er also unter dem achtstrahligen Kronleuchter der Maisonette-Wohnung im Grunewald und kämpfte mit dem Schlaf, denn er hatte bereits drei jeweils halbstündigen Ansprachen des Wirtschaftsministers, des Regierenden Bürgermeisters und des Vorstandsmitglieds aus dem Bundesverband der Deutschen Industrie lauschen müssen. Und jetzt sprach der Parteivorsitzende der

FDP, und das seit bereits vierzig Minuten. Bei der Begrüßung hatte dieser Duvall gefragt, ob er nicht Lust habe, die FDP im Wahlkampf zu unterstützen. Duvall hatte geantwortet, er spiele zwar einen Arzt, wähle aber nicht wie ein Arzt. Zum Glück wurden immerzu Kanapees gereicht, auch am Champagner wurde nicht gespart.

Im kalten Nieselregen lauerte ein Haufen Fotografen, um sich ihm an die Fersen zu heften. Ab zehn Uhr begann sich das Tor der Tiefgarage periodisch zu öffnen und zu schließen. Sein Chauffeur lugte kurz hinaus und berichtete ihm übers Handy. Die Fotografen hatten offenbar ihre Fahrzeuge in den Einfahrten der Nachbarn geparkt, damit sie je nach Fluchtroute gleichermaßen schnell links wie rechts die Straße hinunterrasen konnten. Während sich die Gastgeberin vorbeugte und tiefen Einblick in ihr Dekolleté bot, fragte sie Duvall, ob von *Frauenarzt Doktor Markus* noch eine weitere Staffel gedreht werde. Duvall nickte, obwohl das eher unwahrscheinlich war. Arthur Schulze, Regisseur, Drehbuchautor und Erfinder von *Doktor Markus*, war vor einem Monat gefeuert worden, ein Nachfolger noch nicht gefunden.

Das Dekolleté vor Augen, dachte er an all die Fickangebote, die er seit der Übernahme der Doktor-Markus-Rolle bekommen hatte. Die meistens nach ähnlichem Muster abgelaufen waren: Dekolletézeigen, Augenverdrehen, Zungeschnalzen, nach oben gehen ins Schlafzimmer oder ins Bad, und dann ein schneller Fick. Auch die Gastgeberin ging jetzt nach oben. Aber er folgte ihr nicht. Im mittlerweile fünften Doktor-Markus-Jahr spürte er eine gewisse Übersättigung. Wenn es beim einmaligen Fick geblieben wäre. Aber oft wurde dann mehr von ihm verlangt. Mehr ficken oder gar Liebe. Und wenn ficken, dann nicht nur ficken, sondern Doktorspiele. Auch die verheiratete CDU-Bundestagsabgeordnete mit den drei

Kindern stand auf Doktorspiele. Und auf schnelle Ficks auf der Reichstagstoilette. Aber irgendwie schien sie anders. Besonders. Duvall konnte nicht mehr ausschließen, dass er in sie verliebt war. Jedenfalls erwartete sie ihn in spätestens einer Stunde. Ohne Fotografenpulk.

Er rief seinen Chauffeur an. Die Fotografen lauerten unverändert. Trotzdem gab er das Signal für den Aufbruch, um nicht Zeuge der Rückkehr der vermutlich dann noch tiefer dekolletierten Gastgeberin zu werden. Wenige Minuten später schoss Duvalls BMW mit zugezogenen Seitengardinen aus der Tiefgarage und stoppte am Ende der Ausfahrt. Der Chauffeur blinkte nach rechts. Duvall sagte, er solle aufhören zu blinken und losfahren. Der Chauffeur fragte, ob nach links oder rechts. Duvall sagte, egal, der Chauffeur zögerte. Und blinkte jetzt nach links. Duvall schrie, er solle endlich aufhören zu blinken und losfahren. Der Chauffeur zögerte. In dem Moment, wo Duvall ausstieg, um den Fahrersitz einzunehmen, Blitzlichtgewitter. Im Innenspiegel sein hochrotes Gesicht. Das morgen in diversen Blättern abgebildet sein würde. Duvall, der Choleriker. Wasser auf Gerlindes Interviewmühlen. Der Frauenarzt, der die Frauen schlägt. Hinter sich hatte er sieben oder acht Autos. Obwohl er hundertzwanzig fuhr – dreißig waren erlaubt –, überholte ihn ein Mercedes. Stellte sich vor der gerade rot werdenden Ampel quer. Duvall bremste, brach nach rechts aus, schlitterte mit quietschenden Reifen über den Bürgersteig, war schon an dem Mercedes und der Ampel vorbei und wollte zurück auf die Straße, als er eine Frau auf dem Radweg erfasste.

Frau im Koma – Doktor Markus schuld, stand am nächsten Tag in der Zeitung. Mit einem Foto von ihm, wo er versuchte, sein Gesicht vor den Kameras zu verdecken.

Entspannung

König saß in seinem Büro und gab bei Google als Suchwort *Ann Charlotte Sauber* ein. Dreizehntausendeinhundert Seiten wurden angezeigt. Bei *In den Ergebnissen suchen* gab er Lesbierin ein. Acht Seiten wurden angezeigt, aber keine mit einer Verbindung zur Schriftstellerin Ann Charlotte Sauber. Auf dem Schreibtisch lagen ihre Bücher. Auch *twintowersterror*. Nächste Woche sollte ihr neues erscheinen: *cool & terror*. Auf dem Cover von *twintowersterror* das Bild des in den zweiten Turm rasenden Flugzeugs. Auf dem Buchrücken der Hinweis, Ann Charlotte Sauber sei am Tag des Anschlags vor Ort gewesen, habe alles aus nächster Nähe erlebt. Ihre *splatterdocufiction* beklemmend von der ersten bis zur letzten Zeile. Eines der ersten bleibenden Zeugnisse für Wahnsinn und Schrecken einer neuen Epoche. Präzise und prophetisch. Hellsichtig und visionär. Poetisch und provokativ. Zärtlich und rasant. Crossover und polydramatisch. Allerdings, wie König beim kursorischen Lesen festgestellt hatte, kein einziger Hinweis, ob Ann Charlotte Sauber nun lesbisch war oder nicht.

Telefon. Hoffentlich der Bezirksstadtrat. Bisher war es nie der Bezirksstadtrat gewesen. Es war auch jetzt nicht der Bezirksstadtrat. Es war die Kurz-Kowalski, kommissarische Leiterin der Volkshochschule, die eine Tür weiter ihr Büro hatte.

»Kommen Sie doch bitte in mein Büro«, sagte sie. »Es gibt ein Problem.«

Vorbei die Zeiten, in denen sie sich geduzt hatten. Beide waren sie Programmbereichsleiter für Deutsch gewesen, sie an der Volkshochschule Marienrade, er an der in Großfelde. Abends waren sie ein paar Mal auf ein Bier gegangen. Und hatten über Kollegen gelästert. Zum Beispiel über den Merlottrinker Hartmann von der Volkshochschule Charlottenburg. Doch dann die Bezirksreform, und mit der Bezirksreform die Zusammenlegung der Volkshochschulen Großfelde und Marienrade. Schon bei der Namensgebung der erste Streit: Volkshochschule Großfelde-Marienrade oder Marienrade-Großfelde? Bei Großfelde-Marienrade Zurücksetzung der Marienrader, bei Marienrade-Großfelde Zurücksetzung der Großfelder. Schließlich die Entscheidung: Volkshochschule Großfelde-Marienrade. Ein Pyrrhussieg für die Großfelder, wie König als Großfelder bald merkte. Zunächst allerdings wurde er Leiter für den gemeinsamen Programmbereich Deutsch, und nicht die Kurz-Kowalski. Die wurde Programmbereichsleiterin für Englisch und die romanischen Sprachen. Aber kurz darauf, als der Volkshochschulleiter in Pension ging, zusätzlich kommissarische Leiterin der Volkshochschule, vermutlich wegen ihrer früheren Juso-Karriere und ihren noch immer guten SPD-Kontakten. Womit der Krieg begann. Der Krieg der Marienrader gegen die Großfelder. Die Marienraderin Kurz-Kowalski gegen ihn, den Großfelder König. Beide als Festangestellte so gut wie unkündbar, also Stellvertreterkrieg gegen die freiberuflichen Dozenten auf Honorarbasis. Ihre Marienrader gegen seine Großfelder Honorardozenten. Die Fußtruppen. Nach zwei Semestern voller Verleumdungen, Intrigen und Verrat Kapitulation der Großfelder: Von seinen neun Großfelder Deutschhonorardozenten blieben ihm fünf, die anderen vier ersetzt durch neue Honorardozenten. Marienrader Honorardozenten, weil durchgedrückt von der Kurz-Kowalski, obwohl das gar nicht mehr ihr Fachbereich war. Aber er war nicht nur Großfelder, sondern auch ohne Parteibuch.

Beim Eintritt hielt die Kurz-Kowalski ihm eine Zeitung entgegen.

»Sie wissen, was das hier ist?«

»Eine Zeitung.«

»Nicht irgendeine Zeitung, sondern die Großfelder Stadtteilzeitung. Für die Sie auch diesmal wieder über *Menschen in der Volkshochschule* geschrieben haben.«

»Diesmal auf Ihre Anregung hin über den Englischdozenten Andrew Summer, weil der den ersten Berliner Kirschkernweitspuckclub gegründet hat. Stimmt was mit dem Artikel nicht?«

»Der Artikel ist in Ordnung. Etwas blumig formuliert, aber das ist eben Ihre Art.«

»Also?«

»Das Problem ist … *Ihr* Problem ist, Sie haben sich mal wieder nicht an die Spielregeln gehalten. Die, wie Sie sehr gut wissen, besagen, dass alles, was ein Mitarbeiter der Volkshochschule verfasst, von oben abgesegnet werden muss.«

»Ich bitte Sie, ein Text über das unschuldige Hobby des Kirschkernweitspuckens.«

»Egal. Sie haben den Text nicht als Privatperson verfasst, sondern als Volkshochschulmitarbeiter. Und als solcher handeln Sie immer im Auftrag der Volkshochschule. Damit die Volkshochschule in der Öffentlichkeit ein einheitliches Bild abgibt, muss alles, was nach außen geht, geprüft werden. Zunächst von mir, dann vom Bezirksstadtrat. Ich sage bewusst *alles.* Von der Kursbeschreibung fürs Programmheft bis zu Ihrem Artikel für die Stadtteilzeitung.«

»Aber Sie haben doch gar keine Zeit dafür. Und der Bezirksstadtrat schon gar nicht.«

»Lassen Sie das unsere Sorge sein. Ich habe Sie schon einmal davor gewarnt, die Regeln auf die leichte Schulter zu nehmen. Gerade in dieser schwierigen Zeit der knappen Haushaltsmittel wird nach jeder Möglichkeit gesucht, den Volkshochschulen ans Bein zu pinkeln. Da dürfen wir keinerlei Angriffsfläche bieten.«

»Mit einem Text über das Kirschkernweitspucken?«

Zurück in seinem Büro der Zusammenbruch. Telefon, Türklopfen, keine Regung. Wenn jetzt ein Dozent reingekommen wäre und ihn so angetroffen hätte, Kopf auf dem Tisch, Tränen in den Augen, Mördergrube im Herzen. Fünf Minuten später hatte er sich so weit gefangen, dass er die Tür abschließen und ins Waschbecken wichsen konnte. Das erste Mal mit dem Bild von Helena Eriksson im Kopf, beim zweiten Mal mit einem Pornoheft. Die Schwedischdozentin war leider vor drei Jahren zurück nach Stockholm gegangen. Das Pornoheft war ihm geblieben und hatte seinen festen Platz in der abschließbaren Schreibtischlade. Fühlte sich jetzt entspannt genug, den Bezirksstadtrat anzurufen. Seit dem Anrufbeantworterdesaster hatte er es noch ein paar Mal versucht, aber immer nur die Sekretärin am Apparat gehabt. Mit den immer gleichen Vertröstungen, der Bezirksstadtrat werde zurückrufen.

Wieder nur die Sekretärin am Apparat, wieder war der Bezirksstadtrat angeblich in einer wichtigen Sitzung, wieder die Frage, ob sie etwas ausrichten könne, wieder Königs Bitte um einen Rückruf des Bezirksstadtrats, es sei dringend. Und wieder die Gewissheit, dieser werde es nicht tun. Natürlich nicht tun, schon gar nicht nach der unautorisiert erschienenen Kirschkernweitspuckgeschichte.

Sollte er an diesem Morgen ein drittes Mal ins Waschbecken wichsen? Masturbieren war gesund, hatte er irgendwo gelesen, wegen Abbau des Samenstaus. Ausscheidung des alten Samens, damit sich neuer bilden konnte. Gesund wie Blutspenden. Sex war natürlich noch gesünder, aber ihm fehlte zur Zeit die Möglichkeit. Am besten dreimal am Tag masturbieren, hatte er gelesen. Fünfmal am Tag war nicht ungesund, doch schon bei dreimal fühlte man sich allein. Schon bei einmal.

Amore

»Ich muss gehen«, sagte Marion.

»Wann sehen wir uns wieder?«, fragte Arthur.

»Ich rufe dich an.«

Sie küsste ihn und war aus der Tür und Arthur allein. Das Übliche. Keine Rede mehr davon, dass sie den Audifahrer verließ.

»Schon wegen der Kinder nicht«, hatte Marion gesagt.

»Kinder«, hatte Arthur gehöhnt. »Das Muttersöhnchen ist zwölf und die Göre siebzehn.«

»So sprichst du nicht über meine Kinder!«

»Ich wäre froh gewesen, wenn meine Mutter einen Geliebten gehabt hätte. Bumsen statt Staubwischen und Hausaufgabenkontrolle. Wäre für den Familienfrieden besser gewesen.«

»Du bist vulgär.«

»Und du eine Lügnerin. Im Oktober hast du gesagt, du verlässt ihn. Jetzt haben wir bereits Mai.«

»Es geht jetzt einfach nicht. Wenn Zoe das Abitur hat und Thomas besser in der Schule ist, vielleicht dann.«

Schon zwei Stunden lag er auf dem Bett und starrte an die Decke. Hörte Schubert, obwohl das nicht half. Auch Bach half nicht. Vielleicht hätte das Sechzehnhundert-Umdrehungen-pro-Minute-Schleuderprogramm der Waschmaschine geholfen. Das Telefon klingelte seit einer Stunde pausenlos. Der Anrufbeantworter war bald voll: Carol, die fragte, wo er bleibe, die Lipinskis hätten angerufen. Roman Lipinski, der ebenfalls fragte, wo er bleibe. Philip Goldberg, der fragte, ob er heute Abend Zeit habe. Nochmals Carol, die sagte, Herr Lipinski habe schon dreimal angerufen. Marion, die sagte, sie könne morgen Nachmittag um drei nicht. Nochmals Carol, die sagte, so gehe das nicht, die Lipinskis seien total sauer. Eine Kollegin, die fragte, ob er bei den Archers einspringen könne. Nochmals Carol, die ihn ultimativ aufforderte, ans Telefon zu gehen, sonst müsste sie …

Um sieben ging er, wie jeden Dienstagabend, zur Selbsthilfegruppe. Sie waren zu zwölft, acht Frauen, drei Männer und er. *Ihre* Marion hieß Franz, Michael, Burkhard, Klaus-Tilo oder Sybille. Sie hatten auf ihre Marion auch schon oft vergeblich gewartet. Hatten von ihrer Marion auch schon oft das Versprechen gehört, die Familie zu verlassen. Und waren von ihrer Marion auch immer wieder enttäuscht worden. Und hatten daraufhin ihrer Marion auch schon hundertmal gedroht, die Geschichte ein für allemal zu beenden. Und hatten es bei ihrer Marion dann aber auch nie geschafft. Und die wenigen, die es doch geschafft hatten, kamen selbstverständlich nicht mehr. Man ging ja auch nicht als jemand, der das Stottern überwunden hat, in eine Stotterselbsthilfegruppe. Heute waren nur Monika und Martina da. Martina sah – das hätte jetzt Schwester Tanja aus dem Team von Doktor Markus gesagt – wie ausgekotzt aus. Das lag daran, dass ihr Geliebter Klaus-Tilo samt Familie übermorgen für vier Wochen in die Marken fuhr.

»Fahr doch mit!«, sagte Arthur.

»Spinnst du? Seine Frau weiß doch nichts.«

»Ich habe das einmal gemacht«, sagte Arthur. »Drei Wochen Cesenatico und Rimini. Marion, ihr Audifahrer und die beiden Bälger in einer Ferienwohnung. Und ich in einem Hotel, nur fünf Minuten entfernt. Und als Tarnung eine Bekannte dabei.«

Die Bekannte war Ariane, die Schwester-Tanja-Darstellerin. Er hatte ihr den Urlaub spendiert, und sie war wohl auch deswegen darauf eingegangen, weil sie hoffte, in seiner nächsten Serie, in seinem nächsten Film mitzuspielen. Um sechs Uhr morgens Marions Anruf, es gehe los. Anruf bei Ariane, ihr Freund Jochen am Apparat. Er hatte als Kameramann mit Arthur gearbeitet, allerdings nur zwei Tage, dann hatte Arthur ihn gefeuert. Wegen Alkohol und einer Kameraführung wie bei der Rama-Werbung. Er aber wollte die vierte Staffel von *Frauenarzt Doktor Markus* im Stil von John Cassavetes drehen. Jochen hatte von John Cassavetes nie gehört. Der Redaktionsserienfuzzi, der nach dem Anschauen der Muster regelmäßig die Hände über dem Kopf zusammenschlug, auch nicht.

Als Arthurs Taxi vor Arianes Wohnung hielt, stand Jochen in der Haustür, in Unterhemd und Trainingshose, mit einer Flasche Bier. Sie stiegen in Arianes Toyota ein, und Jochen rief ihr hinterher: »Du brauchst dich hier nicht mehr blicken lassen, du Schlampe. Treib's doch mit diesem Kunstwichser!«

Auf der Autobahn keine Spur vom Audifahrer. Ariane hörte Umberto Tozzis *Ti amo* und weinte. War das Lied zu Ende, spulte sie zurück. Und weinte. Bei hundertachtzig auf der linken Spur. Arthur mit angehaltenem Beifahreratem. Zehnmal *Ti amo*, bis endlich Arianes Handy klingelte. »Für dich«, sagte Ariane. Marion rief von einer Autobahnraststätte an, die offenbar die übernächste war, circa fünfzig Kilometer entfernt. Sie würde dort im Restaurant auf ihn warten.

Nicht mehr *Ti amo*, aber immer noch Umberto Tozzi. Und Hochgeschwindigkeit. Und Tränen.

»Geh ein bisschen mit dem Gas runter«, sagte Arthur. »Und vergiss diesen Typ. Er ist es nicht wert.«

»Und ist *sie* es wert?«

»Du meinst Marion? Was für eine Frage! Wenn sie nicht diesen Lackaffen am Hals hätte und frei wäre, wäre ich der glücklichste Mensch der Welt.«

»Bist du sicher?«

In der Selbsthilfegruppe hatten sie alle Gründe durchgekaut, weswegen sie es nicht schafften, die Geschichte mit Marion, Franz, Michael, Burkhard, Klaus-Tilo oder Sybille zu beenden: Bindungsangst, Verlustangst, gelernte Hilflosigkeit, Masochismus, Liebesunfähigkeit, Liebesüberfülle, Nymphomanie, Frigidität, Impotenz, Promiskuität und so weiter.

Im Restaurant der Autobahnraststätte keine Marion. Auf dem Parkplatz kein Audi A6 silbermetallic mit dem Aufkleber *Ich bremse auch für Tiere*. Eine Schnapsidee, dieser gemeinsam-getrennte Urlaub. Ariane wollte auf einmal zurück. Zu diesem Penner von Kameramann. Mit ihrem Handy, in ihrem Toyota. Zehnminütige Diskussion in zunehmender Lautstärke.

»Jochen ist ein Arschloch«, sagte Arthur.

»Du bist selber eins«, sagte Ariane.

»Aber ein abstinentes, talentiertes.«

»Du manipulierst die Menschen.«

»Ich dirigiere sie.«

»Du bist ein arrogantes Arschloch.«

»Aber ein arrogantes, talentiertes.«

»Du widerst mich an.«

Sie fuhren weiter. Ohne Umberto Tozzi. Aber immer noch im Temporausch. Endlich ein Stau. Aufatmen, durchatmen. Arianes Tränen waren getrocknet. Er tätschelte ihre Schulter, wie er es oft in Drehpausen getan hatte. Plötzlich der Gedanke: Was, wenn er sich in Ariane verliebte? Sonne, Strand, Amore. Wäre doch die Gelegenheit. Die war ja nicht nur eine tolle Schauspielerin. Eine der besten ihrer Generation. Was die aus ihrer Schwester-Tanja-Rolle gemacht hatte. Eben keine Schwester Gaby, die vor den Patienten oder vor dem Chefarzt ihre Titten spielen ließ. Aber auch keine Ophelia oder Hedda Gabler der Gynäkologie. Und war Ariane nicht während der Dreharbeiten in ihn verliebt gewesen? Wenigstens ein bisschen? Wenigstens während der ersten Staffel? Aber er hatte keinen Blick dafür gehabt. Oder wollte die Dreharbeiten nicht beeinträchtigen. Hatte nur einen Blick für den Erfolg. Und für gelegentlichen Sex mit dem Script-Girl und der Regieassistentin.

Frauenarzt Doktor Markus nur als Zwischenstation gedacht auf dem Weg zu einem zweiten François Truffaut. Einem zweiten Peter Bogdanovich. Einem zweiten John Cassavetes. Einem ersten Arthur Schulze. Die ersten drei Staffeln konventionell. Die vierte Staffel vorsichtig experimentell. Die ersten drei Staffeln mit Traumquoten. Bei den ersten Folgen der vierten Staffel Quoteneinbruch. Beim Drehen der fünfzehnten Folge Schauspieleraufstand und Redaktionsmachtwort. Und Rausschmiss.

Kurz vor München Marions Anruf: »Ich liebe dich.«

»Ich dich auch.«

Im Hintergrund Klospülung. Auf dem Handy eine SMS von Jochen: *Schatz, bitte komm zurück!*

Als sie um neun in Cesenatico ankamen, sagte Ariane: »Eigentlich bin ich froh.« Und ein Wangenkuss für Arthur.

Das Hotel lag nicht weit vom Strand. Nach dem Duschen rief Marion an: »Wir sind bei *al Petrocelli.*«

Auf dem Weg dorthin fragte Ariane: »Soll ich so tun, als ob ich deine Freundin wäre?«

»Bekannte ist genug.« Sie nahmen einen Tisch in Sichtweite. Der leider auch in Hörweite lag. Thomas maulte, er wolle auf der Stelle zum Strand und nicht erst nach dem Essen.

»Nichts da!«, sagte der Audifahrer. Zoe wollte ein zweites Glas Weißwein.

»Eins ist genug«, sagte Marion.

»Lass sie doch«, sagte der Audifahrer.

»Sie ist erst fünfzehn.«

»Wir sind im Urlaub.«

»Ich habe gesagt: Eins ist genug.«

»Papa hat gesagt, ich darf noch eins haben.«

»Schluss jetzt!«

Würde Marion ihr Versprechen wirklich wahr machen und den Audifahrer verlassen, hätte er ihre Kinder am Hals. Wollte er das? War er ein Masochist? Offenbar ja, denn gerade sah er Marion auf die Toilette entschwinden, und er sofort hinterher. Und nur knapp zwei Minuten Zeit zum Umarmen, Küssen, Sprechen. Aber noch genug für Vorwürfe ihrerseits, warum er diese aufgetakelte Nutte mitgenommen habe. Und den Einwand seinerseits, dass Ariane die perfekte Tarnung sei und ihm daneben während der vielen Stunden, in denen sie sich *nicht* sehen könnten, Gesellschaft leiste.

»Und?«, fragte Ariane.

»Was und?«

»Schleicht Marion heute Nacht in dein Zimmer? Oder trefft ihr euch heimlich am Strand? Oder macht ihr es am Telefon?«

»Cameriere, prego!«, rief Arthur. Die Nacht verbrachte Arthur marionlos. Wie auch alle anderen Nächte in Cesenatico und Rimini. Und wie fast alle Nächte in Berlin. In zwei Jahren höchstens drei oder vier halbe Nächte nicht marionlos. Wenn ihr Audifahrer auf einer Fortbildung oder einer Tagung war. Spätestens um sechs, allerspätestens um halb sieben musste sie aber wieder zu Hause sein. Wegen der Kinder und ihrem Frühstück.

Am Nachmittag kam Marion manchmal für eine Stunde in sein Hotelzimmer. Immer sehr kurzfristig, immer abgehetzt. Entsprechend der Sex. Trotzdem Lust auf den nächsten und banges Erwarten, wann.

Am schönsten waren die Vormittage. Auf dem Strandtuch, vor sich einen Stapel Drehbücher. In die er kaum einen Blick warf, weil die *Wahlverwandtschaften* ihn nicht los ließen. Neben ihm Ariane, die *Doktor Schiwago* verschlang. Die seinen Rücken alle zwei Stunden mit Sonnenmilch einrieb. Auch er rieb ihren Rücken alle zwei Stunden ein. Einmal wurde Marion Augenzeugin, wie Ariane ihm den Rücken einrieb. Am Nachmittag im Hotel der Eifersuchtsanfall. Was ihm denn einfalle, sich von dieser Minderjährigen den Rücken einreiben zu lassen.

»Soll ich mir etwa einen Sonnenbrand holen? Willst du, dass ich Hautkrebs kriege?«

»Die sieht ja wie siebzehn aus.«

»Nur weil sie eine mädchenhafte Figur hat. Ariane ist sechsundzwanzig.«

»Und wo sind ihre Titten?«

»Die sind ziemlich klein.«

»Seit wann stehst du auf Lolitas?«

»Zwischen Ariane und mir ist nichts, wenn du das meinst. Du kannst mir ja in Zukunft den Rücken einreiben!«

Wenn jetzt die Selbsthilfegruppe Zeuge gewesen wäre.

Besonders die Fraktion, die glaubte, es habe keinen Sinn, durch eine potenzielle Rivalin oder einen potenziellen Rivalen *ihre* Marion zu einer Entscheidung zu zwingen. Arthur gehörte zur Minderheitsfraktion, die genau das glaubte. Nur war er bisher zu schwach dafür gewesen, weil er die Möglichkeit einer negativen Entscheidung fürchtete. Aber seltsam, lag es an der Lektüre, am Wetter, am Wein, an Arianes Rückeneinreibkünsten, mit jedem Tag fühlte er sich stärker, Marion zu einer endgültigen Entscheidung zu zwingen. Denn auf einmal sagte er nein, wenn Marion wieder einmal überstürzt ankündigte, in einer Stunde werde sie in seinem Hotel sein.

»Ich liege noch so schön am Strand, Marion. Wir können uns doch morgen treffen.«

»Reibt sie dir wieder den Rücken ein?«

Das Schöne: Er musste sich bei diesen Absagen jetzt gar nicht verstellen wie so oft in Berlin, wenn Marion wieder einmal ein Treffen kurzfristig abgesagt hatte und er, um den letzten Zipfel an Selbstachtung zu behalten, auch kurzfristig ein Treffen absagte, sich danach aber stundenlang den Kopf marterte und hundertmal den Hörer in die Hand nahm und überlegte, die Absage rückgängig zu machen. Das Allerschönste: Er erkannte, dass es ihn unendlich glücklicher machte, neben Ariane in der Sonne zu liegen und zu lesen, als mit Marion zu vögeln. Das Traurige: Es blieb nicht so. Eine Woche vor Urlaubsende erwischte er seine linke Hand dabei, wie sie beim Einreiben von Arianes Rücken mit den Fingerspitzen für einen Moment unter ihr Bikinihöschen geriet. Er zuckte zurück, als habe er sie in das Maul eines Krokodils gesteckt.

»Weitermachen!«, befahl Ariane. Was er auf der Stelle tat. »Lass uns ins Hotel gehen!«, gab Ariane den nächsten Befehl. Was sie auf der Stelle taten und was schon ein klein wenig unangenehm war wegen des Gedankens an Marion. Wenn Marion nämlich jetzt auftauchte und seine Gedanken lesen könnte und die von Ariane und eins und eins zusammenzählte, was zwei ergeben würde. Was aber nicht geschah, vielmehr begann *danach* er zu rechnen, und wohl auch Ariane, weil, wenn das *davor* sehr schön gewesen war – und das *danach* war auch sehr schön –, wieso sollte *es* nicht öfter stattfinden? Er sah sich schon beim nächsten Treffen der Selbsthilfegruppe den Ausstieg verkünden: »Mit Marion ist es endgültig vorbei. Ich habe mich in eine andere Frau verliebt.«

Die würden Augen machen. Die einen würden ihm gratulieren, fragen, wie er das geschafft habe. Die anderen, vermutlich die Mehrheit, würden ihm die baldige Rückkehr prophezeien. Und Ariane? Die wäre endlich diesen Arsch von Jochen los.

»Lass uns heute Abend nicht zu *al Petrocelli* gehen«, sagte Arthur nach dem Duschen. »Probieren wir mal was anderes aus.«

»Gerne«, sagte Ariane.

Sie gingen zu *da Giovanni*. Bei der *minestrone* entschied Arthur, doch zu *al Petrocelli* zu gehen. Nicht der *minestrone*, sondern Marions wegen. Er musste sich zeigen bei *al Petrocelli*. Das war jetzt die entscheidende Schlacht. Hier in Cesenatico, bei *al Petrocelli*, wurde der Krieg entschieden, den er in Berlin nicht gewinnen konnte. Und es war Krieg, ein kalter Krieg. Martina, seit fünfzehn Jahren die Geliebte von Klaus-Tilo, hatte einmal gemeint: »Ich komme von Klaus-Tilo nur los, wenn entweder er stirbt oder ich. Ich habe mehr als einmal daran gedacht, *sie* umzubringen. Und ich habe schon oft daran gedacht, *ihn* umzubringen.«

Dagegen bei *al Petrocelli* die Möglichkeit des Waffenstillstandes. Des Friedens gar. Des gerechten Friedens.

Der Frieden bisher war immer wieder mit seinem Einlenken erkauft worden. Mit Krieg in seinem Herzen. Bürgerkrieg. Auf zu *al Petrocelli*. KSZE-Konferenz bei *al Petrocelli*. Der ewige Frieden zu Cesenatico!

Und nicht vier oder fünf Tische entfernt wie bisher, sondern nur einen. Und Ariane in Höchstform wie beim Casting für die Schwester-Tanja-Rolle. Dagegen Marion, die mit Zoe stritt. Mit Thomas stritt. Mit ihrem Audifahrer stritt. Die Ariane giftige Blicke zuwarf. Die ihm am liebsten den Prosecco ins Gesicht geschüttet hätte. Der Audifahrer tat in seiner Ahnungslosigkeit Arthur fast schon leid. Ariane tat nichts. Keine Küsse, keine Umarmungen, nicht mal zärtliche Blicke. Wie in der Rolle von Schwester Tanja. *Minimalistische, präzise Schauspielkunst*, hatte ein Kritiker geschrieben, der sich seinen Blick nicht vom anrüchigen Genre hatte verstellen lassen. *Buster Keaton wäre beeindruckt gewesen.* Auch Marion war beeindruckt. Vor ihren Augen passierte nichts, aber sie erkannte, was vor wenigen Stunden hinter der Tür passiert sein musste. Marion verschwand auf die Toilette. Arthur blieb sitzen. Fünf Minuten, zehn Minuten, dann tauchte Marion wieder auf.

Am nächsten Abend gingen Arthur und Ariane zu *da Giovanni*. Arthur rief Marion nicht mehr an. Rief auch nicht zurück, wenn Marion anrief. Auch in Berlin nicht. Zwei Monate lang nicht. Zwei Monate, in denen er dienstagabends nicht zur Selbsthilfegruppe ging. Dann ging er wieder hin. Arianes letzte Nachricht auf seinem Anrufbeantworter:

»Du bist ein noch größeres Arschloch als Jochen!«

Prinz Eugen

Das war kein guter Morgen. Schon wieder nicht. Zum hundertsten Mal beim Frühstück die Diskussion: in Berlin bleiben oder nach Amerika gehen, Kind oder kein Kind. Eckhard wollte bleiben und kein Kind, Carol wollte nach Amerika und ein Kind. Noch vor drei Jahren war es umgekehrt gewesen: Carol wollte bleiben und kein Kind, Eckhard wollte nach Amerika und ein Kind. Ja, sogar zwei und drei Kinder! Jetzt war sie neununddreißig, noch immer in Berlin und ohne Kind. Und in fünf Jahren würden sie immer noch diskutieren: bleiben oder gehen. Die Kinderfrage allerdings würden sie dann nicht mehr diskutieren. Dabei hielt Eckhard keine Karriere in Berlin. Fünfzehn Jahre als Dramaturg gearbeitet, aber dann den Job verloren, weil das Theater pleite gegangen war. Hunderte Bewerbungen und hunderte Absagen, weil viele andere Theater auch pleite gegangen waren oder das Personal gekürzt hatten. Vom Arbeitsamt Umschulungsangebote zum Altenpfleger. Zum Fußpfleger. Vor zwei Jahren der Anruf eines Freundes aus Studententheater-AG-Zeiten, der inzwischen die Theatergruppe 94 leitete. Und jemanden für PR-Arbeit und Sponsorenakquise suchte, Letzteres mit prozentualer Erfolgsbeteiligung. Allerdings gestaltete sich die Sponsorenakquise mühseliger als gedacht. Als Staubsaugervertreter hätte Eckhard wahrscheinlich mehr verdient.

»In Amerika hättest du bessere Chancen!«

»Ich weiß, ich weiß. Vom Tellerwäscher zum Millionär.«

Eckhard blieb stur. *Don't just complain, do something about it!*, hatte früher ihre Mutter gesagt, wenn es ein

Problem gab. Das Fahrrad kaputt – reparier es! Johnny, der erste Freund, hat sich in eine andere verliebt – vergiss ihn und geh mit Pete ins Kino! Die Firma entlässt dich – kassier die Abfindung und gründe damit deine eigene Firma! *Do something about it!* Es wirkte nicht mehr.

Öckert will never change, meinte Mom. *He's so lethargic*, meinte Dad. *What the hell's wrong with him? I never met such a staller in my life. What's he waiting for? Jesus Christ, he needs someone to kick his ass all the time.* Gab einige davon in Berlin, in Deutschland, in Europa. War eine andere Kultur. Auf dem Bett liegen und die Decke anstarren, Schubert hören und in Melancholie versinken, das war ein mitteleuropäisches Hobby. War man stolz drauf. Hatte ja auch was, hatte sie auch mal schön gefunden. Nicht immer nur tun und machen. Zur Ruhe kommen, in sich gehen, an Dingen zweifeln, an sich selber zweifeln, ja sogar an Dingen und an sich selber verzweifeln, über etwas nachdenken, nachgrübeln, war ja nicht schlecht, aber …

Sie rief Arthur an. Lud ihn zum Frühstück ins *Einstein* ein. Wehrte alle Einwände ab von wegen Termin bei den O'Briens und Deutschstunde mit Goldbergs Tochter. Zwei Anrufe von ihr, und die Termine waren verschoben. Trotzdem zögerte Arthur noch. Gab vor, er habe es mit dem Magen. Fragte, ob sie mit ihm etwa wieder über Eckhard sprechen wolle.

Er kam. Wie er vor acht Jahren auch zum Flughafen gekommen war. Und eingestiegen war ins Flugzeug trotz Flugangst. Nach der Landung auf dem Logan Airport ein noch glücklicherer Arthur als nach ihrem ersten Sex. Euphorischer Zustand geradezu, der während der zweistündigen Fahrt nach Pittsfield zu ihren Eltern konstant blieb. Am nächsten Morgen – trotz getrennter Schlafzimmer auf Wunsch ihrer Eltern – immer noch Euphorie. Am Nachmittag beim Erkunden der Berkshires erste besorgte Blicke nach oben zu den Flugzeugen.

»Keine zehn Pferde kriegen mich mehr in ein Flugzeug.«

»Dann musst du hier bleiben.«

»Warum nicht? Wir heiraten und ich werde Amerikaner.« Sie heirateten nicht, und Arthur wurde kein Amerikaner. Er nahm die QE 2 zurück. Mit Stand-by-Ticket. Und sie begegnete Eckhard beim Umsteigen in Frankfurt.

Arthur kam eine halbe Stunde zu spät.

»Machst du das auch bei deinen Kunden so?«

»Ich war gerade in der Tür, da rief Lipinski an. Wollte wissen, ob es hier eine polnische Metzgerei gibt.«

»Du hast ihm hoffentlich gesagt, dass er in eine deutsche Metzgerei gehen soll.«

»Hast du mich hierher bestellt, um über Lipinski zu sprechen?«

»Nein. Was bist du so ruppig? Ärger mit Marion?«

»Jeden Dienstagabend spreche ich in der Selbsthilfegruppe über Marion. Damit ist mein Über-Marion-Sprech-Bedarf mehr als gesättigt. Um was geht es?«

»Du weißt, dass du mir noch einen Gefallen schuldig bist.«

»Ich dir?«

»Nach deinem Rausschmiss beim Fernsehen … Du hattest keinen Job, und ich habe dir einen gegeben.«

»Ich habe *dir* einen Gefallen getan. Ich hatte die Taschen voller Geld, hätte noch mindestens fünf Jahre ohne Arbeit leben können. Aber mir war irgendwie langweilig, und du brauchtest mit *Easy Deutschland* am Anfang jede Hilfe.«

»Dass ich nicht lache! Ich brauchte zu der Zeit niemanden. Und auf meinem Schreibtisch lag ein ganzer Berg von Bewerbungen. Mit Leuten, die Englisch, Französisch, Spanisch, Russisch, Polnisch, Chinesisch, Koreanisch konnten. Die jede Menge Auslandserfahrung hatten. Die im Buddhismus ebenso zu Hause waren wie im Sufismus. Und die habe ich nicht genommen, weil ich dich genommen habe, *dich*! Der außer passablem, aber ausbaufähigem Englisch keine weitere Fremdsprache beherrscht und auch nie länger im Ausland gelebt hat.«

»Ist ja gut.«

»Du bist monatelang nicht aus deiner Wohnung rausgekommen. Ich habe für dich eingekauft. Habe dich jeden Tag besucht. War mehr bei dir als bei mir zu Hause. Eckhard machte mir jeden Tag Szenen.«

»Welchen Gefallen also?«

»Mir ein Kind machen.«

Sie fuhren dazu ins *Prinz Eugen*. Auf ihrem Handy eine SMS von Eckhard: *Ich liebe dich.* Richtig, in einer Stunde hatte Eckhard einen wichtigen Termin: Sponsoringgespräch mit einem Bankmanager. Vor wichtigen Terminen meldete sich Eckhard mit Liebesbekundungen. Per SMS oder Anruf. Und erwartete eine Rückbestätigung, damit er gestärkt war für den wichtigen Termin. Sie schickte eine SMS: *Ich dich auch.* Sie bedienten sich in der Minibar. Dann ging Carol ins Badezimmer. Mit ihrem Handy. Hörte die Mailbox ab, mit der Nachricht von Eckhard: *Ist alles okay?* Sie schickte eine SMS: *Alles okay.* Sekunden später Eckhards Anruf: »Wo bist du? Ich habe versucht, dich im Büro anzurufen.«

»Wie war das Gespräch?«

»Verschoben um eine Stunde. Ich sitze in der Cafeteria und warte. Wo bist du?«

»Unterwegs zu einem Kunden.«

»Könntest du nicht vorbeikommen?«

»Jetzt?«

»Jetzt, Carol. Es ist wichtig. Vor dem Termin mit Doktor Sprenkler.«

»Es geht jetzt nicht.«

»Carol, ich muss bei dem Gespräch mit Doktor Sprenkler in Höchstform sein. Es geht darum, ob die Deutsche Bank Hauptsponsor fürs Theater 94 wird. Hauptsponsor, verstehst du? Das wäre die Rettung. Da geht es um dreihunderttausend Euro pro Jahr. Wenn ich die kriege, wenn ich Doktor Sprenkler überzeugen kann, dann … dann …«

»Nein.«

Die Stopptaste gedrückt. Das Handy ausgeschaltet. *Do something about it.* Und sie tat es. Zog sich aus. Duschte. Ging ins Schlafzimmer. Sah den ausgezogenen Arthur. Der bereit zu sein schien. Geradezu wild entschlossen.

Kleinschreibung

Tolles Wetter. Schickes Café. Super Bier. Und Ann Charlotte war keine Spur nervös wegen der Premiere von *cool & terror* heute Abend. Allerdings Marion, die Fotos machen sollte. Marion, die abwechselnd Rotwein und Latte macchiato trank. Die sich für heute Abend zwei Kameras geliehen hatte, falls die eigene klemmte. Marion, die Freundin mit den Künstlerträumen, den nicht realisierten.

Mit zweiundzwanzig ein Jahr in Paris und Duras gelesen. Erste Prosaskizzen im Durasstil. Sechs Jahre später nach Rom mit der Absicht, ein Jahr lang nur zu schreiben, aber nicht geschrieben, sondern Rom entdeckt, mit und ohne Männer, bei Tag und bei Nacht. Mit sechsunddreißig, nach dem zweiten Kind, zweiter Prosaskizzenversuch, noch immer mit Durasrückständen. Und noch immer sporadisch, je nach Laune. Dann der Versuch, ein Kinderbuch zu schreiben: *Hans der Hase*. Tolle Geschichte und das Durasfieber endgültig ausgeschwitzt, aber keinen Verlag gefunden. Die Geschichte leicht modifiziert unter einem neuen Titel: *Hanne die Henne*. Aber wieder kein Verlag. Dann der Drehbuchversuch, der im Treatment stecken bleibt. Keine Disziplin, am Wochenende Feldenkrais statt Schreiben. Und jedes Jahr zweimal Urlaub. Große Abendessen mit sechsstündigen Kochvorbereitungen für zehn und mehr Gäste. Die ausgefeiltesten Currys, besser als beim Inder. Nach dem Drehbuchversuch ein letzter Prosaskizzenversuch, zunichte gemacht durch schwerste Durasrückfälle. Und jetzt die allerletzte Chance, Künstlerin zu werden, was Marion aber nicht kapierte. *Zu werden*, denn das bedeutete Arbeit. Besessenheit. Die möglich wurde mit dem zunehmenden Wegfall des Kinderalibis. Aber da war der Liebhaber. Da waren immer noch die Currys. Da war Feldenkrais. Da war Yoga. Da war African Dance. Da war der Elternbeirat. Da war immer irgendwas.

»Die Kamera ist jetzt dein Liebhaber«, hatte Ann Charlotte gesagt.

»Die hat aber keinen Schwanz!«, hatte Marion entgegnet.

Da kam Möllenkötter, Ann Charlottes Lektor. Ein Besessener, trotz oder wegen seiner Familie. Frau und fünf Kinder, die er für seine Autoren immer wieder zurücklassen musste. Ohnehin schon Wochenendvater wegen Schreibtischs in Frankfurt und Einfamilienhaus in einem Kaff bei Münster. Wochenendvater, aber jedes dritte Wochenende war er bestimmt auch noch unterwegs. Da ein Autor, der las, dort eine Podiumsdiskussion, hier ein Literaturfestival, zweimal Buchmesse und die Kleinstadt am Wörthersee nicht zu vergessen, in der Möllenkötter sie entdeckt hatte, obwohl sie ohne Preis geblieben war. Schlimmer noch, ihrem Text *vater lebt weiter und mutter stirbt noch nicht* erging es in der Diskussion nicht viel besser als abends Saibling und Zander im *Maria Loretto. Pseudoavantgarde*, entfuhr es einem Juror, *Unfruchtbarkeitsprosa*, einer Jurorin, in Abgrenzung zur *Mutterschaftsprosa* des Textes davor. Die Jurorin, die sie eingeladen hatte, ließ sie fallen wie eine heiße Kartoffel. Wie fünf Zentner heiße Kartoffeln aus dem achtundzwanzigsten Stock. Beim Bürgermeisterempfang raunte ihr ein Juror am Büffet ins Ohr, er habe *vater lebt weiter und mutter stirbt noch nicht* nochmals gelesen und sei mittlerweile davon begeistert. Ein Text, der erst beim zweiten, dritten, ja vierten Lesen begeistere, dann aber vollends. Er sei hin und weg von *vater lebt weiter und mutter stirbt noch nicht*, weil es eben nicht der typische Klagenfurttext sei, auch kein Berlintext, eher Hildesheim oder Osnabrück, aber im besten Sinne. Und welche Rhythmisierung. Großartig. Er werde mit den anderen Juroren reden, sie zum zweiten Lesen überreden, wenn nötig zum dritten, vierten, ja fünften. Dann werde man sehen. Sie habe noch alle Chancen auf den Bachmann-Preis.

Aber nicht mal unter die ersten acht gekommen. Beim Abschiedsessen auf Einladung des Bürgermeisters im *Maria Loretto* flüsterte ihr die Unfruchtbarkeitsprosajurorin ins Ohr, wie leid es ihr tue, dass sie keinen Preis gewonnen habe. Und: *Sie werden Ihren Weg gewiss gehen!*

Und Ann Charlotte ging ihren Weg, Seite an Seite mit Möllenkötter, der allerdings zunächst Moll, den neuen

Verleger, überzeugen musste. Moll hatte nach dem Besuch von McKinsey den Verlag übernommen. Jetzt zählten literarisches Profil *und* Rendite. Letzteres war schwierig mit ihr, wegen Kleinschreibung, fehlender Zeichensetzung, fehlender Geschichte. Und eine Geschichtenzertrümmerin war sie auch nicht. Möllenkötter nannte das, was sie schrieb, *kognitive Prosa*, das Gegenteil von Rendite. Möllenkötter konnte Moll trotzdem überzeugen. Ihre ersten beiden Bücher *erfahren alles rund um* und *finden sie außerdem einen link* bekamen wenige, aber sehr gute Kritiken und fanden kaum Leser. Das dritte, *twintowersterror* – in Kleinschreibung, aber mit Zeichensetzung –, wurde dann der Durchbruch.

Möllenkötter reichte ihr eine rote Mappe.

»Ich habe dir ein paar Kritiken mitgebracht. Eine enthusiastischer als die andere. Es sieht ganz danach aus, als hättest du mit *cool & terror* das Buch der Saison geschrieben. Dreißig Anfragen für Lesungen bereits, unter anderem vom Goethe-Institut, das dich durch ganz Nordamerika schicken will.«

»Als Südtirolerin?«

»Das kriegen wir schon hin. Das Wichtigste, du hast einen deutschen Verlag!«

Möllenkötter, der Kämpfer. Der ihr mit seinen Kontakten – und denen seines Verlags – schon mehrere Stipendien und Literaturpreise zugeschanzt hatte. In der Jugend vielversprechender Speerwerfer und Hürdenläufer, den eine Verletzung aus der scheinbar vorgezeichneten Leichtathletenlaufbahn geworfen hatte. Studium in Berlin, Paris, Boston, New Delhi und Oxford, mit fünfundzwanzig Promotion über Erasmus von Rotterdam, mit siebenundzwanzig ein Jahr Surflehrer auf Hawaii, mit neunundzwanzig die rechte Hand von Molls Vorgänger. Mit dessen Entlassung die eigene Entlassung. Kurzes Intermezzo als Literaturkritiker. Nebenbei ein Essayband über den Zustand der deutschsprachigen Gegenwartsliteratur: *Vor den großen Worten – eine Bagatelle.* Mit zweiunddreißig Rückkehr in den Verlag als Molls rechte Hand. Zweifacher Vater. Mit siebenunddreißig Molls Kopf. Fünffacher Vater. Heimkehr ins Münsterland zu den Intensivackerbauern und Schweinemästern. Einfamilienhausidylle mit Güllearoma.

Ihr Handy meldete sich mit dem Gesang der Buckelwale. Moll wünschte für die Premiere viel Glück. Er hätte es, wie auch Möllenkötter, lieber gesehen, wenn sie die Uraufführung nicht ans Theater 94 vergeben hätte, sondern an eine renommiertere Bühne. Möllenkötter hatte wochenlang mit seinem promovierten Münsterländer Bauernsturschädel gegen ihre Entscheidung fürs Theater 94 gekämpft, doch sie hatte mit ihrem unpromovierten Südtiroler Bergbauernsturschädel dagegen gehalten.

Marion machte ein paar Fotos von ihr und Möllenkötter. Möllenkötter bleckte sein kräftiges Gebiss und sah mit seinem dunklen dichten Haarschopf fast so attraktiv aus wie der vor Jahren mit seinem Flugzeug tödlich verunglückte John F. Kennedy junior. Sie selber war leider keine Daryl Hannah, dafür hatte sie zu viele Südtiroler Bergbauerngene. Und doch: Mit ihrem Foto warb der Verlag. Burschikos-smarter Blick. Verschmitzt. Machte sich gut in großflächigen Buchbeilagenanzeigen. Mischung aus Schwiegertochter- und Postfeministinnengesicht. Supercooler Haarschnitt.

Im Fünfzehnquadratmeterfoyer vom Theater 94 Gedränge wie auf dem Flohmarkt: Freunde, Bekannte, Journalisten, Fotografen. Händeschütteln, Umarmen, Bussibussi. Ohne Bussibussi ging es nicht, schon gar nicht beim Theater. Aber auch im Literaturbetrieb längst nicht mehr. Früher hatte sie sich gegen das Bussibussi gesperrt, geradezu unter einer Bussibussiallergie gelitten. Stattdessen steifes Händchengeben. Arm ausgestreckt, um den Händchengeber auf Abstand zu halten. Um vor eventuellen Umarmungsanfällen oder gar Bussibussiattacken gefeit zu sein. In der Kleinstadt am Wörthersee der Höhepunkt ihrer Bussibussiallergie. Geradezu Hautausschlag beim Anblick der Bussibussisociety. Aber drei Jahre später, bei ihrer Rückkehr an den Wörthersee, die Bussibussiwende. Möllenkötter hatte die Rückkehr arrangiert. Hatte ohne ihr Wissen einen Ausschnitt an einen ihm bekannten Juror geschickt, der sie prompt einlud.

»Das ist ja korrupt«, hatte sie gesagt.

»So machen es alle«, hatte Möllenkötter gesagt.

»Ohne mich. Da gehe ich eher auf den Strich.«

»Dann wirst du dein zweites Buch selber drucken lassen müssen.«

»Das ist Erpressung.«

»Das ist Marketing!«

Tiefe

Das nennt sich Theater, dachte Duvall. Laut Programmheft postdramatisches Theater. Postdramatisch klang besser als postspannend oder jetztlangweilig. Die Schauspieler sagten Texte auf beziehungsweise kotzten sie heraus. Wälzten sich dabei auf dem Boden und guckten in die Glotze. Ab und zu stand einer auf und furzte oder rülpste. Ab und zu standen zwei auf und küssten sich. Ohne zu rülpsen und zu furzen. Ab und zu standen alle fünf Schauspieler auf und vertraten sich die Beine, wahrscheinlich, um einer Thrombose vorzubeugen. Dabei fortwährendes Textauskotzen. Ständiges Wiederholen der Sätze. Kopfnicksätze über Globalisierung, Kapitalismus, Medien und so weiter. Die ganze bekannte Scheiße. Ab und zu lachte ein Zuschauer. Duvall hielt sich die rechte Seite, aber nicht vor Lachen, sondern weil dort hinein alle paar Minuten Arthurs Ellbogen stieß. Arthur schien unter der Darbietung noch mehr zu leiden als er selber.

Duvall hatte genug *Doktor-Markus*-Folgen mit Arthur gedreht, um die Ursache des Leidens zu kennen: der fehlende Konflikt. Arthur hatte ihn gelehrt, wie wichtig der Konflikt ist, wie unentbehrlich. Er erinnerte sich noch gut an die Szene, als Doktor Markus das erste Mal Schwester Tanja küssen sollte. Tagelange Vorfreude, tagelanges Ausmalen, wie er nach dem Drehen Schwester Tanja alias Ariane Jobst bumsen würde. Und dann Arthur, der alles zu vermasseln drohte. Der die Szene wieder und wieder drehen ließ. Von wegen Ariane bumsen, er fiel um elf wie tot ins Bett. Er hatte schon den Verdacht, Arthur mache das nur, um ihn von Ariane fernzuhalten, damit er sie selber bumsen konnte. Als am nächsten Drehtag das gleiche Szenario drohte – ewige Wiederholung der Einstellung, bis vom Küssen die Lippen schmerzten –, rastete er aus: »Du bist ein Menschenschinder! Ich habe schon hunderte Frauen vor der Kamera geküsst – und alle Regisseure waren zufrieden. Und auf einmal soll es nicht mehr gut sein?«

»Wie oft soll ich es dir noch sagen: Wo ist der Konflikt? Ich will den Konflikt sehen.«

»Was für einen Konflikt? Ich sehe seit Wochen, wie Schwester Tanja ihre Titten herumzeigt und mit ihrem Arsch wackelt, und jetzt will ich endlich ran. Und sie lässt mich ran, weil sie Lust auf meinen Schwanz hat.«

»Das interessiert mich nicht. Haben wir schon hundertmal gesehen. Doktor Stefan küsst Schwester Gaby. Doktor Frank macht sich an Schwester Jessica heran.«

»Was dann?«

»Noch einmal: Wo ist der Konflikt? Und es gibt einen Konflikt. Es gibt immer einen Konflikt. Du musst ihn nur finden. Und es ist nicht ihr Mundgeruch, soviel ist sicher.«

»Was dann?«

»Es gibt vielleicht einen inneren Widerstand: Du willst Schwester Tanja küssen, aber du hast Frau und Kind zu Hause.«

»Aber das ist doch abgegriffen.«

»Du bist nicht der geborene Ehebrecher. Und Schwester Tanja nicht die geborene Ehebrecherin. Das ist der Konflikt. Ihr widersteht lange eurer Lust, bis sie euch schließlich überwältigt.«

»Kalter Kaffee.«

Aber es stimmte. Quotenmäßig und auch von den Leserinnenbriefen her. Er hatte nach Ausstrahlung der Folge an die hundert Päckchen mit gebrauchten BHs und Slips bekommen. Und dreihundert Heiratsangebote. Und unzählige Nacktfotos mit entsprechenden Fickangeboten.

Der Konflikt, der auf der Bühne nicht stattgefunden hatte, fand in der Pause neben der Bühne statt: Einerseits war er von der Autorin verzaubert, andererseits hatte er ihr postspannendes Stückchen vor Augen, in das er nach der Pause eigentlich nicht wieder hineingehen wollte. In das er aber jetzt natürlich wieder hineingehen würde, wegen der Autorin. Auch sie schien Gefallen an ihm zu finden.

»Ich habe mir die Wiederholungen der *Doktor-Markus*-Folgen alle gegeben. Ich liebe Trash!«

Er gab das Kompliment gerne zurück.

»Hochaktuell, Ihr Stück. Zeitkritisch. Politisch! Nicht wieder so eine Empfindsamkeitskacke. Und Tempo hat das Stück. Sie sind eine richtige Beschleunigungsvirtuosin. Die Formel-1-Fahrerin des Theaters!«

Formel 1 gucken – das war in Wahrheit quälend wie dreistündiges Dauerwichsen ohne Samenerguss. Aber das sagte er nicht. Tapfer ging er nach Ende der Pause zurück an seinen Platz. Arthur wartete schon.

»Da hast du mir mit deiner Einladung eine schöne Scheiße eingebrockt.«

»Warum bist du nicht nach Hause gegangen?«

»In meine leere Wohnung?«

Die fünf Textauskotzer betraten die Bühne und fläzten sich auf ihre alten Plätze. Wie gehabt kotzten und glotzten sie weiter um die Wette. Noch immer gegen Globalisierung, Kapitalismus, Imperialismus, Medien. Die ganze bekannte Scheiße. Nur dass er die Globalisierung mittlerweile superklasse fand. Den Kapitalismus so was von cool. Medien absolut angesagt. Was da vorne stattfand, war noch schlimmer als Formel-1-Gucken. Das war Dauerwichsen mit einem schlappen Schwanz. Die Frage: Was schmerzt am Ende mehr? Hand oder Schwanz? Ein Königreich für ein Konfliktchen! Ein Weltreich für ein Drämchen!

Der Guido-Duvall-Konflikt: Einerseits warteten zu Hause Frau und Kind, andererseits hatte er mal wieder Lust auf Sex. Außerehelichen Sex. Sozusagen kleiner Rückfall in die frühen und mittleren Doktor-Markus-Jahre. Und die Autorin, die hatte ja was. Auf jeden Fall schöne Titten, nicht zu groß, nicht zu klein, genau so, wie er es liebte. Eine Schönheit war sie nicht, aber schöne Frauen hatte er schon genug gehabt. Supersmart war sie, belesen, gebildet, witzig, schlagfertig. Eine richtige Intellektuelle! Hatte vorhin die Namen nur so sprudeln lassen: Foucauld-Derrida-Zizek-Lacan-Deleuze-Guattari-Theweleit.

Aber: Da war dieses Scheißstück. Über das er vielleicht vor dem Sex, nach dem Sex, vielleicht sogar während des Sex reden müsste. Richtig reden, mit Analyse und so. Bewertung. Welttheaterhistorische Einordnung. Zwischen Beckett und Botho Strauß. Oder über Arthur Miller und neben Henrik Ibsen. Oder: noch nicht ganz Shakespeare, aber … Da käme er mit seinem Doktor-Markus-Gequatsche nicht weiter. Und wenn er ihr die Wahrheit ins Gesicht feuerte? *Ein Scheißstück, aber deine Titten sind Klasse!* Konnte das den Sex vielleicht sogar beflügeln? Nein, das würde ihre Sexperformance lähmen. Das kannte er von sich selbst. Der Künstler braucht das Gefühl, dass seine Kunst großartig ist – dann kann er im Bett erst so richtig aufdrehen.

Er hatte die Folgen von zuviel Ehrlichkeit einmal am eigenen Leib erfahren. In Person von Heidi Brockmann, Darstellerin von Teresa Terz, Leiterin der Mordkommission Mühlheim/Ruhr. Sie Bambisiegerin, er Goldene Kamera, und *es*, das Doppelbett, *Kempinski*. Und dann, beide nackt, der Satz, sie habe ihn schon stärker gesehen als in der Doktor-Markus-Rolle. Wie bei einem Aufzug, wo das Halteseil reißt, stürzte sein Schwanz vom fünften Stock in den Keller.

»Doktor Markus ist nicht Hamlet«, sagte er. »Aber Teresa Terz ist auch nicht Mutter Courage.«

»Aber Teresa Terz hat eine Tiefe, die Doktor Markus vollkommen abgeht.«

»Das liegt an der Regie«, sagte Duvall. Er küsste Heidi Brockmann. Bloß das Thema nicht weiter vertiefen, dachte er. Und wie zur Bestätigung erklomm sein

Schwanz das erste Stockwerk und strebte weiter nach oben. Es ging noch bis in den dritten Stock, da begann Heidi Brockmann wieder zu reden, statt weiter seinen Sack zu streicheln. Das war auch das Problem von Teresa Terz: reden statt tun. Und beim Reden so tun, als verstünde sie alles. Als könnte sie dem Mörder in die Seele schauen. Wie traurig Teresa Terz dabei immer aus ihrer Quelle-Katalog-Wäsche glotzte. Die Mörder gestanden, weil sie den Anblick dieser depressiven Teresa-Terz-Fresse nicht mehr länger ertrugen. Gestehen oder anfangen zu heulen, vor dieser letzten Frage standen alle Mörder am Ende der neunzig Minuten. Und gestanden.

»Das war meine Idee, dass Teresa Terz geschieden ist«, sagte Heidi Brockmann.

»Alle Fernsehkommissarinnen sind geschieden«, sagte Duvall.

»Ein Sohn wächst bei ihrem Exmann auf, einer bei ihr.«

»Na und?«

»Sie hatte auch mal was mit einer Frau. Aber das lag ihr nicht so.«

»Doktor Markus hatte in seinem Neuseelandurlaub mal eine kurze, heftige Affäre mit einem Schaf namens Molly. Er wollte Molly sogar mit in den Odenwald nehmen. Aber Molly hatte Flugangst, und so tröstete er sich nach seiner Rückkehr mit Schwester Tanja.«

»Dir fehlt die Tiefe.«

Seinem Schwanz leider nicht, der hing wieder gefährlich am Abgrund. Letzter Versuch, den Heidi-Brockmann-Redeschwall zu durchbrechen, indem er anfing, ihre Füße zu massieren. So hatte Doktor Markus auch Schwester Tanja gewonnen. Und Arthur extra einen Fußmasseur kommen lassen, der ihm das professionelle Füßemassieren zeigen sollte. Die Massage schlug an, Heidi Brockmann räkelte sich und stöhnte bereits, wie es Schwester Tanja wegen der Sendezeit nicht hätte tun dürfen. Der BH war auch bereits fachmännisch abgestreift, es konnte losgehen. Hätte losgehen können, denn irgendwas klemmte, das heißt stand nicht, wie es stehen sollte. Knickte ein und stürzte wieder in bodenlose Tiefe.

»Wir haben Zeit«, sagte Heidi Brockmann mit ihrer widerlichen Teresa-Terz-Mir-können-Sie's-ruhig-erzählen-Stimme.

Duvall zündete sich eine Zigarette an, während Heidi Brockmann offenbar darauf wartete, dass er etwas sagte. Sollte er gestehen? Er hatte niemanden umgebracht. Noch nicht. Wenn sie ihn aber weiter mit diesen triefenden Teresa-Terz-Glupschaugen anglotzte, in denen das Mitgefühl so hoch stand, dass jeden Moment eine Hochwasserkatastrophe drohte, würde er sie erwürgen. Nein, das Problem war, sie hatte vielleicht recht.

»Dir fehlt Tiefe«, hatte auch Ariane gesagt. In angezogenem Zustand, denn sie hatte ihn dann doch nicht rangelassen.

Er ging ins Bad, duschte, kam wieder, ein halbstündiges Vorspiel, bei dem er mit allen Tricks und Raffinessen aufwartete. Sein Schwanz schaffte es dabei zwar mal kurz ins vierte Stockwerk, ansonsten anhaltendes Baumeln. Da halfen weder Hand noch Mund.

Das Problem mit der Tiefe: Sein Schwanz fand nicht mehr aus ihr heraus, seine Seele noch nicht in sie hinein.

Sponsoring

Hätte ein schöner Junitag werden können. Mit der Badehose raus an den Wannsee, paar Flaschen Bier dabei, Obst, Kuchen, unterwegs 'ne Currywurst mit Pommes rotweiß und Mayo extra und … einfach genießen. Die Seele baumeln lassen. Ganz entspannt noch einmal über diese Amerikageschichte nachdenken. Über ein Kind. Dann am Abend vor Carol treten und sagen: Ich habe mich entschieden. Amerika ja, Kind nein. Oder: Amerika nein, Kind ja. Oder: Amerika nein, Kind nein. Oder: Amerika ja, Kind ja. Jedenfalls eine Entscheidung. Stattdessen rief bei der dritten Tasse Kaffee Fritz an.

»Wir haben das Geld nicht bekommen. Schlimmer noch: Man hat uns die Hälfte gestrichen. Ich bin in einer halben Stunde bei dir.«

Er brauchte jetzt dringend ein Sahnetörtchen. Am besten zwei, obwohl er auf Diät war. Aber es ging nicht anders. Sahnetörtchen oder Zigarette. Eine Zigarette würde Carol riechen, ein Sahnetörtchen aber nicht sehen. Wenigstens nicht sofort. Die Konditorei an der Ecke hatte keine Sahnetörtchen mehr. Zur Not taten es auch drei Nougatkringel. Und er war in Not, in allerhöchster. Er aß den ersten Nougatkringel gleich auf der Straße. Überlegte, ob er nicht noch ein paar Obstplunder kaufen sollte. Nein, er durfte sich nicht gehen lassen. Aber eine vierte und fünfte Tasse Kaffee gönnte er sich.

Das Geld nicht bekommen. Wie war das möglich? Wo sie doch eindeutige Signale empfangen hatten, dass das Theater 94 besonders förderungswürdig sei. Frau Dr. Hitzler, die zuständige Frau von der Senatsverwaltung, hatte das Theater 94 in höchsten Tönen gelobt.

Auch die Feuilletons. Und dann die Einladungen zu Theaterfestivals in Polen und Tschechien. Die Zusammenarbeit mit polnischen, tschechischen und slowakischen Künstlern. Und vor allem die künstlerische Programmatik: eben nicht zum hundertsten Mal *Die schmutzigen Hände* oder *Biedermann und die Brandstifter*, was die großen Theater viel besser konnten, sondern Uraufführungen teils junger, schon bekannter Autoren, teils noch unbekannter Autoren. Die in Zusammenarbeit mit Schauspielern, Regisseur, Musikern ihre Spielvorlage als work in progress erstellten. Das Ganze begleitet von Workshops und Diskussionsveranstaltungen. *Man hat uns die Hälfte gestrichen.* Was bedeutete, dass nur noch Geld für die Miete da war. Das Programm für das nächste Jahr Makulatur. Jetzt halfen nur noch der zweite und der dritte Nougatkringel.

Fritz machte es kurz und schmerzvoll: »Du musst jetzt das Theater 94 retten.«

»Ich? Wie stellst du dir das vor?«

»Durch Sponsorenakquise, ganz einfach.«

»Aber du weißt doch, wie schwierig das ist. Erstens gibt es in Berlin kaum Firmen, und dann sind die meisten auch noch klamm.«

»Du musst dich eben mehr reinhängen.«

Und fort war Fritz. Hatte noch den Namen von einer Frau dagelassen, die bei einem Versicherungskonzern arbeitete: Dr. Sigrid Richter-Holthusen. Angeblich die Assistentin vom Vorstandschef und eifrige Theatergängerin mit Sinn für Avantgarde. Aber das hatte Fritz auch von Dr. Sprenkler von der Deutschen Bank behauptet. Und Dr. Sprenkler hatte ihn abblitzen lassen. Zuerst eine Stunde warten lassen, dann zehn Minuten interessiert tun, dann weg wegen wichtigem Termin. Ein paar Tage später nachgefragt, aber Pustekuchen. War schon ein

Wunder, dass sich Dr. Sprenkler überhaupt noch an seinen Namen erinnern konnte.

Fritz – er hatte gedacht, der wäre sein Freund. Der einzige, den er hatte. Und jetzt dieses Bossgehabe. Konnte eben doch seinen bourgeoisen Stammbaum nicht verleugnen, diese linke Neuköllner Sau! Zuerst Bruderkuss und anschließend Tritt in die Eier.

In den späten Achtzigern, vor der Wende, war Fritz der schwäbische Che Guevara von Greenwich Village. Sündteurer Loft von Erbschaft gekauft zwecks Kommunengründung. Flugblätter vor Fabriktoren verteilt. Comicversion des *Kapitals* verfasst und in Fortsetzungen über das ganze Land verschickt. Häuserkampf geübt in den Slums der Bronx. Sich im Rahmen einer Survival-Übung in Montana für die bevorstehende Weltrevolution drei Wochen lang von Beeren, Wurzeln und Würmern ernährt. Oder doch nur alles Phantasieprodukte eines schwäbischen Dummschwätzers? Vor einem Jahr Viertagetrip mit Fritz nach New York: Wooster-Group und Besuch bei den alten Theater-Kommunarden. Drei Stunden hielt die Immigration Control Fritz fest. Nahm Fingerabdrücke. »Faschistisch-kapitalistische Diktatur!«, schimpfte Fritz. »Amerikas Problem ist nicht der Terror, sondern zu wenig Terror.«

Sein Freund hielt ihn wahrscheinlich für einen Neoliberalen, nur weil er nicht bei jeder Gelegenheit die Globalisierung verdammte. In seinen Augen war er der leibhaftige Beweis für die These: *Wer in der Jugend kein Kommunist ist, wird als Erwachsener ein Spießer und im Alter ein Arschloch!* Vom Arschloch trennten Eckhard noch ein paar Jährchen.

Erster Anruf bei Dr. Sigrid Richter-Holthusen. Erfahrungsgemäß brauchte es zwanzig, dreißig Anrufe, bis man die entscheidende Person am Apparat hatte. Mit dem fünften war Eckhard immerhin schon mal in ihrem Vorzimmer.

»Frau Dr. Richter-Holthusen ist gerade in einer Sitzung«, sagte die Sekretärin. »Kann ich etwas ausrichten?«

»Nicht nötig. Ich versuche es später noch einmal.«

Bloß nicht auf die Masche reinfallen von wegen, Frau Dr. Richter-Holthusen ruft zurück. Die würde eher Päpstin als zurückrufen. Ab einer gewissen Stufe in der beruflichen Aufstiegsleiter riefen Leute grundsätzlich nicht zurück. Sie ließen allenfalls zurückrufen. Der einzige Weg: allerunverschämteste Hartnäckigkeit. Die Sekretärin oder den Assistenten so lange mit Anrufen nerven, bis sie vor der Alternative standen: durchstellen und damit einen Anschiss vom Chef riskieren, oder Nervenzusammenbruch. Und gelang es beim neunundachtzigsten Anruf noch immer nicht, durchgestellt zu werden, weil das Nervenkostüm einer Ritterrüstung glich, blieb nur noch das letzte Mittel: vorbei am protestierenden Pförtner und der mit der Polizei drohenden Vorzimmerdame und schnurstracks ins Chefbüro.

Zweiter Anruf, noch immer Sitzung, vierter Anruf, Dr. Richter-Holthusen telefoniere gerade. Das war doch ein Fortschritt. Nach fünf Minuten der fünfte Anruf.

»Hören Sie«, sagte die Sekretärin, »ich habe noch anderes zu tun, als Ihre Anrufe entgegenzunehmen.«

»Und ich, als immerzu vertröstet zu werden.«

»Dann sagen Sie mir endlich, was Sie von Frau Dr. Richter-Holthusen wollen.«

»Mit ihr übers Theater reden.«

»Ich glaube nicht, dass Frau Dr. Richter-Holthusen dafür Zeit hat.«

»Bitte fragen Sie sie.«

Dreißig Sekunden später der Bescheid: »Frau Dr. Richter-Holthusen hat jetzt leider gar keine Zeit. Aber vielleicht ein andermal.« Aufgelegt. Jetzt eine Zigarette, verdammt noch mal. Stattdessen das Telefon und Carols Mutter aus Pittsfield. Pittsfield, Massachusetts. Pittsfield, *Mäss*, wie Carol sagte.

»*Öckert*«, sagte Carols Mutter, »how's it going?«

Er wollte schon zu einer ausschweifenden Antwort ansetzen, als er sich erinnerte, dass diese Frage nur eine Floskel war, die keine andere Antwort vertrug als: »I'm fine. What about you?«

»I'm okay I guess … I'm not getting any younger, you know …« Die war mit ihren sechsundsechzig oder siebenundsechzig Jahren fitter als er. Hatte mit Sicherheit bessere Cholesterinwerte. Fraß auch keine Sahnetörtchen.

»Carol isn't here. Do you want to leave a message?«

»I'll try later, thanks. Bye-bye.«

Es ging wohl um die geplante vierwöchige Reise im Wohnmobil im September. Und das Projekt: Wie können wir Eckhard Amerika schmackhaft machen? Mit Carol und den Schwiegereltern von Pittsfield, *Mäss*, über Washington, *Dici*, nach North Carolina. Dort zu den Outer Banks und in die Great Smoky Mountains. In die Cherokee Indian Reservation. Abends auf dem Campingplatz an der Feuerstelle sitzen mit chicken wings und Campbell's tomato soup. Er hatte noch nicht endgültig zugesagt. Aber in den nächsten Tagen mussten die Tickets gekauft werden. Carol machte Druck.

Das Problem war nicht die Reise, sondern das Projekt. Amerika, ja oder nein.

Er war als Austauschschüler ein Jahr in Seattle gewesen, in einer Familie, in der Eltern und Kinder mehrmals wöchentlich zueinander sagten, dass sie einander liebten. Auch zu ihm hatten sie bald gesagt, dass sie ihn liebten. Liebten wie den eigenen Sohn Ben und die eigene Tochter Susan. In seiner Familie hatte man das nie zueinander gesagt. Mit einigen Mitschülern hatte es Probleme gegeben, weil er sich weigerte, beim Football und Basketball mitzumachen. Und dann fiel es ihm auch nicht ein, Komplimente zu machen wie: *Du hast aber ein tolles Hemd an.* Oder: *Die neue Frisur steht dir gut.* Schlimmer noch war, dass er nach einem halben Jahr an der Thomas-Jefferson-Highschool den Ruf eines Zivilisationspessimisten hatte, eines Grüblers, ja eines Miesepeters.

Wenn er eindeutig hätte sagen können: Berlin, ja oder nein. Dann hätte er auch eindeutig sagen können: Amerika, ja oder nein. Wenn Berlin nein, dann Amerika ja. Aber mit Berlin ging es ihm wie mit vielem anderen: einmal ja, dann wieder nein. Und wieder ja und wieder nein und so weiter. Das verstand Carol nicht. Verstanden Carols Eltern nicht. Verstanden Carols vier Brüder nicht. Verstanden die Ehefrauen von Carols vier Brüdern nicht. Niemand in Amerika verstand das. In Berlin verstanden es schon einige, aber mehr noch verstanden, dass Carol angesichts seiner Unentschlossenheit verzweifelte.

Aber warte, da war jetzt eine geradezu kolumbushafte Entschlossenheit in ihm, mit Frau Dr. Richter-Holthusen zu sprechen. Trotz aller Widerstände, wegen aller Widerstände, gegen alle Widerstände. Wenn Carol ihn jetzt gesehen hätte. Und seine Schwiegereltern und Schwager samt Ehefrauen. Wie er das Sakko vom Haken riss und die Treppe hinunterstürzte. Die wären in sich gegangen, um die Ursache für seine Amerika-Unentschlossenheit nicht mehr länger bei ihm, sondern bei sich selber zu suchen. Oder bei Amerika.

Der Pförtner war ein Hindernis, aber zu überwinden,

indem Eckhard auf die Frage, zu wem er wolle und ob er angemeldet sei, antwortete: »Mein Name ist Dr. Gerhard Fritsche, Ministerialdirigent im Bundesfinanzministerium. Frau Dr. Richter-Holthusen erwartet mich bereits.«

Hieß das überhaupt Ministerialdirigent? Nicht Ministerialdirektor? Egal, er stand schon im Zimmer der Sekretärin, die seinen Ministerialdirigenten durchschaute, weil sie die Stimme wiedererkannte. Aber da hatte er bereits das Büro von Dr. Richter-Holthusen betreten. Die gerade ihre Fingernägel feilte. Aus dem Hintergrund der Ruf der Sekretärin, sie werde die Polizei rufen, wenn er nicht augenblicklich verschwinde.

»Ich bin keineswegs in feindlicher Absicht hier«, waren seine ersten Worte an Frau Dr. Richter-Holthusen, die noch immer ihre Fingernägel feilte. Und die, das sah er erst jetzt, wo sie den Schreibtischsessel in seine Richtung drehte, durchaus füllig war. Um nicht zu sagen dick. Oder fett. Oder Walross. Dicker als er, aber nicht viel. Nicht so viel, dass Neid hätte aufkommen können. Eher Mitgefühl. Leidensgemeinschaft. Er schwitzte, sie schwitzte. Er japste, sie japste. Trotz offenen Fensters. Vor sich auf dem Tisch: Erdbeertörtchen. Was heißt Törtchen: Torten! Riesenstücke. Mit Sahne.

Aus dem Hintergrund noch immer die Sekretärin, die ihn ein letztes Mal warnte. Die schlanke Sekretärin mit straffen Brüsten und endlosen Beinen. Im Unterschied zu Frau Dr. Richter-Holthusen, deren Oberkörper von ihren Wassermelonen geradezu nach unten gezogen wurde. Nichts saß, alles hing, das Kinn, die Backen, der Hals, der Nacken, die Oberarme, die Unterarme, die Hüften. Und erst die Beine. Fast so breit wie lang. Und die Füße quollen aus den Pumps.

Sie bot ihm ein Stück Erdbeertorte an. Was er sich nicht zweimal sagen ließ. Er hatte ja wieder Hunger.

Sahnetörtchen und Nougatkringel lagen schon mindestens zwei Stunden zurück. Und dann der ganze Stress mit Fritz und der Schwiegermutter. Während er sich auf den angebotenen Platz setzte, der Gedanke: Für Amerika sprechen die vielen Dicken dort. Er würde dort kaum auffallen. Andererseits … schon wieder andererseits, immer andererseits. Warum konnte er dieses verdammte *andererseits* nicht ausknipsen? Andererseits: Er wollte ja nicht mehr dick sein.

»Ingrid, bringen Sie dem Herrn bitte eine Tasse Kaffee!« Die Sekretärin zögerte. Starrte mit ihren höchstens zweiundfünfzig Kilo den Fleischberg von Chefin und den Fleischhügel von Seiner Impertinenz an. »Haben Sie nicht verstanden? Bitte bringen Sie dem Herrn eine Tasse Kaffee.«

»Großartig, die Erdbeertorte. Wie selbst gemacht.«

»Sie *ist* selbst gemacht … *Ich* habe sie selbst gemacht.«

»Großartig, habe noch nie so eine leckere Erdbeertorte gegessen.«

»Wenn Sie noch ein Stück möchten?«

»Sehr gern. Sie müssen mir unbedingt das Rezept verraten. Ach, übrigens, mögen Sie Käsetorte?«

»Ich könnte sterben für Käsetorte.«

»Dann müssen Sie mal zu mir kommen. Meine selbst gemachte spanische Käsetorte, köstlich, sage ich Ihnen.«

Die Sekretärin servierte den Kaffee.

»Mit Milch, bitte«, sagte Eckhard.

Die Sekretärin hatte wieder ihren erstarrten Blick.

»Haben Sie nicht gehört, Ingrid?«, sagte Dr. Richter-Holthusen. »Der Herr trinkt den Kaffee mit Milch.«

»Und Zucker«, sagte Eckhard.

Gebote

Arthur war auf dem Weg zu den Archers, weil Martha mal wieder mit einer Stirnhöhlenvereiterung im Bett lag. Stirnhöhlenvereiterung im Sommer, bitte schön, wo gab es das denn? Und was war das überhaupt, eine Stirnhöhlenvereiterung? Vor seiner Zeit bei *Easy Deutschland* hatte Arthur niemanden gekannt, der an einer Stirnhöhlenvereiterung litt. Und nun eine regelrechte Stirnhöhlenvereiterungsepidemie. Ungefähr alle vier Wochen Martha, aber auch andere Kollegen. Besonders an Brückentagen. Oder vor Ostern und Pfingsten. Nach Weihnachten.

Hoffentlich waren die Archers nicht die typischen Martha-Kunden. Martha-Kunden waren schwierige Kunden. Fütterten ihre Waschmaschine mit einem Essigreiniger und riefen dann Martha an. Und Martha, die angeblich mit einer Stirnhöhlenvereiterung im Bett lag, rief ihn an. Und er rief, bevor er zu Marthas Kunden fuhr, den Waschmaschinenreparaturservice an. Meistens waren die Männer vom Waschmaschinenreparaturservice vor ihm da und begrüßten ihn mit intensivem Kopfschütteln.

Marthas Kunden hatten aber auch Probleme mit Geschirrspülmitteln. Statt der gängigen Handelsmarken benutzten sie gerne mal *Abfluss-Frei*, mit allen Konsequenzen. Es stellte sich dann fast immer sehr schnell heraus, dass Marthas Kunden keineswegs verrückt waren oder suizidgefährdet, sondern dass Martha einfach vergessen hatte, ihnen die *Bedienungsanleitung für Deutschland* in die Hand zu drücken.

Für Kunden von *Easy Deutschland* war das in den

ersten Wochen die Bibel. Alle Formulare wurden darin erklärt, mit denen Ausländer bei deutschen Behörden konfrontiert waren, ebenso Mülltrennung, Mietverträge, Fahrerlaubnis. Und Fotos zeigten, was zum Spülen, Putzen, Waschen, Wischen geeignet war und was nicht. Das Wichtigste an der Deutschlandbibel war aber der Anhang mit den zehn Geboten, wobei das erste Gebot war: *Vergleichen Sie Deutschland in den ersten sechs Monaten niemals mit Ihrem Heimatland!* Andere Gebote lauteten: *Freunden Sie sich nur mit solchen Ausländern an, die sich in Deutschland wohlfühlen!* und: *Bereiten Sie mindestens dreimal in der Woche ein deutsches Gericht zu!*

Tony Archer war in großen Schwierigkeiten. Eingeladen von einem deutschen Kollegen zu sich nach Hause, war er so nervös, als hätte ihn der Bundespräsident eingeladen.

»What should I do? Shake hands? Give him a hug? I don't want to hug him. I hate hugging men. I don't even hug my brother or father. I hug my wife sometimes. I'm not from a family where we hug each other very often. To be honest, I don't remember any hugs besides Christmas, birthdays and funerals.«

»Warum sprechen Sie nicht Deutsch mit mir? Ihr Deutsch ist doch ausgezeichnet.«

»Martha meint, ich mache noch manchmal Fehler mit Dativ und Akkusativ.«

»Wir alle machen Fehler mit Dativ und Akkusativ. Auch ich. Auch Martha. Gerade Martha. Soll ich Ihnen mal was sagen? Fünfzig Prozent der Deutschen beherrschen nicht den Akkusativ. Und wahrscheinlich siebzig Prozent nicht den Dativ. Ein Drittel weder Akkusativ noch Dativ. Ein weiteres Drittel weiß gar nicht, was Akkusativ und Dativ sind.«

»A cup of tea, Mister Schulze?«

»Yes, Sir!«

Das nächste Problem war die Frage nach dem Mitbringsel. Arthur schlug eine Flasche Wein vor und Blumen für die Frau.

»Aber übergeben Sie den Blumenstrauß nicht im eingepackten Zustand. In England macht man das so, in Deutschland nicht.« Dann nochmals die Frage der Begrüßung. »Sagen Sie einfach *Guten Abend*.«

»Keine Umarmung?«

»Keine Umarmung. Es sei denn, Ihr Kollege ist ein guter Kumpel von Ihnen.«

»Wenn es Ihnen nichts ausmacht, würde ich das Ganze gern einmal kurz durchspielen. Sie sind mein Kollege Franz Xaver Overbeck … What a strange name … Fehlt uns leider Franz Xavers Frau.«

Arthur rief Ariane an.

»Nein«, sagte sie. »Egal, was du von mir willst, meine Antwort ist: nein.«

»Lass mich doch ausreden.«

»Nein.«

»Ariane, ich habe die Idee für eine neue Serie.«

»Nein.«

»Ich habe schon mit Studio Hamburg gesprochen.«

»Du hast seit Jahren nichts mehr gekriegt.«

»Eine Serie über eine Ärztin auf einem Kreuzfahrtschiff.«

»Du lügst.«

»Da habe ich gleich an dich gedacht.«

»Jochen hat recht: Du bist und bleibst ein Arschloch.«

»Aber ein talentiertes, vergiss das nicht!«

Eine halbe Stunde später war Ariane da. Seit eineinhalb Jahren hatte sie kein Engagement mehr, von Kurzauftritten als Mordopfer in diversen Krimiserien abgesehen.

»Don’t show your boobs«, sagte Arthur.
»Wie bitte?«, fragte Ariane.
»Du sollst deine Titten nicht so zeigen. Du bringst den armen Mister Archer noch ganz aus der Fassung!«
Dann begann die Probe. Patricia, Archers Frau, überreichte die Blumen.
»How lovely«, sagte Ariane.
»Stopp!«, sagte Arthur. »Wir sprechen nur Deutsch.«
»Wie schön«, sagte Ariane.
»Stopp«, sagte Arthur. »Das Papier muss vorher vom Blumenstrauß entfernt werden.«
»Oh, I’m sorry«, sagte Patricia.
»I told you«, sagte Tony.
»Nur Deutsch«, sagte Arthur.
»Martha told us we could also speak English.«
»Sie wollen doch Ihrem Kollegen zeigen, wie gut Sie Deutsch gelernt haben.«
»My German is pretty rusty«, sagte Patricia.
»Dann sprechen Sie mit Frau Overbeck Englisch und Tony spricht mit Herrn Overbeck Deutsch. Vielleicht ist Frau Overbeck froh, ihr Englisch aufzufrischen.«
»Alright«, sagte Tony.
»Was möchten Sie trinken, Patricia?«, fragte Arthur.
»I’m confused«, sagte Patrica. »Do we say *du* to each other?«
»Wie sprechen Sie Ihren Kollegen an, Mister Archer?«
»Mit Franz Xaver.«
»Du oder Sie?«
»I don’t know … I mean I didn’t pay much attention to this … Should I call him and ask him?«

In der Zeitung ein Interview mit dem Bezirksstadtrat über das ideale Wochenende.

Ausschlafen. Klar, das tat König auch. Samstags bis halb neun, sonntags sogar bis halb zehn.

Frühstück im Bett mit meiner Frau. Früher einmal, vor fünf oder sechs Jahren, in ihrem dritten Frühling. Jetzt war ihr fünfter Herbst oder sechster Winter, obwohl kalendermäßig Sommer.

Sonntagszeitungen lesen und Musik hören, Wandern und Radeln. Sonntagszeitungen las er auch, Musik hörte er auch, allerdings in Form von Zwangsbeschallung aus dem Küchenradio. Sender mit Werbung und Trallalamusik, Zoes Lieblingssender.

Und mich mit meinen Söhnen und Töchtern, meiner Mutter, meiner Schwiegermutter und meinen Freunden treffen. Zoe düste gewöhnlich nach dem Frühstück ab, Thomas verkroch sich in sein Zimmer. Seine Mutter lebte vierhundert Kilometer entfernt im Altenheim. Seine Schwiegermutter lebte zwar im nahen Wilmersdorf, würde aber den Sonntag eher in der Bahnhofsmission verbringen wollen als mit ihm. Und Freunde? Hatte er überhaupt Freunde?

Dazwischen darf ruhig Zeit für eine Siesta sein. Und am Montag, Herr Bezirksstadtrat, Zeit für einen Rückruf? Seit Wochen kein Rückruf. Und die Überlegung, einen weiteren Telefonversuch zu starten.

König las nochmals das Interview.

»Hier!«, sagte er zu Marion. »Lies mal das Interview. Irgendwas stimmt damit nicht.«

»Gleich«, sagte Marion, während sie in einer Fotozeitschrift blätterte.

Vor zwei Tagen war ihm von der Volkshochschule Charlottenburg-Wilmersdorf das Gerücht zugetragen worden, das Rennen um den Posten des Volkshochschulleiters sei gelaufen: Kurz-Kowalski sei die Auserkorene. Sofort der Anruf bei seinem Kollegen von der Volkshochschule Neukölln: alles Quatsch. Zufällige Begegnung mit der Kurz-Kowalski auf dem Flur und anschließendes Frohlocken wegen ihrem Sorgengesicht. Gewöhnlich zeigte sie eine Unbekümmertheitsvisage, in die er nur zu gern reingetreten hätte, wenn er Gewalt nicht so verabscheuen würde.

»Jetzt lies doch endlich das Interview«, sagte König.

»Jetzt sei doch nicht so ungeduldig«, sagte Marion.

Das Problem war nicht, dass sie zu wenig miteinander redeten, und auch nicht, dass sie sich nicht verstanden.

Helena Eriksson hatte er zunächst kaum verstanden. Sie Schwedisch, aber kaum Deutsch, er Deutsch, aber kein Schwedisch, sie Englisch, aber kaum Französisch, er Französisch, aber kaum Englisch. Aber war gegangen. Nicht *aber*, war gegangen. War sogar sehr gut gegangen, im Büro auf der Auslegeware. Im Hotel. Auch spazieren gehen war gegangen.

»Wolltet ihr nicht um elf los?«, fragte Marion.

»Wie spät ist es denn?«

»Schon halb zwölf.« In der Tat, es war halb zwölf. Er wusste, dass es halb zwölf war, hatte aber trotzdem gefragt. Diese Sätze galt es einzusparen. Aber was blieb dann noch?

»Wohin fahrt ihr denn?«, fragte Marion.

»An den Wannsee«, sagte König. Wenn er sich richtig erinnerte, hatte er es bereits gestern Abend gesagt. Oder am Freitag. »Mit der S-Bahn«, ergänzte er. »Dann nehmen wir das Schiff rüber nach Kladow.«

»Und wie kommt ihr zurück?«

»Entweder nehmen wir den Bus von Kladow über die Heerstraße bis zur Wilmersdorfer Straße und dann die U7. Oder wir nehmen das Schiff zurück bis Wannsee und dann wieder die S-Bahn.«

Das war ihm schon als Kind auf die Nerven gegangen. Die Frage der Mutter, wenn er die Wohnung verließ: Hast du die Schlüssel dabei? Oder: Vergiss nicht dein Portemonnaie! Oder: Denk an deine Monatskarte! Er hatte die Schlüssel stets dabei. Er hatte sein Portemonnaie nie vergessen. Er hatte an seine Monatskarte stets gedacht. Vielleicht war es tatsächlich ein einziges Mal vorgekommen, dass er die Schlüssel nicht dabei, sein Portemonnaie vergessen und an seine Monatskarte nicht gedacht hatte. Aber tausendmal die immer gleichen Fragen und die immer gleichen Antworten.

Und was tat er, wenn Zoe die Wohnung verließ? Stellte dieselben Fragen!

»Bist du jetzt fertig mit dem Interview?«

»Einen Moment noch.«

Zoe kam in die Küche und fragte, wann es losgehe.

»In einer halben Stunde. Du kannst dich ja schon mal fertig machen.«

»Ich bin fertig.«

»Das sagst du immer. Und wenn es dann losgeht, bist du nicht fertig. Müssen wir auf dich wieder warten, weil du Ewigkeiten im Badezimmer zu tun hast.«

»Du redest schon wie Marion.«

Und weg war Zoe. Beleidigt. Bereute wahrscheinlich, dass sie mit ihrem Alten und dem Bruder auf Familienausflug ging, statt ihren Freund zu treffen. Falls sie überhaupt noch mitkam und nicht eine Hausaufgabe erfand, die unbedingt sofort zu machen war.

»Fertig«, sagte Marion.

»Und?«, fragte König. »Ist dir was aufgefallen?«

»Scheint ein erfülltes Leben zu haben, der Bezirksstadtrat. Geradezu beneidenswert. Wenn ich da unser Leben anschaue.«

»Sonst ist dir nichts aufgefallen?«

»Er scheint problemlos Familie *und* Karriere unter einen Hut zu bringen.«

»Sonst noch was?«

»Kümmert sich auch noch um die Mutter und die Schwiegermutter. Wann hast du deine Mutter eigentlich zum letzten Mal besucht?«

»Jetzt reicht's! Kannst du mir mal erklären, wie der Bezirksstadtrat das alles an einem einzigen Sonntag schafft? Entweder der Bezirksstadtrat lügt oder sein Sonntag hat doppelt so viele Stunden wie meiner.«

»Er trödelt eben nicht soviel herum wie du.«

Die S-Bahn voll mit Radfahrern. Viele Sechzig- bis Achtzigjährige dabei. Trainierten am Wochenende, um in der Woche fit für Demonstrationen gegen Rentenkürzungen zu sein. Wirkten fitter als sein Sohn, der bereits bei der zehnten Treppenstufe außer Atem geriet. In seiner Lethargie war er bereits jetzt mit Volltempo auf dem Weg zum Sozialfall. Nur dass es in zehn Jahren vielleicht gar keinen Sozialstaat mehr gab. Sozialfall ohne Sozialstaat, da gab es nicht viele Möglichkeiten. Kriminalität oder Obdachlosigkeit. Oder beides. Oder der Vater müsste einspringen mit seiner Rente. Falls von der bis dahin noch was übrig blieb.

Thomas verschickte SMS, Zoe schaute aus dem Fenster, er las einen Artikel über die neuen Väter.

Die neuen Väter, das waren Väter mit mehr Gefühl und weniger Strenge. Die argumentierten statt diktierten. Die sich als Partner ihrer Kinder verstanden. Der Artikel sagte, dass die neuen Väter, allem Anschein zum Trotz, nicht besser als die Väter früher seien. Die neuen Väter machten die Kinder krank, wie auch die Väter früher die Kinder krank gemacht hatten. Auch die neuen Mütter machten die Kinder krank, aber das war nicht Thema des Artikels. Das war vor vier Wochen Thema eines anderen Artikels gewesen. Die neuen berufstätigen Mütter, die ihre Kinder krank machten. Allerdings hatten die nicht berufstätigen Mütter von früher ihre Kinder ebenfalls krank gemacht. Nur anders.

Und die neuen nicht berufstätigen Väter? Machten ihre Kinder ebenfalls krank, nur anders als früher die berufstätigen Väter. Übrigens machten auch die neuen nicht berufstätigen Mütter die Kinder krank. Die Kinder waren auf jeden Fall krank, heute wie früher. Die Frage, die sich noch stellte: Welche Kinder waren kranker, die von heute oder die von früher? Einerseits war der Artikel deprimierend, andererseits ermutigend: Denn so oder so konnten die Väter nichts richtig machen. Wenn alle Väter alles falsch machten, relativierte das seine Schuld.

Sollte er Marion den Artikel zu seiner Entlastung zeigen? Nein, auf keinen Fall. Vor Monaten hatte er es bei einem Artikel mit dem gleichen Thema getan, woraufhin Marion gesagt hatte: »Das Problem ist nicht, dass du etwas falsch gemacht hast. Wir alle machen manchmal Dinge richtig und manchmal Dinge falsch. Das Problem ist … *dein* Problem ist, dass du gar nichts gemacht hast. Dass du dich überhaupt nicht gekümmert hast. Dass du durch Abwesenheit geglänzt hast. Und dass sich daran bis heute nichts geändert hat.«

Aber Zoe, die mochte ihn doch. Liebte ihn vielleicht sogar. Vertraute ihm wenigstens. Jedenfalls mehr als ihrer Mutter.

Gestern hatten sich die beiden wieder gestritten. Zoe wollte mit ihrem Freund ins Kino, Marion wollte, dass sie für die Schule lerne.

»Wenn du so weitermachst, bleibst du sitzen«, sagte Marion.

»Dann bleibe ich eben sitzen«, sagte Zoe.

»Seit du diesen Freund hast … Du warst vorher so gut in der Schule.«

»Ansgar hat damit nichts zu tun.«

»Natürlich hat er das. Er lenkt dich ab.«

»Schwachsinn.«

»Ich rede keinen Schwachsinn, verstanden?« Zoe stürmte aus der Küche und knallte die Tür zu.

»Sag du was«, sagte Marion zu ihm.

»Was soll ich sagen?«, sagte er.

»Sie ist auch deine Tochter«, sagte Marion.

»Sie ist alt genug, um zu entscheiden, wann sie ins Kino geht und wann nicht.«

»Hast du ihre letzte Mathematikklausur gesehen?«

»In Mathe war ich auch schlecht.«

»In Physik, Chemie und Biologie das Gleiche.«

»Sie will doch sowieso irgendwas mit Kunst machen. Künstler sind immer schlecht in der Schule.«

»*Irgendwas mit Kunst*, lächerlich! Sie macht zuerst das Abitur, dann kann sie von mir aus machen, was sie will. Aber nicht vorher. Nicht solange sie ihre Füße unter meinen Tisch stellt.«

Zoe hatte ihn spätnachmittags im Büro angerufen. Er hatte gesagt: »Geh ruhig mit Ansgar ins Kino. Ich rede mit deiner Mutter!«

Und jetzt saßen sie auf dem Schiff. Zoe neben ihm, Thomas am anderen Ende des Decks. Noch immer mit dem Handy beschäftigt. Kein Blick für das Wasser, die Pfaueninsel, den Himmel, die anderen Passagiere. Kein Blick für den Vater, die Schwester. Und immer ein missmutiges Gesicht, das durch die Pickel nicht anziehender wurde. Kein Sport, keine Bücher, keine Zeitung. Keine Spur von Begabung. Keine Leidenschaft für irgendwas. Kein Interesse an Mädchen. Stattdessen Fernsehen, Computer, Handy und Missmut. Letzterer mindestens sechzehn Stunden am Tag. Dagegen Zoe. Keine Schulüberfliegerin, aber talentierte Künstlerin. Gefördert von ihrem Kunstlehrer Cornelius Schreker in seiner Foto- und Video-AG am Nachmittag. Schreker war nicht irgendwer. Hatte bereits in Berlin und New York ausgestellt. In spätestens zwei Jahren würde der seinen Kunstlehrerjob an den Nagel hängen. In zehn Jahren würde das MoMA für eine seiner Videoinstallationen eine Million Dollar zahlen. Da wüsste die Kunstwelt auch schon Bescheid über seine Schülerin Zoe König.

Die jetzt ihren Vater fragte, ob er einmal was mit einer anderen Frau gehabt habe. Mitten auf dem Wannsee, noch bestimmt zehn Minuten entfernt von der Anlegestelle in Kladow. Die ihn anschaute, nicht streng, nur neugierig. Die einfach nur die Wahrheit wissen wollte. Und König, der seinen Blick über das Wasser schweifen ließ, sagte: »Ja, war mal was, aber nicht wichtig.«

Angelegt in Kladow. Die anderen Passagiere stiegen frohgemut auf ihre Räder oder steuerten auf die nahen Cafés und Biergärten zu, während sie herumstanden wie nicht abgeholt. Thomas war noch immer mit seinem Handy zugange. Zoe nahm ihre Videokamera aus der Tasche. König schnauzte seinen Sohn an, endlich dieses verdammte Handy auszuschalten.

»Ist was?«, fragte Thomas.

»Das frag ich dich«, sagte König.

»Streiten wir nicht«, sagte Zoe. Sie deutete auf die

Bänke am Ufer hin. König und Zoe setzten sich auf eine Bank, Thomas setzte sich drei Bänke weiter. Und war weiter mit dem Handy beschäftigt.

»Sag mal, Zoe, nimmt Thomas Drogen?«

»Weiß ich doch nicht.«

»Oder dealt er gar mit Drogen?«

»Du bist sein Vater.«

»Ich komme nicht mehr an ihn heran.«

»Mir sagt er auch nichts.«

»Was anderes … Sag mal –«

»Ich weiß nicht, ob Marion jemand anderen hat.«

»Hm.«

»Du willst wissen, ob du ein guter Vater bist?«

»Wie kommst du darauf?«

»Weil Marion vorgestern wissen wollte, ob sie eine gute Mutter ist.«

»Und? Bin ich …?«

»Was willst du hören?« Die Wahrheit nicht. Oder eine andere Wahrheit als die, die auf der Hand lag. Die sich nicht darum scherte, dass er das Windelwechseln weitgehend vernachlässigt hatte. Auch das Vorlesen und Geschichtenerzählen. Ebenso Elternsprechtage und Hausaufgabenhilfe. Das Gegenteil von Marions Wahrheit. Eine Wahrheit, die sich nicht an Aufgaben und Pflichten festmachte, nicht an Geleistetem. Mehr Wunder als Wahrheit. Gnade statt Gerechtigkeit.

»Jetzt habe ich eine Frage«, sagte Zoe. »Glaubst du wirklich, dass ich Künstlerin werden soll?«

»Was heißt werden soll«, sagte König. »Du bist es schon. Du hast ungeheures Talent. Du wirst es schaffen, da bin ich hundertprozentig sicher!«

Da war die Chance, auf die König gewartet hatte. Warum er überhaupt den Ausflug vorgeschlagen hatte – ohne Marion. Natürlich ohne Marion. Mit Marion hätte

Zoe eine solche Frage nie gestellt. Marion glaubte ja nicht an Zoes Talent. Oder jedenfalls nicht so stark, so enthusiastisch. Er war jetzt Enthusiasmus pur. Kontaminierte Zoe mit seinem Enthusiasmus und seiner Zuversicht. Wenn er nur auch Thomas damit hätte anstecken können. Aber wenigstens Zoe. Und wenn Thomas sah, was er für eine Wirkung bei Zoe hatte, würde er vielleicht wieder Vertrauen fassen.

»Marion meint, der Weg als Künstlerin ist sehr hart. Die wenigsten würden es schaffen.«

»Natürlich ist der Weg hart«, rief König. »Aber soll ich dir mal verraten, warum deine Mutter so skeptisch ist? Weil sie selbst es als Künstlerin nicht geschafft hat. Und warum hat sie es nicht geschafft?«

»Weil sie sich um uns kümmern musste. Weil du nie Zeit für uns gehabt hast.«

»Das ist ihre Version.«

Am Nachmittag im Biergarten die Chance, während Zoe auf der Toilette war, auch Thomas zu kontaminieren. Nur dass Thomas dafür sein verdammtes Handy hätte ausschalten müssen. Nur dass Thomas den Teufel tat. Was Königs Enthusiasmus zum Kochen brachte. Weil sein Enthusiasmus nicht heraus konnte, wie er heraus wollte. Was dazu führte, dass König aufsprang, das Handy seines Sohnes ergriff, es auf den Boden schmetterte und bestimmt eine Minute darauf eintrat. Von den Nachbartischen Blicke und Kichern, von Thomas immerhin ein veränderter Gesichtsausdruck: statt Missmut Verachtung.

Zoe kam zurück, und Thomas stand auf und ging auf die Toilette. Kam aber nicht, wie Zoe, nach fünf Minuten wieder zurück. Auch nicht nach zehn Minuten. Nach fünfzehn Minuten ging König auf der Toilette nachschauen, aber kein Thomas. Auch nach einer halben

Stunde kein Thomas. König rief zu Hause an: »Ist Thomas zu Hause?«

»Zu Hause? Ist er denn nicht bei euch?«

»Er ist auf die Toilette gegangen und nicht wiedergekommen.«

»WAS?«

»Thomas ist wahrscheinlich längst auf dem Rückweg. Müsste jeden Moment zu Hause sein.«

»Hast du ihn angerufen?«

»Nein.«

»Warum nicht? Ich rufe ihn sofort an.«

»Du kannst ihn jetzt nicht anrufen. Es gab einen Streit. Ich habe sein Handy zertreten.«

Nasebohren

Was stand denn da wieder in der Zeitung? *In einem Zoo in China hat sich ein von seiner Frau verlassener Ehemann den Tigern zum Fraß vorgeworfen.* Duvall räusperte sich. Es war bereits das dritte oder vierte Mal an diesem Morgen, dass er sich räusperte. Justin schaute von seinem Buch auf. Hatte ja recht, der Kleine, räusperte sich ja sonst nicht, der Papa. Und jetzt schon wieder. Lag es an den Zigaretten von gestern Abend? An dem kalten Bier? Dass sie bis eins draußen gesessen hatten? An der wilden Küsserei?

Vorgestern war ihm sein Räuspern allerdings auch schon aufgefallen, in Arthurs Wohnung im Gespräch über Frauen. Arthur über Marion, Duvall über Ann Charlotte. Arthur über Marions große, er über Ann Charlottes nicht zu große, nicht zu kleine Titten. Arthur über

Marions neuesten Videospleen, er über Ann Charlottes abgefahrene Bücher. Dann kurzes Innehalten. Und dann hatte Arthur ihm wieder diese Flitterwochengeschichte erzählt, bestimmt zum zehnten oder fünfzehnten Mal. Da half auch nicht sein Einwand, er müsse Justin vom Kindergarten abholen.

Dabei war die Geschichte abgeschmackt, voller Klischees. Schon diese Toskanascheiße. Flitterwochen in der Toskana, war doch lächerlich. Überhaupt Urlaub in der Toskana. War okay für 68er-Politiker oder Töpferkursteilnehmerinnen. Für geschiedene Hausfrauen mit Lyrikambition. Manager mit dreifachem Bypass auf Olivenölkur. Aber nein, es muss die Toskana sein. Nicht die Marken, nicht Umbrien, Sardinien oder Apulien, nein, die Toskana! Warum überhaupt Flitterwochen? Die ganze Geschichte war Scheiße. Wurde einfach nicht besser, egal, wie oft Arthur sie erzählte. Hätte sie besser einem Psychoanalytiker erzählt.

Altes Bauernhaus. Natürlich altes Bauernhaus. Es gab in der gesamten Toskana keine neuen Bauernhäuser. Jedenfalls machte da niemand Urlaub oder gar Flitterwochen. Musste ein altes Bauernhaus sein. Altbauwohnung in Berlin und altes Bauernhaus in der Toskana.

Altes Bauernhaus am Rande eines schnuckeligen Dorfes. Was für eine Scheiße. Scheiße, von der Millionen träumten. Mallorca oder Toskana. Finca auf Mallorca oder altes Bauernhaus in der Toskana. *Jetzt kommt's.* Die Pointenankündigung. Hundertmal gehört die Pointe, und immer doof. Geschmacklos. Aber Arthur stand auf diese Pointenscheiße. War schon bei *Doktor Markus* so gewesen. Nicht in den ersten Staffeln, aber in der vierten. John Cassavetes und Pointe. Konnte ja nicht zusammenpassen. Pointe statt Konflikt. Eine richtige Pointensau. Ann Charlotte zum Glück nicht. Keine Pointe in *cool & terror* und trotzdem gut. Gerade deswegen. Nichts verstanden, aber gut. Der Sound. Der Sound im Buch, der Sound im Bett. Was für ein Sound. Und Drive. Sound und Drive. Sein Ding stand. Sound, Drive und Ding.

Jetzt kommt's. Und es kam. Die zweite Pointenankündigung. Hätte er jetzt bloß einen Pointenrevisionsantrag vor dem höchsten Bundespointengericht einreichen können.

Susanne will essen gehen. Pause. Warum Pause? Ist doch klar in der Toskana.

Susanne will Ausflüge machen. Pause. Warum Pause? Ist doch klar in der Toskana.

Susanne will vögeln. Pause. Warum Pause? Ist doch klar in den Flitterwochen in der Toskana. Er hätte Susanne auch gevögelt, bisschen strenge Frisur vielleicht, Dominalook.

Und was mache ich? Ich … ich lese von morgens bis abends die Tagebücher von Victor Klemperer. Tschingdarassabumm, die Pointe. Kein Lachen, nur ein Räuspern. Hundertmal gehört, und nicht einmal gelacht. Ganz klar, ein Fall für den Psychiater. Hatte er Arthur schon hundertmal gesagt. Erste, schnelle Diagnose: Unfähigkeit zum Glücklichsein. Weil falsch verstandener Schuldkomplex. Statt sich mit der Nazivergangenheit der eigenen Familie zu beschäftigen, Identifizierung mit der Opferseite. Statt Susanne zu vögeln, Victor Klemperer penetrieren. Pervers!

In einem Zoo in China hat sich ein von seiner Frau verlassener Ehemann den Tigern zum Fraß vorgeworfen. Das zweite Mal, dass er den Satz las. Und sich räusperte. Was er nicht bemerkt hätte, hätte Justin nicht von seinem Bilderbuch aufgeschaut. Duvall las die Nachricht zu Ende: *Allerdings versagten ihm die Raubkatzen den Dienst: Sie ließen sich von den herbeigeeilten Tierpflegern mit Hühnchen ablenken, so dass der verschmähte Ehemann gerettet werden konnte.*

Unglück im Unglück. Wieder schaute Justin auf. Wieder geräuspert? Setzten sich nach zweiundvierzig Jahren doch noch die Räuspergene der Mutter durch? Bloß das nicht, dann lieber die Schnarchgene seines Vaters. Neunzehn Jahre seines Lebens hatte ihm die Mutter verräuspert und verräusperte ihm bei seinen zwei Besuchen pro Jahr noch immer die Laune. Nie geraucht die Mutter, aber chronische Räusperin. Und mittlerweile Salbeiteeholikerin. Hexaljunkie. Die schlimmsten Räusperattacken morgens und abends. Kein Frühstück, kein Freitagabendkrimi, kein Gespräch mit dem Vater, ohne sich zu räuspern. Sie räusperte sich, um auf sich aufmerksam zu machen, räusperte sich wegen ihrer harten Kindheit, wegen ihrer Hausfrauenexistenz. Staubwischfimmel, Putzwahn und das Sich-Räuspern, die klassische Kombination. Nur dass andere Mütter sich davon befreit hatten. Andere Mütter engagierten sich in der SPD, bei den Grünen, in der Hausfrauenunion oder bei der Friedensbewegung. Und sein Vater hatte das Sich-Räuspern der Mutter geduldet. Und die Mutter das In-der-Nase-Bohren des Vaters. Ihre Ehe getragen von der unausgesprochenen Übereinkunft: Lässt du mich in der Nase bohren, lasse ich dich räuspern. Mit allen Konsequenzen, insbesondere der, dass der Sohn auch in der Nase bohrte. Angefangen im Kindergarten und in der Grundschule. Und sagte die Grundschullehrerin: »Du sollst nicht in der Nase bohren!«, sagte er: »Mein Papi bohrt auch in der Nase.«

Fortgesetztes In-der-Nase-Bohren auf Realschule und Gymnasium. Sogar oder gerade während der Abiturprüfungen. Im Leistungskurs Sozialwissenschaften ein

Artikel aus der ZEIT über Sachzwänge in der Politik. Korrespondierte mit seinem Zwang zum In-der-Nase-Bohren. Bester Aufsatz mit Note 1,1. Die anderen gingen zwischendurch raus, um zu rauchen, und vergeudeten damit kostbare Zeit, er schrieb und bohrte in der Nase. Je konzentrierter er nachdachte, je eifriger er schrieb, desto intensiver bohrte er in der Nase. Oder umgekehrt.

Beim ersten Versuch, auf eine Schauspielschule aufgenommen zu werden, abgewiesen trotz In-der-Nase-Bohrens. Auch beim zweiten, dritten und vierten Versuch. Er begann zu rauchen. Zu trinken. Einen Cognac vor dem Vorsprechen zusätzlich zu dem In-der-Nase-Bohren. Beim sechsten Versuch Aufnahme. Später, bei den vielen Fernseh-Klein- und -Nebenrollen genügten Rauchen, Trinken und In-der-Nase-Bohren. Bis zu *Doktor Markus*, der ersten Hauptrolle. Rauchen half nicht mehr. Trinken half nicht mehr. In-der-Nase-Bohren half nicht mehr. Jedenfalls nicht in Kombination mit Rauchen und Trinken. Eine Weile versuchte er es wie früher mit In-der-Nase-Bohren. Und nahm dabei in Kauf, dass Ariane Jobst sich vor Ekel schüttelte.

Später, viel später die Einsicht, dass Ariane wahrscheinlich deshalb seine Fickofferte ausgeschlagen hatte. Was sie nicht ahnte: dass er nach der dritten *Doktor-Markus*-Folge zum Sackkrauler wurde. Jedenfalls in Momenten, in denen er sich unbeobachtet wähnte und den Doktor-Markus-Kittel trug. Schnell die Hand in die Hose, den Sack gekrault und augenblicklich: Entspannung. Entspannung und absolute Konzentration. Und dann: Auftritt. Und was für ein Auftritt. Filmhistoriker würden sich später den Qualitätssprung nicht erklären können, den er nach der dritten *Doktor-Markus*-Folge nahm. Arthur erklärte sich ihn mit zunehmender Routine, die Produzentin mit wachsendem Selbstvertrauen, in Wahrheit war es einzig und allein das Sackkraulen. Was nicht immer möglich war vor dem Auftritt wegen der vielen Leute am Set. Was zu Qualitätsschwankungen führte, nur weil das Sackkraulen gesellschaftlich nicht sanktioniert war.

Grunewald

Schon um sechs aufgestanden, um freie Bahn zu haben im Badezimmer. Um spätestens um halb acht das Haus zu verlassen und spätestens um acht vor Arthurs Wohnung in Lauerstellung zu gehen. Um endlich Klarheit zu bekommen, was dieser Mistkerl im Schilde führte. Warum der nie ans Telefon ging. Warum der nie ans Handy ging, wo er endlich ein Handy hatte. Warum der nie zurückrief. Seit einer Woche keinen Kontakt mehr, seit drei Wochen keinen Sex mehr.

Gestern Abend war Marion bei Ann Charlotte vorbeigefahren, um sich auszuheulen, war aber nicht zu Wort und Tränen gekommen. Guido hier, Guido da, Guidotrallala. Superpotent und hypersensibel, der gute Guido. Na warte, Ann Charlotte, wenn in drei, vier Wochen alles vorbei ist und dein Hengst die nächste Stute bespringt, brauchst du keinen Trost von mir erwarten. Kannst du stattdessen alles deinem nächsten Buch anvertrauen. Titelvorschlag: *love & stupidity.*

Selbst gemachtes Müsli zum Frühstück mit am Abend zuvor in Joghurt eingeweichten Körnern. Dazu selbst gemachter Obstsalat aus biologisch-organisch angebauten Früchten und selbst gepresstem Apfel-Karotten-Bananen-Mango-Guaven-Papaya-Orangen-Saft. Kein Kaffee, auch kein entkoffeinierter. Wenn Tee, dann nur die Kräuterteemischung aus biologisch-organischem Anbau. Vor dem Frühstück halbstündiges Trampolinspringen, und zwar täglich. Straffte Po und stärkte die Rückenmuskulatur. Auch die Bauchmuskulatur. Verbrannte Kalorien. Zehn Minuten Trampolinspringen verbrannte so viele Kalorien wie halbstündiges Laufen. Aber sie lief auch noch dreimal die Woche je eine Dreiviertelstunde. Topfit mit sechsundvierzig wie nicht mit dreißig. Mit dreißig halbe bis ganze Flasche Rotwein pro Tag. Jeden Tag Fleisch, und morgens und abends Käse. Wabbelbauch und Wabbelpo und Wabbeloberschenkel und Wabbeloberarme. Jetzt wabbelte nichts mehr, alles straff, fest, gespannt.

Zoe kam in die Küche in einem Fetzen von einem Schlafanzug, wo fast alles zu sehen war. Sicher kein Zufall, sondern eine Provokation. Schau her, wie knackig frisch ich aus der Wäsche schau. Kein Hängebusen wie bei dir. Keine faltige Haut im Halsbereich. Da kannst du noch soviel selbst gemachtes Müsli in dich reinstopfen, kannst dich besaufen an den selbst gemachten Fruchtsäften, kannst so lange auf dem Trampolin herumspringen, bis auch das letzte Fettpölsterchen verbrannt ist, es wird dir nichts nützen. Du bist alt und wirst immer älter. Ätsch!

Zoe war auf dem Weg ins Bad, Marion hinterher. »Ich muss gleich ins Bad«, sagte Marion.

»Ich muss *jetzt* ins Bad«, sagte Zoe.

»Warum bist du überhaupt so früh auf?«

»Warum bist *du* überhaupt so früh auf?«

»Ich geb dir zehn Minuten, Zoe. Keine Minute länger.«

»Hast du einen Termin?«

»Ja.«

»Verrätst du mir, was für einen Termin?«

»Einen Arzttermin.«

»Du lügst.«

»Zehn Minuten, hast du gehört?«

Wann hatte das angefangen mit Zoe? War doch nicht immer so gewesen. War doch mal richtig schön gewesen. Wie ungerecht diese Mama-Papa-Kinderwelt war. Acht Jahre war sie wegen der Kinder zu Hause geblieben. Hatte eine mögliche Journalistenkarriere in den Wind geschlagen. Ihre Schriftstellerträume aufgegeben. Zoes Papa hingegen hatte nichts aufgegeben. Hatte sich immer nur um sich selbst gekümmert. Hatte sich vielleicht auch noch um die Studenten gekümmert, besonders die langbeinigen und großbusigen.

Das Badezimmer war noch immer besetzt. Musste schon wieder mit dem Stemmeisen drohen. Oder mit dem Rauswurf. Half aber alles nichts. Dann eben ein alter Trick, der noch manchmal zog. Mit dem Handy rief sie die Festnetznummer an und schrie durch die Badezimmertür: »Ansgar ist am Apparat.«

»Lügst du auch nicht?«

»Okay, ich sag Ansgar, du hast keine Lust.«

Aufreißen der Badezimmertür, Herausstürmen der liebestollen Tochter, Hineinstürmen der liebesgekränkten Mutter. Die aber kämpfte. Gegen den Fäustetrommelwirbel der Tochter gegen die Badezimmertür. Und deren Ausbrüche: »Ich hasse dich! Und wie ich dich hasse!«

Aber sie hatte jetzt Zeit zum Duschen. Zum Haarbürsten. Zur Gesichtsreinigung. Zur Hautklärung. Zum Cremeauftragen. Zum Lippenstiftauftragen. Zum Parfumauftragen. Und das alles für diesen Mistkerl. Auch die zwanzig Euro fürs Taxi. Und die zwei Euro siebzig für den Milchkaffee plus dreißig Cent Trinkgeld. Und erschien der Mistkerl nicht in der nächsten Viertelstunde, würde sie noch ein Mineralwasser bestellen, machte zwei Euro zehn. Eine Stunde und drei Mineralwasser und einen weiteren Milchkaffee später noch immer keine Spur von Arthur. War er ihr entwischt? Aber sie hatte doch die ganze Zeit den Eingang des Hauses im Blick gehabt. Sie rief vom Münztelefon an.

»Arthur Schulze, hallo?«

Die geliebte Stimme des Mistkerls. Der wenige Minuten später aus der Haustür trat. Dranbleiben an Arthur, der auf die U-Bahn-Station zusteuerte. In die U1 einstieg und am Gleisdreieck in die U2 umstieg. Der Zeitung las und ab und zu aufschreckte und um Luft zu ringen schien. Hyperventilierte wieder, der Arme. Las vermutlich gerade einen Artikel über die jüngste Terrorwarnung des Bundesinnenministers.

Ausstieg. Drehte sich nicht um, der Mistkerl. Beschleunigte seine Schritte, lief fast. Und dabei ständig das Handy am Ohr oder eine Nummer eintippend. Aber nie ihre Nummer. Es musste eine Frau bei der Handyanschaffung im Spiel gewesen sein. Es waren immer Frauen im Spiel, wenn Männer ihre Verbohrtheiten überwanden. Das beste Beispiel war Erik. Zwanzig Jahre lang auf den Computer geschimpft, wo er gar keinen Computer hatte. Sie hatte einen, er nur sein Vorurteil, Computer würden das Ende der Schriftkultur bedeuten. Überhaupt jeder Kultur. Den Untergang des Abendlandes. Und dann, die elektrische Schreibmaschine war kaputt, aber für die Programmkonferenz noch ein Papier mit den Tagesordnungspunkten zu schreiben. Er rief Freunde an, von denen er glaubte, sie seien im Besitz einer Schreibmaschine. Hatten diese aber längst weggeworfen, verschenkt oder auf dem Flohmarkt veräußert. Fragte Zoe, ob sie jemanden mit einer Schreibmaschine kenne, erntete aber nur Kopfschütteln. Desgleichen bei Thomas.

Sie schüttelte nicht den Kopf, sondern fragte, warum er nicht ihren Computer benutze. Kurze Einführung, dann ab ins Kino, um sich weiteren Fragen und Instruktionen zu entziehen. Die offenbar gar nicht nötig waren, denn vier Stunden später hockte der Volkshochschul-Spengler noch immer an ihrem Computer. Und zwar keineswegs genervt oder zermürbt, sondern begeistert. Und am nächsten Tag ging es gleich wieder an ihren Computer, bis tief in die Nacht hinein. Nach drei Tagen Computerbesetzung sagte sie: Kauf dir gefälligst einen eigenen!

Am Ziel angekommen. Der Mistkerl klingelte und wurde gleich reingelassen. Und wieder Warten darauf, dass er aus der Haustür trat. Mit oder ohne Tussi, das war die Frage, die quälend lang offen blieb, weil kein Café in der Nähe war. Die Straße rauf und runter gehen, in die Seitenstraßen einbiegen, die ein bisschen rauf und runter gehen, aber nicht zu weit, und immer unauffällig tun, und kein Auto und keinen Kollegen dabei haben, so dass man ein Nickerchen hätte machen können, öde Sache, dieses Detektivspielen. Da, endlich ging die Haustür auf, und … Arthur. Ohne Tussi, aber in Begleitung eines Mannes um die sechzig. Wahrscheinlich Goldberg. Trug Anzug und Krawatte, Arthur sah dagegen wie ein Penner aus. Hundertmal hatte sie zu Arthur gesagt, kauf dir mal ein schönes Hemd, eine schicke Hose, elegante Schuhe. Oder komm mit, gehen wir zusammen einkaufen, ich bezahl's auch, aber nein, vom Geld des *Audifahrers* wollte er sich nicht mal einen Knopf bezahlen lassen. War aber gar nicht Eriks Geld, sondern Geerbtes. Wollte Arthur nicht kapieren.

Arthur und der Mann stiegen in einen Saab, da kam, wie bestellt, ein Taxi.

»Immer dem Saab hinterher.« Keine Verfolgungsjagd, sondern Verfolgungsbummelei und dann, auf dem Ku'damm, Verfolgungs-stop-and-go. Bislang zum Glück kein dauerquatschender Taxifahrer. Ab und zu Muffeln über den Verkehr, das Wetter, die Politiker, die Billig-Konkurrenz aus Polen. Ging jetzt rechts ab Richtung Grunewald.

Endstation S-Bahnhof Berlin-Grunewald. Arthur und der Mann waren auf dem Weg zur Unterführung. Hinter der Unterführung war links ein Restaurant und rechts ein Biergarten. In dem Biergarten hatte sie schon mit Arthur gesessen. Das Restaurant warb mit: Essen Sie so viel Sie möchten … oder so ähnlich. War Arthur gleich beim ersten Mal aufgefallen. Hatte er gleich beim ersten Mal blöd gefunden. Hatte irgendwas darüber zu ihr gesagt. Sie hatte genickt oder den Kopf geschüttelt oder eine Grimasse geschnitten. Aber auf einen Kommentar verzichtet.

In ihrem ersten Herbst hatten sie und Arthur bestimmt fünf-, sechsmal große Nachmittagsspaziergänge im Grunewald unternommen. Und anschließend waren sie irgendwo zu Kaffee und Kuchen eingekehrt. Und am Abend Eriks Frage, ob sie draußen gewesen sei, ihre Wangen würden so glühen. Und im Juni hatten sie einmal auf der Wiese in der Nähe des Teufelsbergs inmitten des Vogelgezwitschers gevögelt. Vor fünf oder sechs Wochen war sie mit Arthur nach langer Zeit wieder mal in den Grunewald gefahren. Nicht zum Vögeln, aber zum Händchenhalten. Spazieren gehen. Luft schnappen. Schmusen in der Öffentlichkeit, vor den Vögeln und gelegentlichen Spaziergängern. Denkste! Kaum aus der Unterführung heraus und an dem Restaurant mit dem Essen-Sie-so-viel-Sie-möchten vorbei, gab's Zwist: »So was von bescheuert, immer mit Menge zu werben«, hatte Arthur gesagt.

»Wenn ich großen Hunger habe«, hatte sie gesagt.

»Aber ist das nicht furchtbar, so an den Fresstrieb zu appellieren?«

»Mein Gott, lass die Leute doch.«

Arthur und der Mann gingen dort, wo in der Unterführung das Schild *Gleis 17* stand, die Treppe hoch. Jetzt war alles klar.

Sie war auch schon mit Arthur diese Treppe hochgegangen. Hatte auch schon mit Arthur dort oben gestanden. Nicht schweigend, denn Arthur konnte nicht schweigen. Musste immer reden, außer beim Sex. Er hatte gesagt: »Von hier, von Gleis 17, sind die Berliner Juden deportiert worden … Haben deine und meine Großeltern …«

»Meine nicht.«

»Du weißt, was ich meine.«

»Meine Großeltern nicht.«

Dann waren sie am Gleis 17 entlang gegangen und hatten die Inschriften gelesen. Viele Metalltafeln mit Inschriften: Datum der Deportation. Anzahl der deportierten Berliner Juden. Bestimmungsort des Deportationszuges. Auf dem anschließenden Spaziergang im Grunewald hielt Arthur einen Monolog. Wie er mit zwölf oder dreizehn in der Schule *Nacht und Nebel* von Alain Resnais gesehen habe. Dann mit sechzehn *Holocaust*. Als Student Eintritt in die *Gesellschaft für christlich-jüdische Zusammenarbeit* und in die *Deutsch-Israelische Gesellschaft*. Der Besuch des Holocaust-Museums in Washington. Die exzessive Lektüre der Victor-Klemperer-Tagebücher während der Flitterwochen mit Susanne.

Nach kurzer Pause ein zweiter Monolog. Ein Monolog über die leibhaftige Begegnung mit Juden. Zum Beispiel mit dem jüdischen Friedhofsgärtner, der den trampenden Arthur in seinem Auto mitnimmt. Trampend von

Freiburg in ein Kaff in der Nähe von Freiburg, wo ein Freund wohnt. Der Friedhofsgärtner, der auf dem Weg ist zu einem geschändeten jüdischen Friedhof. Der Arthur fragt, ob er nicht Lust habe mitzukommen, welcher natürlich Lust hat, mitzukommen. Der Friedhofsgärtner, der Arthur seine Verfolgtengeschichte erzählt. Arthur, der ihr, Marion, im Grunewald die Verfolgtengeschichte des Friedhofsgärtners erzählt. Bekam nicht mehr alle Details zusammen beim Erzählen, und sie jetzt noch weniger. Aber: Während der Fahrt hin und zurück hörte der jüdische Friedhofsgärtner *Hoffmanns Erzählungen* und sang dazu.

Weiter. Nächste Geschichte die Begegnung mit der Nichte eines amerikanischen Filmregisseurs bei *Easy Deutschland.* Der Onkel war schon in den Zwanzigern einem Ruf nach Hollywood gefolgt. Die Eltern wurden 1938 aus Österreich vertrieben. Nach Wien auf den Spuren der Eltern. Um die Sprache der Eltern zu lernen. Dann beruflich nach Berlin. Alles vor ihrer Zeit, unmittelbar nach dem Rausschmiss bei *Doktor Markus.* Verliebt in die Nichte oder nicht, war nicht ganz klar, aber wohl die Nichte verliebt in Arthur oder sogar richtig verknallt oder auch nicht so ganz klar. Jedenfalls, so Arthur, da war nichts, aber alles hätte sein können. Auch die Rückkehr zum Film. Und gleich nach Hollywood. Mit den Kontakten des Onkels. Vorbei.

Weiter. Die Israelin. Auch bei *Easy Deutschland. Easy Deutschland,* ein als Relocation-Agentur getarntes Partnervermittlungsinstitut. Security-Frau bei der israelischen Botschaft. Angeblich Mossad-Agentin. Laut Arthur die heißeste Braut bis heute. Klassische Musik und unorthodoxer Sex. Zuerst in die Philharmonie, dann ins Bett. Hatten schon Urlaub am Roten Meer geplant. Besuch bei der Familie in Tel Aviv. Hatte schon Hebräischkurs belegt. Hatte schon EL-AL-Ticket in der Tasche, als sie sich in einen Mercedes-Vertragshändler verliebte.

Und jetzt stand er da an Gleis 17 mit dem Mann, der sicher Goldberg war. War es seine oder Goldbergs Idee gewesen? Sicher Goldbergs. Nein, sicher Arthurs. Erzählte Goldberg sicher nachher von seiner Mitgliedschaft in der *Gesellschaft für christlich-jüdische Zusammenarbeit*. Wenn er es nicht schon längst getan hatte. Oder erzählte, dass die Großeltern seiner Geliebten Nazis gewesen seien. Auch die eigenen Großeltern. Überhaupt die ganze Verwandtschaft. Aber besonders die Großeltern der Geliebten. Sie ging jetzt die Treppe rauf, ganz egal, was Arthur sagen würde. Machen würde. Nicht das Gedenken stören, aber die Denunziation. Da standen sie, Goldberg und der Mistkerl. Der die Arme schwang, wie immer bei seinen Monologen. Zuerst die eigene Familie denunzieren, dann die ihre. Die eigene denunzieren, um Glaubwürdigkeit aufzubauen bei der Denunzierung der ihren. Nur dass er die eigene nicht liebte. Sich über die eigene lustig machte. Die eigene verspottete. So dass es ihm Freude bereitete, sie zu denunzieren. Sie aber liebte die Eltern. Liebte die Großeltern, deren Grab sie regelmäßig besuchte. Arthur hatte das Grab seiner Großeltern nicht ein einziges Mal besucht. Würde auch das Grab der eigenen Eltern nie besuchen. Denunzierte jetzt wohl die eigene Familie und ihre, um sich bei Goldberg einzuschmeicheln. Pluspunkte zu sammeln. Die Seite zu wechseln, von den Tätern zu den Opfern. Vögelte wahrscheinlich schon längst die Goldberg. Oder wenn nicht vögeln, dann tiefe Gespräche, was noch sexier war. Gespräche zwischen Täter- und Opferkind.

Ziegelhofweg

»Kommst du?«, rief Carol.

»Ich komme«, rief Eckhard. Er kam nicht, weil er gerade im Internet auf der Suche nach Marianne Köhler war, seiner großen Liebe aus dem ersten Semester. Große Liebe seinerseits, große Gleichgültigkeit ihrerseits. In der Cafeteria war er mit ihr ins Gespräch gekommen, später hatte er sie ein paar Mal in der Mensa getroffen oder war mit der gleichen Straßenbahn wie sie zur Uni gefahren. Sie wohnte in Kirchzarten bei den Eltern, er im Studentenwohnheim in Littenweiler. Am Bauch lag's nicht, der begann erst vor fünf Jahren zu wachsen. Hatte einen Freund, die große Liebe. Er wusste da noch nicht, dass die große Liebe immer einen Freund hat. Ein Semester lang war er fast jeden Abend zu ihrem Haus nach Kirchzarten gefahren. Brannte Licht und stand ihr Auto vor der Tür, fühlte er sich besser. Besser, wie ein Heroinsüchtiger nach einer Spritze. Stunden später fuhr er nochmals hin. An manchen Abenden dreimal, am Wochenende auch tagsüber.

Im zweiten Semester die nächste große Liebe: Adele Güssing. Womit die große Liebe aus dem ersten Semester gleich vergessen war. Ausgelöscht. Noch ein paar Mal war er Marianne Köhler über den Weg gelaufen, aber er hatte kein Gefühl mehr für sie. Nicht mal Bitterkeit, stattdessen die Erkenntnis, dass sie in Wirklichkeit eine Gans war. Eine von den Germanistik-Gänsen, wie sie zuhauf in den Seminaren und Tutorien herumschnatterten. Gleich nach dem Abi auf die Uni und Thomas Mann, Kafka und Kleist lesen wie Schulstoff. Und nachschnattern, was die Sekundärliteratur vorschnatterte. Die männlichen Studenten waren nicht besser. Schnatterten zwar nicht so viel, aber bildeten gleich Fangruppen: die Kafkaianer, Musilianer, Schopenhauerianer, Nietzscheianer und so weiter.

»Öckert!«

War Carols Mom. Mom und Dad warteten darauf, die Inquisition, getarnt als gemeinsames Abendbrot, fortzusetzen. Natürlich begleitet von Witzeleien und Dauerlächeln. Aber hinter der locker-flockigen Fassade knallharte Fragen nach beruflicher Zukunft, Familiengründung, Amerikaplänen und so weiter. Begleitet von epischen Erzählungen über die Erfolge von Carols Brüdern. Und Carols Schwägerinnen. Was die alles machten und gerade gekauft hatten. Neue Häuser, neue Autos, Firmengründungen und Beförderungen noch und nöcher. Und wohin die überall in Urlaub fuhren: Neuseeland, Patagonien, Südafrika. Carol und er hingegen bestenfalls in den Harz.

»Öckert!!«

Er hatte schon keinen Appetit mehr. Hunger ja, Hunger immer, aber keinen Appetit. An Adele Güssing denken, von Adele Güssing träumen. Was die wohl heute machte? Keine Germanistik-Gans gewesen, allerdings mit einem D.-H.-Lawrence-Tick. Hatte ihm *Lady Chatterley* zum Lesen gegeben, später Peter Lauster: *Die Liebe – Psychologie eines Phänomens.* Peter Lauster, als es schon aus war zwischen ihnen. Das heißt, richtig angefangen hatte es nie. Das heißt schon, war dann aber nicht richtig weitergegangen. Nicht richtig zur Sache gegangen. Nur Liebesgeständnisse und Küsse auf die Wangen. Adele Güssing hatte natürlich einen Freund, und vielleicht war es das, was ihn gebremst hatte. Er war ja kein Christoph Kolumbus oder Hernan Cortez. Hatte gehofft, dass sie vielleicht eine Christa Kolumbus oder Hermine Cortez wäre. Irrtum! Später hatte er sich sein eigenes Zögern nicht erklären können. Sein Schwanz war ja in ihrer Nähe immerzu hoch gegangen, zeitweise dauergestanden. *Lady Chatterley* als Wink mit dem Zaunpfahl? Aber er war kein Gärtner, war er wirklich nicht, allerdings der *Sohn* eines Gärtners, eines Kleingärtners.

»Öckert!!!«

Nein, musste jetzt weitersuchen, in den Ergebnissen suchen, *seine* Adele Güssing unter vielen Adele Güssings finden. Und dann vielleicht anrufen oder eine E-Mail schicken und, wer weiß, sie vielleicht besuchen. Den Bauch abtrainieren, Muskeln antrainieren, war doch möglich. Die hatte ihn ja später noch ein paar Mal angerufen. Studierte da schon Medizin in einer anderen Stadt. Adele Güssing, mein Gott. Adele Güssing, die große Liebe, die unvollendet gebliebene Liebe. Die platonisch pervertierte Liebe. War aber selber schuld. Hatte damals immer den guten, verständnisvollen Freund gegeben, wo er doch in Wahrheit die Frauen am liebsten gevögelt hätte. Natürlich! Nicht nur bei Adele Güssing. Auch später noch drei-, viermal. Den Frauen zuhören, wie sie von ihren Problemen mit ihren Boyfriends erzählten. Hatten natürlich immer ganz viele Probleme. Riefen manchmal nachts an, um ihn, den guten Freund, mit ihren Problemen zu überfallen. Schenkten ihm, statt mit ihm zu schlafen, *Lady Chatterley* als Wichsvorlage.

»Öckert!!!«

Da! Eine Website mit einer Spur: Dr. med. Adele Güssing und Dr. med. Pierre Antille, sportärztliche und orthopädische Gemeinschaftspraxis. In einem Kaff in der Nähe von Braunschweig. Adresse der Gemeinschaftspraxis: Ziegelhofweg. Privatadresse: Ziegelhofweg. Also Gemeinschaftspraxis und Lebensgemeinschaft. Güssing und Antille, Antille wohl Französisch. *Ziegelhofweg*. Das ging ihm nicht aus dem Kopf: Ziegelhofweg. Trotz des lauter werdenden Rufs von Gillian, der mother-in-law.

»Öckert. Please come, dinner is ready!«

Gillian machte das Dinner, Dick die Drinks. Gillian und Dick waren seit drei Tagen hier. Drei Tage Breakfast, Lunch, Dinner und Drinks. Und *Good morning, Dick* und *Good morning, Gillian* und *How are you* und *Did you sleep well* und *Good night*. Drei Tage, aber gefühlte drei Wochen.

Ziegelhofweg. Eckhard wusste, was das bedeutete. Als Student hatte er während der Semesterferien als Briefträger in Orten wie Ballrechten-Dottingen, Opfingen, Munzingen, Tiengen, Gundelfingen gearbeitet. Und in all diesen Orten gab es einen Ziegelhofweg. Einen Sommerweg. Eine Kirchgasse. Vor allem aber einen Ziegelhofweg. Und in dem standen Einfamilienhäuser oder Doppelhaushälften mit Vor- und Hintergärten. Mit Gartenzaun und Gartentürchen. Mit Zeitungsrolle am Gartentürchen und Briefschlitz in der Haustür. Und hinter dem Briefschlitz lauerte oft ein Köter. Klein oder groß, alt oder jung, reinrassig oder Bastard, in jedem Fall kläffend. Das Gartentürchen ging auf und schon begann das Kläffen. Steigerte sich mit jedem Schritt zur Haustür. Erreichte seinen Höhepunkt mit dem Briefeinwurf. Hörte erst fünf Minuten und zehn Häuser weiter auf. Vermischte sich mit dem Kläffen anderer Hunde. Gab auch Köter, die nicht hinter der Tür, sondern vor der Tür kläfften. Nicht immer angebunden. Nicht nur kläffend, auch beißend. Kam dann manchmal das Frauchen oder Herrchen aus dem Eigentumshäuschen heraus und sagte: »Das erste Mal, dass Bello bellt. Sie müssen mit Bello sprechen, dann hört er auf. Sehen Sie nicht, Bello will gestreichelt werden.«

Ziegelhofweg, das waren nicht nur die Köter. Nicht nur

die Frauchen und Herrchen. Das war das Autowaschen am Samstag. Das Rasenmähen. Das Heckenscheren. Die Grillvorbereitungen. Das Unkrautzupfen zwischen den Steinen der Garageneinfahrt. Das Frühstücken auf der Terrasse mit blankem Männeroberkörper. Das war das Bierbauchzeigen. Das war das BH-lose Hängebusendemonstrieren unter Freizeitbluse. Die Krampfadernoffenbarung. Die Lecker-Brötchen-lecker-Kaffee-lecker-Marmelade-lecker-Käse-lecker-Leberwurst-Frühstücksorgie. *Ziegelhofweg*, das war das Ziel. Raus aus der verdreckten Stadt aufs Land in den Vorort. *Ziegelhofweg*, das war: Wir haben's geschafft. Er dagegen hatte es nicht geschafft. Gillian und Dick ja, wohnten in Egremont Avenue. Bill, Carols ältester Bruder, in Seven Oaks Drive, wie auch Steve, der zweitälteste Bruder. Seven Oaks Drive, der Ziegelhofweg Amerikas. Geschafft, aber in Wirklichkeit an Leib und Seele ruiniert. Vom Ziegelhofweg erholte man sich nicht mehr. Vom Ziegelhofweg ging's gleich auf den Gottesacker.

Für ihn ging's erst mal an den Dinnertisch, wo ihn schon Dicks Drink erwartete. Und Gillians homemade potato soup. Die nicht schlecht schmeckte, aber kein Vergleich zu der Kartoffelsuppe seiner Mutter. Die trotzdem in den höchsten Tönen gelobt werden musste: »Really delicious, Gillian. The best potato soup in my life.«

Zur Strafe bekam er Nachschlag. Das chicken à la Granny Luise war leider fürchterlich angebrannt und staubtrocken. Mit einer Füllung wie aus dem Biomülleimer. Dazu einen in Knoblauchjoghurtdressing ertrinkenden grünen Salat, der sicher schon frischere Zeiten gesehen hatte. Ach ja, eine Folienkartoffel gab es noch dazu. Als Dessert ein kariessüßes Mandelmousse. Und zum Schluss noch ein dickes Gesamtlob: »I'm speechless, Gillian. I've never had such a meal in all my life. You are such a great cook, Gillian, really. Would it be possible to get the recipe?«

Gillian war *astonished*. Wurde sogar ein bisschen rot. War das der berühmte *German sense of humour*? Sie schaute Dick an. Aber Dick wusste es nicht. Dick trank ein weiteres Bier. Sie schaute Carol an. Carol schaute Eckhard an. Eckhard räumte den Tisch ab. Und wollte danach zurück an den Computer, da sagte Carol: »Surprise, surprise!«

Auch Gillian und Dick sagten: »Surprise, surprise!« Carol zauberte eine Champagnerflasche aus dem Kühlschrank, Gillian stellte Sektgläser auf den Tisch. Hatte jemand Geburtstag? Gillian und Dick schauten Carol an. Carol schaute Eckhard an und zog etwas aus der Tasche. War in Geschenkpapier verpackt.

»Mach's schon auf«, sagte Carol. Eckhard machte es auf.

»Ein Schnuller«, sagte er.

»A pacifier«, sagten Gillian und Dick.

»Für mich?«, fragte Eckhard.

»I've got wonderful news«, sagte Carol. »I'm going to have a baby.«

»Wie bitte?«, sagte Eckhard.

»Carol is expecting a baby early next year«, sagte Gillian.

»Verstehe ich nicht«, sagte Eckhard.

»Carol is pregnant«, versuchte es Dick. »And the baby will be born early next year.«

»And who is the father?«, sagte Eckhard.

»Jesus Christ!«, sagte Dick. »You are the father, of course. Congratulation, Öckert. Let me give you a hug!«

»Congratulation, dear Öckert«, sagte Gillian und umarmte ihn ebenfalls.

»I'm speechless«, sagte Eckhard.

»Freust du dich denn gar nicht?«, fragte Carol.

»What did Carol say?«, sagte Dick.

»She is pleased that I'm so happy«, sagte Eckhard.

»Didn't I tell you«, sagte Gillian zu ihrer Tochter. »Didn't I tell you?« Eckhard stand auf und wollte hinausgehen.

»Where are you going?«, sagte Dick.

»I have to call my parents to tell them the good news.«

»Alright, Öckert. Go ahead. And say hi to them.«

Eckhard schwankte in sein Arbeitszimmer und sank auf den Teppich. Ein Walross nach einer Atlantikdurchquerung hätte nicht erschöpfter sein können. Erschöpft und panisch, weil am Strand lauter Walrossjäger. Kind oder nicht Kind, das war jetzt nicht mehr die Frage. Die Frage war jetzt: Vater oder nicht Vater? Hatten Carol und er zum fraglichen Zeitpunkt überhaupt Sex gehabt? Er konnte sich weder daran erinnern noch es ausschließen. Eher nicht. Ziemlich unwahrscheinlich. In den letzten Wochen hatte es meist nur schnelle Handnummern gegeben. Handnummer, natürlich! Samenraub! Der nächste Schritt wäre Amerika. Nach Pittsfield zu Carols Eltern. Wo schon das Grundstück wartete mit dem Haus drauf. Egremont Avenue oder Seven Oaks Drive. Dick würde locker ein kleines Aktienpaket verkaufen und ihnen Kredit geben für Haus und Grundstück. Und Little Dick würde dort aufwachsen, wo Herman Melville verzweifelt war.

Ziegelhofweg, das war jetzt die Rettung. Adele Güssing anrufen und sie über den Ziegelhofweg aufklären. Und gleichzeitig einen Treffpunkt auf halber Strecke vereinbaren. Sagen wir Hannover, Adele. Hannover, Hauptbahnhof. Grausam langweilige Stadt, dieses Hannover, aber dafür war es gut. Sagen wir ein Uhr am Hannoveraner Hauptbahnhof. Mit leichtem Gepäck, Adele, das ist wichtig, leichtes Gepäck. Und dann ab in den Süden oder in den Westen. Italien oder Portugal. Oder Irland. Oder Schottland. Auf und davon.

Gefühlsgrütze

Ihr Handy meldete sich. Es war Möllenkötter.

»Warum ich anrufe … Es geht um deinen geplanten Erzählband … um die Erzählung *Wir lassen einen Drachen steigen.*«

»Stimmt was damit nicht?«

»Nein, nein, *Wir lassen einen Drachen steigen* ist ein wunderbarer Text. Nur, was ich nicht verstehe … Oder sagen wir es so: Was mir aufgefallen ist … was mir förmlich in die Augen gesprungen ist … und nicht nur mir, Ann Charlotte, auch meiner Assistentin, auch Moll.«

»Ja?«

»Versteh mich bitte nicht falsch, Ann Charlotte. Alles, was ich sagen will … Es ist keine Kritik, Ann Charlotte, Gott behüte, es ist nur eine Frage. Oder sagen wir besser Neugier. Professionelle Neugier. Die Neugier eines Lektors auf das Werk seiner Autorin. Die Entwicklung, die die Autorin nimmt. Die Veränderungen. Verstehst du, was ich meine?«

»Nicht ganz.«

»Ann Charlotte, du musst mir versprechen, dass du mich nicht falsch verstehen wirst. Das ist mir wirklich wichtig. Du und ich, wir stehen ja auf derselben Seite. Auch Moll, gerade Moll, bei allem Geschäftlichen, was er zu beachten hat. Eine Frage, Ann Charlotte: Wie lange kennen wir uns schon?«

»Weiß nicht genau.«

»Nächste Woche werden es genau sechs Jahre. Und es waren, da stimmst du sicher zu, sehr fruchtbare Jahre. Der Anfang war schwer, gewiss. *erfahren alles rund um* war alles andere als ein Verkaufserfolg. Ich habe nachgesehen, Ann Charlotte. Vom Hardcover haben wir ganze achthundertdreiundzwanzig Stück verkauft. Und was die Rezensionen angeht, es gab zwar so an die zwanzig, darunter die sehr gute in der FAZ, du erinnerst dich, trotzdem –«

»Sag mir bitte, um was es geht, mein Akku ist gleich leer.«

»Von *finden sie außerdem einen link* haben sich dann schon tausenddreihundertvierundzwanzig Stück verkauft. Zu wenig für einen großen Verlag, ganz klar. Gab diesmal vierzig Rezensionen, darunter allerdings der Totalverriss in der taz. Aber wir haben an dir festgehalten. Wir wussten, irgendwann wirst du dich schon durchsetzen. Und so war's dann ja auch.«

»Der Akku!«

»Ann Charlotte, ich … auch Moll, gerade Moll … also wir haben wirklich Angst, du könntest uns missverstehen. Dabei wollen wir dich ja gerade in deiner Arbeit bestärken. Wir rufen dir zu: Mach weiter so, Ann Charlotte! Geh weiter auf deinem schwierigen Weg. Wir begleiten dich, wir unterstützen dich, du kannst immer auf uns zählen.«

»Wo ist dann das Problem?«

»Kein Problem, überhaupt gar kein Problem. Nenn es Neugier, Neugier im konstruktiven Sinne.«

»Der Akku!«

»Was ich mich frage. Was meine Assistentin sich fragt. Was Moll sich fragt. Was wir alle im Verlag uns fragen …«

»Ja?«

»Warum, zum Teufel – bitte entschuldige den Ausdruck, Ann Charlotte, ist mir so rausgerutscht, warum du auf einmal … Ja, wie soll man's nennen … also warum du diesen … diesen … Mainstream produzierst. Wo die konsequente Kleinschreibung geblieben ist. Warum es auf einmal in deinem Text von Kommas, Semikolons, Punkten, Ausrufezeichen, Fragezeichen, Doppelpunkten nur so wimmelt. Und dann auch noch Handlung. Wo du nie Handlung hattest. Und gleich fünf oder zehn Handlungsstränge – in einem Vierzigseitentext!

Ist er überhaupt von dir? Was haben wir dir getan? Sag's mir! Fünf Jahre hat der Verlag keine Werbekosten und Vertriebsmühen gescheut, um dich auf dem Markt durchzusetzen. Und jetzt, wo du mit *twintowersterror* und *cool & terror* endlich durchgesetzt bist, beginnst du mit diesem Mainstreamscheiß. Was soll das? Mainstreamautoren haben wir schon zur Genüge. Wenn du einen Blick in unser Frühjahrsprogramm geworfen hättest, dann wüsstest du: alles Mainstreamautoren. Einer mainstreamiger als der andere. Überbieten sich gegenseitig mit der Anzahl der Handlungsstränge. Strangulieren sich geradezu in ihren Handlungssträngen.

Wir haben dich als Avantgardeautorin geholt. Hörst du mich, bist du noch dran? Entschuldige meinen Ton, aber ich bin … wie soll ich sagen … mit den Nerven runter. Die Wahrheit, Ann Charlotte, die Wahrheit: Moll stand nie hinter uns. Ich musste dich *gegen* Moll durchsetzen. Habe mit Kündigung gedroht, wenn deine Texte nicht erscheinen. Moll wollte Mainstream. Ich habe ihn überzeugen können, dass dem Verlagsprofil eine Avantgardeautorin gut tut. Jetzt ist Moll überzeugt, und jetzt fällst du mir in den Rücken.

Bist du noch dran? Ann Charlotte, ich erinnere dich

nur an dein großes Interview vor drei Monaten in den *schraffuren*. Wo du dich über den Mainstream lustig gemacht hast. Pseudorealismus. Schreibworkshopliteratur. Ich zitiere: *Wie-Klein-Erna-die-Welt-sieht-Literatur*. Brav und bieder sei das. No risk, no fun.

Ann Charlotte … hörst du mich, ich bin zutiefst enttäuscht. Persönlich getroffen. Als ob du mir einen Dolch in den Rücken gestoßen hättest. Und du hast es, Ann Charlotte, du hast es! Du hättest mir *Wir lassen einen Drachen steigen* nie im Leben … hörst du! … nie im Leben hättest du mir das …«

Akku leer. Kopf leer. Herz leer. Nicht leer, voll, aber in die Hose gerutscht. Zuerst Marion, jetzt Möllenkötter. Bei Möllenkötter … keine Ahnung, bei Marion Rache. Rache, weil Ann Charlotte ihr immer die Meinung zu ihren Schreibversuchen gesagt hatte. Höflich, aber bestimmt. Dieser grausame Duras-Abklatsch. Was bei Duras furchtbar war, war bei Marion noch furchtbarer. Gab gar kein Wort dafür, am ehesten noch Seelenpudding. Oder Gefühlsgrütze.

War heute Vormittag gekommen, Marions Rachestunde, im *Lenzig*. Die Rache der Dilettierenden, Verhinderten an der Erfolgreichen, Begabten. Schon wie Marion das Buch auf den Tisch legte. Ihr Buch, das Buch der Saison: *cool & terror*. Hymnische Kritiken in allen großen Zeitungen, sechzig Lesetermine allein im letzten halben Jahr. Und legte das Buch auf den Tisch wie die Speisekarte in einem schmierigen Restaurant. Speisekarte mit Kartoffelsuppe als Gourmetglanzlicht. Ansonsten Toastvariationen, hausgemachte Bohnensuppe und Strammer Max. Im Brotkorb drei Tage alte Schrippen. Schlimm auch der Marionblick. Nicht von oben, sondern vom Höchsten herab. Als wäre sie Literaturpäpstin und Nobelpreisautorin in einer Person. Blasiert kein Ausdruck, aufgeblasen eine Untertreibung.

»Ich habe *cool & terror* endlich gelesen, und ich muss sagen …«

Moment mal, wie kommst du eigentlich darauf, dass mich deine unerhebliche Meinung zu meinem Buch interessieren könnte? Lob ja, hohes Lob ja, höchstes Lob besser, allerhöchstes Lob am besten, aber keine Krittelei, ja! Okay, sag, das Buch ist Scheiße. Akzeptiert! Langweilig – akzeptiert! Ist mir so was von auf die Nerven gegangen – akzeptiert! Der größte Mist seit … ach, was weiß ich … akzeptiert! Aber komm mir jetzt nicht mit Differenzierung, ja! Erzähl mir jetzt nicht, was dir gefallen hat und was nicht, hörst du! Nicht dieses Gequatsche von wegen Schwarz-Weiß-Malerei, die Figuren sind Holzschnitte oder Karikaturen, ja! Du bist 'ne Karikatur, ja! Du bist 'n Holzschnitt, ja! Du bist 'ne Duras-Karikatur, ja!

»Sehr schön gemacht das Buch, kein Vergleich zu *erfahren alles rund um* oder *finden sie außerdem einen link.*«

Nicht diese Scheiße, Marion, von wegen Ausspielen des einen Buches gegen das andere. Die Wahrheit, Marion, an meinem ersten Buch hänge ich mehr als an allen anderen. Und das wird immer so bleiben. *erfahren alles rund um* ist meine Erstgeborene, Marion, meine Zoe, nur dass *ich meine* Zoe liebe. Also kein Wort mehr gegen *erfahren alles rund um*, sonst sind wir geschiedene Leute!

»Ich habe es in der Badewanne gelesen.«

Krieg gleich einen Lachanfall, Marion! Was soll die Scheiße? Bücher liest man nicht in der Badewanne, Marion! Nicht in einem lauwarmen Fichtennadelschaumbad. Auch nicht in einem heißen Erkältungs- oder Rheumabad. Schon gar nicht in Lavendel. Nicht meine

Bücher. Ich schreib sie ja auch nicht in der Badewanne. Lies meine Bücher gefälligst auf einem Stuhl, meinetwegen in einem Sessel oder auf der Couch. Und schalt dein Handy dabei aus! Und Finger weg von Keksen und Konfekt. Grüner Tee okay, Kaffee okay, Bier okay. Aber kein Kakao mit Sahne, hast du gehört?

»Freute mich schon bald über die mehr körperliche, krudere Sprache.«

Richtig, Marion, gut erfasst, aber glaubst du, mich interessiert dein Wortsalat? Dafür gibt's Berufskritiker, meine Liebe! Und noch mal: Spiel das eine Buch nicht gegen das andere aus! Sag nicht so einen Dünnschiss wie: Die Sauber wird mit jedem Buch besser. Oder: Von der Sauber haben wir noch Großes zu erwarten!

»Und dann nach vierzig Seiten oder so eine gewisse Ungeduld mit Isabel … zu wenig Dualität … zu wenige Risse.«

Marion, ich fall gleich untern Tisch. Meine Fresse, was soll diese Proseminarwichserei? Dualität! Risse! Fehlt nur noch das Wort: *Brüche*. Marion, geh scheißen, ja!

»Warte, ich hab da ein paar Stellen angestrichen, um dir zu zeigen, was ich meine.«

Marion, was soll das hier werden? Stellen anstreichen, ja tickst du nicht ganz richtig? Was willst du mir beweisen? Dass ich nicht Doris Lessing bin?

»Sprache viel geschmeidiger als früher.«

Marion, nicht wieder dieses Vergleichsgelabere. Sag: Sprache ist geschmeidig, ja! Oder besser: Sag nichts! Oder: Fuck you, Ann Charlotte!

»Was mich zum Beispiel enttäuschte: das Ehe-Thema … irgendwie eindimensional.«

Marion, langsam verlier ich die Geduld. Schreib doch deine eigene Scheiße, aber keine Duras-Scheiße, ja! Schreib die Marion-Scheiße. Die Marion-Erik-Ehe-

Scheiße. Oder die Marion-Erik-Zoe-Thomas-Familien-Scheiße. Oder die Arthur-Schulze-Liebhaber-Scheiße. Schick ich auch dem Möllenkötter. Aber deine eigene Scheiße, Marion, hörst du! Keine angelesene, nicht vollständig ausgeschissene Scheiße!

»Noch viel zu sagen, Ann Charlotte.«

Besser nicht, Marion.

»Und doch so wenig Verlangen, den Text zu sezieren.«

Marion, sag mal, spinn ich oder spinnst du? *Wenig Verlangen*, aber mich eine Stunde vollsülzen. Und *viel Verlangen* – mich einen ganzen Tag vollsülzen?

»Lass *cool & terror* lieber auf mich wirken wie eine Droge.«

Und mich dann verantwortlich machen. Ne, Marion, lass die Finger davon!

»Oder ein Medikament.«

Bin ich Doktor Markus?

»Gratuliere dir zu *cool & terror*!«

Danke, Marion.

Musste jetzt Guido anrufen. Gab aber fast keine Telefonzellen mehr. Keine funktionierenden jedenfalls. Zwanzig Minuten lang suchte sie nach einer funktionierenden Telefonzelle, um sich dann von Guido anhören zu müssen, sie möge auf keinen Fall wieder auf den Spielplatz kommen.

»Zu gefährlich, Süße. Wegen Justin. Der könnte alles ausplaudern.«

»Mit drei Jahren?«

»Der kapiert mehr, als wir glauben. Als wir vorgestern nach Hause gekommen sind, sagte er die ganze Zeit zu Simone: Spielplatz Mama zwei, Spielplatz Mama zwei.«

»Schwachsinn!«

»Wenn ich's dir doch sage. Wir können uns heute Abend im *Felsenkeller* treffen.«

»Ich will dich aber jetzt sehen.«

»Nichts zu machen, Süße. Hab Vaterpflichten zu erfüllen.«

»Und wenn du's deiner Frau sagst?«

»Das hatten wir schon, Ann Charlotte. Geht schon wegen Justin nicht. Irreparabler Schaden an seiner Kinderseele, unverantwortlich. Und dann … Die Simone ist gerade in einer sehr schwierigen Phase … kann jederzeit aus ihrer Bank rausgeschmissen werden.«

»Und ich … zähle ich gar nicht?« Mein Gott, hättest du vor vier Wochen noch nicht gedacht, jemals so einen Unsinn zu reden.

»Süße, du weißt doch …«

Aufgelegt, bevor der Doktor-Markus-Schmalz wieder durchkam. Für Guido ein feines Arrangement. Simone Ehefrau, Mutter und Hauptverdienerin, sie, Ann Charlotte, das Betthäschen. Intellektuelles Betthäschen, aber Betthäschen. Und Viertelstündchen später Augen- und Ohrenzeugin, wie Guido komplett ausrastete. Was ihr einfalle, auf dem Spielplatz zu erscheinen, wo er doch ausdrücklich … Ließ ihn einfach stehen und setzte sich auf die Schaukel.

Bevor sie Guido traf, hatte sie jahrelang keinen Spielplatz mehr betreten. Hatte keine Geschwister mit kleinen Kindern, keine Freunde mit kleinen Kindern; Kollegen mit kleinen Kindern, ja, aber nur ein, zwei enge Kollegen, und da traf man sich nicht auf einem Spielplatz. Möllenkötter ja, aber das eine Mal in dem Borkener Kaff waren sie nur mit *cool & terror* beschäftigt gewesen. Und eigentlich hatte sie Aversionen gegen Kinder. Waren immer laut, machten immer Chaos, erzwangen immer die Aufmerksamkeit. Überhaupt Familie. Für die Frau war's irgendwie blöd, für den Mann dagegen ziemlich bequem. Und Single? War auch irgendwie Scheiße. Irgendwie alles Scheiße.

»Du gehst jetzt!«, sagte Guido.

»Ich werde den Teufel tun«, sagte Ann Charlotte. »Das ist ein öffentlicher Spielplatz.«

»Okay, dann ist es aus zwischen uns.«

»Okay.«

»Ich meine es ernst.«

»Ich auch.«

»Ruf mich nie wieder an!«

»Ruf *du* mich nie wieder an!«

»Ich werde dich auch nie wieder anrufen.«

»Ich werde dich *auch* nie wieder anrufen.«

»Süße, kapierst du denn nicht, dass du mich in große Schwierigkeiten bringst? Was glaubst du, wie viele Mütter – und auch Väter – hier sind, die die Simone kennen? Die mich kennen. Die Justin kennen. Vom Kindergarten her kennen. Von der PEKiP-Gruppe. Der Krabbel-Gruppe. Vom Spielplatz. Und was glaubst du, was die machen werden, wenn die uns zusammen sehen? Die werden sich das Maul zerreißen. Die werden zu Hause sofort zum Hörer greifen und die Simone anrufen. Was sag ich da, nicht zu Hause, auf der Stelle … die werden auf der Stelle zum Handy greifen. Noch hier auf dem Spielplatz, im selben Moment, wo die uns sehen. Was glaubst du denn … die zerplatzen ja vor Neid. Schau sie dir doch an, sexuell total ausgehungert. Die würden doch lieber heute als morgen …«

»Mit dir vögeln. Ja, dann lass sie doch. Steh doch nicht so blöd hier rum. Schmeiß dich doch endlich an sie ran und lass deinen abgehalfterten Doktor-Markus-Charme spielen. Damit kannst du vielleicht die Omas becircen.«

»Bei dir hat's offenbar geholfen.«

»Ach Guido, hau endlich ab!«

»Was willst du eigentlich?«

»Was ich will? Verdammt noch mal, ich will auch eine Familie. Einen Ehemann. Kinder!«

»DU?«

»ICH!«

»Etwa mit mir?«

»Ja, warum denn nicht? Du bist doch auch nur so ein blöder Kerl.«

»Jetzt wein doch nicht, Süße! Um Gottes willen, bloß keine Szene jetzt!«

»Arschloch!«

Café Oren

Gab mal wieder eine Terrorwarnung. Nicht konkret, aber latent. Permanent sozusagen. Wieder vom Bundesinnenminister, der zu erhöhter Wachsamkeit aufrief und gleichzeitig vor Panik warnte. Desgleichen der Chef des Bundeskriminalamtes in einem großen Zeitungsinterview. Arthur hatte versucht, irgendeine geheime Warnung, irgendeinen geheimen Hinweis auf Ort und Zeit des Anschlags zu finden, gab's natürlich nicht. Deutschland war gefährdet und Berlin war besonders gefährdet. Und in Berlin waren amerikanische Einrichtungen am meisten gefährdet, dito jüdische, israelische, britische. Der Bundesnachrichtenchef hatte auch schon ein Interview gegeben. Der Chef des militärischen Abschirmdienstes würde sicher noch eines geben.

Erhöhte Wachsamkeit, aber keine Panik. Grippe, aber kein Fieber. Krebs, aber gesund. Blöd, aber durstig.

Die U-Bahn galt als bevorzugtes Anschlagsziel. Wie auch S-Bahn, Bus, Straßenbahn. Wie auch Supermarkt, Kino, Theater, Oper, Musical. Wie auch Café, Fußballstadion, Einkaufscenter, Zoo, Zirkus, Volkshochschule. Wie auch Ku'damm, Bahnhof Zoo, Alexanderplatz, Wittenbergplatz, Winterfeldtmarkt, Ostbahnhof. Aus der Luft, vom Wasser, von überall. Keine Panik, aber Arthur studierte jeden Fahrgast. Fuhr nur U-Bahn während der Nichtstoßzeiten. Kontrollierte beim Einsteigen die Gesichter der Fahrgäste. Und kontrollierte bei jeder Station die Gesichter der einsteigenden Fahrgäste. Sah einer wie ein potenzieller Terrorist aus, stieg er aus. Er kam deswegen oft zu spät zu den Kunden. Hatte sich schon überlegt, ein Auto zu kaufen. Nahm immer häufiger ein Taxi. Diesmal nicht, diesmal die S1 in Richtung Oranienburg. Obwohl die über beziehungsweise unter den Potsdamer Platz fuhr. Mit der amerikanischen Botschaft in der Nähe. Laut Zeitung unter den bevorzugten Anschlagszielen eines der bevorzugtesten. Mit einer Riesenbombe flöge die amerikanische Botschaft in die Luft *und* der gesamte Potsdamer Platz mit Sony-Haus, Mercedes-Hochhaus, dem *Hyatt*, dem *Ritz-Carlton* und so weiter. Bestimmt gäbe es zehntausende Tote und hunderttausende Schwerverletzte.

Arthur überlegte kurz, an der Yorkstraße auszusteigen. Von der Yorkstraße den Bus zu nehmen, das heißt mehrere Busse bis zur Oranienburger Straße. Oder ein Taxi. Es war aber fünf Uhr und Feierabendverkehr. Und er hatte nur noch fünf Minuten bis zur Verabredung mit Ellen, Goldbergs Tochter. Er wollte nicht schon zur ersten Verabredung eine Viertelstunde oder mehr zu spät kommen. Das war jetzt ein Konflikt, ein großer Konflikt. Nahm er ein Taxi und nicht die S-Bahn, hätte er bei einem Anschlag auf den Potsdamer Platz größere

Überlebenschancen, als wenn er die S-Bahn nähme. Allerdings würde er Ellen warten lassen. Nahm er hingegen die S-Bahn, würde er pünktlich kommen, allerdings nur dann, wenn der Terroranschlag ausblieb.

Er stieg aber nicht an der Yorkstraße aus. Wäre er an der Yorkstraße ausgestiegen, hätten die Terroristen wieder mal gesiegt. Sie siegten oft in letzter Zeit. Hinter der Yorkstraße ging's unterirdisch weiter. Unterirdisch bedeutete erhöhte Terrorgefahr. Das Abteil war ziemlich voll, es gab bestimmt so vier, fünf Personen, die wie Terroristen aussahen, wobei er nicht so einfältig war, nur Vollbärtige und Kopftuchträgerinnen in den Kreis der verdächtigen Personen aufzunehmen. Auch Glattrasierte kamen in Frage, auch Tiefdekolletierte, im Grunde jeder, mit Ausnahme von einem selber. Aber wahrscheinlich rechneten die anderen Fahrgäste umgekehrt ihn zum Kreis der verdächtigen Personen. Was hatte er denn da in seinem Rucksack, war doch wohl keine Bombe? Er fuhr schon in die Station Oranienburger Straße ein. Würde also mal wieder gut gehen, es sei denn, im letzten Moment geschah noch was. Geschah aber nicht, durchatmen, überhaupt das Atmen, er vernachlässigte es wieder. War schon Wochen nicht mehr in den Volkshochschul-Atmen-Kurs gegangen. Würde gar nicht mehr mitkommen beim Atmen, ginge er jetzt wieder hin. Müsste im Herbst wieder mit dem Anfängerkurs beginnen.

Vor der Synagoge gab's Absperrungen, Betonblöcke, Panzerwagen und Polizisten mit Maschinenpistolen. Die Synagoge war sicher *das* Anschlagsziel in ganz Berlin. Von allen Seiten bevorzugt, den ewiggestrigen Terroristen, den ins Paradies auffahrenden Terroristen, den allgemeinen Terroristen. Und nebenan lag das *Café Oren*, wo es jüdisch-israelische Spezialitäten gab. Das Café war auf jeden Fall auch ein bevorzugtes Anschlagsziel. Und würde mit in die Luft fliegen, gäbe es einen schweren Anschlag auf die Synagoge. Genau dort war er mit Ellen Goldberg verabredet. Er hatte das Café vorgeschlagen und dabei die Gefährdungslage ganz außer Acht gelassen. War wohl nervös gewesen bei der Frage, ob sie nicht mal Lust habe, mit ihm ins Café zu gehen. Sie hatten sich bisher ja nur in Goldbergs Wohnung getroffen zum Deutschunterricht. *Sprachkurs 1, 2, 3, 4.* Und dann die Caféfrage. Wäre zu kompliziert geworden, daneben noch die Cafégefährdungslage zu erörtern.

Ellen hatte schon einen Milchkaffee und einen Salat bestellt. Rauchte. Obwohl Nichtmehrraucher, bat er um eine Zigarette. Hatte er bei Ellen sonst nie getan. Konnte missverstanden werden, was in seiner Lage vielleicht besser war, als verstanden zu werden. Das heißt, vielleicht wurde er gar nicht missverstanden, vielleicht verstand er sich nur selber nicht. Vielleicht waren es gar nicht die Terroristen, war's gar nicht der terroristische Untergrund. Vielleicht war's der eigene Untergrund. Vielleicht … vielleicht alles nur kalter Kaffee.

Sie waren gleich bei einem Thema, nämlich Ellens Freund. Ellens Freund? Hatte Ellen denn einen Freund? Ja, Ellen hatte offenbar einen Freund. Na und? Er hatte ja Marion. Oder hätte Marion jederzeit haben können. Hatte Marion lange nicht gehabt, weil er müde war wegen dem Audifahrer. Dem ewigen Hinundher von wegen, ruft sie an oder ruft sie nicht an, kommt sie oder kommt sie nicht, sagt sie ab oder sagt sie nicht ab? Jetzt erlebte sie selber, wie das war. Kein Problem also mit Ellens Freund, jeder hatte so seinen Freund oder seine Freundin oder seinen Exfreund oder seine Exfreundin. Konnte trotzdem noch was werden zwischen ihnen, und es lief doch auch schon ganz gut. Hatte schon beim Unterricht angefangen, beim Dativ, um genau zu sein. Wer die Dativhürde nahm, würde auch andere Hürden nehmen. Und Ellen hatte die Dativhürde genommen, dank seiner Hilfe. Und anschließend auch die Doppelhürde der festen Präpositionen und der Wechselpräpositionen.

Zurück zum Thema Schweizer Freund, den Ellen anlässlich der Maccabiade in Tel Aviv kennengelernt hatte. Der Schweizer war nämlich Boxer, Mittelgewicht. Und Ellen hatte Verwandte und Freunde in Israel besucht. Und für ein Drehbuch recherchiert. Ellen schrieb Drehbücher. Das war's ja, sie war Drehbuchautorin, er Regisseur, wenn auch a. D. Hatte er ihr noch nicht erzählt, war sein Joker. Und ihr Joker: noch ein Freund. Oder Exfreund? War nicht so klar, jedenfalls Oberösterreicher. Lebte in Wien. Journalist und Bergsteiger. Dokumentarfilmer und Naturbursche. Freund eines bekannten Bergsteigers, der aber nicht Messner hieß. Der Name fiel Ellen nicht ein. Arthur suchte nach bekannten Bergsteigernamen, fielen ihm nur Messner und Trenker ein. Aber Messner war's ja nicht, und Trenker war tot.

Ellen hatte vorher in New York gelebt. Und würde dort noch immer leben, wäre der Bergsteiger nicht gewesen. Der Bergsteiger war mit einem Freund in den Rocky Mountains herumgeklettert und vor dem Rückflug ein paar Tage in New York abgestiegen. Er war nämlich nicht nur ein Naturbursche, sondern interessierte sich auch für Kunst. Für Art brut. Auch für Art concret. Und für Ellen, die in einem Restaurant bediente. Die Liebe war gleich so groß, dass sie ihm nach Wien folgte. Aber nach drei Wochen Intensivvögeln und Sightseeing hatte der Bergsteiger plötzlich keine Zeit mehr für Ellen. Musste in die Berge, musste Artikel für Bergsteigerzeitschriften schreiben, musste Freunde besuchen in Brixen und Pisa, nahm aber Ellen nicht mit. Und Ellen blieb ohne ein Wort Deutsch mutterundvaterseelenallein in Wien.

Und war jetzt auch freundseelenallein. Nach drei Tagen hatte sie die Schnauze voll und fuhr zum Papa nach Berlin.

Das war der Stand der Dinge. Das heißt nicht ganz, denn der Bergsteiger wollte nächste Woche nach Berlin kommen. Hatte angeblich Sehnsucht nach ihr. Wie auch der Schweizer Mittelgewichtsboxer, zu dem Ellen letzte Woche für vier Tage geflogen war. Er war viel jünger als Ellen, vielleicht lag's daran, dass er sie tagsüber in der Wohnung eingeschlossen hatte. Er war an die Uni gegangen und hatte die Tür abgeschlossen, aber Ellen ohne Schlüssel gelassen. Konnte Zufall, Missgeschick sein, aber am nächsten Tag geschah dasselbe. Aber nicht mit ihr. Hatte den Notarzt gerufen. Der Notarzt war gekommen und hatte nicht reingekonnt. Der Notarzt hatte die Polizei gerufen. Die Polizei hatte die Tür in Nullkommanix aufgemacht. War nicht billig gewesen, Polizei und Notarzt zu rufen, und alles nur wegen des eifersüchtigen Mittelgewichtsboxers. Arthur war ziemlich erschöpft von soviel Rede. Er wollte jetzt auch mal was sagen: »Wollen wir nicht woanders hingehen?«

»Are you tired? Wanna go?«

»No, no. I ...«

»What?«

»Nothing.«

»Ich würde gern eine Pizza essen.«

»Aber iss doch hier was ... Wie wär's mit ...«

»Ich habe wirklich Lust auf eine Pizza.«

»You don't like jewish food?«

»Sure. Of course. It's not that.«

»So, why don't we order something?«

»Aren't you worried about terrorists?«

»You mean now?«

»In general.«

»Sure. Jeez, I live in New York! I fly to Israel all the time.«

»And now?«

»Here? In Berlin?«

»Ja.«

»Nein.«

Dozentenraum

Ohne Zeitung ging's nicht. Ohne Frau, aber nicht ohne Zeitung. Seit neunzehn Jahren war König mit Marion verheiratet, aber seit mindestens dreißig Jahren mit der Zeitung. Und nach der sich immer deutlicher abzeichnenden Scheidung von Marion würde die Zeitung noch wichtiger werden.

»Steht was Interessantes drin?«, fragte Marion.

»Sharon Stone und Phil Bronstein lassen sich scheiden.«

»Und warum?«

»Wegen Alltagsproblemen.«

»Hätte ich mir denken können.«

»Soll ich dir vorlesen?«

»Von mir aus.«

»*Er wollte, dass unser Sohn immer wohlerzogen am Tisch sitzt. Ich wollte, dass er rumtollt … ein endloses Tauziehen.*«

»Wer sagt das?«

»Sharon Stone.«

»Bei uns war es genauso.«

»Bist du sicher?«

»Natürlich. Wie oft hast du zu Thomas gesagt: *Setz*

dich an den Tisch! Nimm die Arme auf den Tisch! Steh erst auf, wenn alle fertig mit Essen sind!«

»Das soll ich gesagt haben?«

»Das sagst du heute noch.«

»Du übertreibst.«

»So bist du erzogen worden. Und so hast du Thomas erzogen.«

»Im Gegenteil. Weil ich so erzogen worden bin, habe ich Thomas so eben nicht erzogen.«

»Sollen wir Thomas fragen?«

»Andere Frage: Warum sind wir, wo Sharon Stone und Phil Bronstein bald geschieden sein werden, noch nicht geschieden?«

»Die haben vielleicht mehr Geld.«

»Das ist sicher. Es geht noch weiter. Hörst du zu?«

»Ist Zoe schon weg?«

»Hätte sich doch bestimmt verabschiedet.«

»Sie redet nicht mehr mit mir.«

»Von mir hat sie sich bisher noch immer verabschiedet.«

»Wenn sie so weitermacht, fliegt sie bald raus.«

»Jetzt bitte keine Zoe-Diskussion. Muss gleich weg. Hab einen wichtigen Termin.«

»Immer hast du einen wichtigen Termin.«

»Jetzt bitte keine Termin-Diskussion. Gar keine Diskussion, Marion. Lass uns bitte ein einziges Mal in Ruhe frühstücken. Wie andere Leute auch. Also, hörst du zu?«

»Aber nur kurz.«

»*Es sei schlimm gewesen, wie der Alltag sie eingeholt habe. Phil gefiel es nicht, wie ich die Messer und Gabeln untergebracht habe. Und er meckerte, wie ich die Pullis zusammenlegte*. Ich dagegen habe nie gemeckert.«

»Aber die Pullis zusammengelegt hast du auch nicht.

Ich habe immer deine Pullis zusammengelegt. Und die Geschirrspülmaschine hast du auch nie ausgeräumt.«

»Da habe ich aber eine ganz andere Erinnerung.«

»Wer hat sie denn gestern ausgeräumt?«

»Und vorgestern?«

Die Frage war doch: Wie sollten ihre und Millionen anderer Ehen halten, wenn nicht mal die von Sharon Stone und Phil Bronstein hielt? Waren doch beide mit Schönheit und Geld gesegnet, lebten in einer Riesenvilla wahrscheinlich direkt am Pazifik, mit Riesenswimmingpool und drei Fußballmannschaften von Bediensteten. Die Frage war doch: Warum legte Sharon Stone überhaupt Pullover zusammen? Jemand, der berühmt geworden war durch das Pulloverausziehen. Und Messer und Gabel unterzubringen – was war denn daran so schwierig? Gab es da so viele verschiedene Arten? Man tat sie in die Schublade in den Besteckkasten, Messer zu Messer, Gabel zu Gabel, Suppenlöffel zu Suppenlöffel, Teelöffel zu Teelöffel.

Im Büro noch immer die Frage: Warum ruft der Bezirksstadtrat nicht zurück? War es noch immer wegen seiner Nachricht auf dem Anrufbeantworter: *Ich erwarte Ihren Rückruf!*? War aber doch schon Wochen, wenn nicht Monate her. Da vergab ja die Mafia noch eher. Die gab einem wenigstens die Chance, etwas wiedergutzumachen: *Allora, Don Enrico, du machst Don Osvaldo kalt, und wir geben dir einen kleinen Zahlungsaufschub.*

Aber nicht der Bezirksstadtrat. Der hätte ihn doch beispielsweise nur darum zu bitten brauchen, in den Deutschkursen nach potenziellen Terroristen Ausschau zu halten. Hätte er gern gemacht, kein Problem. Hätte den Dozenten auf die Finger geklopft, die in ihrer 68er-Verbohrtheit natürlich gleich den Schnüffelstaat witterten. Hätte kooperativen Dozenten Belohnungen in Form von Kurszusagen in Aussicht gestellt. Hätte eigenhändig die Teilnehmer- und Anwesenheitslisten nach verdächtigen Personen durchgeschaut. Wäre bei unkooperativen Kollegen unangemeldet in deren Kurse gegangen. Hätte sich in der Programmkonferenz allen Faschismusverdächtigungen robust entgegengestellt. Und hätte eine Liste mit Verdächtigen an den Bezirksstadtrat weitergereicht, damit der sie an Parteifreunde weiterreichen konnte, die sie wiederum an andere Parteifreunde weiterreichten, bis die Liste irgendwann beim Bundesinnenminister angekommen wäre. Und wenn *er* das dem Bezirksstadtrat vorschlug? Vielleicht das Ganze ein wenig schmückte mit dem Hinweis auf Gerüchte, die ihm zu Ohren gekommen seien? Vielleicht sogar so weit gehen und von einem konkreten Anschlag sprechen, sagen wir in fünf Wochen auf den Bahnhof Zoo? Vielleicht sogar noch weiter gehen und behaupten, die Kurz-Kowalski als kommissarische Volkshochschulleiterin wisse von diesen verdächtigen Kursteilnehmern, halte aber ihren Mund wegen politischer Correktness? Mein Gott, was für ein Coup! Und es gab ja diese Kursteilnehmer, diese Hetzer und Verschwörer! Bauten vielleicht jetzt noch keine Bomben, würden es aber vielleicht demnächst tun. Wäre ihnen doch auch ein Gefallen damit getan, oder wenn nicht ihnen, dann ihren Familien, zöge man sie vorbeugend aus dem Verkehr.

Vorher gab es aber noch Dringenderes zu tun: Geld für Deutschkurse beim Bundesamt für Migration und Flüchtlinge, *BAFL*, zu beantragen. Das heißt, lautete die Abkürzung überhaupt noch BAFL? Die Kurz-Kowalski sagte einmal BAFL, einmal BAMF. Ebenso die Dozenten. Er hatte die Internetseite angeklickt, da stand BAMF. Aber vor Wochen hatte da noch BAFL gestanden.

Oder nicht? Egal, BAFL oder BAMF, das Amt war der Inbegriff bürokratischer Inkompetenz, das weder etwas von der Anerkennung ausländischer Flüchtlinge noch von Deutschkursen verstand. Jahrzehntelang hatte der Sprachverband Deutschkurse mit großem Sachverstand und ohne Komplikationen organisiert. Jetzt gab's keinen Sachverstand mehr und nur noch Komplikationen. Jeden Tag klickte er wenigstens einmal die Internetseite des BAMF an und verfiel angesichts des Wustes an neuen Verordnungen, Vorschriften und Formularen in regelrechte Schockstarre, von der sich zu erholen er eine Stunde brauchte, manchmal auch länger. Teilnehmer- *und* Anwesenheitslisten waren jetzt allerpenibelst zu führen. Unterlief dabei der klitzekleinste Fehler, gab's kein Geld vom BAMF. Mindestens siebzig Prozent der Dozentenenergie ging mittlerweile fürs Namenlistenführen drauf. Und neunzig Prozent seiner Programmleiterenergie verschluckte das Studium der Verordnungen.

Es klopfte. Eine Dozentin, die erst seit sechs Monaten dabei war. Die wahrscheinlich wieder fragen wollte, ob sie im nächsten Semester einen Kurs bekäme. Wäre die dritte Dozentin, die das heute fragen würde. Es gab einfach nicht genug Kurse. Es gab eine riesengroße Nachfrage, aber nicht genug Geld. Vom beantragten Geld genehmigte das BAMF sechzig, wenn's hoch kam, siebzig Prozent. Ein bisschen was kam auch noch vom Bezirk, aber es reichte vorne und hinten nicht. Nach Integration schreien, aber das Portemonnaie zulassen.

»Störe ich Sie gerade?«, fragte die Dozentin.

»Wenn Sie wegen der Kurse für das nächste Semester gekommen sind … Ich kann Ihnen noch keine fixe Zusage geben.«

»Ich bin wegen des Dozentenraums hier … der Sitzordnung. Sie sagten ja, ich sollte Ihnen Bescheid geben … Erinnern Sie sich?«

Und ob. Er war auf hundertachtzig. Vergessen das BAMF, vergessen die mutmaßlichen Terroristen in den Deutschkursen, vergessen der Bezirksstadtrat. Nur Hildegard, Franz, Annette, Sabine, Roswitha und Kerstin, seine ehemaligen Dozentenkollegen, hatte er vor Augen. Wie sie auf ihren Stühlen saßen im Dozentenraum. Beziehungsweise nicht auf ihren Stühlen saßen, wenn sie gerade beim Kopieren oder Unterrichten waren. Und wie dann die neue Kollegin in den Dozentenraum trat und sich auf einen der freien Stühle setzte. Und wie dann Sabine oder Roswitha oder Kerstin vom Kopieren oder Unterrichten zurück in den Dozentenraum kamen und, obwohl alle anderen Stühle frei waren, zu der jungen, nichtsahnenden Kollegin sagten: *Das ist aber mein Platz.* Und wie dann die junge, verdutzte Kollegin aufstand und sich irgendwo anders hinsetzte. Bis fünf Minuten später eine andere Kollegin vom Kopieren oder Unterrichten in den Dozentenraum zurückkam und zu der neuen Kollegin sagte: *Das ist aber mein Platz.* Und wie dann die junge Kollegin noch verdutzter als vorhin war und mit dem Aufstehen zögerte. Und wie dann die ältere Kollegin erklärte: *Das ist mein Platz seit zwanzig Jahren.* Und wie dann die junge Kollegin so verdutzt war, dass sie nicht ein Wort herausbrachte und den Dozentenraum verließ und fortan nur noch betrat, um ein Buch zu holen oder eine CD, aber nie wieder, um sich an den Dozententisch zu setzen.

Inzwischen war er auf zweihundertfünfzig und rannte die Treppe runter. Die junge Dozentin folgte mit großem Abstand. Er riss die Tür des Dozentenraums auf und brüllte: »Alle aufstehen! Aber sofort!«

Vier Dozenten waren da: Annette, Sabine, Kerstin und

Franz. Auf ihrem Platz. *Ihrem* Platz. Ihrem *alten* Platz. Seit *zwanzig* Jahren auf ihrem alten Platz.

»Sofort aufstehen, habe ich gesagt!«

Sie schauten sich gegenseitig an, dann prustete Annette los, dann Sabine, dann Kerstin, dann Franz. Chorisches Losprusten, das in einen Lachanfall mündete. Kerstin fing sich als erste wieder: »Geht's dir nicht gut, Erik?«

»Wie oft habe ich euch gesagt, dass es hier im Dozentenraum keine reservierten Plätze gibt. Die Plätze sind entweder frei oder besetzt, aber nicht reserviert.«

»Das hast du früher aber anders gesehen«, sagte Sabine.

»Genau«, stimmte Annette ein.

»Du hast auch deinen festen Platz gehabt«, sagte Franz.

»Habe ich nicht«, sagte König.

»Und ob«, sagte Kerstin.

»Ich habe meinen bevorzugten Platz gehabt«, sagte König, »aber nicht meinen festen Platz. Wenn eine neue Kollegin oder ein neuer Kollege kam und sich zufällig auf meinen bevorzugten Platz setzte, habe ich ihn nicht von dort verscheucht.«

»Erik«, sagte Annette, »darf ich dich daran erinnern, dass in den fünfzehn Jahren, wo du Dozent warst, keine neuen Kollegen gekommen sind. Erst in den letzten beiden Jahren sind neue Kollegen gekommen.«

»Richtig«, sagte Sabine.

»Genau«, sagte Franz. »Erst mit den Pilotprojektkursen für Neueinwanderer kamen die neuen Kollegen.«

»Wie auch immer«, sagte König, »ich habe euch mehr als einmal gesagt: Plätze sind entweder frei oder besetzt, aber niemals reserviert.«

»Aber«, sagte Kerstin, »wenn ich meine Mappe auf meinen Platz lege, dann ist er doch –«

»*Mein* Platz gibt es nicht«, schrie König. »Kein *mein* Platz! Ist das klar? Ist das endlich klar?«

»Wie redest du mit uns?«, sagte Sabine.

»Ob das klar ist?«

»Dein Ton«, sagte Kerstin.

»Ist das jetzt klar, will ich wissen. Für alle klar?!«

»So kannst du mit uns nicht umspringen«, sagte Franz.

»Ich kann noch ganz anders«, schrie König. »Wenn mir noch einmal zu Ohren kommen sollte, dass einer von euch eine junge Kollegin oder einen jungen Kollegen vom Platz vertreibt, weil es angeblich *sein* Platz ist, wird das sehr, sehr ernste Konsequenzen haben.«

»Du drohst uns?«, sagte Kerstin.

»Wir werden mit Waltraud sprechen«, sagte Annette.

»Ihr könnt mit der Kurz-Kowalski sprechen, so oft ihr wollt«, schrie König. »Ihr könnt zur Dozentenvertretung rennen, zur GEW, zu wem auch immer, ihr könnt eine Dozentenversammlung einberufen, zum Sitzstreik aufrufen, was auch immer – wenn das noch ein einziges Mal vorkommen sollte, werde ich euch Kurse streichen. Das sind nämlich nicht *eure* Kurse, das sind nur *eure* Kurse, weil *ich* sie euch gebe, ich könnte sie auch den jungen Kollegen geben, *eure* Kurse wären dann *ihre* Kurse, habt ihr mich verstanden?«

»Darüber wird noch zu reden sein«, sagte Annette.

»Das wird ein Nachspiel haben«, sagte Kerstin.

»Damit kommst du nicht durch«, sagte Sabine.

»Das Band zwischen dir und uns ist zerschnitten«, sagte Franz.

»Hängt euch doch alle auf«, schrie König und stürmte aus dem Dozentenraum.

Kam aus Wien-Penzing, die Simone. Hatte in St. Gallen und an der London School of Economics studiert. War sein Glück gewesen, die Simone. Wie sie da an einem Maientag im *Café Sperl* gesessen hatte, mit der Zeitung und einer Melange, während er, Guido Duvall, nach mehrwöchigem Beschuss durch Boulevardzeitungen und Frauenzeitschriften mehr tot als lebendig gewesen war. Frau weg, Rollen weg, das meiste Geld auch weg, draufgegangen für Rechtsanwälte und Psychologen. Dachte an Selbstmord. Und Mord. Gerlinde ermorden, weil sie sich mit Interviews über seine angeblichen Schandtaten die Taschen füllte. Deren Anwälte offenbar besser waren als seine, denn er verlor Haus, Ferrari und den Baselitz. Auch die moosgrüne Ledercouch, über der der Baselitz hing. Wo Gerlinde die Ledercouch und den Baselitz immer hässlich gefunden hatte. Nicht besser als Gelinde verhielten sich die Produzenten und Regisseure. Früher hatten sie ihm die Schuhe geküsst. Jetzt ließen sie sich verleugnen, wenn er anrief. Entweder waren sie gerade am Set oder in einer Sitzung. Nie riefen sie zurück. Desgleichen Kollegen und Kolleginnen. Kolleginnen, die früher gierig nach seinem Schwanz gewesen waren, konnten sich jetzt nicht mal mehr an seinen Namen erinnern.

Dieses verdammte Abendessen im Grunewald! Dieser verdammte Unfall! Der nur Vorwand war, um ihn fertigzumachen. Doktor Markus war ja nach Goethe und Beckenbauer der bekannteste Deutsche, das hatte nicht allen gepasst. Neid und Missgunst herrschten, und endlich gab es die Gelegenheit, Doktor Markus an die Eier zu gehen. Auch Goethe war man an die Eier gegangen. Goethe hatte es überlebt, er würde es auch überleben. Goethe hatte man überall Denkmäler gesetzt, auch Doktor Markus würde man irgendwann Denkmäler setzen.

Jetzt aber saß er im *Sperl* bei einem kleinen Braunen und einem Glas Leitungswasser und überlegte seit einer halben Stunde, ob er sich noch einen kleinen Braunen würde leisten können. Schon, aber dann wäre morgen kein kleiner Brauner drin. Jeden Tag ein kleiner Brauner, er hatte es genau ausgerechnet. Und wenn er sich an einem Tag zwei kleine Braune genehmigte, müsste er am nächsten Tag auf den kleinen Braunen verzichten. Er aß in der Mensa der Technischen Universität das Mittagsmenü. Billig und nicht mal schlecht, nicht schlechter als das Catering bei *Doktor Markus*. Abends gönnte er sich zwei Kaisersemmeln mit Schmierkäse vom Hofer.

Und dann erschien die Simone aus Wien-Penzing. Wie ein Engel, dabei war sie nicht mal katholisch, sondern protestantisch mit entsprechend großer Leistungsethik und noch größerem Liebesbedürfnis. Ging gerade auf die Toilette, als ihre Blicke sich trafen. Später kam die Frage auf, welcher Blick wen zuerst getroffen hatte. Jedenfalls war es sein berühmter Doktor-Markus-Blick, der traf. Der Guido-Duvall-Blick hätte nicht getroffen. Nicht in seinem damaligen Zustand. Bei der Rückkehr von der Toilette ein zweiter Blick. Der berühmte zweite Doktor-Markus-Blick. Der den berühmten dritten Doktor-Markus-Blick ankündigte. Beim dritten war Schwester Tanja verloren, waren die Patientinnen verloren. Und war auch die Simone aus Wien-Penzing verloren. Stand nämlich jetzt auf und ging an seinen Tisch. Fragte, ob sie sich setzen dürfe. Als Antwort das berühmte Doktor-Markus-Nicken. Gefolgt von dem noch berühmteren

Doktor-Markus-Lächeln. Waren ja eins a die Zähne, vor Jahren für dreißigtausend Mark komplett saniert und perlstrahlendweiß. Kamen dann ins Erzählen, das heißt die Simone, er hörte zu. Hörte zu, wie Doktor Markus den Patientinnen zuhörte. Mit Geduld und Verständnis und Blick auf die Titten. Nicht zu auffällig, aber schon gar nicht zufällig. Nickte oft, lächelte noch öfter, und dann, noch im *Sperl*, der erste Kuss.

Und später kam nicht die Frage auf, wer wen zuerst geküsst hatte, weil klar war, dass er zuerst geküsst hatte. Das war er Doktor Markus schuldig, der immer zuerst küsste. Es hatte deswegen ein paar Mal Streit mit Arthur gegeben, wenn das Drehbuch vorsah, dass die Patientin Doktor Markus verführt. Arthur hatte auf dem Drehbuch bestanden, er auf dem Vorrecht des ersten Kusses. Hatten sich dann auf einen Kompromiss geeinigt: Die Patientin verführt Doktor Markus mit Blicken, aber Doktor Markus küsst zuerst.

Und dann gleich die Nacht mit der Simone durchgevögelt. In ihrer Zweizimmeraltbauwohnung in der Kaunitzgasse, Wien-Mariahilf. Und zwei Tage später war er dort eingezogen mit seinem Koffer. Und Frühstück für Frühstück, Abendessen für Abendessen, Beischlaf für Beischlaf war er immer seltener Doktor Markus und immer öfter Guido Duvall.

Und bald war er Hausmann. Der das Frühstück machte, der die Wohnung putzte, der einkaufte, der kochte. Der der Simone die Schuhe abstreifte, wenn sie nach ihrem Sechzehnstundentag nach Hause kam. Der das Fußbad einlaufen ließ. Der – letztes Doktor-Markus-Relikt – ihre Füße massierte. Der sie, obwohl sie todmüde war, immer so auf Touren brachte, dass der Konflikt zwischen Schlaf- und Beischlafzeit meist zugunsten letzterer entschieden wurde.

Machte als Investmentbankerin eine Menge Geld, die Simone. Und einen Karrieresprung von Wien über Frankfurt nach Berlin. Von ihrer Kohle hätten zehn Leute bequem leben können, und konnten zwei superklasse leben. Wollte aber Familie, die Simone. Familie und Sechzehnstundentag waren aber irgendwie nicht zu vereinbaren. Mit ihm schon, aber wollte er denn nicht zurück zum Film? Irgendwie schon, allein um es diesen Produzentenheinis und Regisseurssäcken so richtig zu zeigen, aber irgendwie dann auch wieder nicht, weil er mehr und mehr Gefallen an der Guido-Duvall-Rolle fand.

Endlich mal man selbst sein, war doch auch schön. Nicht mehr in der Nase popeln, sich nicht mehr am Sack kraulen, das Rauchen endgültig aufgeben, auch das Trinken, stattdessen Yoga und Tai-Chi. Die Seele entdecken. Ja, auch er hatte eine Seele, nicht nur einen Schwanz. Aber das Interessante war: Sein Schwanz und seine Seele waren keine Gegensätze, sondern sozusagen zwei Seiten derselben Guido-Medaille. Und er hatte nicht nur einen Schwanz und eine Seele, er hatte auch einen Kopf, mit dem er nachdenken konnte, und nicht nur über die Höhe der Gage oder die Frage, ob er einen roten oder gelben Ferrari kaufen sollte.

Er las jetzt Jean Ziegler. Ließ sich von Jean Ziegler die Welt erklären. War eine Scheißwelt, Habgier und so. Unterdrückung und so. Aber man konnte was tun. Jean Ziegler tat was. Schrieb Bücher und gab Interviews.

Und Duvall schwängerte die Simone aus Wien-Penzing. Und ging später mit Justin in die PEKiP-Gruppe. PEKiP?, fragte die Simone. Prager-Eltern-Kind-Programm, sagte Duvall. Wollte schon erzählen von den Liedern, die sie sangen, den Bewegungsübungen, die sie machten, aber die Simone war müde, brauchte abends einen Black Label. Und sie wollte ja nicht wirklich wissen, was PEKiP war. Wie er nicht wirklich wissen wollte, was TECDAX oder NEMAX 50 waren. PEKiP war gut fürs Kind, TECDAX und NEMAX 50 waren gut fürs gemeinsame Konto.

Er war der einzige Vater in der PEKiP-Gruppe, ebenso in der Turngruppe. Und mein Gott, wie geschickt er beim Wickeln war! Sie hatten in der PEKiP-Gruppe einmal ein Wettwickeln veranstaltet, das er mit zehn Sekunden Vorsprung vor der Zweitplatzierten gewann. Zehn Sekunden Vorsprung beim Wettwickeln war wie sieben Minuten Vorsprung bei der Tour de France.

Er war auch zum Säuglingspflegeexperten geworden. Hatte Bücher über die ersten drei Lebenswochen gelesen. Bücher über die ersten drei Lebensmonate. Das erste halbe Jahr. Und wurde auch Windelsaugkraftexperte. Kannte bald die saugkräftigen und weniger saugkräftigen Windeln. Die guten und nicht so guten Schnuller. Und überhaupt stellte sich die Frage: Schnuller, ja oder nein? Die Fläschchenfrage stellte sich nicht, da die Simone Justin nur drei Monate gestillt hatte. Ging ja nicht mit Sechzehnstundentag. Der mögliche lebenslänglich virulente Kinderseelenschaden musste durch fünfhundertprozentige Vaterüberfürsorge kompensiert werden.

Und wie die Mütter ihm jetzt ihr schweres Mutterherz ausschütteten. Dass die Väter sich nicht kümmerten. Nicht wickelten, nicht Fläschchen gaben, nachts nicht aufstanden, immer eine Ausrede für ihr Nichtstun parat hatten. Kam sich gelegentlich wieder wie Doktor Markus vor, dem die Patientinnen ihr Herz ausschütten. Nur dass er die Mütter nicht vögelte. Hätte ja alles kaputt gemacht. Mit den Müttern und mit der Simone. Die er liebte, wenn auch kaum sah. Oder weil kaum sah, aber wer wollte das wissen.

Nach der PEKiP-Gruppe kam die Krabbelgruppe und nach der Krabbelgruppe die Kinderkrippe. Die Simone wollte das so, und er wollte es im Grunde auch so, weil er nach dem ersten Jahr ein bisschen erschöpft war. Allerdings bedeutete das nicht, dass er sich um Justin weniger kümmerte. Bedeutete im Gegenteil mehr kümmern, mehr lesen, bedeutete, den Kindergärtnerinnen auf die Finger zu schauen. Bedeutete, in den ersten sechs Monaten die Kinderkrippe dreimal zu wechseln, weil natürlich keine perfekt war. Bei der einen zu viele Kinder und zu wenige Erzieherinnen, bei der anderen zu wenige Kinder und zu viele Erzieherinnen. Die dritte war gut, aber nicht sehr gut. Zu viele deutsche und zu wenige ausländische Kinder. Schaute sich eine vierte und fünfte an, dort gab es aber nicht genug deutsche und zu viele türkische Kinder.

Das Kinderkrippenproblem wurde abgelöst von der Frage des idealen Kindergartens. Bei dem einen Kindergarten stammte das Essen aus biologisch-organischem Anbau, dafür gab's keine Musikerzieherin, bei dem anderen gab's einen wöchentlichen Clownbesuch, aber jeden Tag Fleisch und zu wenig frisches Gemüse. Und der dritte ging mit den Kindern zu selten nach draußen. Der vierte dagegen zu oft: Hautkrebsgefahr!

Hatte ursprünglich ein zweites und drittes Kind haben wollen, die Simone, aber davon war jetzt keine Rede mehr. Das Investmentbanking geriet in die Krise, immer mehr Leute flogen raus, auch Hochqualifizierte. Bekam ein bisschen Angst, die Simone, knirschte nachts mit den Zähnen, aber dann wurde es mit dem Investmentbanking wieder besser. Der Sex allerdings wurde immer seltener, was die Simone aber nicht zu stören schien. Und sie schien es dann doch irgendwie gemerkt zu haben, dass da irgendwas war. Zwischen ihm und einer anderen Frau. Jedenfalls, Sonntagvormittag, sie saßen noch beim

Frühstück, Justin spielte mit Legosteinen, fragte Simone: »Gibt es eine andere?«

»Wie kommst du denn darauf?«

»Ich habe so ein Gefühl.«

Und dann Pause. Lange Pause. Und dann das Geständnis. Und Simones Tränen. Und seine Tränen. Und die von Justin, der genug von den Legosteinen hatte.

»Warum nur?«, fragte Simone.

»Es ist nur Sex«, sagte er.

»Wer ist sie?«, fragte Simone.

»Kenne sie kaum«, sagte er.

Und dann wieder Pause. Lange Pause. Und Simones Frage: »Warum machen wir's nicht mal zu dritt?«

Überraschung, ganz klar. Nicht Schock, aber Überraschung. Sieh an, die Simone aus Wien-Penzing. Wer hätte das gedacht? Aber wenn schon Dreiertreffen, hätte er eher an eine Melange à trois gedacht. Dazwischen allerdings die *conversation*. Über Globalisierung und so. Ann Charlotte war dagegen, die Simone dafür, er mitten drin.

»Sag doch auch mal was!«, sagte die Simone.

»Du musst doch eine Meinung haben«, sagte Ann Charlotte.

Er hatte zwei Meinungen. Mit der Simone allein im Bett die eine, mit Ann Charlotte allein im Bett die andere. Mit der Simone die, dass Globalisierung durchaus Vorteile habe. Mit Ann Charlotte die andere, dass Globalisierung im Grunde Scheiße sei. Denn die Simone und Ann Charlotte diskutierten im Bett gern. Sein Schwanz vibrierte schon voller Ungeduld, da erzählte ihm die Simone von einem Kommentar im *Handelsblatt*. Er wollte gerade Ann Charlottes Titten massieren, da kam sie ihm mit einem Chomsky-Zitat. Hätte er widersprochen, wäre es gleich zu einer Diskussion gekommen.

Aber natürlich musste man Kompromisse machen. Machte er auch, indem er wenigstens versuchte, das *Handelsblatt* zu lesen. Indem er Naomi Klein sogar tatsächlich las. Und, als Zeichen der Gutwilligkeit, die eine Woche zur Simone, die andere Woche zu Ann Charlotte sagte: »Erklär mir doch mal die Wirtschaft!«

Denn eines war ihm inzwischen klar geworden: Solange er nicht begriff, wie die Wirtschaft funktionierte, konnte er nicht begreifen, was Globalisierung bedeutet. Nur: Auch beim fünften Mal begriff er noch nicht, wie die Wirtschaft funktionierte, einerlei, ob die Simone sie ihm zu erklären versuchte oder Ann Charlotte.

Und jetzt, unmittelbar nach der Melange à trois und hoffentlich noch unmittelbarer vor der Ménage, versuchten die Simone und Ann Charlotte ihm *gemeinsam* die Wirtschaft zu erklären. Wieder vergeblich, aber durch die Lektüre von *Handelsblatt* und Naomi Klein hatte er genügend Vokabular angesammelt, dass er so tun konnte, als hätte er endlich verstanden, wie die Wirtschaft funktionierte. Und auch die Globalisierung, und ob die Globalisierung nun Scheiße war oder nicht.

»Weder noch«, sagte er und begann sein Hemd aufzuknöpfen.

»Wie weder noch?«, sagte Ann Charlotte.

»Ich meine, sowohl als auch«, sagte er.

»Was denn jetzt?«, sagte die Simone.

»Na, ich bin weder für noch gegen Globalisierung. Also sowohl dafür als auch dagegen. Man muss eben beide Seiten sehen.«

Er starrte jetzt sowohl auf Simones als auch auf Ann Charlottes Titten. Realisierte, dass sowohl die einen wie die anderen noch immer nicht ausgepackt waren. Fürchtete, dass weder für Simones noch Ann Charlottes Titten Zeit blieb, wenn er sie nicht sofort auspackte. War dann aber noch genug Zeit zum Auspacken, Massieren und Wiedereinpacken aller vier Titten. Und Zeit für anderes, zum Beispiel Familienplanung. Und nicht nur Planung, sondern gleich Durchführung. Durchführung anhand der Verständigung zwischen Befürworterin und Kritikerin der Globalisierung. Verständigung nicht im Großen, aber im Kleinen. Wandel durch Handel: Ann Charlotte ein Kind machen, damit Justin ein Geschwisterchen bekommt. Dann könnten sie alle zusammenziehen, die Simone wäre weiter Investmentbankerin mit Sechzehnstundentag, Ann Charlotte Turboautorin, Justin hätte ein Schwesterchen oder Brüderchen, und er, Guido Duvall, wäre Stammvater.

Lebensendtaste

Beim Frühstück las König einen Artikel über die neuen agilen Sechzigjährigen. Ein Architekt war darunter, der weder Bierbauch noch Glatze hatte. Dreimal die Woche Tennis, täglich eine halbe Stunde Joggen, im Winter Snowboarding und im Sommer Drachenfliegen. Das dritte Mal verheiratet. Zwei Kinder aus erster Ehe, ein Kind aus zweiter Ehe und weitere Kinder in der dritten Ehe geplant. Daneben drei Enkel und drei Stiefkinder und in Kürze zwei Stiefenkel. Viereinhalb Stunden Schlaf, sieben Fremdsprachen, langjähriges Greenpeace-Mitglied und Gründer von zwei Bürgerinitiativen.

König war schon vom Lesen erschöpft. Und war noch keine sechzig, erst dreiundfünfzig. Die Erschöpfung hatte wohl mit dem Alter nichts zu tun. Thomas war zwölf und schon erschöpft. War immer schon erschöpft gewesen, mit sieben schon. Lag wohl an den Genen. Den Vatergenen.

Marion fuchtelte mit ihrer Videokamera herum. Filmte ihn, obwohl er nicht gefilmt werden wollte. Nicht beim Frühstück, nicht beim Mittagessen, nicht beim Abendessen, überhaupt nicht. War eine neue Marotte von Marion. Zuerst fotografieren, jetzt filmen. So genannte Alltagsszenen, also auch Frühstücksszenen. Wie er seinen Kaffee trank. Wie er sein Brötchen schmierte, mit Butter und Marmelade. Wie Butter und Marmelade im Mundwinkel kleben blieben. Wie er sich mit der Serviette den Mund abwischte. Zuerst hatte er nichts gesagt, weil gehofft, es gehe vorbei. Wie das Fotografieren. Eine siebenhundert Euro teure Nikon hatte sich Marion gekauft, und jetzt verstaubte sie auf der Kommode. Eine Dunkelkammer hatte sie eingerichtet, aber nur einmal genutzt. Künstlerin wollte sie sein, aber Stetigkeit besaß sie nicht. Würde in den nächsten Monaten wahrscheinlich zu malen anfangen. Dann Töpfern. Dann Schauspiel. Dann Gesang oder Klavier oder Trommeln.

Noch immer war die Kamera auf sein Gesicht gerichtet, das heißt auf die Zeitung vor seinem Gesicht. Seit Tagen musste er sein Gesicht bei den Mahlzeiten hinter der Zeitung verbergen. Nach fünf Minuten Zeitungshochhalten bekam er erste Armkrämpfe, die in Kauf genommen werden mussten, weil die Alternative wäre, dass er Marion zurechtwies, was zu einer Diskussion führen würde, einer großen Diskussion. Dass er sie an der freien künstlerischen Entfaltung hindere. Dass er sie schon einmal daran gehindert habe, damals, als sie angeblich kurz vor Beginn einer großen Schriftstellerinnenkarriere gestanden hatte.

»Zoe ist sauer auf dich«, sagte König.

»Zoe ist immer sauer auf mich. Seit Zoe weiß, was sauer ist, ist sie sauer auf mich.«

»Willst du gar nicht wissen, warum Zoe diesmal sauer auf dich ist?«

»Eigentlich nicht.«

»Zoe ist sauer, weil du in ihrem Revier wilderst.«

»Wie bitte?«

»Sie arbeitet schon seit einem Jahr mit Video, und jetzt hast du auch damit angefangen.«

»Das ist nicht dein Ernst.«

»Aber Zoes.«

»Ich lasse mir doch von meiner Tochter nicht … Du steckst doch nicht etwa dahinter? Ich habe nachgedacht. Vielleicht ist Scheidung die Lösung.«

»Sprechen wir heute Abend darüber, ich muss jetzt los.«

»Immer wenn es –«

»Ruf mich im Büro an!«

Wichtiger Tag heute. Für die Stadtteilzeitung sollte er den Bezirksstadtrat interviewen über die Bedeutung der Volkshochschule als integrative Kraft für den Bezirk. Erst gestern hatte er davon durch den Chefredakteur erfahren. Ihm wäre fast der Hörer aus der Hand gefallen. Ein Interview mit dem Bezirksstadtrat führen bedeutete ja: Der redete noch mit ihm. Oder wieder. Oder zum ersten Mal überhaupt. Vergessen offenbar die Anrufbeantworterpanne. Hatte der wahrscheinlich gar nicht mitbekommen.

Er ließ der Kurz-Kowalski gleich über den Programmbereichsleiter für Computer und Medien die Nachricht zukommen. Die würde kochen vor Wut. Dieses Interview wäre ja ein unbeschreiblicher Wettbewerbsvorteil bei der Vergabe des Volkshochschulleiterpostens. Wo die sich immer über ihn als Hobbyjournalisten lustig gemacht hatte.

Kaum war er im Büro, rief der Chefredakteur an: Das Interview müsse ausfallen, weil der Bezirksstadtrat verhindert sei. Aber: Ein E-mail-Interview wäre möglich. König erklärte sich sofort einverstanden. Besser als nichts. Am besten, so der Chefredakteur, schicke er die Fragen gleich ab. König schluckte, das war ein Problem, denn er hatte einen Katalog von dreißig Fragen, und für ein E-Mail-Interview kamen höchstens fünfzehn in Frage. Aber welche streichen? Und überhaupt, waren es die richtigen Fragen? Waren eher dreißig Stichpunkte als dreißig Fragen. Er hatte im Interview spontan sein wollen. Und nahm jetzt spontan das Pornoheft aus der Schublade und wichste ins Waschbecken.

Gegen Mittag hatte er fünfzehn Fragen. Schickte sie gleich ab. Kaum abgeschickt, fragte er sich, ob er die E-Mail-Adresse des Bezirksstadtrats richtig eingegeben hatte. Prüfte alle fünf Minuten, ob die Mail zurückkam. Kam nicht zurück. Am nächsten Tag auch nicht. Allerdings kamen auch keine Antworten. Er rief den Chefredakteur an, fragte, wann er das Interview haben müsse. Möglichst bald, sagte der Chefredakteur. Die Antworten kamen aber auch am nächsten Tag nicht.

Morgen war Samstag, da kämen die Antworten sicher auch nicht. Genauso wenig am Sonntag. In den letzten zwei Tagen hatte er an die fünfzigmal die fünfzehn Fragen durchgeschaut. Lag es an den Fragen, dass keine Antworten kamen? Nein, die Fragen waren okay, jedenfalls nicht schlecht, jedenfalls nicht so schlecht, dass sie keine Antworten verdient hätten. Hatte der Bezirksstadtrat doch noch von der Anrufbeantworterpanne erfahren? Auf dem Flur traf er die Kurz-Kowalski, die blöd grinste. Die grinste zwar immer blöd, aber jetzt noch blöder.

Er schlief schlecht, aß wenig, und zu Hause war Marion mit Videokamera und Scheidungsdrohung. Und sein Sohn mit einem Gesichtsausdruck, als würde er sich demnächst die Pulsadern aufschneiden. Mit dem man aber darüber nicht reden konnte, weil man mit ihm überhaupt nicht mehr reden konnte, jedenfalls er nicht.

Montag waren noch immer keine Antworten da. Wieder rief der Chefredakteur an, machte ihm zwar keine direkten Vorwürfe, aber dass er ihn überhaupt anrief, war schon ein Vorwurf. Der rief ja immer ihn an, niemals den Bezirksstadtrat. Er erwog, dem Chefredakteur die Fragen zu mailen, um zu zeigen, dass es daran nicht liegen konnte. Konnte sich im letzten Moment nur beherrschen, indem er das Pornoheft aus der Schublade riss und zweimal ins Waschbecken wichste. Fühlte sich danach geradezu erlöst.

Dienstag kam endlich eine E-Mail vom Bezirksstadtrat. Falls er, Dr. Erik König, noch Fragen habe, könne er ihn gern anrufen. Erlösung hoch drei! Nur leider fehlten noch immer die Antworten. Der Bezirksstadtrat hatte wohl vergessen, den Anhang mitabzuschicken. Er wählte die Nummer des Bezirksstadtrats und hatte die Sekretärin am Apparat. Die wusste nichts von dem Interview. Der Bezirksstadtrat sei für eine Woche dienstlich nach Polen verreist. Er rief gleich den Chefredakteur an, der sagte: »Ich brauche das Interview spätestens morgen früh.«

Trotz vollständiger Auflösung des Samenstaus hatte er jetzt geradezu ein rasendes Wichsbedürfnis. Gegen den Bezirksstadtrat, gegen die Sekretärin, gegen Marion, gegen die Kurz-Kowalski, gegen den Chefredakteur, gegen die Volkshochschule, gegen sich selbst. Er widerstand und rief erneut die Sekretärin an. Fragte sie, ob der Bezirksstadtrat nicht per Handy erreichbar sei. Sie versprach, ihr Bestes zu tun, und dass sie sich wieder melden werde.

Warten auf den Rückruf der Sekretärin. Eine Minute, zwei Minuten, drei Minuten. Minuten, in denen er heroisch seinem Wichszwang widerstand, indem er sich sagte, wenn du jetzt ins Waschbecken wichst, ruft die Sekretärin nicht zurück. Als sie nach sechs Minuten noch immer nicht zurückgerufen hatte, riss er sich Hose und Unterhose runter. Zweiminütiger Wichsversuch ohne Ergebnis. Er wollte, aber konnte nicht. Das heißt, er wollte eigentlich auch nicht können, aber konnte nicht anders als wollen.

Und jetzt wieder das Telefon. Marion! Mit der Frage, ob er sich schon einen Anwalt genommen habe. Sie habe sich nämlich soeben einen Anwalt genommen. Er stand noch immer mit dem Schwanz in der rechten und dem Hörer in der linken Hand. Von wegen Schwanz, der Schwanz war nur noch ein Würmchen. Erneutes Klingeln, die Sekretärin. Hatte den Bezirksstadtrat erreicht, die Antworten lagen in einer Schublade, würden sofort gefaxt. Und wurden sofort gefaxt.

Gute Antworten auf gute Fragen, aber kein Hinweis auf Wohlwollen oder Ablehnung bezüglich der Besetzung des Volkshochschulleiterpostens.

Den ganzen Nachmittag las er zwischen den Zeilen, fand aber keinerlei Hinweise. Allerdings genügend Ansätze zum Nachfragen. Die Sekretärin hatte ihm die Handynummer gleich mitgefaxt. Nachfragen als Vorwand, sich beim Bezirksstadtrat in Erinnerung zu rufen. Halber Erinnerungspunkt Vorsprung gegenüber der Kurz-Kowalski könnte ganz entscheidend sein.

Tote Leitung. Auf einmal. Ausgerechnet jetzt. Er lief zum Hausmeister, aber der Hausmeister war nicht da. Also Handy.

»Guten Tag, Herr Bezirksstadtrat … hier spricht … Können Sie mich hören?«

Rauschen.

»Doktor König … Doktor Erik König.«

Rauschen.

»Volkshochschule … Hallo? Doktor König hier. Programmbereichsleiter für Deutsch. Können Sie mich verstehen?«

Rauschen.

»Ich hätte da noch ein paar Fragen.«

Klopfen.

»Herein, bitte … Entschuldigen Sie bitte, Herr Bezirksstadtrat.«

Es war der Programmbereichsleiter für Computer und Medien. Notierte jetzt was auf einen Zettel. Schob den Zettel ihm zu. Verschwand wieder. König warf einen Blick auf den Zettel. Da stand: *Die Kurz-Kowalski ist es geworden.*

Er drückte die Gesprächsendtaste. Lieber hätte er die Lebensendtaste gedrückt, gab's aber nicht. Nicht an seinem Handy. Null Wichsbedürfnis, null irgendwas. Niedergeschmettert kein Ausdruck. Am Boden zerstört ein Euphemismus. Hass, Hass, Hass. Käme die Kurz-Kowalski jetzt in sein Büro, würde er sie auf der Stelle erwürgen. Selbst wenn sie nicht blöd grinste. Irgendwann würde die ja wieder blöd grinsen. Und jetzt, mit der Beförderung, noch blöder grinsen. Die Kurz-Kowalski kam aber nicht. Die war ja nie in sein Büro gekommen. Er hatte immer in ihr Büro kommen müssen. Anruf, und er hatte in ihr Büro kommen müssen. Als kommissarische Volkshochschulleiterin hatte sie bereits häufig gepfiffen. Jetzt würde sie mit dem Pfeifen gar nicht mehr aufhören.

Telefon. War das der Bezirksstadtrat? Gab es noch immer, gab es schon wieder Hoffnung? Die Kurz-Kowalski war ja eine Fehlbesetzung, für die man auf kurz oder lang den Bezirksstadtrat höchstpersönlich verantwortlich machen würde. So blöd konnte der Bezirksstadtrat gar nicht sein, das nicht zu erkennen.

»Marion hier. Habe gerade mit meinem Anwalt gesprochen. Er schlägt ein Treffen für morgen achtzehn Uhr dreißig vor.«

»Will deinen Anwalt nicht sprechen.«

»Mein Anwalt will nicht dich, sondern deinen Anwalt sprechen.«

»Habe noch keinen Anwalt.«

Helena Eriksson! Irgendwo musste er ihre Nummer haben. Suchte eine halbe Stunde und fand sie in der Schublade mit dem Pornoheft. Er rief nicht an.

Der Vormittag verging, auch der Mittag verging, selbst der frühe Nachmittag verging. Am späten Nachmittag hatte er dann eine vage Idee, die zur fixen Idee wurde: Terrorkeimzelle in der Volkshochschule, in den Deutschkursen, unter den Augen der designierten Volkshochschulleiterin Kurz-Kowalski. Keine neue Idee, aber jetzt drängte sie zur Tat.

Was hieß überhaupt fixe Idee? War eine super Idee. Er wusste doch noch aus eigener Dozententätigkeit, dass es Kursteilnehmer gab, die von jüdischer Weltverschwörung faselten. Die von Amerika als großem Satan sprachen. Und das im Anfängerkurs. Das Wort *Satan* kannten, aber den Lehrer nach der Bedeutung des Wortes *Frühstück* fragten.

Er hatte gleich einen Plan, für den er nur Münzgeld, eine Telefonzelle und ein Taschentuch bräuchte. Münzgeld hatte er reichlich, aber kein Taschentuch. Es musste ein Stofftaschentuch sein, denn ein Papiertaschentuch hätte beim Hineinsprechen zerreißen können. Er fand aber keinen Laden, der Stofftaschentücher verkaufte. Da kam ihm noch eine Idee: ein Geschirrtuch. Geschirrtücher hatte er im Büro. Allerdings würde er in einer

Telefonzelle mit einem Geschirrtuch vor dem Gesicht auffallen, selbst wenn er den heftigsten Schnupfen vortäuschte. Da kam ihm wieder eine Idee, die dritte schon: das Geschirrtuch auf die Größe eines Stofftaschentuchs falten. Das Problem war gelöst. Aber es gab ein neues Problem, nämlich eine Telefonzelle zu finden, die nicht zu nah an der Volkshochschule war. Es könnte ja sein, dass er zufällig von Kollegen bemerkt würde. Die Telefonzelle durfte aber auch nicht zu weit entfernt sein, damit er's rechtzeitig in sein Büro schaffte. Nach Möglichkeit unbeobachtet, und wenn beobachtet, dann mit Konditoreialibi. Habe sich ein Stück Kuchen gekauft oder so.

Er wählte und schaute sich um. Niemand war in der Nähe. Er zog das Geschirrtuch aus der Einkaufstüte und presste es aufs Gesicht und wollte schon sprechen, da sah er einen Mann vorbeigehen. Er legte auf und ließ das Geschirrtuch in der Einkaufstüte verschwinden. Besser, er blies das Ganze ab. Besser, er konzentrierte sich auf Marions Scheidungsdrohung und suchte einen Anwalt. Aber nein. Jetzt oder nie. Jetzt!

Kotzlache

Ann Charlotte war auf dem Sprung zum Theater 94, wo sie beim Solidaritätsfest gegen die Subventionshalbierung lesen sollte. Das Fest stand unter dem Motto: *Auch der Künstler braucht ein Stück Brot.* Auf dem Sprung, aber noch immer stand ihr Möllenkötter im Wege, weil er das Gespräch mit ihr suchte. Er suchte es bereits seit heute Nachmittag. Jetzt war es sieben Uhr abends, und sie hatte die Lesung im Kopf. Hatte Guido im Kopf. Hatte das neue Leben im Bauch im Kopf.

»Ann Charlotte, hör mir jetzt bitte endlich mal zu! Ich habe immer an dich geglaubt. Ohne mich hättest du niemals … aber lassen wir das.«

Das Taxi wartete schon. Sie setzte sich auf den Beifahrersitz, Möllenkötter nach hinten.

»Ann Charlotte, ich mach's kurz. Wir hatten ja schon über *Wir lassen einen Drachen steigen* gesprochen. Supertext, habe ich gleich wieder gemerkt. Ich weiß, ich weiß, beim ersten Lesen dachte ich noch … Jedenfalls habe ich das Angebot, zu einem Publikumsverlag zu wechseln … absoluter Mainstream … Ich würde dich da als Autorin gerne mitnehmen, weil … in *Wir lassen einen Drachen steigen* steckt ja ein richtiger Roman drin … Toi, toi, toi für die Lesung jedenfalls, soll ich dich morgen … Ruf du mich morgen früh … im Büro am besten … Ann Charlotte, bevor es zu kompliziert wird, ich ruf dich morgen früh …«

Fritz wartete auf der Eingangstreppe. Mit Zigarette und Bier. Roch wie nach zehn Bier. Redete wie nach zwanzig. Diese Kapitalistenschweine! Geld für Panzer, aber nicht für Kultur. Sie rief Guido an und fragte, ob er nicht Lust habe –

»Von mir aus kann man das Theater 94 zusperren. Hochsubventionierte Kunstscheiße, wenn du mich fragst.«

»Ich frag dich aber nicht. An der Kultur sparen, aber Geld für –«

»Komm mir jetzt nicht schon wieder mit der Antiglobalisierungskacke. Theater 94 – das ist Wichsen vor Publikum. Vor sehr kleinem Publikum!«

Fritz war gerade dabei zu kotzen. Im überfüllten Foyer vor und auf die Füße der Unterstützer. Wo steckte bloß dieser Fettwanst, dieser so genannte Sponsoring-Beauftragte? Der weder Haupt- noch Nebensponsoren aufgetrieben hatte. Den sie immer nur mit Kuchen oder Wurstbroten in Händen gesehen hatte. Der bei den Sponsorengesprächen wahrscheinlich die Zuckerdose leer fraß.

Marion war auch da. Mit Foto- und Videokamera. Fotografierte und filmte den kotzenden Fritz. Die Kotzlache und die bekotzten Schuhe. Plante wahrscheinlich eine Ausstellung zum Thema. Endlich tauchte der Fettwanst mit einer Küchenrolle auf. Bückte sich und verlor beim Bücken das Gleichgewicht. Wäre fast mit den Händen in die Kotzlache gestürzt, weil er in der rechten Hand die Küchenrolle und in der linken das Wurstbrot hielt. Entging weder Marions Foto- noch ihrer Videokamera. Kaum aufgewischt, entlud sich erneut ein Kotzschwall. Noch gewaltiger als der vorherige. Leute lachten, johlten, klatschten. Dachten wohl, das gehöre zur Performance.

Fritz brauchte jetzt Zwieback, Bananen und Kamillentee. Wieder bückte sich der Fettwanst zum Aufwischen, wieder verlor er das Gleichgewicht. Und wäre wieder fast mit dem Gesicht in der Kotze gelandet, konnte sich aber im letzten Moment abrollen. Abrollen in der Kotzlache, die jetzt fast aufgewischt war. Nicht von der Küchenrolle, sondern dem schwarzen Samtcordanzug des Fettwanstes. Interessanter Kontrast, diese rot-braun-gelb-grüne Kotze auf dem leuchtenden Schwarz. Fand auch Marion, die wieder mit den Kameras zur Stelle war. Endlich gelang es ihr, zusammen mit dem Fettwanst, Fritz auf die Toilette zu schleppen. Eine Minute Kopf unter kaltes Wasser halten half, fünf Minuten halfen noch viel mehr.

Alles selber tun. Seit einer Woche, seit dem Bescheid der Frauenärztin, hatte sie Energie für zehn. Kein Vergleich zu den Wochen davor mit der Talkshowfarce, die mit Möllenkötters Ankündigung begonnen hatte, sie werde zu einer Talkshow zum Thema Terror eingeladen. Möllenkötter und Moll waren total aus dem Häuschen. Eine Einladung zur Talkshow bedeutete laut Möllenkötter mindestens zehntausend zusätzlich verkaufte Exemplare von *cool & terror*. Und einen Push fürs Taschenbuch von *twintowersterror*. Bot gleich an, nach Berlin zu kommen, um sie für den Auftritt zu coachen. Besser noch, einen Coach zu engagieren, auf Kosten des Verlags selbstverständlich.

Die Redakteurin, die laut Möllenkötter hätte anrufen sollen, rief nicht an. Es kam auch keine E-Mail. Möllenkötter und Moll wurden nervös, und sie wurde schließlich auch nervös. Dann kam eine E-Mail von der Redakteurin, dass sie sich demnächst wieder melden werde. Sie leitete die Nachricht gleich an Möllenkötter weiter. E-mail-wendend kam die Nachricht von Möllenkötter, wie glücklich er, wie glücklich Moll, wie glücklich der ganze Verlag sei. Dann begann das Warten darauf, dass sich die Redakteurin meldete: einen Tag, zwei Tage, drei Tage. Am vierten Tag schaute sie im Duden nach, wie *demnächst* definiert wurde. Es wurde so definiert, wie sie *demnächst* verstanden hatte.

Die Redakteurin meldete sich auch am sechsten, siebten und achten Tag nicht. Dafür meldete sich Möllenkötter jeden Tag. Es wurde eine Telefonkonferenz zwischen ihr, Möllenkötter, Moll und der Pressedame des Verlags abgehalten, wie nun vorzugehen sei. Für Ann Charlotte stellte sich noch die Frage: ob überhaupt vorzugehen sei. Für den Verlag, der eine neue Auflage hatte drucken lassen, stellte sich offenbar die Frage nicht mehr.

Möllenkötter schlug vor, die Redakteurin anzurufen, und fragte, ob er selbst oder besser sie anrufen solle. Die Pressedame plädierte für die Autorin, Möllenkötter für die Pressedame, Moll für den Lektor. Ann Charlotte schlug vor, noch zwei Tage zu warten und dann selbst anzurufen.

Sie bekam die Assistentin der Redakteurin an den Apparat, die zwar von der Talkshow wusste, aber nichts von ihr, dem möglichen Gast. Die Assistentin versprach, der Redakteurin eine Nachricht zu hinterlassen, die Redakteurin werde dann sicher … aber nicht sicher, das heißt schon sicher: sicher *nicht* zurückrufen. Sie wollte die Geschichte schon abhaken, aber Möllenkötter machte Druck auf Geheiß der Pressedame und Molls. Endlich, nach fünfundzwanzig Gesprächsaufnahmeversuchen mit der Assistentin gelang der erste Gesprächsaufnahmeversuch mit der Redakteurin, die sich zwar noch an ihren Namen erinnern konnte, die Buchtitel sagten ihr aber nichts. Die Redakteurin hielt sie für eine Kindermissbrauchsexpertin, die Kindermissbrauchstalkshow sei allerdings schon vorletzte Woche auf einen unbestimmten Zeitpunkt verschoben worden.

Horny

Sie saßen auf der Couch, beide im Pullover. Es war jetzt bestimmt drei oder vier in der Nacht, Arthur war gleichzeitig hundemüde und hellwach. Wollte nach Hause und wollte bleiben, wollte nicht rauchen und rauchte. Und hörte zum dritten oder vierten Mal die Geschichte vom Besuch des Schweizer Mittelgewichtsboxers. Die Geschichte mit dem Schweizer Mittelgewichtsboxer war aus und war nicht aus, einmal aus, einmal nicht aus. Die Geschichte mit dem österreichischen Bergsteiger war noch komplizierter. Offenbar sadomasochistisch. Beschimpfte Ellen, fett zu sein, hatte sie einmal geschlagen, meldete sich wochenlang nicht und war plötzlich da und landete mit ihr wieder im Bett, weil der Sex angeblich großartig war.

Es war fünf oder sechs, es dämmerte bereits, als Ellen ihn bat, sie in den Arm zu nehmen und festzuhalten. Arthur hielt sie in den Armen bis um sieben oder acht, von Pinkelpausen abgesehen, und um den Blutstau in Armen und Beinen aufzulösen. Zwischendurch nickte er vielleicht mal ein, und vielleicht auch Ellen, und vielleicht nickten sie beide gleichzeitig ein. Es war schön, so mit Ellen auf der Couch zu sitzen, hätte er noch stundenlang weitermachen können, aber irgendwann wurden sie hungrig, da war es sicher schon neun oder zehn. Keine Rede mehr vom Schweizer Mittelgewichtsboxer, auch nicht vom österreichischen Bergsteiger.

Sie saßen in einem Café in Mitte, wo es auf der Straße keine Absperrungen gab und auch keine Polizisten mit Maschinenpistolen. Rauchten, war bestimmt schon seine fünfte oder sechste Zigarette, obwohl er doch Nichtraucher war. Und auf einmal Ellens Frage: »Do you think we'll have sex?«

Und er, er machte einen tiefen Zug, ließ den Blick in die Ferne schweifen, nippte an seinem Milchkaffee, wähnte sich an der Pforte des Paradieses, wollte klopfen, nein, hatte schon den Schlüssel in der Hand, hätte jetzt nur noch aufzuschließen brauchen, oder vielleicht war die Tür ja gar nicht abgeschlossen, hätte nur noch den Türgriff zu drücken brauchen, oder nicht mal drücken, war ja vielleicht eine Schiebetür, halber Schritt nach vorn, und die Schiebetür zum Paradies ging auf, aber nein, hätte er wenigstens geschwiegen, aber nein, oder vom Thema abgelenkt und über das Wetter geredet, oder über den Nahostkonflikt, konnte man immer drüber reden, oder den deutschen Reformstau, oder die Krise des Fernsehens, oder den Widerstand gegen die deutsche Rechtschreibreform, oder ihre Drehbuchpläne, oder das Aussterben des Genitivs, oder die Benutzung der Präpositionen im Wandel der Zeiten, aber nein, er sagte: »I don't know, we'll see«, statt zu sagen: »Yeah, sure«, oder: »I hope so«, oder: »Your place or mine?«, oder: »Here! Now! Let's do it in the back!«

Und danach eine Zigarette und ein zweiter Milchkaffee, und noch eine halbe Stunde sitzen und auf die Straße starren und allmählich realisieren, was für ein Desaster die Antwort war. Aber zu spät natürlich, um sie zu korrigieren. Da erzählte Ellen schon längst von ihrer Mutter, die 1948 im Unabhängigkeitskrieg eine Kommandoeinheit angeführt hatte, von ihrem Exlover, einem Palästinenser aus dem Gazastreifen, eine Beziehung, die, wäre sie rausgekommen, ihren Rausschmiss beim Fernsehen zur Folge gehabt hätte.

Der Zug mit der Antwort auf die Sexfrage war abgefahren, was er allerdings erst viel später kapierte, jetzt hoffte er noch, und im Grunde war die Antwort ja auch nicht total bescheuert gewesen. Vom taktischen oder strategischen Standpunkt aus betrachtet sogar durchaus klug, um sich von dem Schweizer Mittelgewichtsboxer und dem österreichischen Bergsteiger abzusetzen. Er wollte eben nicht nur Sex – wollte er ja wirklich nicht; was wollte er eigentlich? –, sondern auch Liebe und so. Er wollte in ein paar Monaten nicht einem Vierten gegenüber mit dem Preisboxer und dem Bergsteiger in einer Reihe von Sexausbeutern und Liebesversagern genannt werden. Wollte alles richtig machen und nichts falsch, was geradezu zwangsläufig zum Herumeiern führen musste.

Sie saßen aber noch immer im Café, und alles war gut. Ihre Hand suchte seine Hand, seine ihre, sie rezitierte Gedichte von Amichai auf Hebräisch. Das einzige Gedicht, das er rezitieren konnte, war Rilkes *Herbsttag*, und auch nur die erste Strophe.

Er lud sie am nächsten Tag zum Essen ein, kochte selber, Risotto. Hatte er nie getan für Marion, immer nur Pizza oder Thaifood bestellt. Aber es gab nicht nur Risotto, sondern auch Avocadosuppe und Champagnersorbet an Schokolade. Und anschließend ging's nicht ins Bett, nein, nein, sondern auf die Couch, *Doktor-Markus*-Videos schauen. Vier Folgen aus insgesamt sechs Schaffensjahren, die beiden Folgen aus der letzten Staffel erinnerten Ellen an Mike Leigh, einen ihrer Lieblingsregisseure.

An einem Sonntag, sie umrundeten den Schlachtensee, erzählte Ellen von ihrer Uni-Zeit. Wie sie einmal mit einer Freundin in den fünften Stock zur Mensa gegangen war und bei jedem dritten Mann, der ihnen entgegenkam, sagte: *Dem seinen Schwanz habe ich auch schon gelutscht.* Stimmte nur die Hälfte von dem, was Ellen erzählte, musste sie während ihrer Uni-Zeit mindestens hundert Schwänze gelutscht haben. Und: *I give great head. I was famous for it. Cocksucker.*

Was dazu sagen? War das eine Einladung, die Hose runterzulassen? Es gab zwar einige Spaziergänger am Schlachtensee, aber man hätte ja ins Gebüsch gehen können. Und bei ihrer offensichtlichen Schwanzlutschmeisterschaft würde es sicher nicht lange dauern. Sie war aber schon wieder bei einem anderen Thema, nämlich ihrer Drüsenerkrankung, unter der sie als Teenager gelitten hatte. Sie zeigte ihm ein Foto von damals: »But don't laugh!«

»I won't.«

»Promise me!«

»I promise.«

Mein Gott, auf dem Foto war Ellen aufgeschwemmt wie Meat Loaf. Hatte mehr Ähnlichkeit mit Meat Loaf als der jetzigen Ellen Goldberg. Kein Boyfriend in der Schule. Kein Boyfriend während der Militärzeit. Selbstmordgedanken trotz Therapie. Und dann, mehr oder weniger über Nacht, Besserung und bald vollständige Heilung. Und das inflationäre Schwanzlutschen als eine Art Kompensation für Entgangenes. Und am nächsten Tag am Brandenburger Tor ihr Geständnis: *Man, I'm horny*. Er kannte das Wort nicht, wagte aber nicht nachzufragen. Wie sie es sagte, schwang die Bedeutung von *hungry* mit.

Er war jetzt fast, aber noch nicht hundertprozentig sicher, was *horny* bedeutete. Oder vielleicht sogar hundertprozentig sicher, verschloss sich aber der Erkenntnis. Weil die Erkenntnis eine Tat nach sich ziehen müsste, die er zu leisten hätte, nachdem sie die rhetorische Vorleistung erbracht hatte. Aber was, wenn alles ein Missverständnis war? Ganz langsam jetzt, einen Schritt vor den anderen. Würde sie noch einmal sagen: *I'm horny*, würde er die Bedeutung des Wortes *horny* geklärt haben wollen, damit sie wenigstens vom selben Wortverständnis ausgingen. Bis dahin würde er so tun, als hätte er nicht richtig gehört, was sie … *I'm so horny*. Gut, sie wollte es offenbar nicht anders. Interessierte sich offenbar weder fürs Brandenburger Tor noch den Reichstag. Also gut: »What does *horny* mean?«

»You're kidding?«

»No, I'm not. I don't know.«

»I don't believe you.«

»Is it good?«

»Good, but bad.«

»So …?«

»So what?«

»So, what does it mean?«

»It means … I'm horny … I'm aroused. I want to have sex.«

»Ahhh! I understand!«

»What?«

»I get what the word means.«

»So?«

»So what?«

Er schaute jetzt zum Reichstag. Der konnte ihm aber auch nicht helfen. Auch nicht das Brandenburger Tor. Die Frage war doch … was war noch mal die Frage? Wäre Ellen Goldberg Ariane Jobst, wäre alles überhaupt kein Problem gewesen. Hätte es solche Fragen gar nicht gegeben. Aber Ellen Goldberg war seine Schülerin. Ihr Vater bezahlte *Easy Deutschland*, damit … Nein, das lenkte nur vom Eigentlichen ab.

Die eigentliche Frage war doch, ob ihr *I'm so horny* auf ihn bezogen war. Ob er's auf sich beziehen sollte? Oder auf den Schweizer Mittelgewichtsboxer? Oder den österreichischen Bergsteiger? Oder ganz allgemein. *Horny*, weil weder der Mittelgewichtsboxer noch der Bergsteiger zu Diensten waren, weil der Mittelgewichtsboxer in der Schweiz fleißig studierte und weil der Bergsteiger lieber einen Drei- oder Viertausender erklomm als die Höhen der Goldbergschen Lust.

Warum tat sie denn auch nichts? Ein Kuss hätte doch genügt, hier und jetzt, hätte er doch gar nicht so bescheuerte Fragen zu stellen brauchen. Oder wollte sie ihn aufgeilen? Wäre doch gar nicht nötig gewesen, aufgegeilter konnte man gar nicht sein, wenn nicht gleich was passierte, musste er die nächstbeste Toilette aufsuchen, um sich Erleichterung zu verschaffen.

Warum tat *er* denn nichts? Aber wie denn, wo er noch keine klare Antwort hatte, wo das *I'm so horny* nur so in der Berliner Luft hing. Konnte doch ganz allgemein gemeint sein, ihr *I'm so horny*. Durfte doch nicht alles auf sich beziehen. Sie würde ihn auslachen, bezog er es auf sich. Andererseits: Sie trug unter ihrem offenen Mantel eine schwarze Bluse, die mehr zeigte als verbarg. Einen schwarzen BH, der noch mehr zeigte, geradezu darum bettelte, abgestreift zu werden. Von ihm? Das war die Frage. Das konnte er nicht fragen, nicht sie. Aber wen sonst, wenn nicht sie?

Es war dann ein, zwei Tage Ruhe mit *horny*, am dritten aber sagte Ellen wieder: *I'm so horny*. Wie ein Gewitter hing das *horny* schon wieder über ihm. Beim Spaziergang im Grunewald, beim Bummel auf dem Ku'damm, in den Cafés in Mitte, immer und überall das *Horny*-Gewitter. Drückte auf den Kopf, gegen die Schläfen, verursachte Appetitlosigkeit und Rauchzwang. Wenn es geblitzt und gedonnert hätte mit anschließendem Wolkenbruch, aber nein. *I'm so horny*, und dann nix. *I'm so horny* wie *I'm just a bit tired*. Aber dann, sie liefen schon stundenlang in Mitte herum, hatten mal da und dort was getrunken, suchten eine S- oder U-Bahn-Station, fanden aber keine, liefen irgendwie im Kreis herum, waren müde und staubig, wussten nicht, ob sie nach Hause gehen sollten, zog wieder das *Horny*-Gewitter auf. Oder war die ganze Zeit dagewesen, nur dass er es nicht bemerkt, ignoriert hatte.

Und seine Kopfschmerzen, die hatte er aufs Wetter geschoben. Das Wetter war ja auch schuld, aber eben nicht *das* Wetter. Die Kopfschmerzen wurden unerträglich, er hatte schon sechs Aspirin geschluckt ohne spürbaren Haupteffekt, nur Nebeneffekte wie Magengrummeln, hatte eine halbe Flasche japanisches Heilpflanzenöl auf Stirn und Schläfen aufgetragen, so dass sich halb Mitte nach seinem scharfen Minzegeruch umdrehte, half alles nichts. Der Kopf würde jeden Moment zerspringen, mit letztem Überlebenswillen gelang es ihm, sich zu einer Bank zu schleppen.

»You okay?«, fragte Ellen.

»Yeah, I'm fine.«

Sein Herz schlug unregelmäßig. Er hatte den Herz-Check-up noch immer nicht gemacht und seit mindestens zwei Jahren nicht mehr den Blutdruck messen lassen. Aber alles nichts gegen das Schläfenhämmern. Waren das Vorzeichen eines Gehirnschlags? Beim Gehirnschlag, hatte er gelesen, kam es auf jede Minute an. Sollte er vorbeugend den Notarzt rufen? Oder, falls noch möglich, sich in die Charité schleppen? Wenn sie wenigstens ihre Bluse zugeknöpft hätte. Schien ihm aufgeknöpfter als vor einer Stunde, mindestens um zwei Knöpfe aufgeknöpfter. Er hörte sich jetzt sagen: »Ich möchte nicht mit dir schlafen.«

»What?«

»It's just … I don't want sex … I mean … not with you.«

»Fine, Arthur. Okay, no problem.«

Das *Horny*-Gewitter zog ab, das Schläfenhämmern ließ nach. Und Novembernebel zog auf. Er hätte jetzt einen zweiten Pullover unter seinem Mantel vertragen können.

Gartenschlauch

Wieder war der Anwalt am Apparat, und wieder bat sie um Bedenkzeit.

»Ist ein ganz häufiger Trick«, sagte der Anwalt, »sobald der Mann realisiert, dass die Frau es mit der Scheidung ernst meint, wird er sanft wie ein Täubchen.«

»Verschonen Sie mich bitte mit Ihren Weisheiten!«

Erik strengte sich auf einmal mehr an. Machte zum Beispiel jeden Morgen das Frühstück, nicht wie bisher nur am Wochenende. Sprach mit ihr beim Frühstück, statt sich hinter der Zeitung zu verschanzen. Schenkte ihr nach Jahren zum ersten Mal wieder einen Blumenstrauß. Gab sich selbst mit Thomas Mühe. Fragte, ob er nicht Lust habe, am Samstag mit zur Hertha … Hatte er bisher nie getan, war immer allein hingegangen. Fragte Thomas, ob er nicht mit ins Theater, ins Konzert, ins Kino … Thomas sagte immer nein, aber es war wenigstens ein Versuch. Redete auf Zoe ein, um den Gesprächsboykott zwischen Mutter und Tochter zu beenden, ohne Erfolg, aber immerhin …

Vielleicht war's nur ein Trick, nur Taktik. Selbst ihren Wunsch umzuziehen, schmetterte Erik nicht mehr ab. Jahrelang hatte sie unter den Rotzflecken im Treppenhaus gelitten, der Vermüllung der Grünanlagen vor und hinter dem Haus, dem Anblick der Drogendealer auf dem Spielplatz, die immer in Gangs auftraten, aus libanesischer, arabischer oder türkischer Großfamilie.

Überhaupt die so genannten Großfamilien, die immer häufiger in den Zeitungen auftauchten, und fast immer im Zusammenhang mit Polizeieinsatz. Halb- oder Viertelstarke, die in ihrem Kiez offen aggressiv auf der Straße herumlungerten, ein falscher Blick, von falschem Wort zu schweigen, und gleich gab's eins in die Fresse. Wenn man Glück hatte, bei Pech hatte man gleich ein Messer zwischen den Rippen. Die hatten auch immer einen großen Bruder oder Neffen, Cousin, Onkel, und immer eine ganze Handvoll davon. Die waren immer gleich zur Stelle wegen der Familienehre. Und waren immer gleich auf hundertachtzig, aber nie diskursmäßig. Die hätten es mal mit Yoga oder kalten Bädern versuchen sollen.

Erik hatte jahrelang auf die *Scheißbullen* geschimpft, lächerlich. Sie war froh über jeden Scheißbullen in dieser Gegend. Es gab viel zu wenige davon, weil das hier ein sozialer Brennpunkt war und mittlerweile auch die Scheißbullen eine Scheißangst hatten. Und eine Scheißarbeit machen mussten, weil die Dealer, die sie morgens festnahmen, nachmittags wieder frei kamen. Auch die Messerstecher, weil sie oft viel zu jung waren, um haftbar gemacht zu werden. Die Eltern waren natürlich unbelangbar, weil überfordert, und ebenfalls nicht haftbar, weil auf Sozialhilfe. Das wollte Erik einfach nicht kapieren, dass die Scheißbullen genauso wichtig, wenn nicht wichtiger waren als die Sozialarbeiter. Er kapierte einfach nicht, dass die Großfamilie sich immer selbst half. Zuerst mein kleiner Bruder, dann der Cousin, dann mein Cousin zweiten Grades und so weiter und dann … nein, auch dann nicht … niemals zählten die Gesetze des Rechtsstaates.

Hatte man keine Großfamilie, gab's nur den Rechtsstaat. Den *Scheißstaat*, wie Erik jahrelang geschimpft hatte. Der Scheißstaat mit seinen Scheißbullen zur Verteidigung der rechtschaffenen Kleinfamilie gegen die gesetzlose Großfamilie. Don Corleone gegen John Locke.

Und nur Kriminelle – oder rechtschaffene Dummköpfe – standen dabei nicht auf der Seite von John Locke.

Die Kiezbegehung gestern mit der Bürgermeisterin hatte nicht viel gebracht. Das Problem bei der Kiezbegehung: Die Kiezbewohner wohnten im Kiez, die Bezirksbürgermeisterin nicht. Im Bezirk, aber nicht im Kiez. Nicht in diesem Problemkiez, diesem sozialen Brennpunkt. Und die allermeisten der Kiezbewohner hatten gar keine andere Wahl, als hier wohnen zu bleiben, weil andere Kieze im Bezirk oder außerhalb des Bezirks entweder noch mehr Brennpunkt waren oder weil für die besseren Kieze im Bezirk oder in anderen Bezirken kein Geld da war. Während die Bezirksbürgermeisterin zwar ankündigte, sich um die Missstände im Kiez zu kümmern, aber nicht, in den Kiez zu ziehen.

Die Kiezbegehung mit der Bezirksbürgermeisterin war Teil des Deals mit Erik gewesen: Du gehst bei der Kiezbegehung mit, und ich bin auch für den Umzug, falls bei der Kiezbegehung nichts Gescheites rauskommt. Zuerst hatte sie gedacht, dass sei ein schlechter Deal, denn natürlich könnte Erik sagen, dass noch Hoffnung für den Kiez bestehe. Aber nein, hatte er nicht. Dafür Zoe.

Ihre ersten Worte nach zwei Wochen Sprechboykotts waren: »Siehst du denn nicht, die Mütter haben sich den Spielplatz zurückerobert!« Zoe warf die Küchentür zu, stürmte in ihr Zimmer, warf die Zimmertür zu, schloss ab und drehte die CD mit Meeresrauschen voll auf. Nicht Rauschen, sondern atlantische Brecher, von denen einige bis in die Küche peitschten. Marion schaute aus dem Fenster, und da saßen tatsächlich eine Handvoll Mütter. Und spielende Kinder. Keine Spur von den jugendlichen Drogendealern. Letzte Woche waren die doch noch da gewesen. Oder letzten Monat? Oder vor einem halben Jahr?

Zoe steckte den Kopf herein. Und wurde von einer Schallwelle zurück in ihr Zimmer gespült: »MACH SOFORT DIESE … DIESE SCHEISSE LEISER!!!«

Und war gleich wieder da: »Ich bleibe hier wohnen. Du bist eine Rassistin! Wo sind deine Ideale hin?«

Da hatte sie aber schon die Videokamera gezückt. Und Zoes vor Zorn rotes Gesicht eingefangen. Sah nicht besonders hübsch aus. Auch nicht, wie sie sich umdrehte, um hinauszustürzen, und dabei fast mit der Küchentür kollidierte.

Die Kamera war die Rettung, Schild und Schwert zugleich, besser als ein Anwalt, billiger als ein Therapeut, treuer als ein Liebhaber.

Weil Ann Charlotte vorgestern auf dem Solidaritätsfest für Theater 94 kein Wort mit ihr gewechselt hatte, gleich die Videorache: auf Ann Charlotte drauf gehalten, auf Guido-Hengst, auf das ganze Künstlerpack. Machten alle eine lächerliche Figur. Und erst Ann Charlotte bei ihrer Lesung. Die konnte ja gar nicht lesen, konnte sie ja viel besser. Und auch nicht schreiben, konnte sie auch besser. War ihr in der Nacht am Computer klar geworden, als sie die ersten drei, vier Minuten von Ann Charlottes Lesung immer wieder sah und hörte. Bestimmt zwanzig-, dreißigmal, bis Ann Charlotte restlos entzaubert war: ihr angebliches Turbotempo – in Wirklichkeit wie das Kriechen einer spanischen Nacktschnecke während eines Jahrhundertsommers; und das vielgerühmte Wortvirtuosentum – wie das Klappern einer ungeschickten Hand im ungeordneten Besteckkasten auf der Suche nach einer Kuchengabel.

Noch in der Nacht hatte sie sich an den Computer gesetzt und gleich mal fünf Seiten rausgehauen: eine Prosaskizze über Arthur das Arschloch. Der sich nicht mehr meldete. Der, statt sie zu vögeln, sicher die Goldberg vögelte. Vorläufiger Titel: *Sex und Sühne.* Und gleich hatte sie die Videokamera aufgebaut und gelesen und im Computer geschaut. Beim ersten Mal super, beim zweiten und dritten Mal super, aber beim zehnten Mal … okay, musste noch dran gefeilt werden, hatte schon wieder Duras-Schlagseite, aber …

Am Abend fragte Erik, wie es mit Zoe gegangen sei.

»So mies wie immer.«

»Sie macht gerade eine besonders schwierige Phase durch.«

»Ich auch.«

»Sie steht gerade unter sehr großem Druck.«

»Ich auch.«

»Marion, hörst du mir jetzt zu oder …«

»Warum erzählt *sie* es mir nicht selbst?«

»Also, in der Schule läuft ein großes Projekt … *Zukunft gestalten* … Ist so ein Umwelt-Kunst-Projekt … gesponsert von …«

»*Sie* könnte mir doch selbst …«

»So genannter Bildungsserver *Learning by doing* und eine Solarfirma oder ein Windparkbetreiber … jedenfalls, große Sache. Schreker ist verantwortlich. Es gibt auch was zu gewinnen. Eine Reise nach Kalifornien zu den ersten Windparks.«

»Was ist denn jetzt passiert?«

»Bestimmt die Sicherung.« Ja, aber die Sicherung in Zoes Kopf. Zoe stand mit brennenden Kerzen in der Küche und sagte, sie habe die Sicherung rausgedreht.

»Nur ein Experiment.«

»Dreh sofort die Sicherung wieder rein!«

»Marion, warte doch ab, was Zoe …«

»Die Sicherung rein!«

»Ist das Experiment –«

»Experiment ist vielleicht das falsche Wort … Performance … Das hier ist eine Performance. Und ich bitte euch –«

»Sofort die Sicherung rein!«

»Marion, bitte! Zoe, ist das Experiment –«

»Performance.«

»Ist deine Performance Teil von *Zukunft gestalten*?«

»Sicherung rein oder ich gehe.«

»Marion, bitte! Zoe, das ist ja sehr interessant.«

»Jeder von euch bekommt zwei Kerzen.«

»Ich hasse Kerzen.«

»Marion, jetzt sei doch nicht so … so …«

»So eigensinnig, meinst du. Ich will aber eigensinnig sein. Endlich wieder eigensinnig sein. Zwanzig Jahre nicht mehr eigensinnig gewesen, aber jetzt –«

»Schon gut. Also ich nehme zwei Kerzen … Was muss ich jetzt tun, Zoe?«

»Sie anzünden und halten. Marion, nimmst du jetzt auch zwei Kerzen?«

»Was soll dieser Kerzenblödsinn? Ich habe Kerzen schon immer gehasst. Diese ganze verlogene Gemütlichkeitsscheiße mit den Kerzen.«

»Marion, kannst du nicht wenigstens einmal eine Ausnahme … für unsere Tochter … für die Performance …«

Die Kerzenperformance war nur der Anfang. Beim Frühstück verzichtete Zoe auf Kaffee, Müsli, Toast.

»Nichts, was Strom braucht.«

»Wie bitte?«

»Ich sagte, nichts was Strom braucht.«

»Alles braucht Strom.«

»Dann für mich kein Frühstück.«

»Sag du was, Erik!«

»Zoe, du musst doch was essen.«

»Dann nehme ich einen Apfel.«

»Erik, hast du das gehört? Zoe, erklär mir mal, was los ist. Ist das eine neue Marotte? Bist du krank? Sind wir krank?«

»Ich habe gesagt, ich nehme einen Apfel.«

»Was soll das? Auch beim Apfel war Strom im Spiel. Was glaubst du, wie der Apfel in der Obstschüssel gelandet ist? Den haben nicht die Heinzelmännchen gebracht, sondern ein LKW. Und vorher hat der Apfel im Kühlhaus gelegen. Im Kühlhaus, Zoe. Du weißt, was man für den Betrieb eines Kühlhauses braucht. Erik, erklär deiner Tochter mal, wie ein Kühlhaus funktioniert. Dann ist der Apfel in den Supermarkt gebracht worden. Und lag dort tagelang rum, gekühlt natürlich. Und tagsüber angestrahlt von Neonröhren.«

»Marion, es reicht. Warum frühstücken wir nicht mal in aller Ruhe, statt immer –«

»Frag deine Tochter!«

»Marion, du siehst doch, es ist alles Teil der Performance. Stimmt doch Zoe-Schatz, nicht?«

»Dann frag bitte deine Tochter, was ist, wenn das Telefon … wenn Ansgar am Apparat …«

»Marion, musst du immer …«

»Schon gut, Papa, lass sie. Was ich nicht verstehe: Sie war doch mal in der Antiatomkraftbewegung.«

»Zoe, warum sprichst du nicht direkt mit Marion?«

»Damit deine Tochter dich besser manipulieren kann, merkst du das denn nicht?«

»War sie in der Antiatomkraftbewegung oder nicht?«

»Marion hat gegen Brokdorf demonstriert, ja. Wir beide übrigens.«

»Dein Vater einen Tag, ich fünf Jahre lang.«

Es musste jemand dahinterstecken, und mit Sicherheit nicht dieses Bürschchen von Ansgar, sondern … vielleicht eine Sekte? Sie wollte, nachdem Zoe zur Schule gegangen war, in ihrem Zimmer nachschauen, aber es war abgeschlossen. Sie rief Erik im Büro an, fragte, ob er wisse, wo ein zweiter Schlüssel sei. Er wusste es nicht und riet zu warten, bis Zoe aus der Schule komme. Und warnte davor, die Tür mit einem Stemmeisen aufzubrechen. Genau das hatte sie vorgehabt. Es war gar nicht so einfach mit dem Stemmeisen, und während des Stemmens kam ihr der Gedanke, ob das Ganze nicht Schwachsinn war. Ob sie sich da nicht in etwas hineinsteigerte? Ob das nicht erste Anzeichen für Paranoia waren? Aber dann hatte sie die Fernsehberichte und Zeitungsartikel vor Augen, in denen Kinder den Eltern entglitten. Das ging ja so schnell heutzutage, Drogen, Sekten, falsche Freunde. Besonders wenn es bei den Eltern haperte. Und bei Zoes Eltern haperte es ganz gewaltig.

Der Papa war ja nur deswegen so toll, weil er nie da war. Und wenn er da war, lobte er nur, statt auch mal zu kritisieren, statt Orientierung zu geben. Der Papa hatte schon Klein-Zoe mit Bonbons und Keksen bestochen. War später weitergegangen mit Kino und Popcorn. Mit Zirkus und Chips. Mit Zoo und Smarties. Und im Sommer jeden Tag Eis. Und nicht nur ein Eis, wenn Prinzessin Zoe es so wollte, auch mal zwei oder drei. Und Zoes Kotze, die durfte dann aber die Mama aufwischen.

Sie fand an die dreißig Packungen Kerzen im Kleiderschrank, zwei Taschenlampen, einen Gartenschlauch. Das neue Stativ für die Videokamera musste ihr Erik gekauft haben. Die Schreibtischlade war verschlossen, aber jetzt, mit Stemmerfahrung, in Nullkommanix aufgestemmt. Sie enthielt eine Videokamera, die noch in der Verpackung war. Auf der Verpackung klebte das

Preisschild: 399 Euro. Klaute Zoe? Ging sie auf den Strich?

Um eins kam Erik zum Mittagessen. Früher hatte er dafür nie Zeit gehabt. Als Nicht-zum-Volkshochschulleiter-Beförderter nahm er sich jetzt die Zeit. Als Nie-mehr-zum-Volkshochschulleiter-Beförderter ging er später und kam früher und dehnte die Mittagspause manchmal auf zwei Stunden aus. Heute allerdings haute er gleich wieder ab, als er die aufgestemmte Tür sah. Zehn Minuten später kam Zoe. Gleich die Frage: »Wo ist Papa?«

»Er ist vor fünf Minuten abgehauen.«

»Warum?«

»Darum.« Sie führte Zoe zu ihrem Zimmer. Zeigte ihr die Stemmeisenspuren.

»Ich habe dir immer gesagt, dass in meiner Wohnung, außer Wohnungs- und Badezimmertür, keine Türen abgeschlossen werden. Habe ich das gesagt, oder habe ich das nicht gesagt?«

Killerblick als Antwort.

Am Abend bot ihr Erik an, sein Auto zu benutzen, solange ihres in der Werkstatt war. Ihres war schon seit zwei Wochen in der Werkstatt, und sie hatte Erik bestimmt schon zwanzigmal gefragt, ob sie sein Auto benutzen dürfe, und immer hatte er es gerade dann haben müssen.

Am nächsten Tag bot er ihr sein Auto erneut an.

»Aber wolltest du heute Nachmittag nicht ins Olympiastadion?«

»Ich kann genauso gut die U-Bahn nehmen. Ist sogar besser.« Zehn Jahre jedes zweite Wochenende das Auto genommen, um zur Hertha ins Olympiastadion zu fahren, und auf einmal die U-Bahn.

»Wegen Zoe?«

»Was *wegen Zoe*?«

»Dass du das Auto stehen lässt.«

»Wie kommst du darauf?«

»Du willst bei ihr weitere Pluspunkte sammeln. Zuerst der Strom, jetzt das Benzin.«

»Diesel.«

»Diesel. Ist das auch ein Teil ihrer Performance, dass du auf das Auto verzichtest?«

»Du siehst Gespenster.«

»Keineswegs. Du selbst verzichtest auf das Auto und steigst weiter in ihrem Kurs. Mich lässt du dein Auto fahren, damit ich weiter in ihrem Kurs sinke. Ein perfider Plan.«

»Hast du schon mal das Wort Paranoia gehört?«

Zukunft gestalten – gab es das Projekt überhaupt? War es nicht eine von Zoes Phantastereien? Es wäre ja nicht das erste Mal. Einmal hatte sie behauptet, man habe sie zur Schulsprecherin gewählt. Stolz wie Oskar hatte Erik es im Familien- und Freundeskreis herumposaunt. Beim Elternsprechtag hatte es dann eine Peinlichkeitspause zwischen ihr und Zoes Mathematiklehrer gegeben, als Marion die im Vergleich zum Vorhalbjahr schlechteren Noten Zoes mit mangelnder Zeit wegen ihrer Schulsprecherinnenrolle erklärte. Sie schaute auf der Website der Schule nach, und tatsächlich, das Projekt existierte. Aber machte auch Zoe mit? Die Position der Schulsprecherin existierte ja auch, nur war Zoe es nicht geworden. Auch nicht stellvertretende Schulsprecherin, ebenso wenig Kurssprecherin in einem von ihren Kursen.

»Würde mich auch überraschen«, hatte ihr Mathematiklehrer gemeint. »Zoe gibt sich ziemlich elitär.«

»Ist Ihnen noch anderes aufgefallen?«, hatte Marion gefragt.

»Was meinen Sie damit?«

»Ich meine … Drogen?«

»Weiß man heutzutage zwar nie, glaube ich aber nicht. Sie raucht ja nicht mal.«

Sie musste Zoe ab sofort beschatten. Zoe hockte aber noch im Zimmer und kam auch nicht raus, als Ansgar am Apparat war. Dreimal rief Ansgar an und klang jedes Mal verzweifelter. Und Marion konnte nichts anderes sagen, als dass Zoe zurückrufen werde. Als sie Erik am Abend von der neuesten Zoe-Entwicklung berichtete, sagte der: »Zoe ist gerade in einer ganz entscheidenden Phase ihrer künstlerischen Entwicklung, nämlich auf der Suche nach dem verlorenen *ganzen* Menschen.«

»Wo hast du das gelesen?«

»Das habe ich nicht gelesen, sondern bei Zoe beobachtet. Und aus den langen und intensiven Gesprächen, die ich mit Zoe in letzter Zeit hatte, herausgehört.«

»Du solltest vielleicht auch einmal lange und intensive Gespräche mit Thomas führen.«

»Ich habe mich ja bemüht, aber selbst beim Thema Fußball hat es nicht geklappt.«

»Du hältst Thomas für unterbelichtet, und das merkt er natürlich.«

»Lassen wir das Thomas-Thema vorläufig. Zoe jedenfalls ist auf einem sehr spannenden Weg. Auf der Suche nämlich, wie ich vorhin sagte … auf der Suche nach dem verlorenen ganzen Menschen. Verstehst du? »

»Wann ist der denn verloren gegangen?«

»Deine Frage meinst du nicht ernst, Marion?«

»Doch, natürlich.«

»Der Tod Gottes – sagt dir das nichts? Nietzsche? Säkularisierung der Welt? Nie von gehört? Der *ganze* Mensch existiert nicht mehr.«

»Du meinst, *ganzheitlich*?«

»Ich spreche nicht von deinem selbstgemahlenen Ökomüsli. Auch nicht von Esoterik. *Ganz* ist nicht *ganzheitlich.* Man könnte sogar sagen, *ganz* ist das Gegenteil von *ganzheitlich.*«

»Gut, habe ich jetzt kapiert. Und?«

»In dieser Suche … und es ist eine radikale Suche … es kann gar nicht anders als eine radikale Suche sein … will Zoe Natur, Kultur, Mythos und Wissenschaft wieder eins werden lassen. In ihrer Kunst, mit ihrer Kunst, durch ihre Kunst eins werden lassen. Verstehst du jetzt das Ungeheuerliche dieser Suche? »

»Zoe ist erst siebzehn. Du erwartest sehr viel von ihr.«

»Picassos Vater hat von seinem Sohn auch viel erwartet.«

Um Viertel nach sieben war es soweit: Zoe besetzte für eine Stunde das Badezimmer, eine halbe Stunde länger als gewöhnlich, um sich ausgehfertig zu machen. Dann nahm sie die U7 und stieg an der Berliner Straße in die U9 Richtung Osloer Straße um. Blieb die ganze Zeit in eine Illustrierte versunken, stieg an der Birkenstraße aus. Zog, bevor sie die Treppe hochging, den Lippenstift nach. Klingelte fünf Minuten später und brauchte nur Sekunden zu warten, bis die Tür aufsprang. An der Klingeltafel stand, wie erwartet, der Name Schreker.

Eine Viertelstunde später, Marion schaffte es gerade noch, in Deckung zu gehen, tauchte Zoe wieder auf. Zoe ging schneller als vorhin, was es schwieriger machte, ihr zu folgen. Sie nahm denselben Weg zurück, blätterte aber nicht in der Illustrierten, sondern stierte vor sich hin. Aus der Entfernung war nicht zu erkennen, ob Zoe weinte. Sie ging von der U-Bahn-Station den Weg nach Hause, zögerte einen Moment, die Haustür aufzuschließen, huschte dann hinein. Marion spazierte noch eine Viertelstunde in der Gegend herum, bevor sie nach Hause ging. Sie wollte gerade den Wohnungsschlüssel aus der Handtasche nehmen, als sie Zoe aus der Haustür kommen sah. In der einen Hand hielt sie das Stativ, in der anderen die Videokamera und eine Einkaufstasche.

Marion folgte ihr nicht. Sie ging nach oben, machte sich ein Brot, öffnete ein Bier und ging mit der Flasche durch die Wohnung. Thomas hockte wieder vor dem Computer, Erik war nach dem Fußballspiel wahrscheinlich mit einem Freund noch was trinken gegangen, und im Fernsehen kam *Teresa Terz.*

Die sensible, kluge, einfühlsame Teresa Terz, die nur ganz selten aus der Haut fuhr. Und wenn, dann war immer der Assistent zum Angebrülltwerden zur Stelle. Ein Stück Kuchen am nächsten Tag versöhnte ihn dann wieder. Diesmal ging es um den Mord an einer Klavierlehrerin. Zwei Exmänner waren ebenso Verdächtige wie ein geräuschempfindlicher Nachbar. Nach den ersten dreißig Minuten Ermittlungsgeplänkel rückte die russlanddeutsche Herkunft der Klavierlehrerin in den Vordergrund – und die sozialen Konflikte im russlanddeutschen Milieu. Endlich konnte Teresa Terz in den Vernehmungen zur Ich-verstehe-Ihre-Situation-ja-glauben-Sie-mir-Höchstform auflaufen.

Marions Gedanken waren da längst wieder bei Zoe. Wo war sie hingegangen? Zurück zu Schreker? Wozu brauchte sie das Stativ? Um zu filmen, wie sie vögelten? Was war in der Einkaufstasche? Die Einkaufstasche! Die Einkaufstasche war der Schlüssel. Der Schlüssel zu was? Irgendwas stimmte nicht, und es war nicht wegen Schreker. Oder wegen Schreker, aber anders, als sie ursprünglich gedacht hatte. Wäre sie erneut zu Schreker gegangen, hätte sie nicht das Stativ mitgenommen. Schreker hatte sicher ein Stativ zu Hause. Wohin aber? Zu Ansgar? Sie fragte Thomas, aber der wusste nicht, wohin seine Schwester gegangen war. Sie rief Ansgar an, aber bei ihm war sie nicht. Sie hatte ihn auch nicht zurückgerufen. Er bot ihr an, bei der Suche zu helfen, sie lehnte ab. Das hätte ihr jetzt noch gefehlt, sich seine Pubertätsverzweiflung anzuhören. Sie rief Erik an, der ihr gleich vorwarf, hysterisch zu sein. Wo Zoe doch sicher mit dem Projekt *Zukunft gestalten* beschäftigt sei.

Teresa Terz verhörte gerade den arbeitslosen Schwager der ermordeten Klavierlehrerin. Was heißt verhören, der Schwager stammelte, so gut sein Deutsch es zuließ, und Teresa Terz hörte zu. Marion hatte sich schon oft die Teresa-Terz-Abgeklärtheit gewünscht, war aber nichts zu machen. Teresa Terz war höchstens einmal in fünf Folgen auf hundertachtzig, bei ihr war's mittlerweile fast ein Dauerzustand. Aber Teresa Terz war geschieden und hatte kein Kind wie Zoe. Kein Kind mit einem Mutterhassgen.

Die Einkaufstüte! Na klar, da war der Gartenschlauch drin. Warum war sie nicht früher draufgekommen? Sie stürzte in Zoes Zimmer und suchte den Gartenschlauch, im Kleiderschrank, im Schreibtisch, im Buchregal hinter den Büchern, vergebens. Sie rannte die Treppe runter, rannte auf die Straße und bog in die Seitengasse ein, wo Erik eine Garage gemietet hatte. Nur eine, ihr Auto musste sie in einer Nachbarstraße der Wohnung parken. Die Garagentür war zu, der Schlüssel steckte. Sie riss die Garagentür auf und bekam einen Hustenanfall. Der Motor lief, auf dem Boden ein Meer aus Kerzen, die Videokamera war auf dem Stativ montiert. Am Auspuff war der Gartenschlauch festgeklemmt, auf dem Beifahrersitz saß Zoe und hustete. Und war noch in der Lage zu *wollen*. Zoe wollte nämlich partout nicht ins Krankenhaus, auch keinen Arzt sehen, und drohte dem Taxifahrer ins Lenkrad zu greifen, falls er ein Krankenhaus ansteuern sollte.

Mit Marions Hilfe stieg sie die Treppen hoch und verschwand gleich ins Badezimmer und schloss sich ein bis weit nach Mitternacht, bis ihr Papa kam. Der konnte gar nicht verstehen, dass sie, die Mama, von einem Selbstmordversuch sprach. Das Ganze sei Kunst, sei eine Performance, und genau die radikale Kunst, die ein Mann wie Schreker von seinen Schülern verlange. Die eine Künstlerin wie Zoe von sich selbst verlangen müsse.

»Ich kann dir nicht sagen, wie stolz ich auf unsere Tochter bin.«

»Und ich kann dir versprechen, dass ich morgen früh meinem Anwalt grünes Licht geben werde.«

Kaffeekochen

Eckhard führte jetzt eine Oblomowsche Existenz, das heißt nicht ganz. Oblomow war begabt, aber energielos, Eckhard war unbegabt *und* energielos. Carol verstand nicht mehr, wie sie sich in Eckhard hatte verlieben können, außer dass er zur richtigen Zeit am richtigen Ort gewesen war, nämlich am Frankfurter Flughafen.

Da war sie noch irgendwie mit Arthur zusammen gewesen, aber irgendwie waren sie nie so richtig zusammen gewesen, nicht so wie Mom und Dad zusammen waren. Sie hatte damals daran gedacht, zurück nach Amerika zu gehen. Ein Jahr Spanien, dreiviertel Jahr Berlin und die Schnauze bis oben voll. *Fuck Europe!*

Barcelona war toll gewesen, keine Frage, aber dann hatte ihr eine Mitbewohnerin eines Morgens in der WG-Küche zeigen wollen, wie *man* in Spanien Kaffee kocht. Eben nicht wie in Amerika. Seit drei Monaten war Carol damals in Barcelona, mit Müh und Not hatte sie einen Job an einer Sprachschule und nach längeren und kürzeren Aufenthalten in überteuerten Rattenlöchern endlich ein kleines, aber helles und bezahlbares Zimmer in einer angenehmen Wohnung mit drei angenehmen Mitbewohnern gefunden, und seit einem Monat hatte sie in dieser angenehmen Wohnung in der kleinen, aber hellen Küche Kaffee gekocht, und zwar jeweils morgens und abends, und dann erzählt einem Teresa, dass *man* in Spanien Kaffee *so* nicht kocht. Und dann zeigt einem Teresa, wie *man* in Spanien Kaffee kocht, und will nichts davon wissen und hören, wie *man* in Amerika Kaffee kocht, dass es nämlich dort nicht die eine, sondern hunderte Arten des Kaffeekochens gibt, und will auch nichts davon wissen, dass kein *fucking American* je auf die Idee käme, einem *fucking Spanish* zu sagen, dass *man* in Amerika Kaffee so nicht kocht, und ihm dann auch noch zu zeigen, wie *man* in Amerika Kaffee kocht.

Die nächste Kaffeekochlektion erhielt sie in Berlin, als Arthur ihr zeigte, wie *man* in Italien Kaffee kocht, denn die deutsche Art, Kaffee zu kochen, sei ebenso Mist wie die amerikanische. Die italienische Art, Kaffee zu kochen, war offenbar überhaupt *die* Art, Kaffee zu kochen. *Fuck you, Arthur!*

Arthur lernte schnell und sagte bei jeder Gelegenheit: *Fuck off, Carol!* Nutzte nichts, ihm zu erklären, wie lächerlich der inflationäre Gebrauch war. Nach ein paar Wochen Verliebtheit mindestens dreimal am Tag: *Fuck off, Carol!* Einzige Variation: *Fuck you, Carol!* Je mehr rhetorisches *fuck*, desto weniger tatsächliches *fucking*.

Keine gute Zeit damals, Granny Luise war gerade gestorben, und dann der furchtbare mitteleuropäische Winter mit dem noch furchtbareren Berliner Winter. Monatelang grau in grau und kalt und kalt, einzige Fluchtorte waren das Aquariumhaus und das Solarium. Den Winter hatte sie dann irgendwie doch überstanden, mit, wegen oder trotz Arthur.

Im Frühling auf der Amerikareise kam dann das endgültige Aus. Es hatte noch ganz gut angefangen mit dem Besuch bei ihren Eltern. Aber dann hatten sie drei Wochen bei dem Bruder gewohnt in Newburyport. Es gab drei Mitbewohner in dem Haus des Bruders, die Arthur mit seinen europäischen Witzchen quälte. Die Mitbewohner fragten immer: *Are you serious?* Oder: *really?* Und Arthur lachte sich dann kaputt über deren scheinbare Naivität. Die in Wirklichkeit nichts als Höflichkeit war, was Arthur aber nicht kapierte. Sie flogen dann bei dem Bruder raus, weil die Mitbewohner Arthurs Gelaber nicht mehr ertrugen.

Sein Gelaber musste sie während der nächsten Monate ihrer Reise nun allein ertragen. Über die amerikanische Flagge zum Beispiel, die in vielen Vorgärten flatterte. Arthur konnte das einfach nicht fassen, obwohl sie ihm bestimmt schon hundertmal erklärt hatte, dass die Flagge für Amerikaner eine höhere Bedeutung hat als für Deutsche. Die Amerikaner hatten auch keine zwei Weltkriege begonnen.

Oder: *How's it going?* Dass das nur eine Höflichkeitsphrase war und keineswegs eine ausführliche Antwort erforderte, im Gegenteil: *Fine, and you?* oder einfach nur *Good, thanks* war mehr als genug. Aber nein, Arthur antwortete ausführlich. Erzählte auf die Frage hin ihrer Mom, dem Bruder, den armen Mitbewohnern die ganze Lebensgeschichte, egal, ob sie gerade auf dem Sprung zur

Arbeit, zur Universität oder zum Arzt waren. Und fragten Arthur natürlich nie wieder. Vermieden es überhaupt, Arthur über den Weg zu laufen. Sie wollten ja nicht zu spät zur Arbeit kommen, denn statt Kündigungsschutz wie in Old Germany gab's: *hire and fire*.

Er wurde auch nicht müde, seine Lebensgeschichte den diversen Taxifahrern und Zufallsbekanntschaften im Bus oder im Zug zu erzählen.

Zum Frühstück wollte er auf fetten Käse nicht verzichten und hielt im Supermarkt danach Ausschau und wunderte sich, dass dieser schwer zu finden war. Wie auch fetter Joghurt, fette Milch und fette Wurst. Und nervte sie mit der Frage: *Where is the normal cheese? The joghurt? The milk?* In Europa war der fette Käse vielleicht normal, nicht aber hier. In Spanien Kaffee *so* kochen und in Italien Kaffee und Spaghetti *so* kochen, aber hier eben nicht. Hier: *anything goes*.

Im europäischen Winter gab's sechs- oder siebenmal Trennung und Versöhnung, im amerikanischen Frühling fast jeden Tag, und das morgens, mittags und abends. Das Beste an den drei Monaten war der Besuch des Bürgerkriegsschlachtfelds von Antietam, Maryland. Dort musste man nichts reden, konnte man schweigend drüberstapfen.

Schon im Sommer bekam sie wieder die Angst vor dem nächsten mitteleuropäischen Winter. Die Eltern riefen dreimal die Woche an und fragten: *What are you doing in Europe? Why don't you just come back?* Sie hatte einmal sogar schon die Koffer gepackt, aber dann wieder ausgepackt. Und dann eben Eckhard, der sehr verliebt in sie war oder wenigstens so tat. Er sagte ihr auch nicht, wie Kaffee oder Spaghetti zu kochen waren. Nach dem Arthur-Desaster die Eckhard-Erholung. Und nach dem ersten halben Eckhard-Jahr hatte sie schon wieder erste

Arthur-Sehnsüchte: *Definitely an asshole … but a funny asshole.*

Heute fand zum dritten Mal der Geburtsvorbereitungskurs statt, zum zweiten Mal mit Partner. Eckhard wollte wieder nicht mit, hing in seinem Sessel, Chips und Erdnüsse neben sich und Oberinspektor Derrick in einer Wiederholungsfolge vor sich. Schon letztes Mal war der Überredungsversuch erfolglos gewesen. Letztes Mal war sie die Einzige ohne Partner gewesen.

»Kommst du jetzt mit oder nicht?«

»Nein! Habe ich doch schon gesagt.«

»Es ist auch dein Kind.«

»Hast du schon gesagt.«

»Eckhard, das glaube ich nicht. Du hockst schon den ganzen Nachmittag vor der Kiste.«

»Carol, bitte.«

Don't just complain, do something about it! Aber was?

»Kommst du jetzt mit oder nicht?«

»Fragst du mich jetzt schon zum zehnten Mal.«

»Was ist dir wichtiger: Derrick oder dein Kind?«

»Im Augenblick Derrick.« Der Tränenausbruch war nicht mehr zu verhindern. Fernseherausschalten und Türzuschlagen auch nicht. Sie wählte die Nummer von Mom und Dad. Den schnellsten Flug zurück, und *Fuck Europe! Fuck you, Arthur! Fuck you, fat Öckert!*

»Aber Darling«, sagte Eckhard.

»Fuck you!«

»Okay … okay … Was ich nicht verstehe: Das Baby kommt doch erst im März zur Welt. Warum jetzt schon der Geburtsvorbereitungskurs?«

»Kommst du mit oder nicht?«

»Weiß nicht …«

»Ich lade dich danach auch zum Essen ein.«

Wie die beiden letzten Male hatte Margrit, die Kursleiterin, zur Einstimmung Musik mitgebracht. Sechs Paare waren da, saßen auf Matten oder Gymnastikbällen. Der Gymnastikball, auf dem Eckhard saß, drohte jeden Moment zu platzen. Das schien ihn ebenso wenig zu stören wie der Kaufhausmozart. Nach der Begrüßung stellte Margrit die obligatorische Einstiegsfrage: »Wie geht es euch?« Und als niemand etwas sagte: »Wer möchte anfangen?«

Alle starrten auf den Boden, zur Decke, auf die Wände oder auf die Rücken der anderen. Dann fing das Paar an, das auch letztes Mal angefangen hatte. Erzählte von der Vorfreude – in sechs Wochen Termin! –, den Ängsten und dass zum Glück noch rechtzeitig das Einfamilienhaus in Mahlow fertig geworden sei. Das Kinderzimmer sei schon picobello eingerichtet mit Kinderbettchen und Wickelkommode. Das nächste Paar wollte eine Welche-Windel-ist-am-saugfähigsten-Diskussion beginnen, doch Margrit winkte ab. Das dritte Paar lag auf der Gymnastikmatte wie beim Sex. Komplizierte Stellung, die jahrelanges Yogatraining voraussetzte. Sagten, ihnen gehe es gut, und schauten sich an wie bei einer Heiratsshow. Dann das Paar, wo der Mann, Georg, der Frau, Melanie, die Füße massierte. Beim letzten Mal hatte er ihr den Nacken gekrault. Melanie sagte: »Mir geht es gut.«

Und Georg sagte: »Wenn es Melanie gut geht, dann geht es mir auch gut.«

Dann waren sie und Eckhard dran. Sie sagte: »Ich bin in letzter Zeit immer sehr müde.«

Eckhard sagte: »Wenn es mir gut geht, geht es Carol auch gut.«

Krise

Gefeuert! Wegen der Beschwerde von Herrn Bashir, er lasse weiterhin den *Resbekt* vermissen. Der ägyptische Oberarzt, der den Mossad für *nine eleven* verantwortlich machte. Der Aldi boykottierte, weil dessen Eigentümer angeblich Juden waren. Gefeuert auch wegen der Beschwerde der drei chinesischen Botschaftsangehörigen, die er beim Eintritt in den Unterrichtsraum mit den Worten begrüßt hatte: *Das riecht hier ja wie im Affenhaus.* War doch nur ein Witz gewesen. Statt zu lachen, hatten sie Carol angerufen. Auch Martha hatte sich über ihn beschwert. Das Wort *Mobbing* war gefallen. Nur weil er nicht bereit war, länger ihre Stirnhöhlenvereiterungsgeschichte zu glauben. Beim letzten Mal, als sie am Telefon wieder sterbenskrank geklungen hatte, hatte er ihr empfohlen, mal die ganze Nacht durchzuvögeln. Das sei besser als jedes Antibiotikum.

Gefeuert, aber noch mit finanziellen Rücklagen ausgestattet. Er hatte jetzt Zeit, Hebräisch zu lernen, mit Ellen als Tandempartnerin, die weiter ihr Deutsch verbessern wollte. Die *Horny*-Luftfeuchtigkeit war jetzt nicht mehr so hoch und das Grollen des *Horny*-Gewitters nur manchmal dumpf in der Ferne zu hören. Und kam es wirklich einmal näher, schob er zwei, drei ellenlose Tage ein. Der Mittelgewichtsboxer existierte ebenso noch wie der Bergsteiger, allerdings beide nur noch telefonisch. Ellen spielte inzwischen mit dem Gedanken, zurück nach New York zu gehen. Es ging nicht recht weiter mit dem Drehbuch.

Ellen hatte jetzt auch Geldprobleme, wollte aber ihren Vater nicht fragen. Spülte eine Woche in einem Restaurant. Bügelte in einem Hotel. Alles schwarz und miserabel bezahlt. Saß an zwei Wochen nachmittags Modell in der Kunstakademie. Bewarb sich schließlich beim Sicherheitsdienst der EL AL in Wien. Der durchleuchtete ihre gesamte Biographie und stieß auf ihre Hormonkrankheit und die mehrjährigen Besuche bei einer Psychologin. Und fragte, ob sie je Drogen genommen habe. Sie hatte schon *nein* antworten wollen, sagte dann aber die Wahrheit, weil es hieß, dass man die Wahrheit sowieso herausbekommen würde. Sie wurde nach Kontakten mit Palästinensern gefragt. Sie unterschlug die Liebesbeziehung mit Hassan und wurde nicht genommen, ohne Angabe von Gründen.

Sie erzählte von dem tollen Sex mit Hassan, nachdem sie die Wochen zuvor von dem tollen Sex mit dem Mittelgewichtsboxer und dem Bergsteiger erzählt hatte. Wollte sie ihn etwa wieder *horny* machen? Führte aber zum Gegenteil, weil er unter Leistungsdruck geriet. Leistungsdruck, bevor die Leistung überhaupt gewünscht wurde. Oder wurde sie jetzt gewünscht? Jedenfalls, seine sexuelle Leistung der Vergangenheit schien ihm nicht mehr Garant für eine zukünftige sexuelle Leistung.

Im *Arsenal* lief ein früher Jim Jarmush. Jarmush war ein anderer von Ellens Favoriten. Nach dem Kino die Suche nach einem Restaurant oder einer Kneipe. Für Freitagabend waren wenig Leute auf der Straße, dabei war es doch erst halb zwölf. Sie waren doch mitten in Kreuzberg, nur ein Katzensprung bis zur Oranienstraße. Es war dunkel, die Laternen standen in zu großen Abständen. Sie gingen nebeneinander, durchaus dicht, touchierten einander manchmal, wohl eher aus Zufall denn Absicht. Und dann, wie aus dem Nichts, in Wirklichkeit wohl aus einer dunklen Gasse, es war ja alles dunkel, tauchten sechs oder sieben Typen auf der anderen Straßenseite auf. Typ Halbstarker, Typ Jugendgangmitglied, sah jedenfalls so aus. *Südländisches* Aussehen. Sonst war niemand weit und breit zu sehen, schauten die Typen rüber zu ihnen? Waren sie schon dabei, rüberzukommen? Er versuchte nicht hinzuschauen, er schaute nach unten, schaute geradeaus, beschleunigte die Schritte und blieb stehen. Die Typen waren fort und Ellen war zehn Meter hinter ihm. Und jetzt bei ihm: »Hast du Angst gekriegt?«

»Ich wollte nur nicht so langsam gehen.«

»Ich fahre nach Hause.«

»Ich dachte, wir gehen noch etwas trinken.«

Nach dem Frühstück rief Arthur Ellen an, aber am Apparat meldete sich nur der Mitbewohner. Sagte, Ellen schlafe noch. Um zehn: Ellen sei einkaufen gegangen. Um elf: Ellen sei noch nicht zurück. Um eins: Ellen sei bei einer Freundin. Um drei: Ellen halte ein Nickerchen. Um fünf: Ellen sei weggegangen, Zigaretten holen. Um sieben: Ellen sei im Kino. Immer Bitte um Rückruf, aber kein Rückruf, auch am nächsten Tag nicht. Am nächsten Tag meldete sich nicht mal der Mitbewohner, nur noch der Anrufbeantworter.

Dauerregen jetzt. Er bekam fast schon Sehnsucht nach dem *Horny*-Gewitter. Lag stundenlang auf dem Bett und hörte die *Winterreise*. Gegen Abend wechselte er zu Dmitri Stepanowitsch Bortnyansky: Kirchengesänge. Es gab keine schönere Musik, um von der Welt Abschied zu nehmen. Der Abschied zog sich hin, und warum nicht einfach noch bleiben? Und Marion anrufen: »Marion, hörst du mich? Marion, ich dachte … Vielleicht könnten wir mal … nur auf einen Kaffee, dachte ich … bei mir … oder im *Einstein* … über alte Zeiten sprechen. Marion, ich weiß … Marion, sag doch was … Marion, wir können doch über alles reden.«

»Mistkerl!«

Hatte ihm nicht einer seiner Kunden erzählt, dass es im Chinesischen für *Krise* und *Chance* dasselbe Schriftzeichen gibt? *Chance* bedeutete aber auch Zufall. Und Zufall oder Schicksal war es, dass er nach langer Zeit wieder mal den Fernseher einschaltete. Und mitten in die Wiederholung einer *Doktor-Markus*-Folge geriet. Und nicht umschaltete, sondern zu Ende guckte. Traurig war, dass es schon zu Ende war. Zum Regal ging und mit einem Stapel *Doktor-Markus*-Videos zurückkam. Die ganze Nacht lang *Doktor Markus* guckte, Folgen aus allen sechs Schaffensjahren. Hatte er seit Ewigkeiten nicht mehr getan. Er hatte sich geschämt trotz allen Gequatsches von wegen *Geht-in-die-Richtung-von-John-Cassavetes*. Stimmte ja nicht, hatte auch nichts von Mike Leigh. War aber trotzdem groß. War gerade *deshalb* groß. War hundertprozentig Arthur Schulze.

Gleich um neun rief er Svenja Ratinger an, die Produzentin von *Doktor Markus*. Es dauerte ein paar Sekunden, bis sie seinen Namen einordnen konnte. Sie schien nicht gerade vor Freude zu platzen, schlug aber vor, sich an einem der nächsten Tage zu treffen. War doch was. War jedenfalls so viel, dass ihm auffiel: *Ich habe ja schon zwei Tage lang nicht Bortnyansky gehört*. Aus zwei Tagen wurden fünf, aus einer Woche drei. Und das Gespräch mit Svenja Ratinger verlief durchaus ermutigend. Sie hatte zwar gerade nichts zu vergeben, würde aber bei nächster Gelegenheit an ihn denken.

Die Frage nur: Wollte er wirklich zurück ins Filmgeschäft? Wollte er wieder mitten in der Nacht von einem Schauspieler angerufen werden, der drohte, die Rolle niederzulegen, wenn er nicht im *Madison* absteigen konnte? Wollte er wieder stundenlange Diskussionen mit einer Schauspielerin führen, die vorgab, dass ihre Jacke aus dem Hotel gestohlen worden sei, obwohl sie diese Jacke wahrscheinlich auf dem Flughafen oder in einem Restaurant hatte liegen lassen? Und wollte er wieder einen Schauspieler, den er für eine Rolle unbedingt haben wollte, fünfmal am Tag und das drei Wochen lang anrufen, nur um jedes Mal von dessen Frau vertröstet zu werden, dass er gerade unter der Dusche, auf dem Klo oder mit dem Hund Gassi gegangen sei – und der sich erst dann erbarmte, zurückzurufen, wenn man ihm drei Kisten von seinem Lieblingswein schickte?

Autobiographie

Alles lief jetzt parallel: Wohnungssuche, Ménage à trois, Justin, Ann Charlotte zur Frauenärztin begleiten. Und seit ein paar Wochen als seine Dauerbegleiter: Erschöpfungszustände. Jahrelang hatten ihm die Spielplatzmütter davon erzählt, und Duvall hatte ihnen jahrelang zugehört, als berichteten sie von exotischen Krankheiten. Das Mittagsnickerchen war jetzt ebenso obligatorisch wie drei doppelte Espressi. War es das Alter? Der Alltagstrott?

Es lief ja noch immer so ab, dass er Justin weckte, mit Justin ins Bad ging, Justin wusch, Justin das Brot schmierte, Justin das Brot schnitt, Justin den Mund abwischte, Justin die Zähne putzte, Justin Schuhe, Jacke, Mütze, Handschuhe anzog, Justin in den Kindergarten brachte, Justin dort wieder abholte, mit Justin auf den Spielplatz ging, mit Justin nach Hause ging, Justin das Abendbrot zubereitete, Justin für die Nacht fertig machte, Justin die Zähne putzte, Justin vorlas, Justin ins Bett brachte, Justin wieder aus dem Bett nahm, wenn er nicht einschlief, Justin wieder hinlegte, auch in der Nacht aus dem Bett nahm, wenn Justin nicht schlafen konnte, Justin das Fieber maß, mit Justin zum Arzt ging und so weiter. Und die Simone, die konnte ja beim Frühstück nur Zeitung lesen, wenn auch in fünf Sprachen. Mit Justin sprechen konnte die Simone morgens nicht. Erwartete Justin auch gar nicht mehr, kannte er gar nicht anders. Papa war ja da, war immer da. Und kam die Simone abends nach Hause, und war Justin noch auf, war sie so erschlagen, dass sie sich gleich ein Bad einlaufen ließ. Es reichte dann höchstens noch zum Gute-Nacht-Kuss.

Er machte der Simone deswegen keine Vorwürfe, warum auch. Er schüttete auf dem Spielplatz den anderen Müttern gegenüber auch nicht sein Herz aus. Taten viele umgekehrt schon, auch die wenigen Väter. Er dagegen sang nichts als Loblieder auf die Simone. Und doch, seit ein paar Wochen … Hatte er zuerst nicht wahrhaben wollen … und doch … Kam vielleicht daher, dass die Simone gerade mal wieder einen Höhenflug hatte. Gönnte er ihr, klar, hörte auch aufmerksam zu, nachdem er Justin ins Bett gebracht hatte und sich einen Whiskey genehmigte. Was heißt aufmerksam, Zahlen konnte er sich einfach nicht merken. Hatte die Simone gerade eine Milliarde oder hundert Millionen oder dreihundert Millionen abgezockt? Oder zwei Milliarden? Euro oder Dollar? Obligationen oder Optionen? Hedge Fonds oder …? Strahlte jedenfalls, die Simone. Und fragte beiläufig, wie sein Tag denn gewesen sei. Fragte das jeden Abend, nachdem sie von ihrem Tag erzählt hatte, und nie hatte ihn diese Beiläufigkeit, mit der sie fragte, gestört oder gar verletzt, aber jetzt verletzte sie ihn.

Er dachte an Uschi, die Mutter von Justins Freund Sven. Was Uschi ihm von ihrem Mann Mark erzählt hatte, der Zahnarzt war und Uschi jeden Abend von seinen großen zahnärztlichen Heldentaten erzählte: Plombierungen, Brückenlegungen, Wurzelbehandlungen, Extraktionen und so weiter. Und Uschi konnte immer nur von Sven erzählen, dass Sven Durchfall hatte, dass Sven Fieber hatte wegen eines Zahns, der jetzt durchkam, dass Sven mittags statt zwei nur eine Stunde geschlafen hatte und so weiter. Hatte da noch gelacht, als Uschi ihm das erzählte. Hatte sie noch damit zu trösten versucht, dass er über das Zahnarzthandwerk spottete. War doch auch nur alles Routine. Und oft nicht einmal das, sondern Pfusch. Und die Abkassiermentalität kannte man doch. Tröstete Uschi aber nicht.

Er lachte jetzt auch nicht, als er Simones aktuelle Börsenerfolgsgeschichte hörte. Er hatte bestimmt schon achtzigmal diese Börsenerfolgsgeschichten gehört und bestimmt genauso oft die Börsenkatastrophengeschichten. Und natürlich waren ihm die Börsenerfolgsgeschichten lieber gewesen. Aber komisch: Jetzt wäre ihm eine Börsenkatastrophengeschichte willkommen gewesen. Wegen der Beiläufigkeit, mit der sie nach seinem Tag gefragt hatte. Der wie der Tag gestern und vorgestern gewesen war, das heißt nein, er war natürlich ganz anders gewesen: Ein Junge hatte Justin nicht auf seinem Bobby-Car fahren lassen. Eine verschwindend kleine Katastrophe für die Menschheit, eine große für Justin. Die die Simone beiläufig aufnahm. Wegen Müdigkeit und so, schon klar.

Mitten hinein in ihre Börsenerfolgsgeschichte sagte er: »Eigentlich hätte ich wieder Lust auf die Schauspielerei.«

Da staunte aber die Simone. Und sagte nichts und verschwand in der Badewanne. Kaum das Zauberwort *Schauspielerei* ausgesprochen, prickelte es wieder. Aber nicht im Schwanz wie sonst, weil sein Schwanz durch die Simone und Ann Charlotte ja gut versorgt war. Es prickelte im ganzen Körper, in der Seele, der Schauspielerseele. Was für ein Zufall: Vor ein paar Tagen beim Bier hatte es bei Arthur geprickelt, und zwar am Arsch; der Arsch, mit dem er jahrelang auf dem Regiestuhl gehockt hatte. Aber Arthur war ohne Kinder, und er hatte Justin. Und würde bald noch ein Kind haben. Und die Simone sagte: »Du hast der Ann Charlotte ein Kind gemacht, jetzt musst du dich auch drum kümmern.«

Stimmte ja, aber hatte sich denn die Simone je um Justin gekümmert? Justins erstes Wort war eben nicht *Mama* gewesen, sondern *Papa*. Auch nicht sein zweites, drittes, viertes. Erst das sieben- oder achtundneunzigste Wort war *Mama* gewesen. Vorher noch Oma, Opa und Bine, der Name der Kindergärtnerin. War ja eigentlich eine Rabenmutter, die Simone. Und von wegen Börsenerfolgsgeschichte: Das war doch auch nur Geld, und Geld war aus Papier, und verbranntes Papier war nur Asche.

Zwei Wochen und zehn Börsenkatastrophentage später sagte die Simone: »Wäre jetzt ein guter Zeitpunkt, mal für ein oder zwei Jahre auszusetzen. Bin ausgebrannt.«

Die Simone aus Wien-Penzing! Da war sie wieder, ganz wie zu Anfang, und bei ihm auch wieder Verliebtheit wie zu Anfang. Die Frage nur: Wollte er selbst? Oder war das doch nur eine Schnapsidee gewesen, sozusagen vom Prickeln in die Irre geführt, das Prickeln falsch gedeutet, weil er seit Jahren nur mit dem Prickeln seines Schwanzes vertraut war? Drei Vormittage stapfte er durch den schlammigen Grunewald, bis er die Antwort hatte: Ja, er wollte. Aber nicht mehr Doktor Markus spielen! Überhaupt keine Ärzte mehr, sondern eine Charakterrolle. Doktor Markus war zwar auch eine Charakterrolle, wurde aber von der Kritik als solche nicht erkannt.

Er versuchte nicht gleich, die Kontakte von früher zu reaktivieren. Abwarten, nachdenken, mit Arthur sprechen. Und lesen. Nach *cool & terror* hatte er Lust auf was Leichtes und stieß bei der Schmökersuche auf *Meine Leben*, die Autobiographie von Heidi Brockmann. Noch im Geschäft fing er an zu lesen, getrieben von der Furcht, etwas über ihre missglückte Liebesnacht zu finden. Es gab kein Register, so musste er quer lesen. Er fand seinen Namen nicht und war erleichtert. Und ertappte sich kurz darauf bei dem Gedanken, dass es eigentlich eine Unverschämtheit war, dass sie seinen Namen nicht ein einziges Mal erwähnte, wo doch jeder Fuzzi oder Tuzzi vorkam.

Zu Hause las er das Buch in Ruhe. Gleich auf dem Umschlag fiel ihm etwas auf, was ihm im Geschäft nicht aufgefallen war. Der Name nämlich. Der Name von Heidi Brockmann. Dass der gar nicht Heidi Brockmann war. Jedenfalls nicht nur Heidi Brockmann. Dass ihr voller Namen Heidi Lea Brockmann war. Er rief Arthur an.

»Heidi Brockmann? Der Name sagt mir gar nichts.«

»Heidi Brockmann spielt *Teresa Terz*!«

»Kenn ich nicht.«

»Die vollbusige Kommissarin von Mülheim/Ruhr. Die mit den schweren Tränensäcken.«

»Und?«

»Die hat bei *Doktor Markus* mitgespielt. Kleine Rolle damals. Stand noch am Anfang ihrer Karriere. Erinnerst du dich an die Schwester von Frau Rollfeld? Rollfeld, das war die Patientin mit der eingebildeten Schwangerschaft, während die Schwester tatsächlich schwanger war. Geschwängert übrigens von Rollfelds Mann, und zwar ausgerechnet in der Hochzeitsnacht. Worüber die Rollfeld nie hinweg gekommen ist. Am Ende musste ich sie vor dem Sprung aus dem Fenster retten. Rollfelds Schwester bekam das Kind und starb bei der Geburt. Rollfeld übernahm die Mutterrolle.«

»Und?«

»Sie hat damals immer eine Kette mit einem Davidstern um den Hals getragen.«

»Ach ja.«

Er las weiter, über ihren späten Durchbruch in: *Eva-Marie Stolzenburg – eine Frau in den besten Jahren.* Und dann über die Idee zu ihrer *Heidi-Brockmann-Strickblusenkollektion*, die sie auf einem Homeshoppingkanal vertrieb. Am interessantesten aber war die Geschichte über ihren Vater. Er rief wieder Arthur an.

»Halt dich fest: Heidi hat jüdische Wurzeln.«

»Und?«

»Ich dachte immer, sie käme aus einer Nazifamilie. War ihr Vater nicht bei der SS? Jedenfalls, da steckt eine irre Geschichte drin. Ich spüre das … Hör gut zu. *Zwei Jahre nach seinem Tod erscheint mir Vati im Traum und gibt mir den Auftrag, den jüdischen Vorfahren nachzuspüren.*«

»Und?«

»Was *und*? Stehst du auf der Leitung? Das ist eine irre Story. Das ist doch *das* deutsche Thema.«

»Die jüdischen Vorfahren von SS-Angehörigen?«

»Arthur, jetzt werde ich aber gleich böse. Die Geschichte ist doch viel komplexer. Es geht um Schuld und Sühne. Es geht um die jüdische Herkunft des Vaters, die offenbar verschwiegen werden sollte, um die Nazizeit zu überleben.«

»Und warum rufst du mich an?«

»Ja, kapierst du's denn noch immer nicht? Vorgestern hast du mir noch die Ohren vollgequatscht von wegen *Prickeln*. Und: *Man bräuchte natürlich 'ne tolle Story, starke Figuren, was Zeitgenössisches und gleichzeitig Ge-*

schichtsträchtiges, Schnittstelle zwischen privat und politisch laberlaber. Und genau darum geht es doch in dieser Story. Wir alle sind Nachfahren von Heinrich Brockmann!«

»Ich nicht.«

»Kauf dir das Buch, und dann sehen wir weiter!«

Es prickelte jetzt. Und wie das prickelte. Da war die Charakterrolle: Heinrich Brockmann.

Beim Schrippenholen fiel sein Auge auf die Zeitungen vor der Kasse. Auf einer Heidi Brockmann oben ohne. Mit fünfundfünfzig oben ohne. Das Überraschende: die straffen Riesentitten. Bei ihrem nicht vollzogenen Beischlaf waren die noch geschlackert wie bei ihm die Eier. War immerhin schon ein paar Jährchen her. Da hatten die Schönheitschirurgen ganze Arbeit geleistet. Das heißt nicht ganz, denn so straff die Titten waren, so faltig war der Rest der Brockmann. Titten wie bei einer Dreißigjährigen und der Rest wie bei einer Siebzigjährigen. Und ihr Gesicht sah aus, als hätte die Brockmann die letzten drei Monate ohne Unterbrechung im Solarium verbracht. Die Zeitung schrieb, die Brockmann wolle mit ihrem Foto Frauen die Angst vor dem Älterwerden nehmen.

Mittags rief er Arthur an, der gerade im zweiten Kapitel von *Meine Leben* steckte.

»Können wir uns heute Abend treffen, um alles durchzusprechen?«

»Was faselst du da?«

»Ich will natürlich die Hauptrolle.«

»Guido, komm mal wieder runter!«

»Arthur, wir waren ein klasse Team damals bei *Doktor Markus*. Weißt du noch, die Quote … die vielen Auszeichnungen … Wir waren das Dream-Team, Arthur, und glaub mir, wir werden es wieder sein.«

Deal

Es war eine Nacht-und-Nebel-Aktion gewesen, wenige Wochen nach der Geburt von Henry Balthasar. Die Geburt war ohne Komplikationen verlaufen, Carol war tapfer gewesen, Eckhard war tapfer gewesen, Carol hatte richtig geatmet, Eckhard hatte richtig geatmet, und Henry Balthasar hatte auch richtig geatmet. Was Eckhard nie vergessen würde: das Kinnklappern von Henry Balthasar direkt nach der Geburt. Er hatte dabei an das Atmen eines Froschs denken müssen und wurde ganz traurig, als Wochen später das Kinnklappern verschwinden sollte.

Am Anfang hatte er immerzu Angst, Henry Balthasar fallen zu lassen. Er war ja nicht der Geschickteste, und auch wenn er schon häufiger von Babys gelesen hatte, die Stürze aus dem vierten oder fünften Stock überlebt hatten, war das keine Garantie, dass Henry Balthasar den Fall aus seinen Armen überleben würde. Beim Wickeln hatte er die Angst, Henry Balthasar könnte ihm von der Wickelkommode fallen. Bei jedem Anruf sagte seine Mutter: *Lass das Kind bloß nicht von der Wickelkommode fallen!* Bei einer der Warnungen hatte Eckhard gefragt, ob er denn als Baby von der Wickelkommode gefallen sei, worauf seine Mutter sehr empört gewesen war. Aber vielleicht war *das* die große Tragödie seines Lebens, die an allem späteren Unheil schuld war. Dass er so viel aß, dass er beruflich nicht auf die Füße kam, dass es mit dem Sex auch nicht so recht klappte. Carol war ja bisher die erste und einzige Sexpartnerin, abgesehen von … Und in den letzten Jahren hatten sie höchstens alle paar Monate Sex. Es kam geradezu dem Wunder der jungfräulichen Geburt gleich, dass sie Henry Balthasar gezeugt hatten.

Den ersten Sex hatte er mit einundzwanzig, die erste Sexpartnerin war eine Prostituierte, er schämte sich noch heute. Wenn sich die anderen romantisch-verklärt an ihr *erstes Erlebnis* erinnerten, so er ängstlich-verkrampft. Und zum ersten Erlebnis war es auch nur wegen der Hochphase des Kalten Krieges gekommen, im Jahr der Nachrüstung. Er war zwar als tauglich für die Bundeswehr befunden worden, brach dann aber bei der Grundausbildung jeden zweiten Tag japsend zusammen. Aber er wurde nicht ausgemustert, anders als die angeblich Suizidgefährdeten, die versuchten, sich mit einer Gabel – *einer Gabel!* – die Pulsadern aufzuschneiden, sondern zum Kartoffelschälen und Gemüseputzen in die Küche abkommandiert. Vierzehn Monate lang Kartoffelschälen und Gemüseputzen, und wenn sein Uffz oder Stuffz mal einen guten Tag hatte, durfte er Essen ausgeben. In vierzehn Monaten gab's dreimal Kompaniealarm, zweimal Bataillonsalarm, unzählige ABC-Alarme und zweimal NATO-Alarm der zweithöchsten Stufe.

Der NATO-Alarm war täuschend echt. Mitten in der Nacht mussten sie alle raus, Rucksack schnüren, Gewehr greifen und Autoschlüssel abgeben. Die Zivilautos würden alle gebraucht, hieß es, in Wirklichkeit hatte man wohl Angst, die Soldaten könnten türmen. Auf LKWs wurden sie in den Wald rausgefahren. Er, und nicht nur er, dachte einige Momente lang, dass wirklich die Russen kämen, ja, dass sie schon da wären. Aber er sah keine Russen, nur Bäume. Nachmittags ABC-Alarm. Mit ABC-Schutzmaske und vierzig Kilo Gepäck, das Sturmgewehr immer dabei, marschierten sie durch die Pampa. Zwischendurch mussten sie sich auf Pfiff des Uffz in die

Büsche schmeißen, das Gewehr dabei immer im Anschlag. Keine Russen, nirgendwo. Aber Atemnot, die ganze Zeit. Sie durften ja die ABC-Schutzmaske nicht absetzen. Es hätte ja sein können, dass SS-20 angeflogen kämen, und dann … eben. Das Wichtigste bei einem ABC-Angriff war, das Gewehr zu schützen. Wenn es keine Möglichkeit gab zu schießen, weil der Feind von oben angriff, dann musste das Gewehr unter dem Körper gehalten werden. Und nach dem ABC-Angriff musste zuerst das Gewehr dekontaminiert werden, und erst dann durfte man sich von seinen Kameraden dekontaminieren lassen. Und dann hieß es gleich weiterfeuern.

Nach seinem erstem NATO-Alarm ahnte er, es könnte mit dem Leben in Europa – inklusive seines eigenen – früher zu Ende gehen, als er bis dahin für möglich gehalten hatte. In jenem Sommer 1983 lag es sozusagen in der Luft, dass die Welt jederzeit in selbige fliegen konnte. Wegen Solidarnosc und der Gefahr eines russischen Einmarschs in Polen, oder überhaupt wegen der kurzen Vorwarnzeiten und der Gefahr menschlichen Versagens. Es konnte ja jederzeit ein Unfall passieren, ein falscher Knopfdruck oder ein durchgeknallter General, und die Welt … eben. Und wenn, dann wäre er noch Jungfrau, was ihn richtig wütend machte auf die Raketenaufsteller in Moskau und Washington. Die waren ja alle jenseits der sechzig oder gar siebzig, die bekamen nur noch einen hoch, wenn sie an Weltkrieg dachten. Er aber war jung mit Dauerständer und null Onanieerfahrung.

Später als Ehemann, der bestimmt fünf-, sechsmal in der Woche onanierte, konnte Eckhard es sich nicht erklären, warum er erst so spät damit begonnen hatte. Spätentwickler, klar, mit anderthalb krabbeln, mit zweieinhalb laufen, mit vier sprechen, mit dreiundzwanzig onanieren, das passte. Und dann, August 1983, nach dem ersten NATO-Alarm, ging er ins Bordell, weil er den Russen zuvorkommen wollte. Weil er es endlich hinter sich bringen wollte. War nicht schön, obendrein nicht billig, ging ruckzuck, keinerlei Vorwarnzeit.

Es war seine Mutter, die bei ihrem ersten Enkelbesuch feststellte, dass ihr angeblicher Enkel keinerlei Ähnlichkeit mit ihrem tatsächlichen Sohn hatte. Weder Augenfarbe noch Nase, noch Mund, noch irgendwas. Seine Mutter hatte Fotos von ihm als Baby mitgebracht, und auch da gab's keinerlei Ähnlichkeit. Sie forderte ihn auf, einen Vaterschaftstest machen zu lassen, denn ohne Echtheitszertifikat könne sie sich nicht richtig auf Henry Balthasar einlassen. Statt Henry Balthasar ein Geschenk zu geben, steckte sie ihm fünfhundert Euro für den Vaterschaftstest zu. Er bezahlte damit Schulden bei Fritz und erzählte seiner Mutter, dass Henry Balthasar tatsächlich ihr Enkel sei. Und fragte Carol, ob Henry Balthasar tatsächlich sein Sohn sei. Und Carol sagte, der leibliche Vater sei zwar nicht identisch mit dem tatsächlichen, der tatsächliche aber wichtiger als der leibliche.

Das war ein Schock, wenn auch ein nicht unerwarteter, und war gleichzeitig eine Chance. Die ganz große Chance. Wie eine Eingebung war's ihm gekommen. Gleich hatte er einen Plan geschmiedet. Carol erzählte er, ein Theaterfestival in Ljubljana habe ihn engagiert, er müsse sich um Pressearbeit, Organisation und Betreuung der Künstler kümmern. Mache sich gut für den Lebenslauf und erhöhe seine Chancen, als Dramaturg wieder Fuß zu fassen. Er gab Carol die Nummer von dem Theater, für alle Fälle. Unter der Nummer würde ein Bekannter abheben, der den Job tatsächlich bekommen hatte. Der würde so tun, als richte er Eckhard aus, dass Carol … Nur in ganz dringenden Fällen würde er dann zurückrufen. Aber er würde aus Amerika zurückrufen, denn dorthin führte ihn die Mission. Genauer, nach Pittsfield, *Mäss*, zu Gillian und Dick. Waren *very surprised if not shocked*. Er stellte gleich klar: »Carol and Henry Balthasar are alright.« Und, um den Schockzustand vollständig aufzulösen: »Dick and Gillian, I have good news. Very good news.«

Es gab *leftovers* von chicken à la Granny Luise, die noch staubtrockener als das letzte Mal in Berlin waren, aber er war nicht als Gourmet hergekommen, sondern als zukünftiger Geschäftsmann. Und um den Businessplan auszubreiten, eignete sich der riesige Eichentisch, ein Erbstück von Uncle James Virgil III., besser als ein Restauranttisch.

»I got a job, Dick. A job in the film business.«

»I'm impressed, Öckert. Gillian, did you hear this?«

»I make us some ice cream.«

»I love ice cream, Öckert.«

»So do I, Dick.«

»Film business. Like Hollywood, Öckert?«

»Kind of. I'm a film producer now, Dick.«

»Öckert, sorry if I've got this wrong, but I always thought film producers need money … serious money. Am I right, Öckert?«

»That's why I'm here, Dick. I need around $ 800 000.«

Dick war blass geworden, sehr blass. Konnte natürlich auch an den *leftovers* liegen. Auch Gillian war sehr blass, aber am nächsten Tag hatten beide schon wieder ein bisschen Farbe im Gesicht.

»Okay, Öckert, let's make a deal … Gillian, what's the matter? You look like … like … So tell us again about that film project, Öckert.«

»It's about a woman who is searching for her Jewish ancestors und whose father was member of the SS.«

»I don't get it. Does she have two fathers?«
»Dick, I'm really worried.«
»Gillian, it's European stuff. I admit the story doesn't sound very exciting but I'll do it for our grandson.«

Freund

Es gab noch kein Drehbuch, nur ein Exposé, und es gab auch noch keine Besetzungsliste, nur Vorschläge, aber die Finanzierung stand. Arthur hatte gemischte Gefühle bei der Geschichte, aber alles war besser als der Stillstand der vergangenen Wochen. Nicht Stillstand, sondern eine manisch-depressive Phase. Bortnyansky, wichsen, Bortnyansky, wichsen, Bortnyansky, wichsen. Bortnyansky mit Kopfhörern, wichsen mit Ellen vor Augen. Und depressiv, weil Ellen *nur* vor Augen. Und Bortnyansky war so melancholisch. Ein richtiger Teufelskreis: Je mehr Bortnyansky, desto mehr Wichsen, und je mehr Wichsen, desto mehr Bortnyansky. Svenja Ratingers Anruf war die Rettung aus dem Bortnyansky-Wichs-Teufelskreis: »Ich hab da ein super Projekt für dich, halt dich fest …«

Arthur dachte schon an gehobene Komödie oder *Tatort*, oder an einen sozialkritischen Fernsehfilm, oder, besser als nichts, die zweihundertdreiundfünfzigste oder dreihundertsechste Folge von *Der Alte*, oder eine neue Arzt- oder Krankenschwesternserie. Hätte er alles gemacht, selbst einen Werbeclip, nur um endlich … Der Schwanz tat schon richtig weh, ohne Vaseline ging nichts mehr. Es war nicht *Der Alte*, sondern *Suche nach Vati*, auf der Grundlage von Heidi Brockmanns Autobiographie *Meine Leben*.

»Was sagst du dazu?«

»Svenja, ich weiß nicht …«

»Arthur, das ist eine Bombengeschichte. Und Heidi Brockmann in der Rolle der Tochter.«

»Und wer spielt den Vater?«

»Arno Matthiesen.«

»Das ist nicht dein Ernst. Der kann doch nur Kreuzfahrtkapitäne spielen.«

»Und wer schwebt dir vor?«

»Guido Duvall.«

»Du machst Witze.«

Das ganze Projekt war ein Witz, aber er hatte unterschrieben. *Meine Leben* hatte er nach dreißig Seiten in die Ecke geworfen, *Teresa Terz* nach zehn Minuten wieder ausgeschaltet, aber unterschrieben. Dabei war Svenja nur Co-Produzentin, Hauptproduzent war *Henry Productions*. Nie von gehört, aber er war ja jahrelang aus dem Geschäft gewesen. Er wäre fast in Ohnmacht gefallen, als ihm Svenja den Eigentümer von *Henry Productions* vorstellte: Eckhard. Händeschütteln, Komplimente für *Doktor Markus*, Wünsche für das Gelingen von *Suche nach Vati*. Und dann Eckhards komischer Blick von schräg unten. Schräg unten, weil er so groß und Eckhard so klein war. Eckhard, das Tönnchen. Es hieß, Dicke seien gemütliche Leute, aber Eckhard war allenfalls ein gemütlicher Kannibale. Er rief gleich Carol an, das erste Mal nach Wochen … Monaten? Sie stillte gerade Henry Balthasar. Der Name der Firma war geklärt, aber nicht das Wie und Warum. Er erklärte Carol, dass man Geld brauche, um als freier Produzent … viel Geld, sehr viel Geld. Carol konnte sich auch nicht erklären, woher … und den Blick?

»Schon … ja … wie soll ich sagen? Also, ich sag's jetzt. Du weißt, ich kann nicht lügen … Dachte auch, ist besser für Henry Balthasar.«

Heidi Brockmann war noch im Bademantel und dabei, sich die Hände zu maniküren: »Wir wollen nicht groß drum rumreden, Arthur. Meine erste Wahl warst du nicht. Auch nicht die zweite und dritte.«

»Hab auch schon Besseres gelesen als *Meine Leben*.«

»Hast du schon mit Arno Mathiesen gesprochen?«

»Guido Duvall spielt den Vater.«

»Kommt nicht in Frage.«

»Bin ich der Regisseur oder du?«

»Bin ich der Star oder du?«

»Stimmt die Geschichte überhaupt? Oder ist sie nur ein Hirngespinst? Machen wir eine Dokufiktion oder eine Fiktiondoku oder reine Fiktion oder …?«

»Dein Ton, Arthur. Schon damals bei *Doktor Markus* –«

»Im Buch heißt es: *Vati sagte: Ich konnte es nicht, du musst es tun, mein Kind*. Was tun? Du schreibst, du hattest diese Vision beim Einkaufen im Supermarkt.«

»Ich stand vor einem Wurstregal: Bockwürste im Glas, Knacker in der Dose, Frankfurter …«

»Nehmen wir an, die Vorfahren deines Vaters waren Juden. Hätte er da überhaupt Schweinswürste essen dürfen?«

»Was weißt denn du?«

»Welche Würste waren es denn genau? Die Knacker in der Dose oder die Bockwürste im Glas?«

»Trottel!«

»Noch eine Frage: War dein Vater so genannter Voll-, Halb- oder Vierteljude?«

»Auf keinen Fall ein Volltrottel wie du!«

Er brauchte jemanden für das Drehbuch und dachte an Ellen. Der Brockmann schwebte eine filmische Meditation vor, eine Art *Teresa Terz* ohne Mordfall, ihm dagegen … keine Ahnung. Tragikomödie vielleicht oder

Farce. Farce ging irgendwie immer. Er rief Ellen an, aber wieder meldete sich nur der Anrufbeantworter, auf dem er diesmal eine Nachricht hinterließ. Es kam kein Rückruf, auch nach einer Woche nicht. War sie etwa immer noch sauer auf ihn? Oder war sie bei ihrem Bergsteiger in den Bergen? Oder war sie von ihrem Schweizer Mittelgewichtsboxer in dessen Wohnung eingeschlossen worden? Oder hatte sie die Schnauze endgültig voll und war zurück nach New York? Er rief bei ihrem Vater an, aber da meldete sich auch nur der Anrufbeantworter. Er rief Goldbergs Büro an, wo eine Sekretärin ihm erzählte, dass Philip Goldberg für drei Wochen in Japan sei.

Er brauchte jetzt dringend einen Drehbuchschreiber, nachdem der eigene Versuch, die Einstiegsszene zu schreiben, fehlgeschlagen war. Es gab Vorschläge wie den von Svenja, den Drehbuchautor von *Teresa Terz* zu nehmen oder den von *Eva-Marie Stolzenburg*. Steckte natürlich die Brockmann dahinter, um ihren Einfluss bei dem Projekt noch weiter auszubauen. Er lehnte beide ab mit dem Argument, dass sie bisher nur durch Fernsehkonfektionsware aufgefallen seien. Hier gehe es aber um … und gleich sah er sich mit einem dritten Brockmann-Kandidaten konfrontiert: Fritz Nägele. *Fritz Nägele?* Natürlich, das postlangweilige Theater von *cool & terror*. Die Brockmann gab diesmal nicht so schnell nach, machte ihr Mitwirken von dem Fritz Nägeles abhängig. Er hatte sich schon damit abgefunden, die Nägele-Kröte zu schlucken, als Eckhard auf den Plan trat.

Sie saßen seit sechs bei *I due Emigranti*, und jetzt war es zehn. Eckhard hatte zwei Pizzen und drei Portionen Tiramisu verputzt und schüttete ihm das Herz aus von wegen, dass Carol … nie richtig Respekt … immer nur ausgenutzt … immer nur auf ihn herabgeschaut … auch ihre Eltern … nie wirklich geliebt … keinen einzigen wirklichen Freund … Sie waren bei der dritten Flasche Rotwein, und Eckhards Herz floss noch immer über, und Arthur stand schon mit den Füßen im Wasser.

»Arthur, ich werde jetzt pathetisch. Im Leben eines jeden Mannes kommt der Moment, wo er pathetisch sein darf, nicht wahr?«

»Natürlich.«

»Und du wirst nicht lachen?«

»Nein.«

»Als Carol mir erzählte, dass du …«

»Es war Carols Idee.«

»Ich weiß, ich weiß. Ich wollte dich umbringen, Arthur, jawohl. Was schaust du mich so an? Warte, warte, ich bin noch nicht fertig. Ich wollte dich umbringen, Arthur, und im nächsten Moment … Ich schwöre, es war nur einen Moment später … Einen Moment später dachte ich: *Er* hat mir das Leben gerettet.«

»Wer?«

»Na du! Du … *du* hast mir … Genug, der Moment des Pathos ist vorbei. Ich habe eine Frage.«

»Bitte?«

»Ich möchte eine ehrliche Antwort.«

»Natürlich.«

»Arthur, gestatte mir einen letzten, allerletzten Rückfall ins Pathos. Arthur, ich möchte, dass wir Freunde werden. Ich möchte, dass du darüber in Ruhe nachdenkst. Arthur, für mich ist Freundschaft das Wichtigste … das Größte … größer als die Ehe, verstehst du? Ich muss mich auf einen Freund hundertprozentig verlassen können. Kann ich das, kann sich der Freund auf mich tausendprozentig verlassen, verstehst du? Und jetzt zu Fritz. Ich habe ihn gestrichen.«

»Aber Heidi Brockmann und Svenja Ratinger …«

»Ich habe ihn gestrichen, Arthur. Ausradiert! Und wenn du Henry Balthasar sehen möchtest, jederzeit.«

»Vielleicht später mal, Eckhard.«

Ponderosa

Duvall rief Arthur an, aber wieder meldete sich nur der Anrufbeantworter. Er hinterließ wieder eine Nachricht und wurde wieder nicht zurückgerufen. Dasselbe Resultat bei Arthurs Handynummer. Das ging seit vier Tagen so, und mittlerweile glaubte er nicht mehr an Zufall. Arthur sah auf dem Display Duvalls Nummer und ließ Anrufbeantworter und Mailbox sprechen, weil er zu feige war, ihm die Wahrheit zu sagen. Er kam morgens nicht mal mehr aus dem Bett und kümmerte sich kaum um Justin, der nicht verstand, was los war. Auch die Simone verstand es nicht, die zum Glück Urlaub hatte und sich um Justin kümmern konnte. Ann Charlotte verstand es ein bisschen, aber fühlte sich trotzdem vernachlässigt, und das ausgerechnet jetzt, wo sie mitten im dritten Monat war. Sie aß, kotzte, aß, kotzte, aß, kotzte, zum Glück war auch da die Simone eine Hilfe. Lag er nicht im Bett, schaute er *Doktor-Markus*-Videos. Nach zwei intensiven *Doktor-Markus*-Videowochen stellte ihn die Simone vor die Wahl: Doktor Markus oder ich.

Auf einmal begann er wieder in der Nase zu popeln. Monatelang hatte er nicht in der Nase gepopelt, aber jetzt tat er es sogar am Frühstückstisch, so dass ihn die Simone zurechtweisen musste. War aber nicht mal das Schlimmste, denn auch mit dem Sackkraulen hatte er wieder angefangen, allerdings nicht am Frühstückstisch.

Nervosität und Stress waren natürlich schuld, aber auf der einen Seite es zu wissen, und auf der anderen Seite es zu unterlassen, waren zweierlei Dinge. Dazu kam jetzt noch das Kratzen, und zwar an den Arschbacken. Anfangs war das ein irres Gefühl gewesen, so ähnlich wie beim Orgasmus, aber bald war die Haut so aufgerissen, dass es blutete. Mitten in der Nacht wachte er wegen des Juckens auf, und er musste sich minutenlang die Arschbacken blutig kratzen. Davon wachte die Simone auf und wollte wissen, was los sei.

Es war wieder so eine Nacht, wo er sich die Arschbacken aufkratzte. Zuvor hatte er stundenlang in der Nase gepopelt und den Sack gekrault. Die Simone schlief zum Glück, wenn auch unbefriedigt. Seit Arthurs Absenz hatte er keine Lust auf Sex, weder mit der Simone noch mit Ann Charlotte, schlimmer noch, er bekam keinen mehr hoch, was, von jener Nacht mit der Brockmann abgesehen, ihm noch nie passiert war. Die Simone hatte Augen gemacht, als wäre er ein Außerirdischer. Und erst Ann Charlotte. Er ging auf die Toilette und hinterließ auf der Klobrille Blutspuren. Wischte sie ab und holte aus dem Eiskühlfach zwei Eisbeutel, die er auf die Arschbacken presste. Das brachte Erleichterung, aber nur zehn, fünfzehn Minuten, danach spürte er wieder den Zwang, die Arschbacken noch weiter, noch blutiger aufzukratzen. Wenn er so weiterkratzte, hätte er bald nicht nur Haut, sondern Fleisch unter den Fingernägeln. Könnte er bald nicht mehr sitzen. Müsste er sich selbst in ein Krankenhaus einweisen, wo man ihm Arme und Hände fesselte.

Duvall duschte, zog sich an und nahm den Autoschlüssel. Tagelang hatte er, aus Gründen des Selbstschutzes, davor zurückgeschreckt, zu Arthur zu fahren, denn er neigte zu cholerischen Anfällen, die sich bisher zum

Glück aufs Verbale beschränkt hatten. Einmal hatte er beim Drehen Ariane so angeschrien, dass sie Arthur vor die Wahl gestellt hatte: *Guido oder ich*. Er hatte auch die Kostümbildnerin angebrüllt, die Maskenbildnerin, aber sich danach entschuldigt. Und beim Brüllen war ihm manchmal der Gedanke gekommen, dass die nächste Eskalationsstufe das Würgen wäre und die übernächste das Erwürgen.

Er hatte jetzt nur die Wahl zwischen Arthur-Würgen und Arschbacken-Aufkratzen. Und musste hoffen, dass es beim Arthur-Würgen blieb und nicht zum Arthur-Erwürgen käme. Er konnte jetzt aber nicht einfach zurück ins Bett gehen und sich weiter die Arschbacken aufkratzen. Das war er sich und den eigenen Arschbacken einfach schuldig, dass er die Auto-Aggression endlich in die Arthur-Aggression umleitete.

Er ging in Justins Zimmer und setzte sich neben das Bett. Er hatte jetzt keine Eile, wo der Entschluss gefasst war. Die Arschbacken juckten mal ausnahmsweise nicht. Er blieb fünf Minuten, zehn Minuten, eine halbe Stunde. Justin drehte sich, seufzte auf, öffnete leicht die Augen, schloss sie wieder, atmete wieder regelmäßig. Gegen fünf fuhr er los. Der Simone ließ er keine Nachricht da. Entweder wäre er in Kürze wieder zurück, oder sie würde das, was passiert war, aus dem Radio erfahren.

Er klingelte Sturm, und als Arthur nicht öffnete, hämmerte er gegen die Haustür. Das Fenster ging auf, ein Mann im Unterhemd mit kahlem Quadratschädel schrie: »Verpiss dich, oder ich hol die Polizei.«

Darauf hatte Duvall nur gewartet: »Wenn du nicht sofort deine Birne einziehst, puste ich sie dir weg.«

»Wollen wir sehen.«

»Werden wir sehen.«

Er griff in die Jackentasche, und schon war der Quadratschädel verschwunden. Wieder klingelte er Sturm, wieder ging ein Fenster auf: Arthur. Und gleich ging das Fenster wieder zu. Wieder Sturmklingeln, aber diesmal ging kein Fenster mehr auf. Als er von weitem eine Polizeisirene hörte, ging er zu seinem Auto, fuhr aber nicht nach Hause, sondern zum Potsdamer Platz. Wo frühstücken? Im *Madison*, *Hyatt*, *Ritz-Carlton*? Luxushotels waren früher sozusagen sein zweites … Nein, sein eigentliches Zuhause gewesen. Wieder juckten die Arschbacken, und er konnte sich gerade noch beherrschen. Er fuhr so lange durch die Gegend, bis es sieben war, und dann fuhr er ohne Frühstück zu Ann Charlotte. Sie saß schon am Schreibtisch und gab ihm zu verstehen, er solle sich in der Küche selbst bedienen. Er machte sich einen Kaffee und schaute Ann Charlotte zu. Schien sie nicht zu stören.

Woran arbeitete sie gerade? An einem neuen Prosaband? Oder, nach *twintowersterror* und *cool & terror*, an dem dritten Teil einer Terror-Trilogie? Interessierte ihn auf einmal. *cool & terror* hatte er zwar nach achtzig Seiten weggelegt und nach der Brockmann-Autobiographie wieder zu Ruth Rendell gegriffen, aber auf einmal interessierte ihn ihr Schreiben. War das Liebe? Weil sie *sein* Kind in sich trug? Während er auf ihren Schreibtisch zuging, sammelte sie die Blätter vor sich ein und steckte sie in die Schreibtischlade.

»Woran arbeitest du eigentlich gerade?«

»Du bist so komisch.«

»Ich bin komisch? Nur weil ich gefragt habe, woran du arbeitest? Warum sagst du es mir denn nicht?«

»Ich spreche nicht gern über Sachen, an denen –«

»Jetzt machst du mich aber wirklich neugierig.«

»Lass uns frühstücken.«

»Du arbeitest nicht zufällig gerade an einem Drehbuch?«

Vielleicht lag es am Stoßverkehr, dass er an Heidi Brockmann denken musste. Es war nur ein kurzer Gedankenaufenthalt bei ihrer missglückten Kopulationsszene, gleich sprangen seine Gedanken weiter, das heißt zurück zu den *Doktor-Markus*-Dreharbeiten. Da war doch was … eine Spur, ein Hinweis, der Schlüssel, sein Kopf arbeitete wie bei Chief Inspector Reginald Wexford kurz vor dem letzten Puzzleteilchen eines Mordfalls. Leider hatte er weder die Spurensicherung noch Detective Inspector Michael Burden zur Seite. Da war doch was … Da war der Davidstern um Heidi Brockmanns Hals. Davidstern … Davidstern …, ja, richtig, da hatte es doch eine Diskussion gegeben, einen Disput, sogar einen handfesten Streit. Ja, richtig, es war um latenten Antisemitismus gegangen. Ja, genau, die Brockmann hatte ihm latenten Antisemitismus vorgeworfen. Er hatte nachgefragt, was das überhaupt sei, *latenter Antisemitismus*. Die Brockmann hatte keine Antwort gegeben. Er hatte Arthur gefragt, und der wusste es natürlich. Ja, genau, der Auslöser war gewesen … der Auslöser … Lina Rosenholz.

Lina Rosenholz hatte eine kleine Rolle gehabt, Schwester einer Patientin, die trotz des aufopferungsvollen Kampfes von Doktor Markus stirbt. Einmaliger Auftritt, von Arthur als große Hoffnung für den jungen deutschen Film bezeichnet, aber nach weiteren Gastauftritten in Serien wieder in der Versenkung verschwunden. Lina Rosenholz war zwar sehr hübsch, aber er hatte sie nicht gebumst. Er hatte während der Dreharbeiten viele Schauspielerinnen, aber eben nicht alle bumsen können. Oder hatte er Lina Rosenholz gebumst? Nein, hatte er nicht, hundertprozentig nicht. Ja, genau, die Brockmann hatte ihn gefragt, warum er nicht die Rosenholz bumse. Er hatte nichts darauf geantwortet und verstand jetzt, wo er noch immer im Stoßverkehr stand, auch nicht, warum er die Rosenholz nicht gebumst hatte. Andererseits, wie gesagt, er hatte nicht alle gebumst, er hatte wahrscheinlich nicht mal die Hälfte von den Schauspielerinnen gebumst – und er hatte ja in der Zeit nicht nur Schauspielerinnen gebumst, sondern auch Maskenbildnerinnen, Kostümbildassistentinnen oder die Herstellungsleiterin – abgesehen davon forderten ihn auch die Dreharbeiten –, es war also wohl ein Zufall gewesen, oder vielleicht hatte die Rosenholz auch gar kein Bumsinteresse an ihm gehabt. Aber die Brockmann hatte offenbar ganz was Anderes gemeint, denn sie fragte ihn: »Oder bumst du keine Jüdinnen?«

»Wie kommst du denn darauf?«

»Weil du sie nicht bumst.«

»Das meine ich nicht. Wie kommst du darauf, dass sie Jüdin ist?«

»Schau doch mal ihre Augen an!«

»Was ist mit ihren Augen? Sie hat schöne braune Augen.«

»Sie liegen so eng beieinander.«

»Na und?«

»Das ist typisch.«

»Typisch für was?«

»Typisch jüdisch. Die Augen eines Jahrtausende verfolgten Volkes.«

»Weil sie eng beieinander liegen?«

»Nicht nur. Hast du ihren Blick gesehen?«

»Von der Rosenholz?«

»Von wem sprechen wir denn?«

»Ganz normaler Blick.«

»Eben nicht. Es ist der Blick eines seit Jahrtausenden unterdrückten Volkes.«

»Du … du … bist ja verrückt.«

»Und du ein Ignorant. Glaubst du denn im Ernst, dass

die Unterdrückungsgeschichte spurlos an der Physiognomie vorübergegangen ist?«

»Aber haben nicht die Nazis –«

»Guido, es hat keinen Sinn, weiter mit dir zu reden, bevor du dir nicht deines latent vorhandenen Antisemitismus bewusst wirst.« Er hatte die Rosenholz nie gefragt, ob sie jüdisch oder nichtjüdisch oder gemischt oder …

Die Brockmann wohnte noch immer im Grunewald, nicht weit von der Villa des Vorstandsmitglieds aus dem Verband der deutschen Industrie, von wo aus vor Jahren seine Karriere mit dem Unfall ein abruptes Ende gefunden hatte. Er war überrascht, dass die Brockmann gleich öffnete, und noch überraschter, dass sie ihn gleich hinein bat. Sie führte ihn ins Wohnzimmer, wo der Staatssekretär Dr. Bruno Laub am Fenster stand.

»Schon viel von Ihnen gehört und gelesen«, sagte Duvall und knipste sein Doktor-Markus-Lächeln an.

»Ich von Ihnen auch«, sagte Laub. »Ich bedauere es sehr, dass Sie vom Fernsehschirm ganz verschwunden sind.«

»Wird sich hoffentlich bald ändern, Herr Staatssekretär.«

»Laub ist genug.«

»Angenehm, Duvall.«

Laub … Laub … war das nicht ein jüdischer Name? Hatte er nicht irgendwo gelesen, der Staatssekretär Laub sei … Laubs Augen lagen nicht eng beieinander, nicht enger jedenfalls als bei ihm selbst. War natürlich alles relativ. Laub entschuldigte sich, er habe noch einen Termin.

»Tee oder Kaffee?«, fragte die Brockmann.

»Kaffee«, sagte Duvall.

»Schwarz und ohne Zucker, stimmt's?«

»Heidi, du hast ein phänomenales Gedächt…«

»Heidi Lea!«

»Meine ich ja. Gut siehst du aus, Heidi Lea!«

»Danke. Was verschafft mir denn die Ehre? Oder bist du einfach zufällig in der Gegend gewesen und hast gedacht, jetzt schaue ich doch mal bei der guten, alten Heidi Lea vorbei.«

»Du wirst es nicht glauben, aber so ungefähr hat es sich abgespielt. Ich habe natürlich dein Buch gelesen. Große Klasse, *Der geschenkte Gaul* nichts dagegen.«

»Danke. Ein paar Plätzchen?«

»Danke, ich habe schon gefrühstückt. Wie läuft's denn mit *Suche nach Vati*?«

»Sind noch bei den Vorbereitungen. Wird ein sehr schwieriger Film. Tut mir übrigens richtig leid, dass nicht du, sondern –«

»Kein Problem, Heidi … Heidi Lea. Arno Mathiesen ist ja ein ganz toller … ist *der* Charakterschauspieler. Übrigens, was ich mich ernsthaft frage … Und deshalb, also wirklich unglücklich bin ich nicht darüber, dass ich nicht … Es ist nämlich so, dass Arthur … Ich sage es nicht gern … Wir waren mal Freunde, damals zu den *Doktor-Markus*-Zeiten, aber schon damals … Und er hat mich wahrscheinlich darin unbewusst … Ich seh das jetzt viel klarer als damals … Du hast ja recht gehabt, Heidi Lea. Was ich mich frage, wie Arthur … Ich schätze ihn wirklich als großen Regisseur … *Doktor Markus* in sechzig Länder verkauft.«

»Entschuldige, Guido, aber ich muss auf die *Ponderosa*.«

»Tolle Geschichte übrigens in deinem Buch, wie dein Vater als hoher SED-Funktionär und großer *Bonanza*-Fan es schafft, ein Reisevisum für die USA zu bekommen, um einmal bei den Dreharbeiten für *Bonanza* … Hab heulen müssen bei der Szene, wo er zum ersten Mal Lorne Greene, seinem allergrößten Idol neben Walter Ulbricht, also als er dem leibhaftigen Lorne Greene …«

»Guido, war schön, dich –«

»Was ich noch sagen wollte … Also, ich kann mir nicht wirklich vorstellen, wie Arthur mit seinem … seinem latent … Im Ranchstil gebaut, schreibst du in deinem Buch … die einzige im Ranchstil … im Ponderosa-Stil gebaute Datscha.«

»Muss wirklich los, Guido, in einer Stunde … das ganze *Vati*-Team … ein ganzes Wochenende …«

»Ah, weiß schon. Brainstormingtreffen, hat Arthur damals bei *Doktor Markus* auch … Was ich mich frage, besonders bei so einem diffizilen Thema, Heidi Lea: Hat Arthur die nötige Sensibilität? Du weißt sicher, oder weißt nicht … Kannst du ja nicht wissen, aber ich weiß … Arthur mit seinem latent vorhandenen Antisemitismus, ich frage mich wirklich …«

»Du meinst …«

»Die Sache mit dem Augenabstand … frag ihn das mal. Ich habe ja damals auch …, aber zum Glück hast du mir die Augen geöffnet … Frag ihn mal, ob ihm bei deinem neuen Freund … Hab neulich in der Zeitung ein Zitat von ihm gelesen … echt witzig, ich sag nur: jüdischer Humor … Aber das mit dem Augenabstand, frag ihn das, und ich sag dir, Heidi Lea, jede Wette, er wird so tun, als ob er nichts … Wie denn auch? … Es ist tief in ihm drin, verdrängt.«

»Zieh dir die Jacke an, Guido, wir fahren los!«

Amerika

Es war nicht das erste Mal, dass Arthur etwas Verdächtiges sah, hörte oder roch. Kurz nach dem Start in London hatte es mit einem komischen Geräusch begonnen.

»Hörst du das?«, hatte er Ann Charlotte gefragt.

»Ich höre nichts. Warum bestellst du dir nicht einen Whiskey?«

Auch die Stewardess hatte nichts hören können. Zehn Minuten später war das Geräusch nicht mehr da, dafür ein anderes. Wieder hatte Arthur die Stewardess gerufen. Wieder Entwarnung. Er hatte gleich zwei Whiskey bestellt. Über Irland hatte das Flugzeug wild geschaukelt.

»Wind«, hatte Ann Charlotte versucht ihn zu beruhigen. »Vollkommen normal in dieser Höhe. Da vorne ist schon der Atlantik. Warum bestellst du dir nicht noch einen Whiskey? Und trink viel Wasser dazu, hörst du!«

Unter ihnen Land. War das Grönland? Oder bereits Kanada? Egal, Land bedeutete die Möglichkeit zur Notlandung. Auch auf dem Atlantik war eine Notlandung theoretisch möglich, aber überleben würde man sie praktisch wohl nicht. Unter ihnen wieder Wasser, er bestellte einen weiteren Whiskey. Vor, hinter und neben ihm wurde geschnarcht, ein richtiges Schnarchorchester. Heidi Brockmann schnarchte am lautesten. Sie war es, die ihm mit ihrer Recherche nach ihren angeblichen jüdisch-amerikanischen Verwandten den Flug überhaupt erst eingebrockt hatte. Aber was war das? Mein Gott, was war das? Er hörte sie nicht mehr … Er hörte *sie* nicht mehr.

»Hörst du sie?«, fragte er Ann Charlotte.

»Was?«

»Die Triebwerksgeräusche.«

»Wenn's dich beruhigt, *ich* höre sie.«

»*Du* hörst sie? Du hörst sie wirklich? Mein Gott, Ann Charlotte, aber wie kommt es, dass ich –«

»Du hast die Triebwerksgeräusche nicht mehr vom Schnarchen unterscheiden können.«

Aber was war das? Kein Zweifel, jetzt hatte ein Triebwerk ausgesetzt. Nein, es war Heidi Brockmanns Röcheln. Er verpasste ihr einen kräftigen Rippenstoß, sie schreckte auf, starrte Arthur entgeistert an und schlief gleich wieder ein. Und röchelte erst mal nicht, so dass Arthur durchatmen konnte.

Es gab nicht nur technische Probleme, die einen Absturz verursachen konnten. Terror! Beim Einsteigen waren ihm auf den ersten Blick bestimmt zwanzig Passagiere verdächtig vorgekommen. Aber er war nicht ausgestiegen. Man war eben nicht konsequent.

Bei seinem ersten Flug mit neunzehn hatte er überhaupt keine Angst gehabt. Und das in einem Billigflieger, wo die Tragflächen wahrscheinlich fingerbreite Risse aufwiesen. Das Flugzeug hatte geächzt und gekrächzt wie ein uralter Baum im Sturm kurz vor dem Umknicken. Während des Flugs hatte er stundenlang geschlafen, und das über dem Atlantik. Er hatte den Absturz zwar nicht herbeigesehnt, aber hätte ihn in seiner damaligen latent suizidalen Neigung als dramatischen Abschluss einer eher freudlosen Jugend begrüßt.

Würden sie dagegen jetzt abstürzen, wäre in den wenigen verbleibenden Sekunden seine Wut auf Heidi Brockmann noch größer als die Todesangst. Noch größer wäre allerdings die Wut auf sich selbst, weil er sich in den wenigen Sekunden, die ihm bis zu seinem Tod verblieben, nicht verzeihen könnte, auf seine innere Stimme nicht gehört zu haben.

Ein Pilot hatte ihm einmal gesagt, dass nur intelligente Menschen Flugangst hätten. Der Umkehrschluss gelte jedoch nicht.

Im Zug hatte ihm einmal jemand die Geschichte von dem koreanischen Flugzeug erzählt. Ein Triebwerk hatte ausgesetzt und das andere Feuer gefangen und Besatzung und Passagiere sich mit dem Tod quasi schon abgefunden. Interessant, wie verschieden die Menschen in einer solchen Extremsituation reagierten. Ein Paar, das auf Flitterwochen war, zerstritt sich vor dem als unausweichlich angesehenen Absturz. Die Frau hatte gedrängt, das Flugzeug zu nehmen, der Mann hätte lieber den Zug genommen. Die unverhoffte Rettung führte nicht zur Versöhnung, sondern zur Scheidung. Ein junger Mann, Philosophiestudent, verfasste in den letzten Minuten noch ein Traktat, mit dem er den Schlüssel zum Weltfrieden gefunden zu haben glaubte. Einige Passagiere versuchten sich noch schnell zu betrinken. Andere kopulierten oder onanierten. Oder konvertierten. Er hatte von Absturzüberlebenden gelesen, die eine Sekte gründeten oder in ein Kloster eintraten. Falls Heidi Brockmann und er einen Absturz überleben würden – er würde sie im Ambulanzwagen auf dem Weg ins Krankenhaus erwürgen.

On the road to Pittsfield, Mass. Carols Mom und Dad warteten sicher schon voller Ungeduld. Wahrscheinlich mit einem Plakat auf der Veranda: *Welcome, Henry Balthasar!*

Damals, im letzten Jahrhundert, hatten sie ihn auch mit einem Plakat empfangen: *Welcome, Arthur!* Gleich nach den Begrüßungscocktails hatte das Kennenlerngespräch begonnen. Nicht Kennenlernen, Jobinterview. Oder Kongressanhörung wie bei einem Ministerkandidaten. Sein Job, sein Ministerposten: son-in-law. Allerdings lebenslanger Posten, entsprechend die Fragen: Familie, Beruf, Einkommen, Kinderwunsch, Religion, politische Einstellung. Und das Wichtigste: Lebenseinstellung. Hatte da schon den ersten Fauxpas begangen und statt des angebotenen Cocktails um ein stilles Mineralwasser gebeten. War natürlich kein Problem gewesen, aber ein perfekter Anfang sah anders aus. Hätte er nicht einfach den angebotenen Cocktail hinunterstürzen können? Musste er auf komplizierter Europäer machen? Offenbar ja. Spielte ihm sein Unterbewusstsein einen Streich? Wollte er denn nicht den Schwiegersohnposten?

Er hatte sich gut vorbereitet. Hatte fünf Seiten vollgeschrieben mit möglichen Fragen und zehn Seiten mit entsprechenden Antworten. *Entsprechend* bedeutete keinesfalls wahrheitsgemäße Antworten, aber glaubwürdige. Diese Vorarbeiten hatte er noch in Europa erledigt, ebenso das Filtern der Antworten, bis sie auf zwei Spickzettel passten. Auf der Anfahrt versank er in die Spickzettel, während Carol ihm weiszumachen versuchte, so schlimm werde es schon nicht kommen.

»It's not about money«, sagte Dick am Ende des Verhörs. »It's about love.«

Und mit *love* sah es längst nicht mehr gut aus. Hatte es schon in Europa nicht mehr wirklich gut ausgesehen.

»Take good care of my daughter!«, sagte Dick. Aber er konnte nur *good care of himself* nehmen. Auch der Überlebende eines Flugzeugabsturzes kümmerte sich erst mal um seine eigenen Verletzungen. Und dann die getrennten Schlafzimmer. *Sex without love* mochte in einer fragilen Beziehung funktionieren, aber *love without sex*? Einmal hatte er sich nachts zu Carol geschlichen, aber kaum begann das Vorspiel, stand Dick mit der Taschenlampe im Zimmer. Kaum Trennungsschmerz, als Carol ihn verließ, aber große Enttäuschung, dass er bei der Schwiegersohnanhörung durchgefallen war.

Und jetzt die triumphale Rückkehr als Grandson-Erzeuger und Regisseur von *Suche nach Vati*, seinem Filmcomeback. Das liebten doch die Amis, die *comeback-kids*. Mit *Suche nach Vati* den Oscar für den besten ausländischen Film gewinnen – und dann auf Angebote aus Hollywood warten. Die sicher kommen würden. In fünf, sechs Jahren eine feste Größe in Hollywood sein. Vielleicht doch eher Mainstream als *independent*. Eher Wilder als Cassavetes.

Eckhard fuhr, Carol saß mit Henry Balthasar hinten, Arthur war Beifahrer. Die anderen waren in New York geblieben. Schlugen sich wahrscheinlich die Köpfe ein. Arthur musste alle paar Stunden anrufen, um sicherzugehen, dass noch niemand abgereist und das Projekt nicht geplatzt war. Am häufigsten rief er Heidi Brockmann an, weil sie im Gegensatz zu Guido, Ann Charlotte, Ariane und Fritz Nägele unverzichtbar war. Er ließ der Brockmann über Ann Charlotte zutragen, dass er Guido gegenüber seine Verwunderung über ihr, Brockmanns, Alter geäußert habe. Dass sie nämlich viel jünger aussehe. Wie eine Fünfundvierzigjährige, höchstens. Dass er sie absolut sexy finde und auf ihren Typ – Vollweib mit Tiefgang – total stehe, aber natürlich nie wagen würde, ihr das direkt zu sagen.

Sie fuhren gerade über den Mohawk-Trail. Hier waren die Mohawks längsgezogen, Jahrhunderte lang, bevor die Weißen kamen. Bäume von damals standen noch, aber Mohawks lebten hier keine mehr. Carol wusste nicht, ob die Mohawks noch existierten. Eckhard sprach von

Völkermord. Vom Völkermord der weißen Amerikaner an den *Native Americans*. Carol sagte nichts. Schaute aus dem Fenster.

»Das waren nicht die weißen Amerikaner«, sagte Arthur, »das waren die weißen Europäer, die nach Amerika eingewandert sind.«

»Richtig«, sagte Carol.

»Also doch die weißen Amerikaner«, sagte Eckhard.

»Es kommt auf die Perspektive an«, sagte Arthur.

»Und welche hast du?«, fragte Eckhard.

Nicht mehr die gleiche wie bei seinem ersten Amerika-Aufenthalt. Damals war er voller Vorfreude auf Amerika gewesen, und dann, nach ein paar Wochen, hatte ihn Heimweh nach Europa gepackt. Bei der Ankunft in Southampton größte Glücksgefühle, die noch während der Woche, die er bei Freunden in London verbrachte, anhielten.

Und jetzt? Keinerlei Heimweh nach Europa. Der amerikanische Himmel, die amerikanische Luft, die amerikanischen Menschen, alles ganz wunderbar. Die amerikanische Politik, okay, die war mittlerweile ein noch größeres Problem als damals, aber sonst. Er hätte hier leben können, *definitely*.

Eckhard kam ihm wie sein eigener Wiedergänger vor. Sah *depressive* aus. Würden die Tolberts nicht dulden. So tolerant die Tolberts waren – gegenüber Homosexuellen, ethnischen Minderheiten, Künstlern, Vegetariern –, was sie auf den Tod nicht ausstehen konnten, waren *depressive people*. Und er war damals bereits ab dem zweiten Tag *totally depressive* gewesen. Wegen des Sexverbots natürlich, aber nicht nur. Vor allem, weil die Tolberts immerzu lächelten. Mom und Dad und auf einmal auch Carol. Ihre Brüder sowieso. Ebenso Carols Schwägerinnen. Dabei lächelte Carol in Berlin nicht häufiger als der Durchschnittsberliner. Und bei ihren Eltern lächelte Carol schon vor dem Frühstück an die zwanzigmal. Und während des Frühstücks bestimmt dreißig-, vierzigmal. Auch wenn die Eltern nicht dabei waren. Wenn sie ihm Pittsfield zeigte oder wenn sie eine Spazierfahrt durch die Berkshires unternahmen. Lag es am Wasser? An der Luft? Ganz Pittsfield lächelte, die Nachbarn, Restaurantgäste, immer dieses allerfreundlichste Lächeln. Und die Leute grüßten sich, als wäre man auf dem Land. Er hatte anfangs noch selbst versucht, das Lächeln zu erwidern, was aber nicht immer ging und bald immer seltener ging und dann gar nicht mehr. Fratze statt Lächeln, wie festgefroren. Abends musste er eine halbe Stunde einen warmen Waschlappen aufs Gesicht legen, damit sich die Gesichtsmuskeln wieder entspannten.

Dreißig Meilen vor Pittsfield nahm Eckhard die Abzweigung zu einem McDonald's.

»Warum biegst du ab? Henry Balthasar hat keine volle Windel«, sagte Carol.

»Aber ich einen leeren Bauch«, sagte Eckhard.

»Glaubst du, du kriegst bei meinen Eltern nichts?«

»Glaubst du, ich will während des Essens die ganze Zeit die Blicke deiner Eltern spüren? Ich weiß doch, dass sie mich für einen Fettwanst halten.«

»Wenn ich dazu auch etwas sagen darf«, sagte Arthur. »Die großen Filmproduzenten in Hollywood waren alle keine Knochengerippe.«

»Danke, Arthur.« Eckhard verdrückte zwei Big Mac, zwei Cheeseburger, eine große Portion French Fries und zwei große Diet Coke. Als Henry Balthasar fertig mit Trinken war, fragte Carol Arthur: »Möchtest du ihn mal halten?«

»Ich weiß nicht. Verwirrt das Henry Balthasar denn

nicht? Ich meine, wenn Eckhard ihn hält, und dann ich ihn halte, und dann wieder Eckhard. Ich meine, er muss doch ganz schizophren werden.«

»Schizophrenie bricht in dem Alter noch nicht aus.« Eckhard holte Nachschub. Arthur hielt Henry Balthasar. Der lächelte. Amerikanisches Lächeln.

»Ganz die Mutter«, sagte Arthur.

»Ich finde, er hat große Ähnlichkeit mit dir.«

»Was ist los mit Eckhard?«

»Gegenfrage: Hast du gesehen, wie er sich an Ariane herangemacht hat?«

»Eckhard und Ariane? Das ist nicht dein Ernst.«

»Soll er ruhig. Vielleicht hört er dann endlich mit dem Fressen auf.« Sah vorläufig nicht danach aus. Auf dem Tablett zwei große Portionen French Fries und zweimal Chicken McNuggets. Dazu drei Apfeltaschen.

»Was machen wir überhaupt hier?«, sagte Eckhard.

»Wir besuchen meine Eltern. Zur Erinnerung: Meine Eltern sind deine Schwiegereltern und die Großeltern von Henry Balthasar.«

»Reichen zwei Tage?«

»Eine Woche war abgemacht.«

»Das überlebe ich nicht.«

Sie kamen noch vor Sonnenuntergang in Pittsfield an. Auf der Veranda wie erwartet das Plakat *Welcome, Henry Balthasar!* Dick bot Drinks an. Arthur nahm einen Gin Tonic. War ganz einfach. Stilles Mineralwasser kam ihm gar nicht erst in den Sinn. Er lebte nur einmal. Und stand jetzt mit Dick auf der Veranda und schaute in den Sonnenuntergang. Dicks Hand ruhte auf seiner Schulter. Dick sprach zu ihm wie ein Schwiegervater zu seinem Schwiegersohn. Erzählte von den hervorragend laufenden Geschäften. Fragte, was Arthurs Geschäfte machten.

»So you are the director of that project?«

»Yes, I am.«

»And it's my money. Never forget that!«

»The movie will be a great success.«

»Good to hear it.«

Und dann noch einen Gin Tonic und ein paar Cracker. Er hatte damals selbst die Cracker abgelehnt, lächerlich, unsouverän. Okay, er mochte keine Cracker, vom Crackeressen bekam er einen leichten Hautausschlag, aber jetzt aß er sie. Sang ein Loblied auf die amerikanischen Cracker.

»German crackers are horrible.«

»But you have good bread.«

»Yes.«

»Strange. Bread is more difficult to make than crackers. When I was in Germany I never tried the crackers.«

Ein Blick auf Eckhard, der mit beiden Händen die Cracker in sich hineinschaufelte und sich dabei offenbar unbeobachtet fühlte. Aber auch Gillian beobachtete ihn. Das waren weitere Minuspunkte. Eckhard hatte schon bei der Getränkevergabe Minuspunkte erhalten, denn er hatte Mangosaft gewollt. Es war aber kein Mangosaft im Haus. Hatte dann Litschisaft gewollt, der auch nicht im Haus war. Und dann hatte Eckhard, als Kirschsaft, Orangensaft, Apfelsaft, Grapefruitsaft angeboten wurden, alles abgelehnt.

Beim Abendessen Fortsetzung der deutsch-amerikanischen Verstimmung, ausgelöst durch Gillians Bitte, das Glas nicht direkt auf den Tisch zu stellen, sondern auf den dafür vorgesehenen Untersetzer. Kein Problem, der Tisch war ein Erbstück, verstand jeder mit ein bisschen Grips im Kopf. Ein hundert Jahre alter Tisch wurde auch in Europa pfleglich behandelt. Und hundert Jahre in Europa zählten in Amerika wie dreihundert Jahre, mindestens.

Man musste nicht studiert haben, um das zu begreifen. Eckhard hatte studiert, begriff es aber trotzdem nicht und platzierte sein Bierglas stur neben dem Untersetzer. Ermahnungen von Gillian und Dick und böse Blicke von Carol, aber es nutzte nichts. Eckhard fand es wahrscheinlich spießig, sein Bierglas auf den Untersetzer zu setzen. Arthur hatte es damals auch spießig gefunden und beim Bierglas-auf-den-Tisch-Setzen nicht immer darauf geachtet, den Untersetzer zu treffen. Auf Carols und Gillians Ermahnungen hin hatte er versucht, genauer zu treffen, was ihm dann meistens gelungen war. Sein damaliges Verhalten erschien ihm jetzt rücksichtslos, geradezu kindisch. Die Tolberts hatten als Gastgeber jedes Recht dazu, den Gast zu bitten, ja vom Gast zu verlangen, das Bier- oder Weinglas auf den Untersetzer zu stellen.

Diesmal dagegen zielgenaues Platzieren des Glases auf den Untersetzer. Als ob er tagelang geübt hätte. Dazu Lächeln und Konversation. Konversation bedeutete, geistvolle Anekdoten zu erzählen und nicht, den Tolberts die Welt zu erklären. Bedeutete, die Pointen sicher zu setzen. Bedeutete, Gedankenschweres dem Tagebuch anzuvertrauen, aber damit nicht seine Mitmenschen beim Abendessen zu quälen. Damals hatte er das nicht kapiert. Hatte die Tolberts vollgelabert mit seinen halbverdauten Erkenntnissen. Kaum vier Tage in Amerika, und schon hatte er geglaubt, von Amerika mehr zu verstehen als Einheimische in vierter Generation.

Hätte er geschwiegen, wäre er ein Philosoph geblieben. Oder *geworden.* Tacitus wahrscheinlich.

Eckhard monologisierte seit bestimmt zehn Minuten über … über, ja, über was? In Umkehrung von Goethes *Amerika, du hast es besser*, Eckhards *Europa, du bist besser.* Alle waren genervt, nur Henry Balthasar nicht, der war eingeschlafen. Und dann war Eckhard fort. Angeblich die Füße vertreten, in Wahrheit wohl zur nächsten Burger-Bude.

Am nächsten Tag machten sie einen Ausflug in die Berkshires. Herman-Melville-Country, aber dafür schien sich Eckhard ebenso wenig zu interessieren wie für Northampton, wo sie am Nachmittag eintrafen.

»Was sollen wir denn hier?«

»Ich dachte, es könnte dich interessieren, die Stadt anzuschauen, wo ich studiert habe.«

»Ich habe in Freiburg und Tübingen studiert. Habe ich dir je Freiburg oder Tübingen gezeigt?«

»Northampton hat eine große *Gay and Lesbian Community.*«

»Ich bin nicht schwul.«

»Du musst unbedingt die Pancakes bei *Whithney's* probieren. Das sind die besten Pancakes von ganz Massachusetts.«

»Pfannkuchen kann ich auch in Berlin essen.«

Déjà-vu. Damals hatten sie auch Northampton besucht. Carol hatte ihn zum Pancakefrühstück bei *Whithney's* eingeladen. Waren *really delicious* gewesen, die Pancakes, aber er hatte es Carol nicht sagen können, weil sie ja *Szenen einer Ehe* aufführten, in einer fünfmonatigen Langfassung, da zählte jeder Punkt.

Nach den Pancakes bei *Whithney's* hatten sie Captain besucht. Captain war damals einer von Carols besten Freunden, dick und schwul. Captain war noch immer dick und vermutlich noch immer schwul. Das heißt, wenn ihn die Erinnerung nicht täuschte, war Captain doppelt so dick wie damals und Eckhard geradezu ein Leichtgewicht dagegen. Aber keine Solidarität unter Dicken. Eckhards Blick war abschätzig, Captains neidisch.

Damals hatte Carol ihn gefragt: »Und Captain? Was hältst du von Captain? Ist der nicht cool?«

»Cool? Wenn du mich fragst, er hat's an der Birne. Kein Wunder bei seinem Marihuanakonsum.«

»Spießer!«

Dabei war Captain einfach nur locker gewesen. Hatte von seinem Spanischkurs in Mexiko erzählt. Und dass er drei Minuten am Stück pinkeln konnte. Hatte er dann vorgeführt, waren zweieinhalb Minuten geworden.

»And now it's your turn«, hatte Captain gesagt.

Er hatte schon den Reißverschluss aufgemacht und sein Ding rausgeholt, aber dann doch – buchstäblich – den Schwanz eingezogen, weil er einfach nicht locker genug war.

Jetzt war Arthur locker genug. Vorher kippten sie jeder fünf Bier, dann pinkelten sie synchron. Captain gewann mit zwei Minuten fünfzig Sekunden, er schaffte immerhin eine Minute dreißig. Eckhard fand das total blöd und verdrückte derweil Muffins.

Am nächsten Morgen beim Frühstück hatte Eckhard wieder das Untersetzerproblem, diesmal mit Kaffeetasse und Müslischüssel. Die Tolberts waren sehr geduldig, aber auch ihre Geduld käme irgendwann an ein Ende. Dann könnte es sein, dass Dick aus dem Wohnzimmer oder der Garage ein Gewehr holte und seinem Schwiegersohn den Kopf wegblies.

Nach dem Frühstück Fortsetzung der Eckhardschen Obstruktion gegen den am Vorabend beschlossenen Plan, Carols jüngsten Bruder in Springfield zu besuchen, der sich laut Gillian und Dick geradezu danach verzehrte, endlich Henry Balthasar im Arm zu halten, und damit genau das tun wollte, was Eckhard seit Tagen nicht mehr getan hatte. Vor dem Abflug, ja noch während des Flugs war Eckhard der leidenschaftlichste Henry-Balthasar-auf-dem-Arm-Halter, Knuddler, Kuschler, Küsser, seit Betreten amerikanischen Bodens schien er wie blockiert.

Und jetzt kam auch noch das Verlangen nach deutschen Zeitungen hinzu, die in Pittsfield allerdings nicht zu bekommen waren. Auch in Springfield nicht. Nirgendwo in der näheren Umgebung, möglicherweise in Amherst oder Northampton, aber auch das war nicht garantiert. Eckhard brauchte aber jetzt die Zeitungsgarantie. Also müssten sie entweder nach Boston oder nach New York fahren, in beiden Fällen mindestens drei Stunden Autofahrt hin und drei Stunden wieder zurück.

Dick lachte. Konnte Dick natürlich nicht verstehen, diese plötzliche Zeitungssehnsucht.

»Why don't you read the *New York Times*?«, sagte Gillian. »Dick, get him the *New York Times*.«

»*New York Times* doesn't help. I need a German newspaper.«

»What's your problem?«, sagte Dick und lachte noch immer.

»Sag du was, Arthur«, sagte Carol.

Carol erinnerte sich wahrscheinlich noch an ihren ersten Tag in Washington, D. C. An die Szene gegenüber dem Capitol. Capitolsführung stand auf dem Programm, gefolgt von National Gallery, Holocaust-Museum und Library of Congress. Und er hatte nichts anderes im Kopf, als eine deutsche Zeitung zu ergattern, was gar nicht so einfach war wie erhofft, entweder gab es keine oder sie war schon ausverkauft. Drei Stunden war er durch Washington getrottet, und endlich hatte er eine deutsche Zeitung gefunden; war allerdings eine Woche alt.

»Why don't you read it on the Internet?«, sagte Gillian.

»It's not the same«, sagte Eckhard. »I want to smell the paper. I want to feel it. And I want to read it on the toilet.«

Dick lachte immer noch und hörte auf zu lachen, als Eckhard ins Auto stieg und davonbrauste.

»Dem geht's doch gar nicht um die Zeitung«, sagte Carol. »Der fährt nach New York und vögelt Ariane.«

»Tut er nicht«, widersprach Arthur.

Vögeln half bei Heimweh nicht.

Liebe

»Hast du das gelesen?«, sagte König. »Helmut Zilk und Dagmar Koller haben keinen Sex mehr.«

»Wir auch nicht«, sagte Marion.

»Bei uns steht das aber nicht in der Zeitung.«

»Vielleicht sollte es in der Zeitung stehen. Warum haben wir eigentlich keinen Sex mehr?«

»Was weiß ich? Weißt du es denn?«

»Ich habe mir so meine Gedanken gemacht.«

»Ich muss in fünf Minuten weg. Vielleicht kannst du es mir heute Abend erzählen.«

»Das sagst du immer. Und am Abend hast du dann Anderes zu tun.«

»Ich kann doch nichts dafür, dass ich so viel arbeiten muss.«

»Ich muss auch viel arbeiten.«

»Alles, was ich sagen wollte, ist, dass Helmut Zilk und Dagmar Koller keinen Sex mehr haben.«

»Wer ist Helmut Zilk?«

»Der ehemalige Wiener Bürgermeister.«

»Und Dagmar Koller?«

»Sängerin und Tänzerin.«

»Warum erzählst du mir das?«

»Ich fand die Meldung lustig. Die tingeln durch alle Talkshows und verkünden, dass sie keinen Sex mehr haben.«

»Und?«

»Ich meine, warum behalten sie es nicht für sich?«

»Und warum nicht?«

»Was weiß ich … weil sie Wichtigtuer sind. Der Zilk ein abgetakelter Expolitiker, die Koller ein abgetakeltes Showsternchen.«

König reichte ihr die Zeitung. Das Wort Morgenverzweiflung war ein Euphemismus für seinen Zustand. Und das eine Stunde vor der Programmkonferenz. Er hatte schon die Gesichter von Hildegard, Franz, Annette, Sabine, Roswitha und Kerstin vor Augen. Ihre Aufgeregtheit, ihre panischen Fragen wegen des neuen Zuwanderungsgesetzes. Sein Magen rebellierte, sein Darm stockte, die Samenproduktion lief auf Hochtouren. Nach dem Zähneputzen am besten gleich ins Waschbecken wichsen. Und dann noch zwei-, dreimal in seinem Büro. Oder Helena Eriksson anrufen. Vielleicht hatte sie ja Lust auf Telefonsex.

»Das Wichtigste am Artikel hast du unterschlagen«, sagte Marion. »Kein Sex mehr, aber noch mehr Zärtlichkeit als früher. Kuscheln, schmusen, küssen. Wann hast du mich zuletzt geküsst? Wann hast du zuletzt mit mir gekuschelt und geschmust?«

»Und wann hast du zuletzt mit dem Scheidungsanwalt gedroht?«

Raus aus der Küche, rein ins Badezimmer. Verschlossen, Zoe. Panik, aber nicht wegen des neuen Zuwanderungsgesetzes, sondern wegen seines Samenstaus. Rein ins Arbeitszimmer, aber es steckte kein Schlüssel im Schloss. Wo war der Schlüssel? Wo war der verdammte Schlüssel? Keine Zeit zum Suchen, er legte sich auf den

Boden, zog die Hosen runter, faltete drei Tempos auseinander, und dann los. Und hoffen, dass niemand reinkam.

König erreichte zwei Minuten vor Konferenzbeginn die Volkshochschule. Hildegard, Franz, Annette, Sabine, Roswitha und Kerstin saßen schon da. Die Marienrader Stammbelegschaft. Seine ehemaligen Kollegen. Die ihn duzten und die er duzte. Mit denen er vor zwanzig und mehr Jahren angefangen hatte, bevor er an der Volkshochschule Großfelde der Programmleiter für Deutsch geworden war. Dazu die wenigen Großfelder, die nach der Fusion die Mobbingattacken der Marienrader überstanden hatten. Und die neuen Kollegen, die er alle siezte.

»Erik, du bist zwei Minuten zu spät«, sagte Roswitha.

»Ich bin wie immer pünktlich«, sagte König.

»Ist doch nur ein Flachs«, sagte Roswitha.

»Herr König, ja. Für euch … äh für Sie alle bin ich ab sofort Herr König!«

»Erik«, sagte Sabine. »Was soll das?«

»Herr König!«

»Erik«, sagte Franz.

»Herr König! Ein für allemal! Herr König!«

Hildegard, Franz, Annette, Sabine, Roswitha und Kerstin erstarrten. Auch die Großfelder. Auch die Junglehrer. Sekundenlange Schockstarre, gelöst erst durch Königs Lachanfall, in den zuerst die Junglehrer, dann die Großfelder und zuletzt die Marienrader einfielen.

»Da hast du uns aber einen Schrecken eingejagt«, sagte Franz.

»Du darfst nicht vergessen, dass du einer von uns bist«, sagte Kerstin.

»WAR!«, sagte Erik. »Ich war einer von euch, das

heißt … nein, ich war auch nie einer von euch. Nie war ich einer von euch!«

»Aber du hast doch auch unterrichtet«, sagte Franz.

»Aber ich war nie einer von euch. Schaut euch doch an! Eure Jammergesichter! Habe ich etwa jemals so ein Jammergesicht gehabt? Und beschnuppert euch doch mal! Na, riecht ihr was? Ich rieche was. Soll ich euch sagen, was ich rieche? Ich rieche Angstschweiß.«

»Was soll das?«, sagte Franz. »Noch solch einen Ausfall, und wir beschweren uns bei Waltraud.«

»Tut das, tut das, und jetzt zur nächsten Fortbildungsmaßnahme.«

»Fortbildungsmaßnahme?«, sagte Kerstin. »Ich denke, wir sprechen über die Probleme mit den Integrationskursen.«

»Gibt es denn Probleme?«

»Ja, sag mal, Erik«, sagte Annette.

»Ja, sag mal, Erik«, echoten Hildegard, Franz und Roswitha.

»Einer«, sagte König. »Es spricht immer nur einer. Wir sind doch hier nicht im Kindergarten. Annette, bitte wiederhol, was du gesagt hast.«

»Ich soll …«

»Du sollst bitte wiederholen, was du gesagt hast.«

»Aber warum denn?«

»Weil ich nicht verstanden habe, was du gesagt hast. Nicht mit der nötigen Klarheit.«

»Es war nicht so wichtig.«

»Sag's trotzdem!«

»Was soll das?«

»Erik, irgendwas stimmt nicht mit dir«, sagte Franz. »Seit ein paar Wochen bist du wie … wie …«

»Wie denn?«

»Jedenfalls nicht du selbst.«

»Nur weil ich andere Seiten aufziehe. Weil ich den Schlendrian bekämpfe. Ihr habt's eben noch immer nicht kapiert. Auch die Volkshochschule muss mit den neuen Zeiten gehen, auch und gerade die Volkshochschule! Die bequemen Jahre sind vorbei. Also, Annette, was hast du gesagt?«

»Ich habe gesagt: ›Ja, sag mal, Erik.‹«

»Und was wolltest du damit sagen? Soll das etwa eine versteckte Kritik sein?«

»Mit dir kann man nicht mehr reden.«

»Aber das liegt keineswegs an mir. Gestern war ich in der Regionalstelle in Spandau und …«

»Regionalstelle?«, sagte Franz.

»Ja, weißt du das denn nicht?«, sagte Roswitha.

»Das musst du doch wissen«, sagte Annette.

»Du warst doch beim Jour fixe«, sagte Sabine. »Da haben wir doch drüber gesprochen.«

»Ich hab's eben vergessen«, sagte Franz.

»Keine Diskussion jetzt«, sagte König. »Die Regionalstelle ist für uns der direkte Ansprechpartner bei der Durchführung der Integrationskurse. Der für uns zuständige Herr heißt Meyer-Mephisto.«

»Das ist nicht dein Ernst«, sagte Franz.

»Der Mann heißt Meyer-Mephisto«, sagte König, »und damit basta! Also, ich war mit den Kollegen aus Neukölln und Mitte da, und was soll ich dir sagen, Annette …«

»Ja?«, sagte Annette.

»Sag's schon«, sagte Sabine.

»Die Kollegen aus Neukölln und Mitte konnten mit Meyer-Mephisto nicht reden. Die haben den angeblafft wegen dieser Formularflut, und da hat Meyer-Mephisto gleich zugemacht. Ich habe dagegen gleich zu Anfang seine Kooperationsbereitschaft gelobt. Und da haben wir ganz wunderbar miteinander reden können. Annette, du siehst, mit mir kann man ganz wunderbar reden. Und vice versa.«

»Vice versa?«, fragte Sabine.

»Umgekehrt«, sagte Franz.

»Du hast uns schon lange nicht mehr gelobt«, sagte Annette.

»Ich habe euch jahrelang gelobt. Und was ist dabei rausgekommen? Dass ihr die Junglehrer auffordert, den Platz zu verlassen, weil sie sich angeblich auf *euren Platz* gesetzt haben.«

Murren der Marienrader, Beifall der Junglehrer, Kopfnicken der Großfelder.

»Am Samstag ist Fortbildung«, sagte König.

»Samstag?«, sagte Franz. »Diesen Samstag?«

»Diesen Samstag. Von zehn bis achtzehn Uhr.«

»Aber das ist ja schon übermorgen«, sagte Roswitha.

»Du kannst das nicht so kurzfristig ansetzen«, sagte Annette.

»Da habe ich schon was vor«, sagte Sabine.

»Interessiert mich nicht«, sagte König. »Die Konferenz ist beendet. Wir sehen uns am Samstag.«

»Und was ist das Thema?«, fragte ein Großfelder.

»*Wie verhalte ich mich in ungewohnten Situationen?*«, sagte König.

»Und der Referent?«, fragte ein Junglehrer.

»Überraschung!«, sagte König. Er stolzierte hinaus, verfolgt von den Marienradern, die geradezu an ihm klebten mit ihren Fragen und Vorwürfen. Das geheiligte Wochenende! Wohin mit den Kindern? Zu Hause lag die Eintrittskarte für das Herthaspiel. Die kränkelnde Schwiegermutter aus Bad Oeynhausen hatte sich angesagt. Die Eltern mussten bei der Renovierung der Kita helfen. Man war als Begleitperson für einen Pfadfinderausflug des Sohns eingeteilt. Für den Wochenendausflug an die Ostsee war die Pension schon gebucht. Kümmerte ihn nicht. Zeigte jetzt Führungsstärke. Sagte: »Wer nicht kommt, kommt eben nicht. Aber es soll sich dann niemand wundern, wenn er im Herbst weniger Kurse hat.«

Das Geheul ging erst richtig los. Sie drohten wieder mit dem Gang zur Kurz-Kowalski. Mit einem Brief an den Bezirksstadtrat. Kümmerte ihn alles nicht. Kein Wichsbedürfnis, sondern innere Ruhe. Ab sofort würde er jeden Monat mindestens eine Fortbildung ansetzen. Es würde sich rumsprechen, dass er dabei war, aus dem verschlafenen Verein ein Hochleistungsdozententeam zu formen. Kollegen aus Neukölln, Mitte, Spandau hätten nicht länger mitleidige Blicke für ihn, wenn die Rede auf seine Marienrader Dozenten kam. Galten als die verschnarchtesten Dozenten von ganz Berlin. Kompetent, aber bei jeder in Aussicht gestellten Neuerung zu Panikreaktionen neigend. Es war sein Fehler gewesen, dass er jahrelang den Laden so hatte laufen lassen. War er deshalb nicht Volkshochschulleiter geworden?

Hadern nutzte nichts, nur Arbeit. Auf seinem Schreibtisch lag die Mappe mit den Protokollbögen der Kursevaluation. Seit einem Jahr sollten die Kursleiter die Kursteilnehmer die Evaluationsbögen ausfüllen lassen. Anfangs hatten sich fast alle Dozenten dagegen gesträubt, von wegen Kontrolle, amerikanische Verhältnisse und so weiter. Mittlerweile gab's keinen Protest mehr, aber er hatte den Verdacht, dass der eine oder andere Kursleiter beim Ausfüllen ein wenig nachhalf.

Zum Beispiel Roswitha, in der er eher eine Animateurin für Kleinkindergruppen in einem Ferienclub sah als eine Erwachsenenbildnerin. Er hatte sie schon zu seinen Dozentenzeiten nicht gemocht. Konnte sie aber schlecht feuern, weil es sonst einen Aufstand unter den Dozenten geben würde, vom Protest der Kurz-Kowalski ganz zu schweigen. Aber wenn er sie des Betrugs überführte?

Er ging zur Anmeldung und ließ sich die Adressenliste von Roswithas letztem Kurs ausdrucken. Rief den ersten Teilnehmer auf der Liste an, einen Antonio Bassano. Der sagte, er habe den Evaluierungsbogen ausgefüllt.

»Roswitha super Lehrerin!« Der Nächste, das Gleiche: »Roswitha super Lehrerin!« Er probierte es noch bei weiteren fünf Kursteilnehmern, alle sagten: »Roswitha super Lehrerin!« Es war erst früher Nachmittag, er hätte im Büro weiterarbeiten sollen, aber … war's unterdrückte Lebenslust, die ihn hinderte? Oder wieder mal die Midlifecrisis?

Ins Bordell gehen. An einem stinknormalen Donnerstagnachmittag ins Bordell gehen und es sich so richtig gut gehen lassen. Andere gingen in die Sauna oder ins Fitnessstudio, er würde ins Bordell gehen. Warum nicht? Weil … er war noch nie ins Bordell gegangen. Ins Bordell gingen doch nur alte, fette, geile Männer. Unsinn! Auch der normale Mann ging ins Bordell. Der unglückliche Mann. Der liebesbedürftige Mann. Sie gingen alle ins Bordell, viele davon regelmäßig. Die einen gingen in die Apotheke, die anderen ins Bordell.

Er ging weder in die Apotheke noch ins Bordell, sondern fuhr zu Beate Uhse. Aber nicht zu der Filiale beim Bahnhof Zoo, sondern zu der in der Brunnenstraße. Zu groß wäre die Gefahr, beim Bahnhof Zoo gesehen zu werden. Von einem Kollegen oder gar von seinem Sohn. Es dauerte eine Stunde, bis er in die Brunnenstraße einbog, und nochmals zwanzig Minuten, bis er einen Parkplatz fand. Er spürte ein Kribbeln in der Leistengegend, aber keine Schwanzerhebung. Schaute sich nach links und rechts um, und schnell rein in den Laden. Hatte hier vor

Monaten schon ein Pornoheft gekauft. Diesmal kaufte er ein Pornovideo. Sein Blick war auf die Auslegeware gerichtet, während er durch den Laden ging. Dabei wäre er fast mit anderen Kunden kollidiert, die ebenfalls den Blick auf die Auslegeware gerichtet hatten.

Eigentlich demütigend, nein, nicht eigentlich, es *war* demütigend. Er war doch kein Dieb, kein Mörder! Er wollte Liebe, körperlich und seelisch, aber eben nicht von und mit Marion. Nicht mehr von und mit Marion. Nie mehr von und mit Marion. Von und mit allen Frauen der Welt, aber nicht von und mit der eigenen Ehefrau. Das war so. Das mochte eine Sünde sein, eine Todsünde, aber so war es. Würde er das Gegenteil behaupten, würde er lügen. Lügen war auch eine Sünde.

Er kaufte *Drei geile Löcher für einen harten Pfahl*. Die Frau an der Kasse verzog keine Miene, als sie das Video am Scanner vorbeizog. Er selbst wurde wahrscheinlich ein bisschen rot im Gesicht. Er zückte einen Fünfziger und bekam Restgeld. Alles ganz normal. Das Video verschwand in einer neutralen Plastiktasche. Beim Hinaustreten blickte er nach rechts und links und fädelte dann möglichst unauffällig in den Passantenstrom ein. Während der Fahrt nach Hause war er vielleicht etwas unkonzentrierter als sonst, aber es bestand keinerlei Unfallgefahr.

Zu Hause eine sturm-, nein, wichsfreie Bude. Im Wohnzimmer zog er gleich die Vorhänge zu und dann die Hosen runter. Die Küchenrolle! Vergaß man die Küchenrolle, wurde es eklig. Es liefen schon die ersten Verrenkungsübungen. Erklang schon Gestöhne. Spritzte schon das erste Sperma. Da klingelte das Telefon. Er drehte den Ton ab. Ann Charlotte Sauber in der Leitung. Rief aus New York an.

»Marion ist nicht da.«

»Wie geht's dir denn?«

»Wie's mir geht?«

»Ja, ich frag dich, wie's dir geht.«

Hatte Ann Charlotte Sauber ihn bisher nie gefragt. Er hatte ja gar nicht existiert für sie. Sie war ja eine enge Freundin von Marion. Manipuliert und indoktriniert von Marion. Dachte wahrscheinlich, er sei ein Schwein, der die Frau betrog. Die Kinder vernachlässigte. Sie konnte ja nichts ahnen von der banalen Tragik seines Lebens.

»Geht so«, sagte König.

»Was machst du denn gerade?«

»Willst du's wirklich wissen?«

»Ja.«

»Oder fragst du nur aus Höflichkeit?«

»Nein.«

»Ich schaue gerade *Liebe am Nachmittag*.«

»Ist der nicht von Rohmer?«

»Richtig.«

»Komisch.«

»Was?«

»Wir reden miteinander.«

»Ja.«

»Wir haben nie miteinander geredet.«

»Das stimmt.«

»Außer *Hallo* oder *Tschüss* war da nie was.«

»Stimmt.«

»Macht richtig Spaß, mit dir zu reden.«

»Wirklich?«

»Ja. Wir sollten öfters miteinander reden.«

»Findest du?«

»Wenn ich zurück bin aus New York, rufe ich dich an.«

»Ja.«

»Ich rufe *dich* an und nicht Marion. Das heißt, ich rufe

natürlich auch Marion an. Aber ich rufe auch *dich* an. Ist das okay?«

»Ja, mach das. Ich würde mich freuen.«

»Ich rufe dich an und dann reden wir.«

»Ja.«

»Reden am Nachmittag.«

»Ja.«

Schaute auf den Bildschirm. Drei Frauen saugten abwechselnd an einem Schwanz. Erregte ihn nicht. Er dachte an Ann Charlotte Sauber, von der er jetzt endlich mal ein Buch lesen müsste. Er wollte schon die Videostopptaste drücken und im Buchregal nachschauen, da sah er Marion in der Tür. Hatte sie erst am Abend vom Shopping zurückerwartet. Hatte sie gar nicht kommen hören. Hatte vergessen abzuschließen und den Schlüssel stecken zu lassen. Er drückte die Videostopptaste und zog sich die Unterhose an.

»So einer bist du«, sagte Marion.

»Ich hab's nicht wirklich getan«, sagte er.

»Aber ich sehe doch, was ich sehe.«

»Es ist nicht dazu gekommen.«

»Weil ich dir zuvorgekommen bin.«

»Was willst du? Soll ich mich schämen? Oh ja, ich schäme mich. Ich schäme mich sehr. Genug Scham?«

»Glaubst du, ich weiß nicht, was du nachts im Badezimmer treibst? Oder im Arbeitszimmer. Oder unter der Bettdecke, wenn du denkst, ich schlafe fest. Wenn ich deine Unterhosen in die Waschmaschine stopfe, sehe ich doch die Spermaspuren.«

»Und dein Liebhaber?«

»Ich habe keinen mehr.«

»Du hattest also einen.«

»Ich hatte einen, ja.«

»Na also.«

»Aber es hat sich herausgestellt, dass er auch ein Trottel ist.«

»Soll ich dich jetzt bemitleiden?«

»Nein, das erwarte ich nicht. Aber du kannst wenigstens zugeben, dass du auch eine Affäre hattest.«

»Ich gebe gar nichts zu.«

»Helena Eriksson hieß sie. War es nur der Sex?«

»Was heißt *nur*?«

»Hast du sie geliebt?«

»Spielt das eine Rolle?«

»Wir haben *uns* auch einmal geliebt.«

»Mag sein.«

»Hast du Lust, mit mir zu schlafen?«

»Jetzt?«

»Warum nicht?«

»Ich weiß nicht.«

»Wenn es dich anturnt, können wir vorher das Video schauen.«

»Wirklich?«

»Ja, ich finde Pornos nicht so schlimm.«

»Nicht so schlimm?«

»Na ja, toll auch nicht gerade.«

»Verstehe.«

»Irgendwie traurig.«

»Verstehe.«

»Wir müssen den Porno nicht gucken. Nur wenn du willst.«

»Ja.«

»Besser ohne Porno. Hier direkt auf dem Teppich. Wie früher.«

»Wie früher? Wir haben es doch nie auf dem Teppich im Wohnzimmer …«

»Dann ist das eben ein Experiment. Ich liebe Experimente!«

Marion zog sich aus, er zog sich aus. Aber mit jedem Kleidungsstück, das er ablegte, wurde er deprimierter.

»Was ist los?«, sagte Marion.

»Ich weiß nicht.«

»Dann kuscheln wir eben wie … Wie hießen noch mal der Mann und die Frau aus der Zeitung heute Morgen?«

»Helmut Zilk und Dagmar Koller.«

»Dann kuscheln wir eben wie Helmut Zilk und Dagmar Koller.«

»Dann lieber aufhängen.«

Begegnung

Duvall machte drei Kreuzzeichen, als der Bus losfuhr. Würde dreißig Kreuzzeichen machen, wenn das Flugzeug abflog, und dreihundert, wenn es in Frankfurt landete. Der Amerikatrip bisher eine totale Pleite. Am ersten Tag waren sie unter der Führung von Ann Charlotte in Ground Zero herumgestapft. Katastrophenvoyeurismus getarnt als Terrordiskursgelaber zwischen der ahnungsvoll raunenden Ann Charlotte und der ahnungslos blubbernden Brockmann. Überhaupt interessant das Tandem Ann Charlotte–Brockmann. Abgetakelte Seriendarstellerin und aufgetakelte Avantgardeautorin. Ergänzt durch den Pseudoisten Fritz Nägele: Pseudoregisseur, Pseudolinker, Pseudorevoluzzer.

Zu Ann Charlotte wuchs die Distanz, trotz Babybauch. Er hielt ihr Gequatsche einfach nicht mehr aus. Wo hatte er in den Monaten zuvor nur seine Ohren gehabt? Sie sagte ihm jetzt, was er zu lesen habe. Sagte, du musst unbedingt Lacan lesen, musst unbedingt Derrida lesen, musst unbedingt Luhman lesen. Las aus Trotz Donald Duck.

Am zweiten Tag, sie waren in Chinatown, übernahm Fritz Nägele die Führung. Hielt einen Vortrag über Globalisierung und die Ausbeutung in den Sweatshops. Sicher alles richtig, aber gäbe es nur die Wahl, achtzehn Stunden als Globalisierungsopfer Sweatshirts zu nähen oder lebenslanger Kumpel von Fritz Nägele zu sein, dann bräuchte er nicht lange zu überlegen.

»Vielleicht hat Fritz recht«, sagte Ariane Jobst.

»Vielleicht ist Jesus ja tatsächlich aufgestanden«, sagte Duvall.

»Auf*er*standen.«

»Fängst du jetzt auch an, mich zu belehren?«

Am dritten Tag machten sie einen Ausflug in die Bronx. War eine Idee von der Brockmann. Weg von Manhattan, das authentische New York.

»Ist das nicht gefährlich?«, hatte er gefragt.

»Gefährlich?«, hatte Fritz Nägele zurückgefragt. »Warum gefährlich?«

»Ich frag ja nur.«

»Hast du in Manhattan aber nicht gefragt.«

»Manhattan war ja auch nicht gefährlich. Jedenfalls nicht bei Tag.«

»Kann es sein, dass du ein Rassist bist?«

»Was führt dich zu dieser ungeheuren Unterstellung?«

»Wie wir alle wissen, leben in der Bronx viele Farbige.«

»Sagt man nicht korrekterweise Schwarze?«

»African Americans«, sagte Heidi Brockmann.

»Da wohnen auch viele Hispanics«, sagte Ann Charlotte.

»Jedenfalls weniger Weiße als in Manhattan«, sagte Fritz Nägele.

»Es geht nicht um Hautfarbe«, sagte Duvall.

»Worum geht es dann?«, sagte Ann Charlotte.

»Es geht um arm oder reich. Um deklassiert. Als Deklassierter muss ich mich mehr anstrengen, kein Verbrecher zu werden, als wenn ich ein Privilegierter bin.«

»Der Privilegierte ist von Haus aus ein Verbrecher«, sagte Fritz Nägele.

»Mag sein«, sagte Duvall. »Aber er beraubt dich nicht deiner Brieftasche.«

»Aber das hat doch schon Brecht gesagt«, sagte Ann Charlotte. »Was ist ein Banküberfall gegen die Gründung einer Bank.«

»Brecht hätte das sicher anders formuliert, wenn er während eines Banküberfalls als Kunde in der Bank gewesen und mit der Pistole bedroht worden wäre.«

Waren noch in Manhattan, als sie beim Überqueren der Straße fast überfahren wurden. Im Auto vier grinsende und grölende Männer, denen Duvall wilde Flüche hinterherschickte.

»Sei vorsichtig«, sagte Fritz Nägele. »Wenn die Waffen haben, könnte es sein, dass sie zurückkommen und dich erschießen.«

»Du machst Witze.«

»Sehe ich so aus?«

Nein, Fritz Nägele sah nicht so aus. Auch nicht, als er, angekommen in der Bronx, ausrief: »Tolle Luft hier. Tolle Gegend!«

Duvall hatte schon tollere Luft geschnuppert, war schon durch tollere Gegenden stolziert. Aber Fritz Nägele war ja auch ein Pseudoromantiker, der in Neukölln wohnte. Gleich beim Hermannplatz, sozialer Brennpunkt, Drogenumschlagplatz, Polizei-Intensiveinsatzgebiet.

Sie waren plötzlich stehen geblieben. Vor ihnen hatten sich acht Jugendliche aufgebaut. Farbige, dachte Duvall.

Schwarze, hätte Ann Charlotte, African Americans, hätte Heidi Brockmann gesagt. Die aber beide nichts sagten. Auch Fritz Nägele sagte nichts. Ebenso wenig Ariane Jobst. Die acht Jugendlichen dagegen redeten eifrig, allerdings kein Schulenglisch. Vorhin hatten sie sich noch in einer kleinbürgerlichen, leicht schäbigen Gegend bewegt mit vielen Leuten auf der Straße, vielen Kindern, verschiedenen Hautfarben. Und jetzt befanden sie sich in dieser menschenleeren Gegend mit verlassenen, heruntergekommenen Häuserzeilen und einem eingezäunten Brachgelände.

»Und was machen wir jetzt?«, sagte Duvall. Einer aus der Gang zischte. Der war bestimmt zwei Meter zwanzig groß. Warum spielte der kein Basketball? Hätte er doch viel mehr mit verdienen können als mit Straßenüberfällen. »Habt ihr schon eine Idee?«

»Ruhe«, zischte Fritz Nägele. »Kapierst du denn nicht, dass wir in einer bedrohlichen Situation stecken?«

»In die du uns reingebracht hast, du Scherzkeks!«

»Jetzt halt mal deine Klappe.«

»Überlass Fritz und mir die Verhandlungsführung«, sagte Ann Charlotte.

»Was für Verhandlungen? Wir machen jetzt einfach einen Bogen um die herum und gehen weiter.«

»Rühr dich nicht vom Fleck, ja!«, sagte Fritz Nägele. »Die sind sicher bewaffnet.«

»Das denken die vielleicht umgekehrt auch von uns.«

»Idiot!«

»Vielleicht denken die, *wir* wollen sie überfallen.«

»Idiot!«

»Ich sag ihnen, dass wir keine bösen Absichten haben.«

»Halt endlich deine Klappe. Du machst die mit deinem Gequatsche ganz nervös!«

Nervös oder locker, das war noch die Frage. Ihre Blicke verstand er noch weniger als ihre Sprache.

»Wegrennen können wir nicht«, sagte Ann Charlotte.

»Am besten, wir geben ihnen unser Bargeld«, sagte Fritz Nägele.

»Einverstanden«, sagte Heidi Brockmann. Ariane Jobst nickte. Ann Charlotte und Fritz Nägele hatten nur jeweils zehn Dollar im Portemonnaie. Heidi Brockmann und Ariane sogar noch weniger. Blickten jetzt ihn an, der als einziger sein Portemonnaie noch nicht gezückt hatte.

»Bin doch nicht blöd«, sagte Duvall.

»Willst du uns alle umbringen?«, sagte Heidi Brockmann.

»Ich werde den Teufel tun.«

»Ich glaub's nicht. Dieser Trottel bringt uns wegen seiner verdammten Kröten in Lebensgefahr.«

»Hast du das gesehen?«, sagte Ann Charlotte. »Zwei von denen haben unter ihre Jacke gegriffen. Die haben jetzt ein Messer oder eine Pistole in der Hand.«

»Lasst uns auch unter unsere Jacken greifen!« Aber sie griffen nicht unter ihre Jacken, sondern ergriffen ihn. Nicht die Gang, sondern seine Leute. Hielten ihn fest und raubten sein Portemonnaie. Nahmen das Geld heraus. Waren mehr als fünfhundert Dollar. Fritz Nägele sammelte alles Geld ein und überreichte es dem verhinderten Basketballspieler mit den Worten: »It's all yours.«

Woraufhin der sagte: »Fuck you, man!«

Vernissage

Großer Abend heute für Zoe: Vernissage der Kunstklasse in der Schule. Journalisten hatten sich angesagt, mit Cornelius Schreker befreundete Künstler, Leute von der Kunstakademie. Zoe war schon seit zwei Stunden im Bad, was Marion diesmal nicht störte, so entging sie Zoes Blicken. Diese signalisierten seit einer Woche: Du existierst für mich nicht mehr! Diesmal war's kein Redeboykott – nicht einmal ein Redeboykott! –, sondern Zoe sagte nur *Guten Morgen, ich gehe* und *Tschüss.*

Vor einer Woche hatte Marion endgültig beschlossen, sich von Erik zu trennen. Erik hatte nicht widersprochen, sich nicht mal mehr dagegen gewehrt. Der Auslöser war banal gewesen, wieder einmal, aber wäre es nicht der gewesen, wäre es eben ein anderer gewesen.

Der war die Umzugsfrage gewesen. »Seit fünfzehn Jahren leben wir schon im sozialen Brennpunkt«, hatte sie gesagt, »überall Drogendealer. Weißt du, was der Hausmeister letzte Woche erzählt hat? Kinder hätten auf dem Spielplatz hinter dem Haus mehrere Päckchen mit Kokain ausgegraben.«

»Großartig! Da sind die Eltern ja gemachte Leute!«

»Ich habe auch keine Lust mehr, mich von Jugendgangs anpöbeln zu lassen.«

»Warum sagst du nicht: türkischen und arabischen Jugendgangs?«

»Also gut. Ich habe keine Lust mehr, mich von türkischen und arabischen Jugendgangs anpöbeln zu lassen.«

»Vor zehn Jahren hättest du das noch nicht gesagt.«

»Vor zehn Jahren war's auch nicht so schlimm wie jetzt.«

»Ich habe gelesen, es soll besser werden.«

»Ich spüre davon nichts.«

»Weißt du, wer die Aleviten sind?«

»Ale- was?«

»Unsere Nachbarn sind Aleviten.«

»Ich denke, die sind Moslems.«

»Aleviten sind Moslems.«

»Eben.«

»Eben nicht. Seit zehn Jahren wohnst du Wand an Wand mit Aleviten – und du hast keinen blassen Schimmer, wer die Aleviten sind.«

»Und woher weißt du das?«

»Ich habe sie gefragt.«

»Ich habe ja gar nicht unsere Nachbarn gemeint. Unsere Nachbarn sind keine Drogendealer.«

»Wen meinst du also?«

»Das hier ist nicht die Volkshochschule. Das hier ist unsere Wohnung.«

»Ich weiß.«

»Du kannst hier inmitten der Drogendealer wohnen bleiben, ich ziehe aus.«

»Zu den Milchkaffeetrinkern?«

»Zu den Milchkaffeetrinkern. Und Thomas nehme ich mit!«

Thomas hockte seit Stunden vor dem Computer. Dreimal hatte sie gefragt, ob er mitkomme zur Vernissage, dreimal hatte er mit den Schultern gezuckt. In der Schule baute er immer mehr ab. Beim Elternsprechtag fragte der Klassenlehrer, ob es irgendwelche familiären Probleme gebe. Sie wäre fast in Tränen ausgebrochen, hatte dann aber bloß gesagt: Nicht mehr als in anderen Familien. Zoe kam aus dem Badezimmer und war gekleidet wie eine Luxushure. Aber sie sagte nichts. Zoe sagte: »Du brauchst heute Abend nicht mitzukommen.«

»Du sprichst wieder mit mir?«

»Hörst du doch. Du brauchst heute Abend nicht mitzukommen.«

»Ich hab's gehört. Aber ich komme mit.«

»Es ist *mein* Abend.«

»Das steht außer Frage.«

»An *meinem* Abend kann ich ganz allein bestimmen, was ich will.«

»Die Veranstaltung ist öffentlich.«

»Ich werde mit Papa reden.«

»Tu das!«

»Du bist doch nur neidisch.«

»Auf dich? Im Gegenteil, ich bin stolz auf dich.«

Erik war nach Hause gekommen, umarmte und küsste Zoe und schien sie, Marion, gar nicht wahrzunehmen. Erik hatte für Zoe einen roten Schal als Geschenk. Modell Künstlerschal.

»Für diesen besonderen Tag.«

»Oh, Paps«, rief Zoe, »das ist ja ein Seidenschal! Ein Seidenschal! Ein Seidenschal!« Noch ein weiteres Mal der Ausruf *ein Seidenschal*, und sie hätte Zoe mit dem Seidenschal erwürgt. Zuerst Zoe, dann Erik. Eine Stunde später der nächste Anfall von Mordlust. Sie standen vor dem Auto, und Zoe weigerte sich, einzusteigen, wenn ihre Mutter auch einstieg. Erik stand daneben und sagte nichts.

»Sag was!«, sagte Marion.

»Was soll ich sagen?«, sagte er.

»Zu dieser Ungeheuerlichkeit deiner Tochter!«

»Zoe«, sagte Erik, »lass uns jetzt ohne Streit zur Schule fahren.«

»Von mir aus gern«, sagte Zoe. »Aber ohne deine zukünftige Exfrau.«

»Zoe«, sagte Erik, »können wir jetzt nicht einfach alle drei ins Auto einsteigen und losfahren?«

»Steigt ruhig ein«, sagte Zoe. »Ich nehme ein Taxi.«

»Marion, ich hab's versucht«, sagte Erik.

»Zoe, wir stellen dir jetzt ein Ultimatum: Entweder steigen wir alle drei ins Auto ein und fahren zusammen zur Schule und tun wenigstens so, als wären wir eine Familie, oder du fährst allein zur Schule. Habe ich recht, Erik?«

Erik schwieg.

»Habe ich recht, Erik?«

»Papa, jetzt sag, dass du mitkommst«, sagte Zoe.

Erik schwieg.

»Papa, du musst mitkommen. Wenn du nicht mitkommst …«

»Marion, warum ist es immer so kompliziert?«

»Ich mache es nicht kompliziert. Deine Tochter macht es kompliziert.«

»Sag verdammt noch mal nicht *deine* Tochter. Zoe ist unsere Tochter.«

»Biologisch gesehen«, sagte Zoe.

»Marion, und wenn du tatsächlich ein Taxi nimmst? Um die Situation zu entschärfen?«

»Damit Zoe mal wieder ihren Willen kriegt.«

»Nur dieses eine Mal.«

»Mein letztes Kompromissangebot. Wir alle drei nehmen ein Taxi. Nicht zusammen, jeder nimmt eins. Kostet einen Haufen Geld, aber um des lieben Friedens willen, warum nicht.«

»Ich will zusammen mit Papa fahren«, sagte Zoe. »Wenn ich nicht zusammen mit Papa fahren kann, bleibe ich zu Hause.«

»Ist das dein letztes Wort?«

»Das ist mein letztes Wort.«

»Jetzt musst du dich entscheiden, Erik. Machst du dich zum Sklaven deiner Tochter oder …«

»Marion, ich bitte dich. Nimm in Gottes Namen ein Taxi!«

»Also gut. Aber was, wenn deine … ich meine unsere Tochter … biologisch gesehen natürlich … darauf bestehen sollte, dass ich die Schule nicht betrete?«

Im Taxi ein Tränenausbruch als hochaggressive Erkältung getarnt, die Tempodauereinsatz erforderte. Der Taxifahrer merkte nichts oder tat wenigstens so. Sie ertappte sich bei der Vorstellung, wie es wäre, wenn Erik und Zoe tödlich verunglückten.

Sie heftete sich Erik und Zoe an die Fersen, obwohl Zoe so tat, als gehöre sie gar nicht dazu. Begegnete sie einem Freund, einer Bekannten, einem Lehrer, Eltern von Schülern, stellte sie nur ihren Vater vor. Die Leute dachten wahrscheinlich: Wer ist denn die Frau mit den verweinten Augen?

Der Direktor und Cornelius Schreker hielten eine kurze Ansprache, dann war die Vernissage eröffnet. Zoe und Erik steuerten auf die Kunstwerke zu, sie auf das Büffet mit Weinausschank. Es musste nicht immer Metaphysik sein gegen die Leere, gelegentlich taten es auch ein paar Gläser Rotwein und Käsehäppchen. Cornelius Schreker schien auch Leere zu fühlen, allerdings eine rein physische.

»Hab heute den ganzen Tag noch nichts gegessen«, sagte Schreker.

»Hab heute den ganzen Tag gegessen«, sagte Marion.

»Sie müssen wahnsinnig stolz auf Zoe sein«, sagte Schreker.

»Sieht man das nicht?«, sagte Marion.

»*A + B* ist eine phantastische Skulptur. Eigentlich dürfte ich das als Lehrer gar nicht sagen, aber Zoes Skulptur ragt weit über die Sachen der anderen Schüler hinaus. Bei den anderen sieht man das Hobbymäßige, bei Zoe das Künstlerisch-Ernsthafte.«

»Ich hatte noch nicht das Vergnügen.«

»Was? Sie wollen mir sagen, Sie haben *A + B* noch nicht gesehen? Kommen Sie mit, ich zeige sie Ihnen.« Was wegen der Menschentraube schwierig wurde. Die Skulpturen der anderen Künstler waren weitgehend publikumsverwaist. Auf einmal kam heftige Bewegung in die Menschentraube, begleitet von Rufen: »Skandal! Pornographie! Polizei!«

Der Direktor hatte schon ein Mikrophon in der Hand und rief: »Die Vernissage wird sofort abgebrochen.« Nach kurzer Pause fügte er hinzu: »Das Büffet ist davon nicht betroffen.«

Schreker rammte mit beiden Ellbogen die Leute beiseite. Marion nutzte die frei werdende Lücke und blieb hinter Schreker, so dicht, dass sie die Knutschflecken am Hals sehen konnte. Die von Zoe? Zoes Gesicht war leichenblass, ebenso das von Erik und Schreker. Wie auch das des Direktors, der mit einer weißen Tischdecke angelaufen kam und im Begriff war, diese über Zoes Skulptur zu werfen, wovon Schreker ihn abhalten konnte, was ihr die Möglichkeit gab, *A +B* anzuschauen, worauf sie, im Nachhinein betrachtet, lieber verzichtet hätte. Oder lieber doch nicht, denn dann hätte sie ja auch auf die drei Ohrfeigen verzichten müssen. Eine für Zoe, eine für Schreker, eine für Erik. Die Leichenblässe wich aus ihren Gesichtern und machte einem gesunden Tomatenrot Platz. Nur der Direktor war noch leichenblass. Doch traute sie sich nicht, auch ihn zu ohrfeigen, obwohl er als Direktor die Hauptverantwortung trug.

»Sind hier denn alle komplett durchgedreht?«, sagte Schreker.

»Ich sehe, was ich sehe«, sagte der Direktor und versuchte ein zweites Mal, die Skulptur mit der Tischdecke zu verhüllen.

»Was sehen Sie denn?«, sagte Zoe.

»Ich sehe, was ich sehe«, wiederholte der Direktor.

»Dann sehe ich offenbar, was Sie nicht sehen«, sagte Erik. »Beziehungsweise Sie sehen etwas, was ich nicht sehe.«

»Es ist normalerweise nicht meine Art, Kunstwerke zu erklären«, sagte Schreker. »Kunstwerke müssen für sich selbst beziehungsweise aus sich selbst heraus sprechen – oder sie sprechen gar nicht. Aber in diesem Fall –«

»Herr Schreker«, unterbrach ihn der Direktor, »Sie sind sich offenbar nicht über das Ausmaß des Skandals –«

»Skandal«, sagte Schreker, »Kunst ist immer ein Skandal. Das Große, das Geniale ist immer ein Skandal. Das Mittelmäßige ist kein Skandal. Das ist der eigentliche Skandal.«

»Richtig«, sagte Zoe.

»Dummes Geschwätz«, sagte Marion.

»Herr Schreker«, sagte der Direktor, »Sie sind sich offenbar über die Konsequenzen, auch und gerade für Sie persönlich, aber natürlich auch für die ganze Schule –«

»Unterbrechen Sie mich bitte nicht bei der Aufklärung dieses angeblichen Skandals«, sagte Schreker. »Was sehen wir hier? Was ist der Stein des Anstoßes? Was wir sehen, ist eine Sonnengöttin in Zwiesprache mit einem Erdenmenschen.«

»Was *Sie* sehen, Herr Schreker«, sagte der Direktor. »Ich sehe, wie Ihr so genannter Erdenmensch die Sonnengöttin … nun ja, wie soll ich sagen …«

»Penetriert«, sagte Erik.

»Richtig«, sagte der Direktor.

»Nehmen wir an, das stimmt«, sagte Schreker. »Wo ist das Problem? Schon in der vorhethitischen Zeit gab es solche Darstellungen. In allen Religionen gibt es diese Darstellungen.«

»Die Sonnengöttin penetrierende Erdenmenschen – das glauben Sie doch selber nicht.«

»Nicht immer penetrierend.«

»Niemals penetrierend. Das entstammt doch Ihrer schmutzigen Phantasie.«

»Das würde ich so nicht sagen. Denken Sie nur an die frühjapanischen Religionen. Der Glaube der Frühzeit nahm später Elemente chinesischer Religionen auf, als da wären Daoismus und Yinyang.«

»Yinyang«, sagte Marion.

»Yinyang«, sagte Schreker. »Aber natürlich nicht dieser vulgär-westliche Yinyanghokuspokus. Jedenfalls nahm der frühjapanische Glaube dann auch noch den patriarchalischen Ahnenkult auf und wurde zu einem so genannten Weg der Gottheiten. Japanisch kannagara no michi, sinojapanisch shinto. Shin bedeutet übrigens Gott, to oder do Weg, der die Vergöttlichung der Ahnen –«

»Danke für Ihren Vortrag«, sagte Marion. »Aber mir reicht schon, dass mein Mann bei der Volkshochschule ist.«

»Die Frage ist doch«, sagte der Direktor, »warum die angebliche Sonnengöttin das Antlitz von Zoe trägt und der angebliche Erdenmensch Ihre Visage hat?«

»Ich bitte Sie«, sagte Schreker, »nicht die Vulgär-Schublade.«

»Erik«, sagte Marion, »frag deine Tochter, ob sie mit Schreker geschlafen hat.«

»Jetzt ist sie vollkommen durchgeknallt«, sagte Zoe.

»Dann frag ich Sie, Herr Schreker«, sagte Marion. »Haben Sie mit Zoe geschlafen, ja oder nein?«

»Jetzt wird's mir aber zu blöd«, sagte Schreker. »Das hier ist Kunst. Kapieren Sie? Kunst! *A + B*. Eine Skulptur. Sie sollten stolz auf Ihre Tochter sein, statt die Inquisitorin zu spielen.«

»Sie sind mit sofortiger Wirkung vom Unterricht suspendiert«, sagte der Direktor. »Gleichzeitig haben Sie Hausverbot. Nehmen Sie sich einen guten Anwalt!«

Schreker bekam einen Lachanfall, Zoe einen Heulanfall. Erik regte sich nicht.

»Sag was«, sagte Marion.

»Was soll ich denn sagen?«, sagte Erik.

»Dann tu was!«

»Was soll ich denn tun?«

»Es ist alles deine Schuld.«

»Meine?«

»Ja, etwa meine?«

»Wer hat denn eine Affäre gehabt?«

»Und deine Affäre?«

»Ich gebe zu, ich bin ein wenig überrascht worden von der Skulptur.«

Keine Polizei da, aber Fotografen. Die *A + B* fotografieren wollten. Die aber stattdessen die Tischdecke vor der Linse hatten. Ihr Versuch, die Skulptur zu enthüllen, scheiterte am Widerstand des Direktors, so dass sie den Direktor mit Tischdecke fotografierten.

Tennenbaum

Die Schnauze voll von Amerika. Von wegen Coolness und Fortschrittlichkeit. Voll Scheiße das Land, ganz anders als bei ihrem ersten Aufenthalt. Cool damals, New

York, aber nicht nur New York, auch die zwei Wochen in Kalifornien und in Las Vegas. Ann Charlotte hatte damals kiloweise Zeitungen verschlungen und wie eine Irre Fernsehen geglotzt. Sie hatte sogar überlegt, nach New York zu ziehen. Oder nach Boston oder nach San Diego.

Aber jetzt wäre sie am liebsten noch heute heimgeflogen. Stattdessen gurkten sie in North Carolina herum, in den Great Smoky Mountains, angeblich ein Naturparadies, aber sie bekam ungefähr einmal die Stunde einen Kotzanfall und musste Guido bitten, das Auto anzuhalten. Guido machte auf schwerhörig. Im Radio lief entweder Countrygedudel oder Countryjesusgedudel. Dass Guido offenbar ein großer Countryjesusgedudelfan war, überraschte sie. Überhaupt waren das die Tage der Überraschungen, die größte Überraschung war, dass der Fettwanst nur noch Obst und rohes Gemüse aß. Nicht aß, sondern kiloweise fraß, und dazu bestimmt an die zehn Liter Wasser soff. Er sah leidend aus, wie eine Art übergewichtiger Jesus am Kreuz, aber mit jedem Obst- und Gemüsetag wurde ihr Respekt vor ihm größer.

Die andere Überraschung war, wie Guido seinen öligen Charme bei Heidi Brockmann spielen ließ, was aber fruchtlos blieb, weil sie nur die Tennenbaums, ihre angeblichen jüdischen Verwandten, im Kopf hatte. Die angeblich in Carrboro bei Chapel Hill lebten. Tage zuvor hatte sie noch behauptet, sie lebten in New York beziehungsweise Washington. In New York und Washington gab's Tennenbaums, aber *die* Tennenbaums waren nicht darunter gewesen.

Bei der Ankunft in Chapel Hill hatte es bestimmt an die fünfunddreißig Grad. Chapel Hill: ein Studentenstädtchen mit Campuscharme, University of North Carolina. Laut Carol eine Eliteuni, aber eine staatliche. Bei Spareribs mit Süßkartoffeln gab's eine Lagebesprechung über die Vorgangsweise. Mit dem neuen Selbstbewusstsein eines erfolgreichen Diätikers sagte Eckhard: »Heidi, wo wohnen denn die Tennenbaums?«

»Was bedeutet *denn*?«

»Wie *was bedeutet denn*?«

»Ich frage dich, was das *denn* in der Frage zu bedeuten hat.«

»Heidi, ich habe ja einige Jahre Deutsch unterrichtet«, sagte Arthur, »und traue mir zu, deine Frage nach der Bedeutung von *denn* kompetent zu beantworten. Also –«

»Arthur, deinen widerlichen Sarkasmus … Ich ertrage ihn einfach nicht länger.«

»Ich wiederhole meine Frage«, sagte Eckhard. »Heidi, wo wohnen *denn* die Tennenbaums?«

»Bezweifelst du etwa, dass ich weiß, wo die Tennenbaums wohnen?«

»Wie kommst du *denn* darauf? Richtig ist, dass du es in New York nicht gewusst hast.«

»Das ist falsch.«

»Hast du es *denn* gewusst?«

»Ja.«

»Aber da wohnten sie nicht.«

»Richtig. Sie waren umgezogen nach Washington.«

»Aber wohnten Sie *denn etwa* in Washington?«

»Sie waren wieder umgezogen.«

»Und wohnen sie *denn* jetzt in Chapel Hill?«

»In Carrboro.«

»Wo wohnen sie *denn* in Carrboro?«

»Carol, dein Mann scheint nicht zu wissen, dass Amerikaner oft umziehen. Amerikaner ziehen doch oft um?«

»Das stimmt.«

»Deine Frau, die muss ja den karitativen Masochismus einer Mutter Teresa in sich haben, um mit dir zusammen zu sein. Du hast gehört, was deine Frau ... Und die Tennenbaums sind in zehn Jahren nur dreimal umgezogen. Für Amerikaner ist das nichts. Hab ich recht, Carol?« War wahrscheinlich die Hitze. Schlimmer noch als die Hitze war die Luftfeuchtigkeit.

»Gut«, sagte Arthur, »wir fahren also jetzt.«

»Wir fahren in die Jones Ferry Road«, sagte Heidi Brockmann.

»Okay, die Szene beginnt mit der Fahrt im Chevy. Am besten, du hältst unterwegs irgendwo und fragst nach dem Weg.«

»Gut. Excuse me, could you please tell me how to get to the Jones Ferry Road. Richtig, Carol?«

»Richtig.«

»Du fragst nach dem Weg, fährst weiter, steigst aus. Im Idealfall haben die Tennenbaums einen schönen, großen Vorgarten, durch den du gehen kannst. Oder eine Terrasse. Du klingelst, erklärst, was dich zu ihnen führt, und dann kommt hoffentlich die Umarmung. Sollen wir die Szene vorher proben?«

»Auf keinen Fall. Das Wichtigste sind die spontanen und authentischen Gefühle.«

»Okay, dann mal los!«

Sie fuhr bei Arthur im Wagen mit. Eckhard steuerte, Arthur lehnte sich mit der Steadicam aus dem Fenster. Fuhren eine halbe Stunde quasi im Kreis herum, bis es Heidi Brockmann endlich gelang, aus Chapel Hill heraus und nach Carrboro hinein zu kommen. Dann dauerte es noch einmal eine halbe Stunde, bis sie die Jones Ferry Road fanden. Heidi Brockmann blieb kurz vor dem Haus stehen, klingelte, die Tür wurde geöffnet, zwei ältere Herrschaften standen im Türrahmen, Heidi Brockmann gestikulierte wild, die vermeintlichen Tennenbaums wichen einen Schritt, dann zwei, drei, vier Schritte zurück, Heidi

Brockmann streckte die Arme aus, die beiden schlugen die Tür zu, und Eckhard sagte: »Das war's dann.«

Und dann …

… dann ging es über Raleigh, North Carolina, und Atlanta, Georgia, nach Los Angeles. In einem Vorort eines Vorortes eines Vorortes eines Vorortes von Los Angeles, der auch ein Vorort eines Vorortes eines Vorortes von San Diego hätte sein können, gab's die Wiederholung der Jones-Ferry-Road-Szene, allerdings in der Sumner Greene Avenue. Die eine ziemlich heruntergekommene Straße war mit entsprechenden Häusern. Auch das von Heidi Brockmann angepeilte Haus war ziemlich heruntergekommen, das heißt sogar etwas heruntergekommener als die Nachbarhäuser. Der Rasen war sogar sehr heruntergekommen, über den Heidi Brockmann jetzt auf die Haustür zusteuerte. Auch die Haustür war nicht die allerneueste. Die ging jetzt auf, und ein junges Paar mit drei Kindern erschien. Prächtige, minutenlange Umarmung.

Peppering

Auf dem Weg ins *Storch* schaute sich König um, als hätte er eine geheime Verabredung. Wenn Marion ihm jetzt begegnet wäre und gefragt hätte, was er vorhabe, hätte er gelogen. Die Wahrheit mochte dem Menschen zwar zumutbar sein, führte aber zu Rückfragen.

»Du liest *cool & terror*?«, hatte Marion gestern Abend gefragt. Sie hatte es so gefragt, als schaue er sich ein Pornomagazin an.

»Lesen ist zuviel gesagt. Ich blättere nur.«

»Und?«

»Gar nicht mal so uninteressant.«

»Was liegt denn da? Das ist ja *twintowersterror*. Und da: *erfahren alles rund um* und *finden sie außerdem einen link*. Du scheinst dich ja plötzlich sehr für Ann Charlottes Werk zu interessieren.«

»Wie gesagt, ich blättere nur.«

Die Wahrheit war, *erfahren alles rund um* hatte er noch in der Nacht zu Ende gelesen. Die Wahrheit war: tolles Buch mit Superturbosätzen. Die Wahrheit war: Hätte er *erfahren alles rund um* vor zwei Wochen gelesen, also vor Ann Charlottes Anruf aus Amerika, hätte er es nach ein paar Seiten wieder aus der Hand gelegt. Tödlich gelangweilt von dieser Supersmartprosa. Aber die Wahrheit war: Man konnte Bücher so oder so lesen. Und jetzt hatte er es eben *so* gelesen.

Da saß sie schon. Stand auf, als er ins *Storch* eintrat. Umarmte ihn. Küsste ihn auf beide Wangen. Unheimliche Begegnung der dritten Art. Der Mensch da, die Frau da, das war Ann Charlotte Sauber. Und war nicht Ann Charlotte Sauber. Nicht die bisherige Ann Charlotte Sauber, nicht Marions Freundin. Aber war er er? Natürlich nicht! Er – das war ja Marions Ehemann. *Der größte Reinfall meines Lebens, das Ungeheuer. Der sich um die Familie nie gekümmert hat.* Er – das war ja der Angeklagte. Und Marion – das war ja die Anklägerin. Und Ann Charlotte – das war ja die Richterin. Und bei jedem ihrer Treffen hatte es einen Prozess gegeben. Und jedes Mal hatte er die Höchststrafe bekommen: Verachtung!

Und jetzt Reden am Nachmittag. Der ehemalige Angeklagte mit seiner ehemaligen Richterin. Der jetzt den Spieß hätte umdrehen und Marion anklagen können. Und Ann Charlotte als Richterin. Aber nein, das wäre zu blöd gewesen. Warum blöd sein, wenn es auch anders ging? Er erzählte von der Volkshochschule, sie von Amerika. Er machte sich über die Kurz-Kowalski lustig, sie über Heidi Brockmann. Er haute Dozentinnen und Dozenten in die Pfanne, sie Schriftstellerkollegen. Und, ja, sie drosch schließlich auf Guido Duvall ein, er, nun … ja … drosch schließlich auf Marion ein. Und dann sagte er: »Ich habe gestern Nacht *erfahren alles rund um* gelesen. Seit Jahren kein so gutes Buch mehr gelesen.«

»Aber hast du es nicht ein wenig schwierig gefunden?«

»Schwierig? Du meinst anspruchsvoll. Natürlich ist es anspruchsvoll. Im besten Sinne anspruchsvoll.«

»Aber findest du es nicht zu ernst?«

»Ernst? Ich habe im Bett Tränen gelacht. Statt *Tatort* Lesestunde, das will was heißen. Tosender Applaus und *standing ovations* für dein Buch! In meinem bescheidenen Dichterhimmel sitzt du auf einer Bank zwischen Tschechow und Valentin.«

»Zwischen Tschechow und Valentin?«

»Magst du sie nicht?«

»Doch, natürlich. Aber ich sehe mich eher in der Tradition von Alexander Kluge, Hubert Fichte und Upton Sinclair.«

»Macht nichts.«

»Du findest *erfahren alles rund um* aber nicht unfreiwillig komisch?«

»Nein, auf keinen Fall. Ich habe ganz absichtsvoll gelacht, wenn du verstehst, was ich meine … Ich meine, ich hatte keine andere Wahl, als zu lachen. Natürlich habe ich nicht die ganze Zeit gelacht, im Gegenteil. Vielleicht nur an ein, zwei Stellen, dann aber kolossal. Es ist ja ein durchaus ernstes Buch. Ein sehr ernstes sogar. Mit einem Anliegen.«

»Kein Mainstream.«

»Richtig. Alles andere als Mainstream. Und trotzdem von breiten, gebildeten Schichten zu lesen. Auch von weniger gebildeten, wenn sie offen sind. Man muss offen für das Buch sein. Offenheit ist das Wichtigste. *erfahren alles rund um* ist das Gegenteil von beliebiger Literatur. Also von Mainstream. Es ist anspruchsvoll, aber es überfordert nicht. Wie hat Einstein gesagt: Das Genie erklärt die kompliziertesten Dinge auf einfachste Weise. Und nur der Dummkopf erklärt die einfachsten Dinge auf komplizierteste Weise.«

»Das hat Einstein gesagt?«

»Das hat Einstein gesagt.«

»Ich muss dir ein Geständnis machen.«

»Ja?« Ann Charlotte zögerte. Wurde rot. Würde sie sich vorbeugen, er würde sie küssen. Trotz Marion oder wegen Marion. Trotz Sünde oder wegen Sünde. Selbst Mundgeruch könnte ihn jetzt nicht mehr abhalten. Aber natürlich würde Ann Charlotte keinen Mundgeruch haben, sondern natürlichen Mundduft. Mainstreamautorinnen mochten Mundwasser benutzen, Avantgardeautorinnen sicher nicht.

»Bist du bereit?«, sagte Ann Charlotte.

»Ja.«

Sie beugte sich vor, spitzte die Lippen und sagte: »Mein letzter Text … *Wir lassen einen Drachen steigen …*«

»Toller Titel.«

»Möllenkötter, mein Lektor, meint, der Text sei Mainstream.«

»Der hat doch keine Ahnung.«

»Du kennst den Text doch gar nicht.«

»Stimmt. Aber ich meine … nein, kann ich mir bei dir gar nicht vorstellen.«

»Würdest du das denn schlimm finden?«

»Schlimm?«

»Ja, der Verlag findet es schlimm.«

»Mainstream? Was soll an Mainstream schlimm sein? Shakespeare ist Mainstream. Goethe ist Mainstream. Kafka ist Mainstream. Die Bibel ist Mainstream.«

Das Reden am Nachmittag war beendet, da beide noch einen Termin hatten. Vor der Verabredung mit Ann Charlotte war ihm die Fortbildung *Wie verhalte ich mich in ungewöhnlichen Situationen?* im Magen gelegen wie drei Schweinshaxen, jetzt lag sie da wie ein kleines Sushi. Umarmung mit Wangenküssen auf der Straße, und dann … dann standen sie da.

»Ich ruf dich an«, sagte König.

»Ich kann dich auch anrufen«, sagte Ann Charlotte.

»Wir können uns auch jetzt schon verabreden. Wie wär's mit nächster Woche?«

»Hast du so viel zu tun?«

»Du meinst, ob es früher geht?«

»Ich meine, ob du mich wirklich treffen willst.«

»Natürlich will ich. Hast du morgen Zeit?«

»Morgen?«

»Oder heute Abend? Lass uns heute Abend ins Kino gehen.«

»Und was sagst du Marion?«

»Ich sage Marion, dass ich heute Abend ins Kino gehe.«

»Und wenn sie fragt, mit wem?«

»Dann sage ich, mit dir.«

»Natürlich.«

»Eben.«

Abmarsch, bevor er sich noch kommunikativ verzettelte. Die Scheidung lief ja schon. Und er würde sie jetzt laufen lassen. Alles, was lief, musste man laufen lassen. War eine Art Naturgesetz. Kerstin, Roswitha, Sabine, Annette, Franz und Hildegard saßen schon im

Raum 115. Auch die Großfelder Dozenten und die Junglehrer.

»Zwei Minuten zu spät«, sagte Sabine.

»Stimmt nicht«, sagte König. »Auf meiner Uhr sind es viereinhalb Minuten.« Er lachte. Sabine lachte nicht. Die ganze Marienrader Fraktion lachte nicht. Aber die Großfelder lachten. Und die Junglehrer. Die Junglehrer lachten übergebührlich, geradezu opportunistisch. Wollten sich wahrscheinlich wieder mal bei ihm einschmeicheln, damit er ihnen mehr Kurse zuschanzte.

»Ruhe jetzt!«, sagte König. »So witzig war's auch wieder nicht.«

»War schon witzig«, sagte ein Junglehrer.

»Na ja«, sagte Roswitha.

»Wir gehen in den Dozentenraum«, sagte König.

»In den Dozentenraum?«, fragte Franz. »Warum denn das?«

»Ja, warum?«, sagte Sabine.

»Verstehe ich nicht«, sagte Roswitha. »Hier ist doch mehr Platz.«

»In den Dozentenraum«, wiederholte König.

»Wo ist überhaupt der Referent?«, sagte Hildegard.

»Im Dozentenraum«, sagte König.

»Muss das sein?«, sagte Annette. »Kann der Referent nicht einfach hierher kommen?«

»Auf in den Dozentenraum!«, sagte König. Die Junglehrer erhoben sich, dann die Großfelder. Die Marienrader blieben sitzen.

»Habt ihr nicht gehört? Auf in den Dozentenraum!«

»Also ich weiß nicht«, sagte Sabine.

»Ich sitze gerade so bequem«, sagte Roswitha.

»Wer in fünf Minuten nicht im Dozentenraum ist, bekommt eine Abmahnung«, sagte König.

»Dein Ton«, sagte Hildegard.

»In den Dozentenraum!«, schrie König.

»Dein Ton!«, sagte Franz.

»Euer Ton geht mir schon lange auf den Sack!«, schrie König. Franz erhob sich, dann Sabine, dann Hildegard, dann der Rest. Der Referent wartete schon vor dem Dozentenraum.

»Darf ich vorstellen?«, sagte König. »Das ist Mario Peppering von *Wilde Hilde*.«

»Ist das ein Kinderladen?«, fragte Franz.

»Ich kenne das als pikanten Käseaufstrich«, sagte Sabine.

»*Wilde Hilde* organisiert Spiel- und Theaterprojekte«, sagte Peppering.

»Und was hat das mit uns zu tun?«, fragte Roswitha.

»Erklärt Herr Peppering euch schon«, sagte König. »Das heißt … Ich bekomme gerade ein Zeichen von Herrn Peppering, dass er nichts erklären wird. Jede Erklärung würde den Erfolg der Fortbildung gefährden.«

»Alle müssen was tun«, sagte Peppering.

»Was sind denn die Referenzen von Herrn Peppering?«, fragte Annette.

»Herr Peppering ist Lehrer an einer Berliner Grundschule und ausgebildeter Spiel- und Theaterpädagoge«, sagte König. »Daneben ist er Lehrbeauftragter des Instituts für Fachdidaktiken.«

»Fachdidaktiken?«, sagte Franz. »Muss das nicht Fachdidaktik heißen? Seit wann gibt es da Plural?«

»Heißt tatsächlich Institut für Fachdidaktiken«, sagte Peppering.

»Daneben in der Weiterbildung der GEW-Brandenburg und in der Lehrerausbildung für das Landesschulamt Berlin tätig«, fuhr König fort. »Und jetzt lasst uns anfangen. Ich bekomme gerade wieder ein Zeichen von Herrn Peppering. Er hatte im Vorfeld mit mir nämlich besprochen, die große Gruppe in drei kleinere Gruppen aufzuteilen. Ich schlage vor: Wir beginnen mit den Marienradern, dann kommen die Großfelder, zum Schluss die Junglehrer.«

»Was soll das?«, sagte Hildegard. »Ich bin keine Marienraderin. Ich bin Hildegard und wohne in Wilmersdorf.«

»Und ich«, sagte Annette, »ich bin Annette und wohne in Kreuzberg.«

»Ihr wisst, was ich meine«, sagte König.

»Wissen wir nicht«, sagte Franz.

»Die erste Gruppe bilden Franz, Hildegard, Sabine, Roswitha, Annette, Kerstin. Habe ich jemanden vergessen?«

»Warum losen wir die Gruppen nicht aus?«, sagte Hildegard.

»Jetzt reicht's mir aber«, sagte König. »Ihr habt doch ganz andere Probleme als die Großfelder. Und die Großfelder haben ganz andere Probleme als die Junglehrer.«

»Du generalisierst schon wieder«, sagte Franz. »Sag uns endlich mal, wer oder was die Marienrader sind?«

»Also gut«, sagte König. »Wenn ihr alte Wunden unbedingt wieder aufreißen wollt. Ich war bereit, Vergangenes vergangen sein zu lassen.«

»Etwas deutlicher, bitte«, sagte Annette.

»Ihr habt es nicht anders gewollt«, sagte König. »Die Marienrader sind die, die glauben, seit zwanzig Jahren ein Platzrecht im Dozentenraum zu haben. Die Großfelder sind die, falls sie noch nicht rausgemobbt worden sind –«

»Von dir«, rief Roswitha.

»Verleumdung!«, schrie König.

»Von dir!«, rief Annette.

»Von euch!«, schrie König.

»Von dir!«, rief Sabine.

»Von der Kurz-Kowalski!«, schrie König.

»Von dir!«, rief Hildegard.

»Von euch!«, schrien die Großfelder.

»Endlich!«, sagte König. »Endlich wehrt ihr euch mal.«

»Ich bin begeistert über das rege Engagement«, sagte Peppering. »Lasst uns doch im Dozentenraum fortfahren.« Die Großfelder und die Junglehrer blieben draußen, die Marienrader nahmen am Rundtisch Platz.

»Und?«, sagte Peppering.

»Jeder sitzt auf seinem Platz«, sagte König.

»Na und?«, sagte Franz. »Wir mögen das eben.«

»Wir sind eben Gewohnheitstiere«, sagte Sabine. »Was ist schon dabei?«

»Gar nichts«, sagte König. »Auch Hunde haben ihre festen Bäume. Ich bekomme gerade wieder ein Zeichen von Herrn Peppering, mich ab sofort zurückzunehmen. Ich übergebe also an Herrn Peppering.« Peppering bat alle aufzustehen. Zuerst Murmeln und Grummeln, aber nach einer halben Minute standen alle. Er verteilte Halstücher.

»Bitte die Halstücher um die Augen binden«, sagte Peppering.

»Spielen wir *Blinde Kuh*?«, sagte Franz.

»So ähnlich.«

»Was soll das?«, sagte Sabine.

»Soll das die Fortbildung sein?«, sagte Annette.

»Erklären Sie uns das doch bitte mal vorher«, sagte Hildegard.

»Ich erkläre es nachher«, sagte Peppering. »Das heißt, dann brauche ich es gar nicht mehr zu erklären, weil es sich von selbst erklärt.«

»Wenn mich ein Kursteilnehmer fragt, warum wir diese Übung jetzt machen, erkläre ich ihm das auch.

Vorher, nicht nachher. Das bin ich als Kursleiter dem Kursteilnehmer schuldig.«

»Vertrauen Sie mir«, sagte Peppering.

»Sag du was, Erik«, sagte Sabine.

»Bitte bindet euch die Halstücher um die Augen«, sagte König. »Ich bin gern bereit, mitzumachen.«

»Wir wollen nicht, dass du mitmachst«, sagte Franz. »Wir wollen, dass es niemand von uns macht.«

»Macht es!«, sagte König.

»Ich weiß nicht«, sagte Annette.

»Macht es einfach!«, sagte König.

»Es ist lächerlich«, sagte Sabine.

»Okay, es ist lächerlich. Aber in Gottes Namen, macht es. Macht es! Niemand wird davon erfahren. Nichts von dem, was ihr hier macht, wird nach außen dringen. Das verspreche ich euch!«

»Ich probier's«, sagte Roswitha. Ausgerechnet Roswitha! Band sich das Halstuch um die Augen.

»Und?«, sagte Franz.

»Ich sehe nichts«, sagte Roswitha.

»So soll es sein«, sagte Peppering. Franz war der Nächste, dann Sabine, dann Annette, dann der Rest.

»Und?«, sagte Sabine. »Was machen wir jetzt?«

»Bitte gehen Sie im Kreis«, sagte Peppering.

»Ich habe Angst zu stolpern«, sagte Annette.

»Und ich zu stürzen«, sagte Hildegard.

»Sie können sich ruhig bei den Händen fassen.«

»Man merkt, dass Sie viel mit Kindern arbeiten«, sagte Hildegard.

»So«, sagte Peppering, »sobald ich auf meiner Trillerpfeife pfeife, nehmen Sie bitte augenblicklich Ihre Plätze ein.«

»Können wir dazu das Halstuch abnehmen?«, sagte Franz.

»Nein, zuerst setzen Sie sich, dann nehmen Sie das Halstuch ab!«

»Aber so finden wir doch nicht unsere Plätze«, sagte Sabine.

»Setzen Sie sich einfach dort, wo ein Platz frei ist!«

Spurensuche

Um vier trafen sie sich bei dem kleinen Bahnhof in der Nähe von Krakau. Heidi Brockmann filmte das verlassene Bahnhofsgebäude, die von Unkraut überwucherten Gleise. »Von hier ist mein Urgroßvater abgefahren«, sagte Heidi Brockmann.

Als sie vor der Haustür der Koslowskis standen, fragte sie: »Worauf warten wir?«

»Dass du die Kamera wegpackst«, sagte Arthur.

»Mein Videomaterial ist Teil von *Suche nach Vati.*«

Frau Milinska, die Dolmetscherin, klingelte, die Koslowskis machten die Tür auf, blickten in die Kamera und machten die Tür gleich wieder zu. Die Dolmetscherin klingelte ein zweites Mal, die Tür öffnete sich einen Spalt. Kurzer Wortwechsel zwischen Milinska und Koslowski, dann öffnete sich die Tür ganz. Koslowski, ein Mann um die fünfzig, führte sie in die Wohnküche. Dort saßen, um einen großen Tisch versammelt, Frau Koslowska, die Töchter, der Großvater und der Urgroßvater. Händeschütteln, Platz nehmen. Schweigen. Die Brockmann zückte wieder die Kamera.

»Am besten kommen wir gleich zur Sache«, sagte Heidi Brockmann zur Dolmetscherin. »Fragen Sie doch bitte die Koslowskis … am besten den Großvater oder den Urgroßvater … ob er sich an den Großvater meines Vaters … also an meinen Urgroßvater … Leopold Brockmann erinnert?« Die Dolmetscherin übersetzte, Großvater und Urgroßvater schwiegen. Auch die anderen Koslowskis schwiegen.

»Haben die Koslowskis die Frage verstanden?«

Die Dolmetscherin nickte.

»Und warum antworten sie nicht?«

Die Dolmetscherin schwieg.

»Der Bürgermeister hat uns ausdrücklich die Familie Koslowski empfohlen. Hab ich recht, Guido?«

»Du hast recht, Heidi Lea.«

»Der Bürgermeister meinte, falls sich noch jemand an Leopold Brockmann erinnern kann, dann der alte Koslowski.«

»Das hat der Bürgermeister gesagt, Heidi Lea. Jedenfalls hat Frau Milinska es so übersetzt.«

»Haben Sie die Frage auch richtig übersetzt?«, fragte Heidi Brockmann die Dolmetscherin.

Arthur sagte: »Heidi, bitte!« Und Eckhard sagte: »Wenn ich du wäre, Heidi, würde ich mal die Kamera runternehmen.« Sobald Heidi Brockmann die Kamera runternahm, begann der Urgroßvater zu sprechen.

»Herr Koslowski«, sagte die Dolmetscherin, »kann sich an keinen Leopold Brockmann erinnern.«

»Sind Sie sicher?«, sagte Heidi Brockmann. »Ich meine, ist sich Herr Koslowski sicher?«

»Er ist sich sicher.«

»Fragen Sie ihn doch bitte noch einmal. Und sagen Sie ihm, dass wir eine sehr lange Reise hinter uns haben.«

Die Dolmetscherin fragte, der Urgroßvater antwortete.

»Er ist sich sicher«, sagte die Dolmetscherin.

»Ganz sicher?«, insistierte Heidi Brockmann.

»Du hörst doch, was Frau Milinska sagt«, sagte Arthur.

»Das war's«, sagte Eckhard. »Achthundert Kilometer umsonst gefahren. Bei Überholmanöver des Gegenverkehrs immer mit dem Schlimmsten gerechnet. Und jetzt achthundert Kilometer zurück. Wieder achthundert Kilometer in der Todeszone. Und für was? Für ein Hirngespinst!«

Heidi Brockmann zückte wieder die Kamera und sagte zur Dolmetscherin: »Könnten Sie bitte noch einmal nachfragen, ob ...«

»Heidi«, sagte Arthur, »Frau Milinska hat doch schon dreimal nachgefragt.«

»Einmal! Frau Milinska hat einmal nachgefragt, ja! Wir wollen doch schön präzise sein. Einmal hat Frau Milinska *ge*fragt, einmal *nach*gefragt.«

»Nimm die Kamera runter«, sagte Eckhard.

»Das Videomaterial ist Teil von *Suche nach Vati*, und damit basta!«

»Nur für eine Minute«, sagte Guido, »nur, bis sich die Situation entspannt hat.«

Heidi Brockmann legte die Kamera auf den Tisch, deutete auf den Urgroßvater: »Der Typ lügt doch wie gedruckt. Seht ihr das denn nicht? Der weiß doch mehr, als er sagt. Vielleicht lügt auch die Dolmetscherin«, flüsterte Heidi Brockmann.

»Bitte jetzt keine Verschwörungstheorie«, sagte Arthur.

»Der Bürgermeister«, sagte Heidi Brockmann, »der Bürgermeister hat gesagt, die Koslowskis ...«

»Komm, lass uns mal kurz rausgehen«, sagte Arthur zu Heidi Brockmann. Und zur Dolmetscherin: »Heidi und ich gehen mal kurz raus, eine Zigarette rauchen.«

Frau Milinska fragte die Koslowskis etwas. Daraufhin zückte Herr Koslowski ein Päckchen Zigaretten. Bot allen Zigaretten an. Guido, Fritz Nägele und Eckhard griffen zu.

»Sie können hier rauchen«, sagte Frau Milinska zu Arthur. »Die Koslowskis würden es als unhöflich empfinden, wenn Sie zum Rauchen nach draußen gingen.«

»Dann sagen Sie bitte den Koslowskis, Frau Brockmann und ich wollen uns kurz die Beine vertreten.«

»Habt ihr das bemerkt?«, sagte Heidi Brockmann. »Der Urgroßvater redet mit Enkel und Sohn.«

»Und?«, sagten Ann Charlotte und Eckhard.

»Ja, versteht ihr denn nicht?«, sagte Heidi Brockmann. »Die Frage ist doch, worüber reden die?«

»Und?«, sagte Eckhard.

»Seid ihr so naiv oder tut ihr nur so?«

»Weder noch«, sagte Ann Charlotte.

»Was reden die denn da?«, fragte Heidi Brockmann Frau Milinska.

»Nur so«, sagte sie.

»*Nur so*«, wiederholte Heidi Brockmann. »Was *nur so*? Die reden doch was. Was reden die denn? Sie sind doch die Dolmetscherin!«

»Heidi, bitte«, sagte Arthur.

»Was *Heidi, bitte*? Siehst du … hörst du denn nicht, wie die reden? Auf einmal reden die. Ganz schnell und ohne Pause. Sieh nur, auch die Frau redet jetzt. Auch die Töchter. Alle reden die jetzt. Wie ein Wasserfall. Was reden die? Hört ihr das? Die reden noch immer. Und alle durcheinander. Auch der Großvater redet. Selbst der Urgroßvater.« Heidi Brockmann zückte die Kamera und hielt auf die Koslowskis, worauf sie einer nach dem anderen verstummten.

»Jetzt reicht's!«, sagte Arthur. »Wenn du dich nicht auf der Stelle beherrschst, gehe ich. Hast du mich verstanden?« Heidi Brockmann legte die Kamera auf den Tisch.

»Der alte Herr Koslowski erinnert sich jetzt doch«, sagte Frau Milinska.

»Was habe ich gesagt?«, rief Heidi Brockmann. »Was habe ich gesagt!« Und zu Frau Milinska: »Woran erinnert sich der alte Herr Koslowski?«

»Ist schon sehr, sehr lange her«, sagte die Dolmetscherin.

»Natürlich«, sagte Heidi Brockmann. »Leopold Brockmann ist auch schon sehr, sehr lange tot.«

»In seiner Kindheit, sagt der alte Herr Koslowski, gab es wohl einen Leopold Brockmann.«

»Und weiter?«

»Er erinnert sich nicht mehr so genau, aber Leopold Brockmann war Schneider oder Schuhmacher oder …«

»Schneider. Und weiter?«

»Sein Sohn …«

»Walter!«

»Er erinnert sich nicht mehr an den Namen … ist nach Deutschland oder Österreich gegangen.«

»Zuerst nach Deutschland, dann nach Österreich. Und weiter?«

»Leopold Brockmann muss schon recht früh gestorben sein.«

»Und weiter?«

»Er hinkte.«

»Hinkte?«

»Ja, er zog das rechte Bein nach.«

»Interessant.«

»Vielleicht in Folge einer Kinderlähmung.«

»Interessant. Interessanter aber noch die Frage, war Leopold Brockmann Jude?«

»Jude?«

»Jude.«

»Ich soll den alten Herrn Koslowski fragen, ob Leopold Brockmann Jude war?«

»Ja, bitte, fragen Sie!«

Eckhard sagte zu Heidi Brockmann: »Der Vater erbrachte den Arier-Nachweis, die Tochter sucht den Juden-Nachweis.« Heidi Brockmann holte zur Ohrfeige aus, ließ dann aber die Hand sinken.

»Der alte Herr Koslowski erinnert sich nicht«, sagte Frau Milinska.

»Erinnert sich nicht?«, sagte Heidi Brockmann.

»Ja. Er weiß es nicht.«

»Erinnert sich nicht oder weiß es nicht?«

»Heidi, bitte«, sagte Arthur.

»Immer dieses *Heidi, bitte!* Zuerst erinnert sich der alte Koslowski nicht an meinen Urgroßvater, und plötzlich erinnert er sich doch. Und jetzt will er sich wieder nicht erinnern. Das stinkt doch!«

Frau Koslowska sprach mit einer ihrer Töchter.

»Was reden die denn jetzt?«

Die Tochter sagte: »Meine Mutter lässt fragen, ob Sie etwas trinken möchten.«

»Mein Gott, die spricht ja Deutsch!«, sagte Heidi Brockmann. »Haben Sie gewusst, dass die Tochter Deutsch spricht?«

»Jetzt reicht es aber!«, sagte Eckhard.

»Dann hätten wir uns die Dolmetscherin sparen können«, sagte Heidi Brockmann. »Immerhin zahlen wir Frau Milinska für ihre Dienste siebzig Euro. In Polen sind siebzig Euro ein kleines Vermögen.«

Kursverteilung

König saß im Büro und verspürte keinerlei Wichsbedürfnis. In den letzten zwei, drei Jahren hatte er bestimmt fünfmal die Woche im Büro gewichst – und ebenso oft zu Hause –, aber seit einer Woche nicht ein einziges Mal. Er blätterte das Pornoheft so lustlos durch wie im Wartezimmer des Zahnarztes *Frau im Spiegel* oder *Das Goldene Blatt*. Ob er ein Foto von Silvia Sommerlath oder eines von Cherry, dem Blaswunder aus Pasadena, anschaute, es machte keinen Unterscheid mehr. War er krank? Oder wieder gesund? War aus ihm ein Stoiker geworden? Ein Asket? Er wusste es nicht. Wollte es nicht wissen. Was er wusste: Er dachte an Ann Charlotte. Mehr noch, er vermisste Ann Charlotte. Er hatte an diesem Morgen schon dreimal versucht, Ann Charlotte anzurufen. Sie war noch immer in Polen.

Hatte ihn gestern Nacht angerufen. Marion hatte geschlafen. Oder hatte so getan, als schlafe sie. Er war ins Badezimmer gegangen. Hatte die Dusche laufen lassen. Hatte kaum was verstanden, wegen der Dusche und der schlechten Verbindung, aber den einen Satz hatte er verstanden: *Erik, ich vermisse dich.* Er hatte die ganze Nacht kein Auge zugetan, aber er war nicht aufgestanden, um ins Waschbecken zu wichsen, wie er es früher bei Einschlafstörungen häufiger getan hatte. Am nächsten Morgen las er keine Zeitung beim Frühstück.

»Bist du krank?«, fragte Marion.

»Im Gegenteil.« Die Scheidungsdrohung war auf einmal keine Drohung mehr, sondern eine Verlockung. Was ihm jetzt vorschwebte, war Scheidung im Einvernehmen, denn das sparte Anwaltskosten.

»Warum auf einmal so rasch?«, sagte Marion.

»Willst du die Scheidung etwa nicht mehr?«

»Doch, schon, ich bin nur etwas überrascht.«

Im Büro versuchte er Ann Charlotte zu erreichen, erfolglos. Ein paar Worte von Ann Charlotte hätten ihm geholfen für das Kommende. Das Kommende war, Roswitha zu feuern, wegen Fälschung der Unterschriftskürzel bei der Abendkursliste.

»Aber das machen doch alle«, sagte Roswitha. »Oder glaubst du wirklich, dass in den Abendkursen immer die Mindestzahl von acht Kursteilnehmern erreicht wird?«

»An drei Terminen hintereinander dürfen es weniger sein, aber dann muss eine Meldung erfolgen. Und dann entscheide ich, ob der Kurs aufgelöst wird.«

»Und wo bleibt mein Honorar, wenn der Kurs aufgelöst wird?«

»So sind die Regeln.«

»Ich brauche aber das Honorar. Ich bin alleinerziehende Mutter. Du bekommst jeden Monat dein Gehalt plus Urlaubs- und Weihnachtsgeld.«

»Es geht hier nicht um mich. Du hast Unterschriften gefälscht.«

»Hast du Beweise?«

»Ich habe Kursteilnehmer angerufen.«

»Wie heißen die denn?«

»Werde ich dir nicht sagen.«

»Das ist eine Finte. Das mit der Liste machen doch alle Dozenten. Es gibt sogar Dozenten, die Freunde bitten, sich für ihren Abendkurs anzumelden, nur damit bei Kursbeginn die erforderliche Mindestteilnehmerzahl erreicht wird. Die Freunde kommen dann nicht, Hauptsache, sie stehen auf der Liste. Und die Dozenten zahlen aus eigener Tasche deren Kursgebühr.«

»Das soll ich glauben?«

»Wo lebst du eigentlich? Für einen Abendkurs bekommen wir zweitausendvierhundert Euro. Kommt er nicht zustande, bekommen wir null Euro. Die Kursgebühr beträgt hundert Euro. Zahle ich also drei, vier Leuten die Kursgebühr, lohnt es sich noch immer.«

»Du willst dich nur rausreden.«

»Aber du hast es doch früher selber so gemacht.«

»Eine ungeheure Unterstellung.«

»An allen Volkshochschulen wird das so gemacht.«

»Verleumdung!«

»Es ist der nackte Existenzkampf.« In der Tat, er konnte ihren Angstschweiß riechen. Alleinerziehende Mutter Ende vierzig, deren Exmann wahrscheinlich keinen Unterhalt zahlte. Die würde nirgendwoanders mehr unterkommen, feuerte König sie. Selbst an den zahlreichen Sprachschulen nicht, wo Lehrern Dumpinglöhne gezahlt wurden. Ein Fall für die Sozialhilfe. Andererseits, es gab Gerüchte, dass sie ein Verhältnis mit der Kurz-Kowalski habe. Und stimmte das, hatte sie sicher im Vorfeld der Bewerbung um den Direktorposten gegen ihn intrigiert. Keine Gnade mit der ungnädigen Roswitha!

»Ab Herbst habe ich keinen Kurs mehr für dich«, sagte König.

»Das kannst du nicht machen!«

»Und ob ich das kann.«

»Und wovon soll ich leben?«

»Weiß ich nicht. Interessiert mich nicht.«

»Du … du …«

»Na, sag schon!«

»Du Unmensch!«

»Selber Unmensch! Die jungen Kollegen von den Plätzen vertreiben, weil es angeblich eure Plätze sind.

Euch werde ich's zeigen. Du bist nicht die Einzige, nur die Erste, die ich feuere. Andere werden folgen. Und verlass jetzt bitte mein Büro, ich habe zu tun.«

»Das wirst du noch bereuen!« Und tatsächlich, fünf Minuten später klingelte das Telefon. Die Kurz-Kowalski war am Apparat und bestellte ihn in ihr Büro.

»Jetzt?«, fragte König.

»Sofort«, sagte Kurz-Kowalski. Erstes zartes Wichsbedürfnis, aber er widerstand. Versuchte Ann Charlotte anzurufen, wieder vergeblich. Widerstand noch immer. Ging zum Büro der Kurz-Kowalski. Versuchte federnden Schrittes und pfeifend dorthin zu gehen, was misslang. Klopfte und wartete das *Herein* nicht ab. Grüßte und setzte sich, ohne entsprechende Aufforderung.

»Kommen wir gleich zur Sache«, sagte Kurz-Kowalski.

»Falls Sie damit die Entlassung von Roswitha Klinger meinen, da …«

»Genau das meine ich. Um es kurz zu machen: Roswitha Klinger bekommt natürlich im Herbst wieder ihre Kurse.«

»Und die Unterschriftenfälschung?«

»Hängen Sie das bitte nicht so hoch! Wir alle machen gelegentlich Fehler. Sie etwa nicht?«

»Und Sie?«

»Wir alle, wie gesagt.«

»Sie überschreiten Ihren Kompetenzbereich, Frau Kurz-Kowalski. Als Programmbereichsleiter bin ich für Einstellung und Entlassung der Dozenten in meinem Fachbereich zuständig.«

»Als Leiterin bin ich für alles zuständig.«

»Geben Sie doch zu, dass Sie mit Roswitha Klinger ein Verhältnis haben.«

»Das habe ich nicht gehört.«

»Dann sage ich es noch einmal: Sie haben ein Verhältnis mit Roswitha Klinger.«

»In unser beider Interesse: Das habe ich nicht gehört.«

»Ich sage es jetzt zum letzten Mal: Sie und Roswitha Klinger treiben es miteinander!«

»Raus!«

Zurück im Büro noch immer kein drängendes Wichsbedürfnis. Vor vier Wochen hätte er sich in vergleichbarer Situation den Schwanz wund gewichst. Er verstand noch immer nicht, was genau passiert war. Nur *dass* etwas passiert war. Am Nachmittag bekam er eine Mail von der Kurz-Kowalski. Sie habe nie seinen Kompetenzbereich in Frage stellen wollen. Sie stelle es im übrigen ganz in seinen Ermessensbereich, wie er die Kurse an die Dozenten verteile. Er mailte gleich zurück: Roswitha sei eine verdiente Lehrkraft und bekomme selbstverständlich im Herbst weiter Kurse, nur müssten die Kurse insgesamt gerechter zwischen den Kollegen aufgeteilt werden. Das sei doch sicher auch im Interesse der Volkshochschulleitung. Postwendend Kurz-Kowalskis Antwort, sie gehe da mit der Programmbereichsleitung völlig d'accord.

Er ging runter in den Keller zum Dozentenraum. Hörte Getuschel durch die angelehnte Tür. Tuschelten sicher über ihn. Er riss die Tür auf und starrte in Roswithas Gesicht und in das von Franz, Kerstin und Sabine. Wie überdrüssig er ihrer Gesichter war, dieser Angst- und Beleidigte-Leberwurst-Fratzen. Und wie überdrüssig erst ihrer Ausdünstungen. Er riss gleich alle Fenster auf, ungeachtet ihrer Proteste.

»Ich vertrage keine Zugluft«, sagte Kerstin. »Wenn ich krank werde, kann ich nicht unterrichten.«

»Dann lässt du dich eben vertreten.«

»Und wer zahlt das?«

Mein Gott, am liebsten würde er diese Jammergestalten auf der Stelle feuern. In die Jahre gekommene Männer konnten furchtbar sein, wie er gelegentlich an sich selber feststellen konnte. Aber wie furchtbar waren erst in die Jahre gekommene Frauen. Und ein richtiger Existenzschrecken in die Jahre gekommene Lehrerinnen.

»Ich habe eine gute und eine schlechte Nachricht«, sagte König. »Welche wollt ihr zuerst hören?«

»Die gute.«

»Roswitha, ich nehme die Entlassung zurück.«

»Wäre dir auch nichts anderes übrig geblieben.«

»In Zukunft werden keine Kurslisten mehr frisiert. Kurse mit zu wenigen Teilnehmern werden geschlossen. Habt ihr verstanden?«

»Ist das die schlechte Nachricht?«, fragte Franz.

»Nein. Das ist eine Selbstverständlichkeit. Wen ich in Zukunft beim Kurslistenfrisieren erwische, fliegt. Ist das klar?«

»Dein Ton«, sagte Franz.

»Und wer seine Kurse mit Leuten aus dem Bekannten- oder Freundeskreis auffüllt, nur damit die Mindestzahl erreicht wird, fliegt ebenfalls. Ist das klar?«

»Dein Ton«, sagte Claudia.

»Und jetzt zur schlechten Nachricht. Die Programmplanung für das kommende Jahr gilt nicht mehr. Die Kurse werden neu aufgeteilt.«

»Das kannst du nicht machen«, sagte Sabine.

»Es gibt nicht länger ein Erbrecht auf die Kurse. Die jungen Kollegen werden in Zukunft mehr zum Zug kommen. Auch die Großfelder Kollegen.«

»Das lassen wir uns nicht bieten«, sagte Roswitha. »Wir werden uns bei Waltraud beschweren.«

»Ich habe das mit Frau Kurz-Kowalski bereits abgesprochen.«

»Und wovon sollen wir leben?«, sagte Franz.

»Habt ihr euch je gefragt, wovon die jungen Kollegen leben sollen? Oder die Großfelder Kollegen? Es ist jetzt ein für allemal Schluss mit dem Marienrader Inner Circle.«

Zurück im Büro weiterhin kein drängendes Wichsbedürfnis. Dafür drängende Vertreter des Inner Circle, die an seine Solidarität appellierten. Die ihn mit Tränenausbrüchen unter Druck setzten. Mit Gewinsel. Nach einer Stunde war er mit den Nerven am Ende. Statt Wichsbedürfnis allergrößte Mordlust. Er mordete nicht, sondern rief einige Großfelder Dozenten an. Bot ihnen mehr Kurse für Herbst und Frühjahr an. Badete in ihren Dankesworten. Dasselbe bei den jungen Dozenten. Für die war er jetzt ein Held, wo er es der Marienrader Dozentenmafia endlich mal gezeigt hatte.

Gegen Abend zarte Traurigkeitsattacken, Melancholieanfälle. Dreiundfünfzig Jahre war er alt und hatte davon mehr als fünfundzwanzig an der Volkshochschule verbracht. Verheiratet, aber bald geschieden. Kinder, aber bald aus dem Haus. Am Leben, aber dessen Mitte längst überschritten. Versuchte wieder, Ann Charlotte anzurufen.

Kosmetikkoffer

Sie standen im Eingangsbereich. Sagte man so? Eingangsbereich? Eckhard war sich nicht sicher. Das war ja kein Hotel hier. Standen da herum, unschlüssig. Oder ergriffen. Oder sonst was. Heidi Brockmann stand da herum mit ihrem Kosmetikkoffer.

»Lass ihn im Auto«, hatte Ann Charlotte gemeint.

»Kommt nicht in Frage«, hatte Heidi Brockmann gesagt. »Im Auto wird der Kosmetikkoffer geklaut.« Heidi Brockmann hielt den Kosmetikkoffer fest, als handle es sich um einen Geldkoffer. Fehlten nur noch Handschellen wie bei den Geldboten.

»So wenige Leute hier«, sagte Fritz.

»Das kalte und feuchte Wetter«, sagte Arthur.

»Gerade die passende Atmosphäre für diesen Besuch«, sagte Guido Duvall.

»Gibt keine passende Atmosphäre für diesen Besuch«, sagte Arthur.

»Spiel dich jetzt bloß nicht als Oberlehrer auf!« Die Brockmann hatte wieder die Kamera in der Hand. Den Kosmetikkoffer trug jetzt Guido Duvall.

»Kostet gar keinen Eintritt hier«, sagte Fritz.

»Warum sollte das Eintritt kosten?«, sagte Guido Duvall.

»Ich bin jedenfalls überrascht«, sagte Fritz. »Ich hatte gedacht, das würde Eintritt kosten.«

»Das hier ist kein Museum«, sagte Guido Duvall.

Mein Gott, dieses Gequatsche, dachte Eckhard. Selbst an diesem Ort. Guido Duvall erzählte, dass er mit der Abi-Klasse in Bergen-Belsen gewesen sei. Das habe Eintritt gekostet. Fritz fragte, ob das das Einzige sei, woran er sich erinnern könne. Böser Blick von Ann Charlotte. Bevor weiter blöd herumgestanden und gequatscht wurde, stellte sich die Frage: Führung nehmen oder nicht. Gab Standardbesichtigung, eintägige Studienbesichtigung und zweitägige Studienbesichtigung. Die Standardbesichtigung kostete 87 Zloty auf Polnisch, in einer Fremdsprache kostete sie 174 Zloty. Die eintägige Studienbesichtigung kostete 340 Zloty und die zweitägige 464 Zloty.

»Pro Person?«, fragte Fritz.

»Wenn ich's richtig verstanden habe, die ganze Gruppe«, sagte er. Sie konnten sich nicht entscheiden. Guido Duvall sagte, zwei Tage würde er das nicht aushalten. In Bergen-Belsen sei ihm schon nach zwei Stunden schlecht geworden. Heidi Brockmann sagte, sie hasse generell Führungen. Arthur sagte, er plädiere für die zweitägige Studienbesichtigung. Ann Charlotte sagte nichts. Eckhard auch nicht.

Dachte an seinen ersten Besuch hier vor mehr als zwanzig Jahren. Mit der Schule. Am meisten hatte ihn die Baracke der Strafkompanie erschüttert. Dort, wo die Häftlinge waren, die Regeln gebrochen hatten. Irgendwelche kranken Regeln. Arbeiteten fast rund um die Uhr und waren fast vollkommen abgeschottet. Hunderte, Tausende Menschen waren in der Baracke qualvoll erfroren, verhungert. In die Wände hatten Besucher geritzt: *I was here.* Abends hatten sie dann viel geredet, diskutiert, geweint. Und waren später noch weggegangen, ins Zentrum von Krakau. Wunderschöne Stadt, dieses Krakau, auch damals schon. War komisch gewesen. Hatten zu Musik getanzt, auch er. Er, der sonst nie tanzte.

Standen noch immer hier herum. Die Brockmann mit der Kamera, Guido Duvall mit dem Kosmetikkoffer. Sah wie ihr Assistent aus. Fritz sah nicht wie sein Assistent aus, obwohl er es tatsächlich war. Fritz packte ein Butterbrot aus.

»Pack das sofort weg«, sagte Arthur.

»Ich habe Hunger.«

»Pack das weg!«

»Warum soll ich das wegpacken?«

»Du weißt sehr gut, warum.«

»Wenn ich mein Butterbrot wegpacke, werden die Toten auch nicht mehr lebendig.« Arthur riss ihm das Butterbrot aus der Hand und warf es in den Abfalleimer.

Fritz zeigte auf zwei Besucher. Die Frau aß eine Banane, der Mann ein Stück Salami. Sie entschieden sich für die eintägige Studienbesichtigung zu 340 Zloty.

»Ich bin schon gespannt, was mich erwartet«, sagte Heidi Brockmann.

»Du bist *gespannt*?«, sagte Ann Charlotte. »Sorry, Heidi, aber ein Konzentrationslager –«

»Vernichtungslager«, sagte Arthur.

»… Vernichtungslager ist weder ein Gruselkabinett noch ein Picknickplatz.«

»Danke für die Aufklärung«, sagte Heidi Brockmann.

»Es ist auch kein supertolles geschichtliches Museum. KZs und Vernichtungslager sind Grabstätten.«

»Wem erzählst du das?«

»Dort sind mehrere Tausend, in Auschwitz gar Millionen Menschen ermordet worden. Völkermord, da gibt es nichts Spannendes.«

»Okay, okay, ich hätte wohl eher sagen sollen: Mich interessiert, was uns da erwartet. Und ich bin gespannt, wie ich und ihr reagieren werdet.«

»Dann sag's auch so.«

»Genug jetzt«, sagte Guido Duvall. »Studienbesichtigung 340 Zloty … macht für jeden …«

»Das zahlt die Produktion«, sagte Eckhard. Ein paar Sekunden Schweigen, aber Fritz war's schon zuviel. Sagte, dass er völlig ohne Erwartungen hierher gekommen sei. Nein, hatte sogar Angst davor. Habe sie immer noch. Hatte daran gezweifelt, ob er überhaupt mitfahren sollte, weil … weil … sah sich nach seiner Erfahrung in Dachau nicht imstande, soviel verkraften zu können.

»Bitte jetzt keine Show«, sagte Arthur.

»Was Show?«, sagte Heidi Brockmann. »Siehst du denn nicht, was mit Fritz los ist?«

»Zuviel gesoffen und geraucht hat er letzte Nacht«, sagte Arthur.

»Ich habe Angst davor, hier zu sein«, sagte Fritz. »Als Nachkomme derer, die das Ganze hier verrichtet haben –«

»Du meinst, *vernichtet*«, sagte Ann Charlotte.

»… *verrichtet*, auch wenn mich persönlich keine Schuld trifft.« Eckhard war selbst ein Nachkomme derer, hatte aber jetzt keine Lust, das zu diskutieren. Wollte endlich los, das heißt, hatte plötzlich Heißhunger. Hätte am liebsten gefragt: *Wo ist die Cafeteria?* Stattdessen sagte er: »Dennoch finde ich es ziemlichen Quatsch, wenn man sagt: ›Ich schäme mich, ein Deutscher zu sein.‹«

»Hat Fritz doch gar nicht gesagt«, sagte Heidi Brockmann.

»Ich meine ja nur«, sagte er. Aber was meinte er? Sein Bauch war jetzt lauter zu vernehmen als sein Kopf.

»Ja, was meinst du eigentlich?«, sagte Arthur. War der nicht sein Freund? Warum dieser aggressive Ton?

»Ich meine, wir, die wir hier sind, haben nichts damit zu tun. Jedes andere Volk hätte da auch reingeraten können.«

»Ist aber nicht«, sagte Arthur.

»Ich habe ja auch *hätte* gesagt.«

»Wenn Mozart nicht gestorben wäre, würde er noch leben.«

»Die Leute wurden damals manipuliert.«

»Alle wieder mal nur Opfer, und keiner Täter.«

Er fühlte sich missverstanden. Lag nicht nur am leeren Bauch, aber auch. Lag … keine Ahnung. Dieser ganze Besuch hier … Brockmann, die zwar nicht filmte, aber ihren Kosmetikkoffer trug. Die anderen trugen Rucksäcke oder Taschen. Er trug selber einen Rucksack, sie sahen wie Touristen aus. Waren Touristen, aber was sonst hätten sie sein können? Betroffen natürlich, aber verkrampft das Ganze. Natürlich verkrampft. Entkrampft wäre ja noch verkrampfter.

»Ich habe Angst, der Toten nicht so zu gedenken, wie ich es will«, sagte Fritz. Warum spielte der sich jetzt so auf? Bewarb sich der ehemalige schwäbische Che Guevara schon jetzt um die Nachfolge von Lea Rosh? Endlich konnte es losgehen. Hätte endlich losgehen können, denn auf einmal musste Heidi Brockmann auf die Toilette. Ebenso Guido Duvall, weshalb sich die Frage stellte, wer auf den Kosmetikkoffer aufpasste.

»Nimmst du ihn nicht mit?«, fragte Arthur.

»Nein. Er wird für die enge Toilettenkabine zu groß sein.«

»Willst du für die Besichtigung nicht frisches Make up auflegen?«

»Arschloch!«

Eckhard dachte wieder an den Besuch mit der Klasse. Woran er sich noch genau erinnerte: die ungeheure Stille. Und dass um die Baracken herum Gras wuchs. Der Teich, in dem die Asche aus den Krematorien entsorgt worden war, machte auf den ersten Blick den Eindruck eines beliebigen Teiches. Bäume wuchsen um den Teich herum. Das Auffälligste aber: die Stille. Eine solche Stille herrschte, nicht mal Vögel zwitscherten. Unerträglich war die Stille, unerträglicher als der schlimmste Lärm. Es war so, als hätte man vor Jahrzehnten die Uhren angehalten, und die Zeit stünde seither still. Beim Gang durch die Ausstellungsräume im Stammlager war neben ihnen eine Gruppe Amerikaner gewesen. Sahen sehr betroffen aus, weinten. Als die Amerikaner bemerkten, dass sie deutsche Jugendliche waren, diese Blicke. Würde er nie vergessen können, diese Blicke, taten ihm jetzt noch in der Seele weh. Hatte er Carol nie von erzählt.

Er konnte sie ja verstehen, die Amerikaner. Kamen den weiten Weg nach Polen, sahen diese Bilder, diesen Schrecken. Und sahen sie, die deutschen Jugendlichen, die Nachkommen dieser Verbrecher. Konnte er ihnen nicht übel nehmen. Hätte er umgekehrt genauso gemacht. Nur dass es kein umgekehrt gab. Ein paar hatten sich danach getröstet mit Verbrechen, die Amerikaner begangen hatten. Indianer, Sklaven, Vietnam, Chile … trotzdem. Half nicht wirklich.

Heidi Brockmann brachte ihn zurück in die Gegenwart mit dem Ausruf: »Wo ist mein Kosmetikkoffer? Mein Kosmetikkoffer ist weg!«

Dosis

Marion hatte sich nach dem Frühstück wieder hingelegt. War nicht krank, jedenfalls nicht körperlich. War müde, aber nicht müde im Sinne von nicht ausgeschlafen. Vielleicht war sie lebensmüde. Mit sechsundvierzig lebensmüde, das konnte schon mal vorkommen. Irgendwie keine Kraft mehr. Weder Kraft, wütend zu sein, noch enttäuscht noch irgendwas. Keine Kraft mehr, Kraft zu haben. Einen Moment war ihr der Gedanke durch den Kopf geschossen, Arthur anzurufen. Aber Kopfschuss, wenn sie das machte. Hörte Mozart. Mozart half. Mozart half immer. Hatte es vorhin mit Patti Smith versucht. Hatte nicht geholfen. Mozart half, aber Rettung bedeutete auch Mozart nicht.

Mit Zoe seit Tagen – oder Wochen, Monaten? – kein

Gespräch mehr. Sie kam noch zum Übernachten, aber auch nicht immer. In die Schule ging sie noch, wie ein Anruf beim Direktor ergeben hatte. Von Ansgar war sie offenbar getrennt, denn der rief inzwischen dreimal am Tag an, um nach Zoe zu fragen. Klang gleichbleibend verzweifelt, aber sie hatte einfach keine Kraft, ihn zu trösten. Auch keine Lust – wer tröstete denn sie? Thomas nicht, der dabei war, sich auch von ihr zurückzuziehen. Nahm er Drogen? Ein Anruf beim Klassenlehrer brachte die zweifelhafte Beruhigung, dass ihm nichts Entsprechendes aufgefallen sei.

Die Videokamera hatte sie wieder fortgelegt. Hatte wieder mit Schreiben begonnen. Kurzgeschichten, Erzählungen, sechs Stück waren in kurzer Folge entstanden, sie hatte sie gleich Ann Charlotte zum Lesen gegeben. Aber keine Reaktion von Ann Charlotte, obwohl sie aus Polen längst hätte zurück sein müssen. Vielleicht war es dieses Warten auf Ann Charlottes Reaktion, das sie so müde machte. Regelrecht zermürbte. Die sechs Erzählungen, vielleicht waren sie ihre letzte Chance. Und wenn es wieder nur Durasabklatsch war? Nein, diesmal nicht, seit Jahren hatte sie nicht mehr Duras gelesen, hatte alle Durasausgaben, die französischen wie die ins Deutsche übersetzten, ins Antiquariat gebracht. Das hatte ihr in der Seele weh getan, aber dieses Opfer musste gebracht werden. Nie mehr Duras! Sie hatte, wie zuletzt mit dreiundzwanzig in Rom, Bachmann gelesen, allerdings in Dosen, damit sie nicht ins Bachmannfahrwasser geriet. War ja eine wunderbare Schriftstellerin, die Bachmann! Nicht weniger wunderbar als die Duras, vielleicht sogar noch wunderbarer. Hatte, sozusagen als Vorbeugung gegen Bachmannnachahmung, Marlen Haushofer gelesen. Auch eine wunderbare Schriftstellerin! Aber beim Lesen hatte sie gleich gemerkt, dass keine Gefahr durch Haushoferfahrwasser bestand. Hatte Doris Lessing gelesen. Dazwischen immer wieder Patricia Highsmith. Hatte auch Henry James und Max Frisch gelesen.

Sie überflog ihre sechs Erzählungen. Die alles entscheidende Frage: Hatte sie ihre eigene Stimme gefunden? Oder war es wieder nur ein Abklatsch? Ein Eintopf aus Bachmann, Haushofer, Lessing etc.? Ann Charlotte hatte eine eigene Stimme, schrill zwar, pseudoavantgardistisch, superklugscheißerisch, aber eine eigene. Von der jetzt alles abhing. Als sie Ann Charlotte die Erzählungen gegeben hatte, hatte diese gesagt: »Nur ehrliche Reaktionen können einem was geben. Ich werde also auch diesmal ehrlich zu dir sein. Hoffentlich verträgst du das!«

Ann Charlotte selbst vertrug es nicht, aber gut. Die hatte es ja geschafft. Die brauchte sich das Urteil einer Freundin nicht mehr anzuhören. Endlich fand sie den Mut, Ann Charlotte anzurufen.

»Wollte gerade bei dir vorbeikommen«, sagte Ann Charlotte.

Marions Atem war aus dem Rhythmus geraten. Passierte ihr in letzter Zeit häufig. Gab auch einen Hautausschlag an den Unterarmen. Hatte auf einmal Schuppen. Brauchte keinen Psychologen, um zu erkennen, dass etwas nicht stimmte. Es klingelte, war wahrscheinlich Ann Charlotte. Und wenn sie nicht aufmachte? Dann könnte sie wenigstens noch eine Zeitlang in der Hoffnung weiterleben, die Erzählungen taugten was. Nein, sie wollte Klarheit. Feige war sie nicht. Sie ging ja auch zur Krebsvorsorge, im Gegensatz zu Erik. Ann Charlotte umarmte sie. Sagte: Gut siehst du aus. Hörte sie da falsches Mitgefühl? Wollte sie die furchtbare Nachricht schön verpacken? Ihre Ärztin wäre im Falle eines bösartigen Tumors sicher auch nicht mit der Tür ins Haus gefallen.

»Magst du was trinken?«

»Ein Mineralwasser wäre toll.«

»Kann immer noch nicht glauben, dass du ein Kind bekommst.«

»Hätte ich vor fünf Monaten auch nicht geglaubt.« Sie brachte Mineralwasser, dazu Salzstangen und Erdnüsse.

»Darfst du überhaupt Erdnüsse essen?«

»Glaub schon.«

»Ist bei mir schon so lange her, ich habe ganz vergessen, was Schwangere essen dürfen und was nicht.«

»Du fragst gar nicht, wie's in Polen war.«

»Wie war's in Polen?«

»Interessant.«

»Und der Film … wie hieß er doch gleich?«

»*Suche nach Vati*. Wird eine Katastrophe.«

»Wegen Arthur?«

»Auch wegen Arthur.«

»Und Guido?«

»Ist ein Arschloch. Das Ficken hat wirklich großen Spaß gemacht, aber es gibt im Leben noch etwas Anderes als Ficken.«

»Was denn?«

»Gespräche zum Beispiel.«

»Über was?«

»Literatur zum Beispiel. Kapitalismus. Globalisierung. Medien. Für Guido sind das alles nur Schlagworte.«

»Sind es doch auch.«

»Schon, aber das geht ja tiefer. Da muss man sich mal hinsetzen und ein, zwei Bücher lesen. Da muss man mal sein Hirn in Gang setzen.«

»Am Anfang warst du begeistert von ihm.«

»Ich gebe zu, die Mischung aus Virilismus und Antiintellektualismus hat mich angeturnt. Und im Bett ist er wirklich großartig, aber, wie gesagt, auf die Dauer …«

»Hast du meine Erzählungen gelesen?«

»Ja.«

»Und?«

»Wie soll ich sagen?«

»Sag's einfach! Haben dir meine Erzählungen gefallen oder nicht?«

»Warum bist du auf einmal so aggressiv?«

»Ich bin nicht aggressiv.«

»Bist du doch.«

»Sagt Erik auch immer.«

»Vielleicht hat Erik ja recht.«

»Ach ja? Auf einmal? Du hast ihn doch nie leiden können. Du hast ihn doch immer für einen Spießer gehalten.«

»Habe ich auch.«

»Und jetzt auf einmal nicht mehr?«

»Ich kenne ihn doch kaum.«

»Weißt du, was Arthur oft zu mir gesagt hat: Spießer, das sind nicht die anderen. Spießer, das bist du selber!«

»Bei ihm trifft es sicher zu! Zurück zu deinen Erzählungen, Marion. Was soll ich sagen: Ich bin wirklich begeistert!«

»Das ist nicht dein Ernst!«

»Aber ja. Am Anfang habe ich gedacht: Paargeschichten, wie fad, wieder dieser Eskapismus in die eigenen vier Wände, wie man ihn so häufig in der neuen deutschsprachigen Literatur findet. Geschichten über mittelmäßige Paare und ihre mittelmäßigen Beziehungen in mittelgroßen Städten. Nix Welt, nix Horizont, nur ich und du und Müllers Kuh. Aber wie du dann darüber schreibst, nämlich mit messerscharfer Präzision und eiskalter Lakonik und, vor allem, null Psychologie. Stattdessen der botanisch-zoologische Zugriff, die Ich-Erzählerinnen mit dem Blick von Insektenforscherinnen.«

»Aber denkst du nicht –«

»Ich bin noch nicht fertig, Marion. Deine neuen Texte sind überaus genau gearbeitet, von geradezu betörender Sachlichkeit und einer Sprachökonomie, die nicht nur weitgehend auf Adjektive verzichtet, sondern zugleich auf vollkommen unangestrengte Weise allegorisch ist.«

»Allegorisch?«

»Die Darstellung von abstrakten Begriffen in Bildern.«

»Ist das nicht Metaphorik?«

»Wie auch immer, es gelingt dir!«

»Und Duras?«

»Warte. Ich habe jetzt über deinen Text *Oben, unten* gesprochen. Bei *Die Pfütze* verhält es sich ganz anders. Und das ist das Tolle an deinen neuen Texten, sie folgen keiner Masche.«

»Und Duras?«

»Einen Moment noch. *Die Pfütze* ist hundertprozentige Künstlichkeit. Kühle Künstlichkeit, ich habe an Antonioni denken müssen. Auch an Hitchcock. Wieder keine Psychologie, keine Motivation, keine Innenschau, dafür Suspense pur. Mutter und Tochter, das ewige Drama. Stirbt am Ende die Mutter? Stirbt die Tochter? Sterben beide? Ist es Mord? Selbstmord? Wir wissen es nicht. Wollen es gar nicht wissen. Wir folgen dem Drama und sind atemlos, von der ersten bis zur letzten Zeile.«

»Und Duras?«

»Was hast du immer mit Duras? Bei *Das Mädchen mit der Perlenkette* habe ich an französische Literatur denken müssen, aber nicht an Duras. Eher an Françoise Sagan. Und das Interessante ist: Die Traurigkeit der französischen Texte langweilt mich seit Jahren. Auch die Traurigkeit der deutschen. Diese ganze Melancholiescheiße, dieses Depressionsgeheule, zum Kotzen. Liest man einen von diesen französischen oder französisch nachgemachten deutschen Texten, hat man das Gefühl, schon Hunderte davon gelesen zu haben. Das Gleiche mit den Filmen. Alles aus zweiter, ja dritter, vierter und fünfter Hand. Aber bei dir eben nicht, das ist das Tolle. Du streifst das Genre, mehr nicht. Kommst von der Fahrbahn ab, knallst gegen einen Baum, aber nur Abschürfungen, keine inneren Verletzungen – und dann mit Volldampf wieder raus aus der Traurigkeitskacke ins richtige Leben. Am Ende wirst du sogar barock. Großartig!«

»Und Duras? Keine Spurenelemente von Duras gefunden?«

»Hör mir auf mit Duras! Wenn du wie Duras schreibst, schreibe ich wie … wie …«

»Und Bachmann? Haushofer?«

»Nichts davon in deinen Geschichten. Hundertprozentig Marion König. Hast du was dagegen, wenn ich die Sachen gleich heute an Möllenkötter schicke?«

»Das würdest du tun?«

»Aber klar doch.«

»Ich bin dir sehr dankbar, Ann Charlotte.«

»Wofür denn?«

»Und du denkst wirklich, die Erzählungen sind gut?

»Marion, was ist denn das für 'ne Frage? Okay, wenn du's wirklich hören willst: Eine Margret Atwood bist du noch nicht. Auch keine Alice Munro. Aber ist das wichtig? Schau mich an: Sehe ich wie Robert Musil oder James Joyce aus? Eben. Ich habe Speed. Musil und Joyce haben keinen Speed. Speed, Sound und Drive, das ist wichtig. Und du hast es, und ich habe es auch!«

Herzliche Umarmung, Küsschen, Abgang. Schwebte ungefähr vierzig Sekunden im siebten Himmel, solange Ann Charlottes Schritte im Treppenhaus zu hören waren, dann der Griff zum Telefon. Und die Frage an Erik: »Fickst du Ann Charlotte?«

»Wie bitte?«

»Ob du Ann Charlotte fickst?«

»Wie kommst du denn darauf?«

»Weil sie gerade hier war und eine irre Show abgezogen hat.«

»Ich muss weiterarbeiten. Wir können heute Abend darüber sprechen.«

»Du kannst Ann Charlotte ruhig ficken. Aber streng dich an, sie ist, was das Ficken angeht, sehr verwöhnt.« Kurz darauf klingelte das Telefon, Schreker war am Apparat. Schreker? Sie hatte mit allen gerechnet, selbst mit Arthur oder Guido Duvall, aber nie im Leben mit Schreker.

»Zoe ist nicht da«, sagte Marion.

»Ich will nicht mit Zoe sprechen.«

»Ich will auch nicht, dass Sie mit Zoe sprechen.«

»Ich will mit Ihnen sprechen.«

»Aber ich will nicht mit Ihnen sprechen.«

»Schade.«

»Über was oder wen wollen Sie denn mit mir sprechen? Über Zoe?«

»Wenn Sie möchten, können wir auch über Zoe sprechen.«

»Ich wüsste nicht, warum ich mit Ihnen über Zoe sprechen sollte.«

»War ja nur ein Vorschlag. Ich wollte nur sagen, dass, falls Sie mit mir über Zoe sprechen wollen, wir das gerne machen können.«

»Sie wollen mit mir darüber sprechen, dass Sie Zoe gefickt haben.«

»Nein.«

»Wollen Sie nicht darüber sprechen, oder haben Sie sie nicht gefickt?«

»Weder noch.«

»Was wollen Sie eigentlich?«

»Ich will mit Ihnen sprechen.«

»Aber nicht über Zoe.«

»Nein, das heißt, falls Sie es wollen, ja, falls nicht, nein.«

»Aber sprechen wollen Sie mit mir?«

»Ja.«

»Sind Sie sicher?«

»Ganz sicher.«

»Dann kommen Sie doch vorbei.«

»Bei Ihnen zu Hause?«

»Was glauben Sie denn, wo ich im Augenblick bin?«

»Zu Hause.«

»Eben.«

»Und Zoe?«

»Ist nicht zu Hause. Kommen Sie jetzt vorbei oder nicht?«

Picknick

Es hatte vierunddreißig Grad und neunzig Prozent Luftfeuchtigkeit, aber Duvall trug einen Anzug mit Krawatte. Halb-, Dreiviertel- und Vollnackte im Volkspark, aber Duvall hatte nicht mal den obersten Kragenknopf geöffnet. Dauerständer beim Anblick des Tittenpanoramas, aber er unternahm nicht den klitzekleinsten Versuch, seinen Doktor-Markus-Charme spielen zu lassen. Wie auch, wo er das Heinrich-Brockmann-Maßhemd trug, den Heinrich-Brockmann-Maßanzug, die Heinrich-Brockmann-Maßschuhe, die Heinrich-Brockmann-Krawatte. Nicht zu vergessen die Heinrich-Brockmann-Manschettenknöpfe, das Heinrich-Brockmann-Unterhemd, die

Heinrich-Brockmann-Kniestrümpfe und die Heinrich-Brockmann-Baumwoll-lange-Unterhose. Die Tochter hatte mehrere Schränke voll Kleider geerbt und nichts davon weggeworfen. Waren ein bisschen eng, die Heinrich-Brockmann-Maßschuhe, alles andere passte tadellos. Die Kleider stanken nach Mottenkugeln und Zigaretten, woran auch die chemische Reinigung nichts geändert hatte.

Mein Gott, was für ein Panorama im Volkspark, er musste sich zwingen, den Blick wieder auf Heinrich Brockmanns Briefe an seine Tochter zu lenken. Er wechselte den Platz, um den Doktor Markus in sich nicht weiter in Versuchung zu führen. Seit fünf Tagen trug er bereits das Heinrich-Brockmann-Outfit. Zufall oder nicht, zeitgleich hatte sich über Berlin das Azorenhoch Wolfgang breitgemacht. Morgen sollten es achtunddreißig Grad werden. Aber selbst bei vierzig Grad würde er keinen Knopf öffnen. Nachts trug er Heinrich-Brockmann-Pyjamas, wovon die Simone wenig begeistert war. Sie empfahl ihm, für die Zeit der Dreharbeiten ins Hotel zu ziehen.

Duvall las Gottfried Benn, weil Heinrich Brockmann Gottfried-Benn-Verehrer war. Verstand wenig von dem, was Gottfried Benn schrieb, aber vielleicht war das Heinrich Brockmann auch nicht anders ergangen. Er hatte Ann Charlotte auf Gottfried Benn angesprochen, aber die war ihm gleich mit Bertolt Brecht gekommen. Um eins traf er Arthur zum Mittagessen.

»Trägst du neuerdings die Sachen deines Opas auf?«

»Ignorant. Wann drehen wir die fiktiven Szenen?«

»Welche meinst du?«

»*Suche nach Vati* soll doch eine Dokufiktion werden. Das Dokumaterial haben wir.«

»Du meinst diese verwackelten Umarmungsbilder

von Heidis angeblichen amerikanisch-jüdischen Verwandten?«

»Angeblich?«

»Die Nachforschungen laufen.«

»Nachforschungen?«

»MacBain & Murphy sind gerade dabei, den Fake aufzudecken.«

»Fake?«

»Kostet uns eine schöne Stange Geld, aber sicher ist sicher.«

»War das deine Idee?«

»Meine und Eckhards.«

»Weiß Heidi davon?«

»Nein. Und du wirst es ihr auch nicht sagen.«

»Und wenn doch?«

»Ich bin der Regisseur.«

»Und Heidi ist –«

»Ich weiß, die Hauptdarstellerin. Und du bist der Hauptdarsteller. Jetzt hör mir mal gut zu, Guido. Die ganze Geschichte stinkt, und der Einzige, der das nicht riechen will, bist du. Ich habe noch mal Heidis Verwandte durchgecheckt.«

»Hinter Heidis Rücken?«

»Die Schwester hasst Heidi, die Tante denkt, Heidi ist verrückt, ein Onkel meinte, sie habe schon als Kind eine blühendere Phantasie gehabt als unter Kindern üblich.«

»Wenn ich das bei deinen Verwandten machen würde, was würde ich denn erfahren?«

»Dass ich ein kalter Fisch bin, ein Spinner, Versager, Zyniker, dass ich arrogant, ignorant, egoistisch, rücksichtslos, undankbar, verbohrt, hinterhältig bin und so weiter.«

»Siehst du!«

»Jedenfalls, Heidis Familie hält das mit den jüdischen Wurzeln für ein Hirngespinst. Ein Neffe meinte, nach konservativer Schätzung seien achtzig Prozent in *Meine Leben* erstunken und erlogen.«

»Egal, ich will die Rolle. Ich spiele den Heinrich Brockmann.«

»Du wirst ihn spielen, Guido! Notfalls drehen wir *Die Suche nach der Suche nach Vati.*«

»Aber keine Cassavetes-Kunstscheiße. Der Film muss Mainstream werden, hörst du? Die Kasse soll klingeln, die Quote nach oben schießen. Bloß kein Programmkino oder Nach-dreiundzwanzig-Uhr-Fernsehspielmist.«

Er traute diesem Kerl einfach nicht mehr. Auch nicht Heidi, er traute nur der Simone und seiner Robert-de-Niro-ohne-Schweiß-kein-Preis-Methode. Verdammt, er hatte den Heinrich-Brockmann-Hut vergessen. Seit fünf Tagen schwitzte er als Heinrich Brockmann, und den Hut hatte er kein einziges Mal aufgehabt. Eine grobe Fahrlässigkeit, durch nichts zu entschuldigen. Das war der Unterschied zwischen Robert de Niro und den Hunderttausenden Schauspielerfuzzis, die den großen Durchbruch nicht geschafft hatten. Kein Foto von Heinrich Brockmann ohne Hut, selbst beim Ficken, Masturbieren oder Scheißen hatte der wahrscheinlich seinen Hut aufgehabt, und er, Guido Duvall, trug keinen Hut!

Aber er trug einen, als er zu Heidi Brockmann fuhr. Er war vorher nach Hause gefahren und hatte sich eine Stunde vor den Spiegel gestellt und alle vierundfünfzig Hüte, die Heinrich Brockmann seiner Tochter hinterlassen hatte, aufgesetzt. Hatte sich unter den siebzehn Sommerhüten nicht für einen entscheiden können und sechs mitgenommen. Auf dem Kopf trug er gerade einen handgemachten Panamahut. Er war auf dem Weg zu Heidi Brockmann, um mit ihr … ja, um mit ihr was? Keine Ahnung, nur dass er, sobald er an sie dachte, einen Ständer bekam, was richtig schmerzte wegen der alles andere als luftigen Heinrich-Brockmann-Hose. Sein Ständer schmerzte noch mehr als vorhin beim Anblick des Tittenpanoramas.

Noch bestimmt zwanzig Minuten bis zu Heidi Brockmann, und wenn das mit dem Dauerständer nicht aufhörte, war entweder die Hose kaputt oder sein Ständer. Wohl eher sein Ständer, weil die Hose aus allerbestem englischen Stoff und Garn gemacht war. Handyklingeln bedeutete Hoffnung auf Ständerentsteifung. Ann Charlotte wollte wissen, ob er das Sorgerecht haben wolle. Ach ja, da war ja ein Kind von ihm in ihrem Bauch, hatte er zwar nicht vergessen, aber daran gedacht, nein, das hatte er auch nicht mehr.

»Was ist jetzt?«, fragte Ann Charlotte. »Willst du das Sorgerecht haben oder nicht?«

»Weiß nicht. Was denkst du denn?«

»Ich denke, dass du ein riesengroßes Arschloch bist. Ich denke, dass du noch einmal richtig auf die Schnauze fällst, wenn du deinen Schwanz weiterhin überall reinsteckst.«

»Ich werde natürlich Unterhalt zahlen.«

»Das ist das Mindeste.«

»Ich würde mein Kind auch gerne ab und zu sehen.«

»Tatsächlich? Da bin ich aber gerührt. Und wie gerührt dein Kind erst sein wird.«

»Jetzt hör mir mal gut zu, Ann Charlotte! Das mit uns beiden war eben ein Irrtum, ein grandioser Irrtum.«

»Und du bist ein grandioses Arschloch!«

»Und du eine pseudointellektuelle Zicke!«

»Du bist und bleibst Doktor Markus!«

»Du bist und bleibst eine Turboautorin mit Motorschaden!«

Als Heidi Brockmann die Tür öffnete, gab's ein Schwanzbeben. Und bei ihr einen abrupten Gesichtsfarbenverlust bis zu einem durchgehenden Ziegengoudaweiß.

»Im ersten Moment dachte ich, mein Vater stünde vor der Tür.«

»Tut mir leid, wenn ich dich erschreckt habe.«

»Komm rein!« Sie tranken Tee und aßen Plätzchen, sein Schwanz stand inzwischen auf Halbmast, Heidi Brockmanns Gesicht war noch immer blass. Sie bat ihn immer wieder, durch das Wohnzimmer zu schreiten. Und dabei den Hut zu ziehen und wieder aufzusetzen.

»Eine verblüffende Ähnlichkeit mit meinem Vater, als er so alt war wie du.«

»Hast du Fotos von ihm da?« Nicht nur Fotos, sondern Filme. Wie er mit der kleinen Heidi im Swimmingpool planschte. Wie er ihr einen Pfirsich schnitt. Wie er ihr Limonade eingoss.

»Ich sehe ihm tatsächlich ziemlich ähnlich«, sagte Duvall.

»Nur die Stimme ist anders. Du hast, entschuldige den Ausdruck, Guido, immer so einen süßlichen Gockelton an dir. Mein Vater dagegen immer nüchtern preußisch.«

»Beamtenton.«

»Höherer-Beamten-Ton.«

»Soll ich mal versuchen, ihn nachzuahmen?«

»Nein, lieber nicht. Sonst denke ich wirklich noch, du wärst sein Doppelgänger.«

»Wie wär's mit einem Picknick?«

»Warum nicht? Mein Vater hat oft mit uns Kindern gepicknickt. Meine Mutter hasste Picknicks, weil sie Krümel hasste. Wer Krümel hasst, hat keinen Spaß an Picknicks.«

»Ich kenne in der Nähe vom Teufelssee ein schönes schattiges Plätzchen.«

»Aber wimmelt's da nicht von Leuten? Mein Vater war ein sehr geselliger Mann, aber beim Picknicken wollte er nicht von Menschen umzingelt sein.«

»Keine Sorge, wir sind da ganz unter uns.«

»Auch beim Picknicken hat er nie seinen Anzug abgelegt.«

»Ich werde ihn auch nicht ablegen.«

»Nicht mal die Krawatte gelockert.«

»Schau nur, wie fest gebunden sie ist.«

»Nicht mal den Hut abgesetzt hat er.«

»Werde ich auch nicht.«

»Wir Kinder dagegen waren in Badekleidung oder splitternackt.«

»Mich stört es nicht, wenn du im Bikini picknicken willst.«

Schnell ein paar Sachen aus dem Kühlschrank geholt, Brötchen aufgebacken, Wein aus dem Keller geholt, und los ging's. Heidi Brockmanns gebannter Blick in den Rückspiegel. Sie fürchtete Paparazzi, weil gerade die Scheidung lief.

Dreißig Jahre verheiratet, drei erwachsene Kinder, und dann hatte ihr Mann sie mit einer einundzwanzigjährigen Bademeisterin betrogen. Von dem Zungenkuss in der Männerumkleidekabine waren Fotos erschienen. Ein Paparazzo hatte offenbar einen Tipp bekommen, sich in der Nachbarkabine versteckt und war im entscheidenden Moment auf die Schulter eines Kollegen gestiegen und hatte von oben die beiden abgeschossen. Die Bademeisterin war bekleidet, aber das Poloshirt unvorteilhaft verrückt. Unvorteilhaft für die Bademeisterin, vorteilhaft für die geile Leserschaft. Heidi Brockmanns Mann steckte in der Badehose, aber mit unvorteilhafter Bauchperspektive. Die Frage der Zeitung: *Was findet sie an diesem Kugelbauch?* Eine Woche gab's Fortsetzungen der Umkleidekabinenaffäre, dann eine Woche Geschichten über Heidi Brockmanns Trauer und Wut, dann ein halbes Jahr Ruhe, dann Heidi Brockmanns Affäre mit dem Staatssekretär, begleitet von der PR-Offensive um ihre Autobiographie.

»Und?«, fragte Duvall. »Werden wir verfolgt?«

»Seit fünf Minuten folgt uns ein blauer BMW.«

»Kann Zufall sein.« Aber Heidi Brockmann glaubte nicht an Zufall. Er bog nach links ab, dann nach rechts und wieder nach links. Der blaue BMW war fort. Sein Schwanz war, seit Heidi Brockmann auf dem Beifahrersitz saß, wieder sehr aktiv. Das heißt starr, steife Starre, die schmerzte. Bald, sehr bald musste es zu einer Entladung kommen.

»Da ist schon wieder jemand hinter uns. Diesmal ein silbermetallic Mercedes.« Er bog nach rechts ab, dann nach links, und fort war der Mercedes.

»Wir sind gleich da«, sagte Duvall. Der S-Bahnhof Grunewald tauchte schon auf. Sie mussten jetzt nur noch einen Parkplatz finden. Auch das Problem schien Sekunden später gelöst, als jemand wegfuhr. Doch Heidi Brockmann sagte: »Da ist schon wieder jemand hinter uns.«

»Es ist immer jemand hinter uns. Die Frage ist, wie lange dieser Jemand schon hinter uns ist.«

»Schon länger.«

Er fuhr weiter, während der Hintermann sich über den geschenkten Parkplatz freute. Fünf Minuten fuhr er im Kreis, ohne einen Parkplatz zu finden. Der Schwanz schmerzte wie zuletzt in der Pubertät, als er noch nicht wusste, wie Masturbieren funktioniert. Wenn sie in den nächsten fünf Minuten keinen Parkplatz fanden, würde er Heidi Brockmann bitten, ihm an der nächstbesten Ampel einen runterzuholen. Endlich, da fuhr wieder jemand weg.

Sie mussten noch eine halbe Stunde durch den Wald marschieren, was ihm wie zwei Stunden vorkam. Dazu kam, dass sie immer wieder stehen blieben, weil Heidi Brockmann hinter einem Baum einen Paparazzo vermutete. Endlich, endlich erreichten sie das ruhige, schattige Plätzchen. Er war so durchgeschwitzt, als hätte er eine halbe Stunde durchgevögelt. Die Robert-de-Niro-Methode in allen Ehren, aber es verlangte ihn, sich die Heinrich-Brockmann-Sachen vom Leib zu reißen, wenigstens bis er nicht mehr schwitzte.

»Nein, nein«, sagte Heidi Brockmann, als sie sah, wie er den Hut abnahm.

»Aber wenigstens die Schuhe.«

»Bitte nicht.«

»Das Sakko.«

»Bitte nicht.«

»Wenigstens die Krawatte lockern.«

»Nichts, mein lieber Guido. Lass alles unverändert. Du wirst es nicht bereuen.« *Du wirst es nicht bereuen.* War das ein Versprechen?

»Stört es dich, wenn ich mich entkleide?«, fragte Heidi Brockmann.

»Im Gegenteil«, sagte Duvall.

»Falls es dich stört, kannst du es ruhig sagen.«

»Nein, nein, stört mich wirklich nicht.«

»Ist alles in Ordnung?«

»Was sollte denn nicht in Ordnung sein?«

»Ich frage ja nur.« Jetzt bloß nichts durch blödes Gequatsche kaputt machen. So tun, als ob alles normal wäre. Tat so, als schaute er einem Vogel zu, und streifte wie zufällig ihre Silikontitten. Sahen nicht wirklich schön aus, sahen aus wie die Titten von Pornostars. Zum Anschauen okay, aber zum Anfassen? Andererseits, Titten waren Titten, und diese Titten waren nur wenige Zentimeter von seinem Schwanz entfernt. Und sein Schwanz, der hatte jetzt offenbar nichts anderes mehr im Sinn, als die Teresa-Terz-Scharte auszuwetzen.

»Hast du was dagegen, mich mit Sonnenöl einzureiben?«

»Sonnenöl?«, sagte Duvall. »Sonnenöl? Aber wir sind doch im Schatten.«

»Auch im Schatten sind wir den UV-Strahlen ausgesetzt.«

Mein Gott, alles Blut war im Schwanz, keins mehr in seinem Schädel. Sonnenöl, natürlich! Schon hatte er die Sonnenölflasche in der Hand und einen Klacks Sonnenöl in der anderen. Schon strich er über Heidis Rücken, schon über ihre Schultern, schon … schon waren seine Hände auf ihren Titten gelandet. Und blieben dort. Massierten. Massierten was? Egal, Titten waren Titten, und jetzt glitten seine Hände tiefer. Das einzige Problem, der Heinrich-Brockmann-Hut, der zwar ein Sommerhut war, aber auch unter einem Sommerhut lief Schweiß runter. Und dann die schweren, handgearbeiteten Schuhe. Er war so unbeweglich damit. Und die Krawatte, sie schien ihm jetzt, im Hocherregungszustand, die Luft abzuschnüren.

»Willst du mich ausziehen, oder soll ich mich selber ausziehen?«

»Weder noch.«

»Und welche Ausziehmöglichkeit schlägst du vor?«

»Keine. Alles anbehalten!« Immerhin öffnete Heidi Brockmann das Hosentürchen, was problemlos ging, auch der Reißverschluss offenbar beste englische Qualitätsarbeit.

»Da ist aber jemand schon ganz ungeduldig«, sagte Heidi Brockmann. Und da hatte offenbar auch jemand ungeduldig hinter dem Baum gelauert, denn jetzt machte es bestimmt eine Minute lang Klick Klick Klick, währenddessen es bestimmt ebenfalls eine Minute lang Klatsch Klatsch Klatsch machte, und zwar abwechselnd rechts und links in sein Gesicht, das Klick von der Kamera eines Paparazzo, das Klatsch von der rechten Hand von Heidi Brockmann.

»Du hast mich in eine Falle gelockt«, schrie Heidi Brockmann, nachdem sie den Fotografen mit einem heruntergefallenen Ast vertrieben hatte.

»Ich? Bist du verrückt geworden? Ich bin ebenso überrascht worden wie du.«

»Jetzt tu doch nicht so. Du wolltest mal wieder in die Schlagzeilen kommen, und was eignet sich dazu besser als das hier.«

Schlimmer als sein Gesicht schmerzte sein Schwanz. Wie der sich jetzt hängen ließ. Beleidigte Leberwurst war nichts dagegen.

Ultraschall

Das Wartezimmer von Doktor Bach war schlimmer als eine Sauna, weil in der Sauna keine Babys plärrten. Keine Kinder herumkrakeelten. Keine Schwangeren so doof aus der Wäsche glotzten. Auch die Mütter glotzten so doof aus der Wäsche. Schlimmer noch die männlichen Begleiter der Schwangeren mit diesen grotesken Ich-bin-bald-stolzer-Vater-Visagen. Übertroffen nur noch von den Vätern und ihren Ich-bin-stolzer-Vater-Fressen. Am schlimmsten die schwangeren Mütter und ihre männlichen Begleiter. Das erwartete Zweit-, Dritt- oder Viertkind.

Mit dem falschen Fuß aufgestanden? Ja. Die Milch verschüttet? Ja. Sich am heißen Kaffee die Lippen verbrannt? Ja. Keinen Stuhlgang gehabt? Leider auch. Das Schlimmste aber: dieser Anruf. Dieser Anruf von Marion. Dieser Anruf von Marion mit der Frage, ob ihr Lektor schon reagiert habe. *Ihr Lektor?* Endlich hatte es geklingelt. Und nicht nur geklingelt, sondern gleich auf den Kopf gehämmert. Richtig, sie hatte Marion versprochen, Möllenkötter ihre Erzählungen zu zeigen. Hatte zu Marion gesagt, dass Möllenkötter die sechs Erzählungen zweifellos toll finden würde. Dass sie möglicherweise schon im nächsten Frühling erscheinen könnten. Von wegen, die sechs Erzählungen waren Dilettantismus pur. Aber hatte sie sie vor Tagen – oder waren es Wochen? – nicht in den Himmel gelobt? Schon, aber als Samariterakt, damit Marion sich nicht die Pulsadern aufschnitt. War ja eine echt schwierige Situation, die Scheidung, der Tochter-Mutter-Krieg, die Diskrepanz zwischen Ambition und Talent. Keine Duraskacke diesmal, nein, nein, da war sie ehrlich gewesen, aber schlimmer als Duraskacke, viel, viel schlimmer, nämlich Creative-Writing-Seminar-Kacke. Und das, obwohl Marion nie ein solches besucht hatte. Oder hatte sie ein Creative-Writing-Seminar-Dozentenguru-Nachschlagekackwerk gelesen? Ja, das musste es sein. Handlungsfäden, Motivketten, Figurenensemble, alles stimmte. Trotzdem oder gerade deswegen: *Die Pfütze*, das Billy-Regal der Kurzgeschichte; *Oben, unten*, das Methadon für Ingmar-Bergmann-Abhängige auf Entzug; *Das Mädchen mit der Perlenkette*, das Red Bull für Rosamunde-Pilcher-Abgeschlaffte.

Und ihr Lob? Sie hatte nicht von Marion gesprochen, sondern von Alice Munro. Von Margret Atwood. Von Marlen Haushofer. Ja, auch von der Bachmann. Alter Trick, den sie einmal als Tutorin in einer Schreibwerkstatt angewendet hatte. Peter Mayer hieß der arme Wicht, der ganz stolz auf seine Prosaetüde gewesen war.

Dabei nichts weiter als Pubertätsgestammel, und hätte Peter Mayer nur einen Funken von Selbstkritik besessen, hätte er seine Prosa*attitüde* dem Feuer oder der Tonne überantwortet, statt ihr mit der Lektüre kostbare Lebenszeit zu rauben. Aber gut, so waren die Peter Mayers dieser Welt. Gaben sich neunmalklug, aber null Ahnung von Hubert Fichte. Schon mal gehört den Namen, aber gelesen? Hatte damals, sozusagen als Witz, gesagt, seine Prosa erinnere sie an den frühen Musil. Und was hatte Peter Mayer getan? Hatte er einen Lachanfall bekommen? Hatten die anderen Werkstattteilnehmer einen Lachanfall bekommen? Nein, Peter Mayer hatte gesagt: *Danke, das ist ein großes Kompliment*. Und die anderen hatten andächtig mit dem Kopf genickt.

Andererseits, taugten Marions Erzählungen nicht doch was? Waren sie nicht sogar großartig? Waren sie nicht sogar großartiger als ihre eigenen Sachen? Okay, man hätte noch dran feilen müssen, aber auch an ihren Sachen hatte Möllenkötter immer gefeilt. Sollte sie Marions Sachen nicht doch Möllenkötter schicken? Nein, der bekäme ja einen Lachanfall. Oder nicht? Oder doch? Was waren die Maßstäbe? Gab es Maßstäbe?

»Du schaust so nachdenklich«, sagte Erik. »Hast du Angst vor der Untersuchung?«

»Schon. Es ist die erste. Die anderen habe ich sausen lassen.«

»Hast du Marion erzählt, dass ich dich zur Frauenärztin begleite?«

»Warum sollte ich Marion davon erzählen?«

»Ich dachte nur.«

»Hast du's Marion erzählt?«

»Nein. Glaubst du, Marion hat einen Verdacht, dass wir –«

»Dass wir zusammen zur Frauenärztin gehen? Glaube ich nicht.«

»Marion hat mich gefragt, ob wir zusammen … nun ja …«

»Lauter. Ich verstehe dich in diesem ganzen Geplärre und Gekreische so schwer.«

»Marion hat mich gefragt …«

»Ob wir zusammen vögeln?«

»Nicht so laut.«

»Was hast du geantwortet?«

»Ich habe natürlich gesagt: nein.«

»Hast du.«

»Stimmt ja auch.«

»Wir werden gleich Dr. Bach fragen, ob ich in meinem Zustand vögeln darf.«

Ihr Handy klingelte, Möllenkötter.

»Ann Charlotte, hörst du mich? Ich kann dich so schlecht hören. Nein, ich kann nicht später anrufen, nein, ist ganz dringend. Moll hat mir die Pistole an die Brust gesetzt. Ich soll mich sofort entscheiden, ob ich bleibe oder nicht … Ja, Moll ist verrückt, brauchen wir nicht drüber zu reden, Ann Charlotte. Moll hat über fünf Ecken erfahren, dass dieser Publikumsverlag … Habe ich dir doch erzählt, ja … Wie der heißt? Tut mir leid, darf ich nicht sagen, Top Secret … Ich habe kein Vertrauen zu dir? Wie kannst du das sagen, Ann Charlotte, wenn du wüsstest, was ich schon für Kämpfe mit Moll ausgetragen habe … wegen dir, Ann Charlotte, wegen dir … Also, der Publikumsverlag hat mir auch die Pistole an die Brust gesetzt, jedenfalls, ich kann die Entscheidung nicht länger hinauszögern.

Aber warum ich eigentlich anrufe, ich habe nämlich dem Publikumsverlag … dem Geschäftsführer des Publikumsverlags … ja, ein großer Fisch, Weidinger heißt der Mann, sehr belesener Mann übrigens, zitiert aus der *Ilias* auf Griechisch, ja, stell dir das mal vor. Weidinger jedenfalls habe ich *Wir lassen einen Drachen steigen* zukommen lassen. Der kannte deinen Namen, stell dir vor, und der war ganz begeistert, als ich ihm sagte, *ich* hätte dich entdeckt. Ich weiß, Ann Charlotte, das ist etwas übertrieben, aber nur ein bisschen … Jedenfalls, Weidinger hat mich noch am selben Abend angerufen und war total begeistert von deinem Text und sieht darin, übrigens wie ich, aber das habe ich dir ja schon mal gesagt, den Anfang eines längeren Prosatextes, um nicht zu sagen eines Romans.

Ann Charlotte, bevor dein Akku leer ist. Dein Akku ist nicht leer, sagst du, die Arzthelferin hat gerufen. Du bist doch nicht krank, Ann Charlotte … Schwanger bist du? … So eine Überraschung, ich gratuliere … Was wird es denn … Du musst Schluss machen?«

»Guten Morgen, Frau Sauber«, begrüßte sie Dr. Bach. »Schön, dass Sie den Vater des Kindes gleich mitgebracht haben.« Sie korrigierte Dr. Bach nicht. Erik begrüßte Dr. Bach und korrigierte ebenfalls nicht.

»Wie fühlen Sie sich?«, fragte Dr. Bach.

»Besser. In den ersten drei Monaten habe ich soviel gekotzt, wie in den zweiunddreißig Jahren meines bisherigen Lebens nicht.«

»Das ist normal«, sagte Dr. Bach.

»Als meine Frau … Exfrau«, verbesserte sich Erik, »als meine zukünftige Exfrau mit unserer Tochter schwanger war, habe ich in den ersten drei Monaten auch gekotzt.«

»Das ist nicht total normal, aber keineswegs vollkommen unnormal«, sagte Dr. Bach, richtete das Ultraschallgerät her und sagte: »Mein Gott, Frau Sauber.«

»Stimmt was nicht?«

»Im Gegenteil. Sie bekommen Zwillinge, Frau Sauber. Ich gratuliere. Und Ihnen, Herr Sauber.«

»König.«

»Herr König, Ihnen gratuliere ich natürlich auch. Möchten Sie Abzüge haben, Frau Sauber?«

»Abzüge?«

»Abzüge von dem Ultraschallbild. Um es Ihren Eltern und Freunden zu zeigen.«

»Nein.«

Auf der Straße sagte Erik: »Du wirkst so cool, Ann Charlotte. Zwillinge, mein Gott.«

»Habe jetzt keine andere Wahl mehr, als Mainstreamkacke zu produzieren!«

Midlife

Eckhards Kopf brummte. Mein Gott, wie sein Kopf brummte. Kein Kopfschmerz, sondern Kopfbrummen. Da half kein Aspirin, kein chinesisches Heilpflanzenöl, auch kein japanisches, auch nicht Tigerbalm. Das Kopfbrummen war die vorläufige Antwort auf die nachhaltige Frage: Was wird? Wird was? Keine Frage, jetzt ging es um alles. Vielleicht zum ersten Mal in seinem Leben. Okay, beim Abitur war es auch um was gegangen. Auch bei der Musterung. Auch beim Studium. Auch beim ersten Sex. Es ging immer um was. Scheitern oder nicht scheitern, darum ging es. Erfolg oder Misserfolg. Wertschätzung oder Missachtung. Gewinner oder Verlierer. Und Verlierer gleich Trottel. Soweit alles klar.

Klar auch: *Suche nach Vati* stand vor dem Aus. Heidi Brockmann hatte gestern Abend angerufen und Eckhard ins rechte Ohr gebrüllt: *Ich oder dieser Hurensohn!* Kurz darauf hatte Guido Duvall angerufen und ihm ins linke Ohr gebrüllt: *Ich oder diese Nutte!* Den ganzen restlichen Abend auf beiden Ohren eingeschränkte Hörfähigkeit, was ihm angesichts des Geschreis von Henry Balthasar einen ruhigeren Abend verschaffte als gewöhnlich. Aber nur akustisch, denn Carols Blicke sprachen Bände. Die gesammelten Vorwürfe aller Mütter dieser Welt gegen die mit sich selbst statt dem Nachwuchs beschäftigten Väter.

»Aber Carol«, war ihm dann irgendwann der Kragen geplatzt, »glaubst du wirklich, David Selznick hat bei den Dreharbeiten zu *Gone with the wind* das Baby gewickelt?«

»Was wäre denn dabei gewesen?«

»Weil so ein Film alle Energien bindet.«

»Zum Wickeln wird's schon reichen.«

»Eben nicht.«

»Und Vivien Leigh? Glaubst du, die hat ihr Baby bei den Dreharbeiten nicht gewickelt?«

»Hatte die überhaupt ein Baby?«

»Ist doch nur ein Beispiel.«

»Ich lese gerade ein Buch über Samuel Goldwyn. Da steht an keiner Stelle, dass der ein Baby gewickelt hat.«

»Du bist aber nicht Samuel Goldwyn.«

»Ich brauche in meiner Lage Unterstützung, Carol, keine Vorwürfe!«

»Und ich brauche in meiner Lage tatkräftige Hilfe und keine absurden Vergleiche. Du scheinst zu vergessen, dass ich mich auch noch um *Easy Deutschland* kümmern muss.«

»Und was macht dein Daddy? Ruft dreimal die Woche an und erkundigt sich nach den Dreharbeiten. Und was sage ich ihm? Ich sage: ›Everything is going fine, Dick. *Suche nach Vati* will be a great success, Dick.‹«

»Und?«

»Und? Das ist eine Lüge, Carol. Ich lüge deinen Daddy an, damit er mir nicht den Hals umdreht.«

»Er hat noch niemandem den Hals umgedreht.«

»Was glaubst du, was passiert, wenn ich seine achthunderttausend Dollar in den Sand setze?«

»Das würde Daddy nicht sehr freuen.«

»Das ist der Euphemismus des Monats. Dein Daddy ist ein herzensguter Mann, aber wenn's ums Geschäft geht, ist der knallhart. Der will, wie bei jedem anderen Geschäft, Rendite sehen. Verstehst du, *Rendite*?«

»Ich weiß, was Rendite ist. *Du* wusstest bis vor drei Wochen nicht, was Rendite ist. Ihr habt einen Deal, Dick und du.«

»Er hat es dir erzählt?«

»Er hat's mir erzählt. Aber du hältst dich nicht an den Deal.«

»Der Deal besagt nicht, dass ich wickeln soll, wenn der Film auf dem Spiel steht.«

»Und die Agentur? Steht die etwa nicht auf dem Spiel, wenn ich mich den ganzen Tag um Henry Balthasar kümmern muss? Der Deal besagt, dass –«

»Hat dich dein Daddy denn gewickelt?«

»Nein.«

»Da hast du's!«

»Was habe ich?«

»Erfolgreiche Väter können es sich nicht immer leisten, ihre Sprösslinge zu wickeln.«

»Aber erfolgreiche Mütter können und müssen! Und du … du bist nicht erfolgreich.«

»Eben! Noch nicht erfolgreiche Väter können es sich noch viel weniger leisten.«

Das Kopfbrummen wurde immer stärker. Da half auch der stärkste Kaffee nicht. Auch das Buch über die

Warner Brothers half nicht. Der Anblick des breiverschmierten Munds von Henry Balthasar half auch nicht. Das Salamibrötchen half. Das zweite mehr als das erste, das dritte mehr als das zweite, das vierte mehr als das dritte. Carols Blicke angesichts seines Appetits halfen nicht. Sein Diätunternehmen hatte seit der Rückkehr aus Polen Insolvenz angemeldet. Fressen bis zum letzten Gefecht. Häuserkampf um jedes einzelne Salamibrötchen.

»Kannst du heute Vormittag mit unserem Sohn spazieren fahren?«

»Geht leider nicht. Ich muss Arthur treffen, wichtige Besprechung.«

»Und heute Nachmittag?«

»Geht auch nicht. Da muss ich zu Heidi Brockmann.«

»Kannst du dann heute Abend unseren Sohn wenigstens ins Bett bringen?«

»Leider nicht. Da muss ich zu Guido Duvall.«

»Und morgen?«

»Geht auch nicht.«

»Es ist unser Sohn, Eckhard.«

»Ich weiß, Carol, das heißt, es ist nicht *unser* Sohn. Du bist die Mutter, Carol, ich aber nicht der Vater. Nicht der leibliche Vater.«

»Wirst du dich damit jetzt immer von allen Verpflichtungen freisprechen?«

»Nein.«

»Wickelst du jetzt Henry Balthasar, ja oder nein?«

»Ja, aber …«

Henry Balthasar wäre ihm fast von der Wickelkommode gefallen, weil die Schlagzeile nicht aus seinem Kopf ging, die er gestern in der Früh beim Bäcker gelesen hatte: *Sex im Busch!* Es gab da ein Foto von Guido Duvall und Heidi Brockmann, das ihn an Tarzanfilme erinnerte. Er hatte den Artikel überflogen, während er zwei Sahnetörtchen verdrückte. Der Staatssekretär, hieß es, habe sich von Heidi Brockmann getrennt und sei zu seiner Familie zurückgekehrt. *Ein Irrtum*, so der Staatssekretär über die Affäre mit Heidi Brockmann. *Eine Eselei*.

Gleich nach dem Wickeln hatte er Murphy & MacBain angerufen. Sie arbeiteten an den letzten Beweisen, dass die Familie, die Heidi Brockmann in der Sumner Greene Avenue um den Hals gefallen war, einer Wanderschauspielgruppe angehörte, die gerade mit einer Pantomimenfassung von *Hamlet* durch Mississippi zog. Das schrie jetzt nach weiteren Sahnetörtchen und auch Nougatkringel. Er flog die drei Etagen hinunter zur Bäckerei und dampfte und stampfte die Treppe hoch. Dabei mampfend, und endlich oben angekommen, nachdem er mit dem Handtuch die Schweißbäche eingedämmt hatte, der Griff zum Telefon. Arthur! Seine letzte und einzige Hoffnung.

»Ich bin auf dem Weg nach Wien«, sagte Arthur.

»Nach Wien?«

»Hörst du schlecht? Nach Wien!«

»Ich höre in der Tat nicht mehr so gut wie noch vor zwei Tagen. Was machst du denn in Wien, wenn ich fragen darf?«

»Ich besuche Max Perlmann.«

»Wer ist Max Perlmann?«

»Ein wunderbarer Schauspieler.«

»Nie von gehört.«

»Ich werde ihn fragen, ob er bei *Suche nach Vati* mitmacht.«

»Wissen Brockmann und Duvall davon?«

»Nein. Ich bin der Regisseur, und ab sofort wird das gemacht, was ich will. Ich habe mir die Extravaganzen von Guido und Heidi lange genug angeschaut.«

»Aber das ist doch nicht meine Schuld.«

»Sage ich doch gar nicht.«

»Hat sich aber gerade so angehört.«

»Ich muss Schluss machen. In einer Dreiviertelstunde fährt mein Zug.«

»Bist du noch mein Freund?«

»Was soll die Frage?«

»Ich dachte, wir sind Freunde.«

»In erster Linie bin ich Regisseur. Und in erster Linie bist du Produzent. Alles klar?«

Eckhard fühlte sich danach wie ein Aufnehmer, nicht wie ein Produzent. Fehlte ihm die nötige Härte? Überflüssige Frage, so überflüssig wie die Frage, ob er zu viele Sahnetörtchen fraß. Midlifecrisis, das war's. Hatte er früher immer drüber gelacht, aber da war sie. Blödes Wort, aber Existenzkrise machte es nicht besser. Egal, ob Midlifecrisis oder Existenzkrise, er musste sich jetzt sofort aufs Bett legen.

Carol drohte mit der Scheidung – waren sie überhaupt noch verheiratet? –, wenn er nicht mit Henry Balthasar raus ging, aber das war ihm jetzt egal. Drohte damit, Daddy anzurufen, aber auch egal. Alles egal auf einmal. Lag da auf dem Bett und ließ sein Leben Revue passieren, als liege er auf dem Sterbebett. Und, wer weiß, vielleicht lag er auf dem Sterbebett, vielleicht hörte gleich sein Herz einfach auf zu schlagen. Ein solcher Gedanke hätte vor einer Stunde noch Panik erzeugt, jetzt nicht mehr. Lag es an der Überdosis Sahnetörtchen?

An *sein* Leben zu denken, bedeutete an Niederlagen zu denken, sich des immerwährenden Scheiterns zu erinnern. Claudia, das Mädchen aus dem Biologieleistungskurs, er hatte es nicht geküsst. Es war noch nicht mal zum Händchenhalten gekommen. Im mündlichen Deutschabitur auf die Frage, wie der Hund in *Effi Briest* heißt, ein

Blackout gehabt und nur acht von fünfzehn möglichen Punkten bekommen. Von der siebten in die achte Klasse nicht versetzt worden. In der Grundschule kein schlechter Schüler gewesen, aber in der ersten Klassenarbeit nach dem Wechsel auf die Realschule gleich eine Sechs. Aufsatz schreiben über ein Ferienerlebnis, die anderen hatten zwei DIN-A5-Seiten geschrieben, er zehn Zeilen. Der Deutschlehrer: Eckhard, du hast in den ersten vier Wochen nichts dazugelernt.

Weil er in der Grundausbildung beim Marschieren immer wieder aus dem Takt gekommen war, Strafmarschieren am Feierabend unter Anleitung des Gruppenführers. Fortsetzung an der Universität. Die anderen hatten haufenweise One-Night-Stands, er feierte Masturbationsorgien. Die anderen gingen für ein oder zwei Semester nach Barcelona, New York, London oder Aix-en-Provence, er ging für zwei Semester von Freiburg nach Tübingen. Und als die Mauer fiel, fuhren die anderen zum Partyfeiern nach Berlin, während er zum Wandern in den Bayerischen Wald fuhr.

Burger

Kurz hinter dem Berliner Ostbahnhof geriet Arthur in Atemnot. Das Verlangen, auszusteigen. Was heißt Verlangen, eher der Drang, der Zwang. Ginge aber erst in einer Viertelstunde in Berlin-Schönefeld. Er versuchte sich an den Wie-atme-ich-richtig-Kurs zu erinnern. Durch die Nase einatmen und wieder ausatmen. Und Bauchmuskeln anspannen und wieder entspannen. Studierte den Zugbegleiter, noch zehn Minuten bis Schönefeld, aber danach, bis Dresden, würde der Zug eine Stunde durchfahren. Er könnte die Notbremse ziehen, was beim Zugteam und den Mitreisenden auf wenig Begeisterung stoßen würde. Den Blick aus dem Fenster schweifen lassen, war auch eine Möglichkeit. Oder die Gesichter seiner Mitreisenden zu studieren. Beruhigte mehr als Zeitunglesen. Arthur atmete wieder ganz normal. Sein Handy klingelte, auf dem Display die Nummer von Heidi Brockmann. Sein Atem geriet wieder außer Rhythmus. Schaltete das Handy aus und kurz nach Schönefeld wieder an. War ein Fehler, denn das Display zeigte die Nummer von Guido. Sein Atem wurde wieder flach und kurz. Er schaltete das Handy aus und spannte die Bauchmuskeln an und entspannte sie wieder.

Der Zug erreichte Dresden, aber Arthur stieg nicht aus. Ein Triumph! Hinter Dresden wurden die Intervalle, in denen der Zug hielt, kürzer. Er hätte jetzt alle halbe Stunde aussteigen können, dachte aber immer weniger daran. Er wollte ja nicht aussteigen, er wollte ja nach Wien. Er wollte ja den Film machen, er wollte ja nicht zurück zu *Easy Deutschland.* Aber sein Kopf schien das nicht immer zu begreifen und sandte missverständliche Signale ans Atemzentrum. Vielleicht weil sein Kopf mit der Unterdrückung seiner geheimen Wünsche beschäftigt war. Zum Beispiel dessen, Heidi Brockmann in den Allerwertesten zu treten. Oder dessen, sie so lange anzubrüllen, bis entweder ihr Trommelfell platzte oder seine Stimmbänder versagten. Der größte Wunsch war natürlich, sie rauszuschmeißen. Und Guido Duvall gleich hinterher.

In den Zeiten von *Doktor Markus*, wenigstens bis zur vierten Staffel, hatte er nicht hyperventiliert. Warum auch, Schauspieler und Einschaltquoten waren super und die Gage auch.

Bei seinen Anfängen in der freien Theaterszene, da hatte er hyperventiliert. Hatte Mordgelüste gehabt. Wäre aber jedem so ergangen mit der Burger.

Valerie Burger gleich Heidi Brockmann hoch fünf. Die Burger sah sich in der Nachfolge von Jutta Lampe und Edith Clever. Ihr Ausdrucksrepertoire beschränkte sich allerdings auf melodramatische Stimme und melodramatischen Gesichtsausdruck. Ihm hatte vor jeder Probe gegraut. Er war zu jeder Probe zu spät gekommen, nur um sich ihre Melodramatik so lange wie möglich zu ersparen. *Huhn in der Suppe* war eine Farce in der Tradition von Ionesco, aber die Burger agierte wie in *Hedda Gabler*. Eigentlich hatte er das Theater immer geliebt, aber bei Beginn der Proben war in ihm nur noch Theaterhass.

Die Burger hatte er in der Schauspielerkartei des Arbeitsmarktservices entdeckt. Die Sachbearbeiterin hatte von der Burger als große Nachwuchsdarstellerin gesprochen. Konnte dann aber nicht mal im Gleichklang mit ihren drei Kollegen Suppe essen. Entweder tauchte sie den Löffel zu früh in die Suppe oder zu spät, führte den Löffel zu schnell oder zu langsam an den Mund, schmatzte zu leise oder zu laut. Unvermögen oder Absicht oder beides, er hatte es bei der Generalprobe nicht mehr unterscheiden können. Nur eine Gewissheit hatte er gehabt: Begegnete er ihr nachts mit seinem Auto irgendwo auf der Straße, würde er sie ohne mit der Wimper zu zucken überfahren – wofür ihm die gesamte gegenwärtige und künftige Theaterwelt sicher dankbar wäre.

Vorbei! Nie mehr was gehört von der Burger. Dilettierte wahrscheinlich am Stadttheater in Paderborn oder Hildesheim in diversen Kleinrollen.

Arthur rief Perlmann an, um sich den Termin morgen Vormittag bestätigen zu lassen. Dreimal musste er seinen Namen wiederholen, bis Perlmann ihn verstand. Dann zweimal erklären, wer er war, bis Perlmann sich wieder erinnerte. Perlmann musste weit über neunzig sein, hatte schon bei *Huhn in der Suppe* im Rollstuhl gesessen. Und schlecht gehört, allerdings nicht immer.

Er dachte wieder an die Burger. Je näher er Wien kam, desto mehr. Seit dem Desaster mit *Huhn in der Suppe* hatte er Wien gemieden. Schöne Stadt, Wien, schöner als Berlin, aber er hatte das Burger-Trauma. Kaum las er etwas von Schnitzler oder Canetti, musste er an die Burger denken. An die Burger, die in ihrem Leben sicher nie Schnitzler oder Canetti gelesen hatte. Nicht melodramatisch genug. Burger las Ibsen, obwohl Ibsen auch nicht melodramatisch war. Ibsen konnte ja nichts dafür, dass die Burger seine Stücke las, spielte und in den Sand setzte.

Aber hatte er wirklich ein Burger-Trauma? War es nicht vielmehr ein Max-Perlmann-Trauma? Das im Grunde lächerliche Burger-Trauma als Schutz vor dem Max-Perlmann-Trauma. Er hätte die Burger am liebsten umgebracht, aber Max Perlmann, den hatte er tatsächlich beinahe umgebracht. Nicht mit dem Auto, nicht aus Absicht, sondern aus Unvermögen. Aus Schlamperei, aus Dilettantismus. Für Perlmann war er wahrscheinlich so was wie die Burger. Dachte Perlmann an ihn, bekam er wahrscheinlich Mordgedanken. Oder hatte sie bekommen, denn es waren ja fünfzehn Jahre vergangen. Erinnerte sich ja nicht mehr an ihn.

Als Arthur letzte Woche Perlmann das erste Mal nach fünfzehn Jahre angerufen hatte, hatte er die ganze *Huhn-in-der-Suppe*-Geschichte aufrollen müssen, bis sich Perlmann wieder erinnerte. Würde jetzt die Burger auf seinem Handy anrufen, müsste sie gar nichts sagen, gleich hätte er wieder ihren melodramatischen Gesichtsausdruck vor Augen.

Sprachkrise

Der Satz ging ihm nicht aus dem Kopf: *Wir müssen wieder wahre Wörter finden.* Von der Bachmann? Von Frisch? Gar Goethe? Oder nicht doch Schiller? Nein, bestimmt die Bachmann. Die Bachmann hatte ja das Patent auf Kalenderweisheiten für den gehobenen Intellekt.

Die Wahrheit ist dem Menschen zumutbar. Hatte auch die Bachmann in die Welt gesetzt, ohne über die geistigen Folgekosten nachzudenken. Was überhaupt für eine Wahrheit? Und dann noch *dem Menschen*? Wem? Ihm etwa auch? In Wahrheit müsste der Satz lauten: *Die Wahrheit ist dem Menschen eine Zumutung.* Beispiel Roswitha, Claudia, Franz, Annette und Kerstin. Hockten noch immer auf ihren angestammten Plätzen, trotz der Fortbildung mit Mario Peppering. Sagte er ihnen aber ins Gesicht, sie seien Betonköpfe und Sesselfurzer, drohten sie mit Beschwerde bei der Kurz-Kowalski.

Wir müssen wieder wahre Wörter finden. War das Wort *Kursteilnehmer* solch ein wahres Wort? Das Wort *Kursleiter*? Als er noch Dozent war, hatte er immer die Wörter *Student* und *Lehrer* benutzt, als einziger unter den Dozenten. Die hatten ihn immer wieder korrigiert. Wie auch die damalige Programmleiterin, seine Vorgängerin. Die offizielle Bezeichnung in der Volkshochschule lautete: *Kursteilnehmer, Kursleiter.* Seit er selbst Programmleiter geworden war, sagte er ebenfalls: *Kurs-*

teilnehmer, Kursleiter. Bis vor einer Stunde. Bis Roswitha außer Atem ins Büro gestürzt war und gestammelt hatte: »Wo sind die Teilnahmebestätigungen für die Kursteilnehmer?«

»Mal langsam«, hatte er gesagt.

»Ich brauche sie sofort«, hatte Roswitha gesagt.

»Hat die Frau Berger sie denn nicht ausgestellt?«

»Im Dozentenraum sind sie nicht.«

»Hast du genau nachgeschaut? Auf dem Tisch ist ja immer ein solches Chaos.«

»Auf dem Tisch ist weder ein Chaos noch liegen da die Teilnahmebestätigungen.«

»Und in deinem Fach?«

»Auch in meinem Fach nicht.«

»Und in den Fächern der anderen Lehrer?«

»Lehrer? Du meinst, Kursleiter.«

Kursleiter. Richtig, so sagte man, so hatte er in den letzten zehn Jahren gesagt. Aber jetzt … jetzt schmerzte sein Gehör bei dem Wort. Jetzt begannen Mund, Lippen und Zunge bereits bei dem Gedanken zu schmerzen, sie müssten gleich das Wort *Kursleiter* aussprechen. *Sprachkrise*, dachte er. Da war sie. Wovon Ann Charlotte bei jeder zweiten Begegnung sprach, da war sie. Was hätte die Bachmann zu dem Wort *Kursleiter* gesagt? Gehörte es zu den wahren Wörtern, die sie hatte finden wollen?

»Was soll ich jetzt machen?«, hatte Roswitha gefragt. »Die Kursteilnehmer warten.«

»Du meinst, die Studenten.«

»Kursteilnehmer.«

»Studenten.«

»Kursteilnehmer.«

»Roswitha, geh bitte, siehst du denn nicht, ich kann jetzt nicht … mein Kopf …« Er hatte die Tür abgeschlossen und das Licht ausgeschaltet. Kurz darauf klopfte es. Dann ein zweites und drittes Mal.

»Ich weiß, dass Sie da drin sind. Machen Sie sofort die Tür auf.« Die Kurz-Kowalski! »Tür auf, oder ich hole den Hausmeister!« Er machte die Tür auf. »Sie wissen, dass Sie in Ihrer Dienstzeit die Tür nicht abschließen dürfen.«

»Ich musste in Ruhe nachdenken und wollte nicht gestört werden.«

»Nicht gestört werden … Bei was denn, wenn ich fragen darf? Ich habe schon wieder eine Beschwerde über Sie bekommen.«

»Kennen Sie diesen berühmten Satz von der Bachmann? *Wir müssen wieder wahre Wörter finden* ist doch von der Bachmann?«

»Er ist in der Tat von Ingeborg Bachmann.«

»Ich frage mich, was der Satz bedeutet.«

»Ich frage mich, warum Sie den Dozenten gegenüber so unkooperativ sind. Da vergisst die Frau Berger einmal, die Teilnahmebestätigungen für die Kursteilnehmer auszustellen. Sie haben Zugang zu Frau Bergers Büro und Computer, ein Knopfdruck, und die Teilnahmebestätigungen für die Kursteilnehmer werden ausgespuckt.«

»Frau Kurz-Kowalski, haben Sie sich schon auf die Suche nach den wahren Wörtern gemacht?«

»Was ist eigentlich mit Ihnen los? Schon die Arbeitsgruppe für die Lernerorientierte Qualitätstestierung haben Sie boykottiert.«

»*Lernerorientierte Qualitätstestierung* – beide Wörter gehören sicher auch nicht zu den im Bachmannschen Sinne wahren Wörtern.«

»Ich will Ihnen mal was sagen: Als Programmleiter hätte es zu Ihren Aufgaben gehört, eine solche Arbeitsgruppe zu leiten.«

»Qualitätstestierung – vorher nie gehört das Wort.«

»Sobald etwas getestet ist, ist es testiert.«

»Lernerorientiert … Lernerorientierte Qualitätstestierung.«

»Die Volkshochschule wird getestet als Bildungsträger unter der Prämisse, dass sie lernerorientiert ist.«

»Aber das ist doch selbstverständlich, dass sie an den Studenten orientiert ist. Sollte sie denn am Verwaltungsapparat orientiert sein?«

»Hüten Sie sich davor, die Kollegen von der Verwaltung schlecht zu machen.«

»Mache ich doch gar nicht. Ich will mich keineswegs unkooperativ zeigen. Wenn man die Arbeitsgruppe umbenennen könnte … Wie wär's mit … mit …«

»Sehen Sie, Ihnen fällt nichts ein! Sie meckern rum, haben aber selber keinerlei Vorschläge.«

»Sind Sie fertig?«

»Sie gehen jetzt bitte sofort in Frau Bergers Büro und stellen die Teilnahmebestätigungen für die Kursteilnehmer aus.«

Kaum war die Kurz-Kowalski aus dem Büro stolziert, schloss er ab, ließ die Hosen runter – und widerstand. Noch. Seit ein paar Wochen hatte er kaum mehr an Wichsen gedacht – und es kein einziges Mal getan! Mein Gott, und jetzt drohte die Rückkehr der Wichskrankheit. Und was Anderes war es doch nicht. Und dann – war es nicht sogar Sünde? Vor zwanzig Jahren aus der Kirche ausgetreten, trotzdem. Und wenn nicht Sünde vor Gott, dann vor einem selbst. Weil … weil man sich danach doch irgendwie schmutzig fühlte.

Mit Helena Eriksson auf der Auslegeware hatte er sich nie schmutzig gefühlt. Ehebetrug, okay, aber es war doch Lust. War doch Liebe. War doch Austausch, und nicht nur der von Flüssigkeit. Das Gegenteil bei seinem

Spermienmonolog. Kein Nachspiel, keine Küsse, keine Umarmungen, nicht mal die Zigarette danach.

Mein Gott, seit zehn Jahren Programmbereichsleiter, und seit zehn Jahren Ins-Waschbecken-Wichser. War er der einzige Programmbereichsleiter, der ins Waschbecken wichste? Wie machten es die Programmbereichsleiterinnen? Auf dem Bürostuhl? Unterm Tisch? Auf den Programmbereichsleiterkonferenzen war das Masturbieren kein Thema. Sahen alle so aus, als ob sie nie masturbierten. Aber er sah ja auch so aus. Als Dozent hatte er höchstens zu Hause mal ins Waschbecken gewichst. Es gab auch ein Waschbecken im Dozentenraum, aber da hatte er nie reingewichst. Hätten ja jederzeit Kollegen reinkommen können. Aber war das wirklich der Grund? Als Dozent kein Wichsbedürfnis, als Programmbereichsleiter Wichsobsession.

Gut, in den anderthalb Jahren Affäre mit Helena Eriksson hatte er auch kaum ins Waschbecken gewichst; war ja nur dann nötig gewesen, wenn sie auf Heimaturlaub in Schweden war. Aber sonst? König zog die Hosen wieder hoch. Ging ins Internet auf die Suche nach einer Detektei. Fand eine mit dem Namen Gretner & Klinger. Rief gleich an. Hatte Michael Klinger am Apparat.

»Ich möchte jemanden beschatten lassen. Bin ich da bei Ihnen richtig?«

»Grundsätzlich ja, aber möchten Sie das wirklich am Telefon besprechen?«

»Denken Sie, mein Telefon wird abgehört?«

»Um was geht es denn?«

»Es geht um Dr. Waltraud Kurz-Kowalski. Ich möchte alles über sie wissen, mit wem sie verkehrt, mit wem sie früher verkehrt hat, überhaupt ihre ganze Vergangenheit. Stellen Sie mir ein Dossier über sie zusammen.«

»Das kostet.«

»Geld spielt keine Rolle.«

»Geht es um Ehebruch?«

»Es geht um alles. Um Korruption, um Vorteilnahme, um Unterstützung von terroristischen Gruppen –«

»Da wenden Sie sich besser an den Staatsschutz.«

»Ich überweise Ihnen noch heute zweitausend Euro, und dann legen Sie bitteschön los!« Geld spielte eine Rolle, spätestens seit in Berlin der öffentliche Dienst zehn Prozent weniger Gehalt bekam. Aber gut, das war jetzt das letzte Gefecht, und Leichen zählte man erst am Ende der Schlacht.

Das Telefon klingelte.

»Zoe hier. Papa, halt dich fest: Marion ist ausgezogen.«

»Bitte ganz langsam. Was hast du gerade gesagt?«

»Marion ist ausgezogen.«

»Wie kommst du darauf?«

»Auf dem Küchentisch liegt ein Zettel.«

»Und?«

»Was und?«

»Ja, was steht denn auf dem Zettel?«

»Da steht: ›Macht's gut, Ihr Lieben. Ich melde mich bald.‹«

»Soll das ein Witz sein?«

»Habe ich zuerst auch gedacht. Aber ihr Koffer ist weg.«

»Und Thomas?«

»Hat sich wieder mal in seinem Zimmer eingeschlossen.«

»Mit einem Messer?«

»Weiß ich nicht, ich bin gerade erst nach Hause gekommen.«

»Ich komme sofort.«

»Gut.«

»Versuch mit Thomas zu reden.«
»Habe ich schon versucht.«
»Versuch's noch mal. Bis ich da bin.«
»Über was soll ich denn mit Thomas reden?«
»Sag ihm, die Mama kommt gleich nach Hause.«
»Aber er hat doch sicher auch den Zettel gelesen.«
»Sag ihm, die Mama hat einen Scherz gemacht.«
»Thomas ist doch nicht blöd.«
»Dann sprich verdammt noch mal mit ihm über was Anderes … über irgendwas … was weiß ich … Zoe, jetzt wein doch nicht! Warum weinst du denn jetzt?«
»Er hat mich verlassen.«
»Ansgar?«
»Cornelius.«
»Der Kunstlehrer? Ich denke, Ansgar ist dein Freund.«
»Schon lange nicht mehr.«
»Okay, können wir gleich drüber sprechen, ich fahre jetzt los.«
»Cornelius ist unauffindbar.«
»Was heißt das?«
»Niemand geht ans Telefon, die Vorhänge sind zugezogen.«
»Ich bin gleich da.«
»Ich könnte ihn umbringen.«
»Wen?«
»Cornelius. Nein, nicht Cornelius. Mich. Ich könnte mich umbringen. Ich werde mich …«
»Zoe, hörst du mich? Zoe, ich bin schon … Jetzt sag doch was!« Mein Gott, er hatte übers Wichsen philosophiert, während seine Kinder dabei waren, sich umzubringen. Das würde Marion teuer zu stehen kommen, sehr teuer. Auf dem Flur begegnete er Roswitha.
»Was ist jetzt mit den Teilnahmebescheinigungen der Kursteilnehmer?«

»Ich kann jetzt nicht … ein Notfall.«

»Immer hast du eine Ausrede.«

»Aus dem Weg, Roswitha!« Sie packte seinen Arm.

»Ich lasse deinen Arm erst los, wenn du die Teilnahmebestätigungen ausdruckst.«

»Loslassen, aber sofort.«

»Ich denke nicht dran!«

»Ich sage es zum letzten Mal: loslassen.«

»Und ich sage es ebenfalls zum letzten Mal: Die Kursteilnehmer warten auf ihre Teilnahmebestätigungen.«

»Hör gut zu: Wenn meine beiden Kinder sterben sollten … oder wenn eins von ihnen sterben sollte, dann … dann bring ich dich um! Hast du gehört? Ich bringe dich um! Zuerst dich, dann die Kurz-Kowalski!«

»Das ist ja …« Er versuchte sie abzuschütteln, aber sie krallte sich an seinem Arm fest. Er holte aus und gab ihr eine schallende Ohrfeige. Sie ließ los und begann im selben Moment zu heulen.

»Das wirst du büßen«, schrie sie ihm hinterher.

Hopper

Noch ungefähr eine Stunde bis Provincetown, Marion konnte es kaum mehr erwarten.

»Was werden wir nach der Ankunft als erstes machen?«, fragte Schreker. »An den Strand gehen? Essen? Eine Runde schlafen?«

»Vögeln.«

»Und dann?«

»Ans Meer gehen.«

»Und dann?«

»Am Meer vögeln.«
»Und dann?«
»Essen gehen.«
»Und dann?«
»Vögeln.«
»Und dann?«
»Dann können wir von mir aus eine Runde schlafen.« Sie war müde, hundemüde, aber an Schlaf war nicht zu denken. Im Flugzeug von Frankfurt nach Boston hatte sie kein Auge zugetan, ebenso wenig im Hotelzimmer in Boston, und jetzt im Auto auch noch nicht. Aber sie war glücklich wie seit zwanzig Jahren nicht mehr. Nein, glücklich wie noch nie.
»Soll ich dir einen blasen?«, fragte Marion.
»Jetzt?«
»Warum nicht?«
»Ich fahre.«
»Wo ist das Problem?«
»Ist es nicht ein bisschen gefährlich?«
»Du konzentrierst dich auf den Verkehr, ich konzentriere mich auf deinen Schwanz.«
»Und wenn uns die Polizei anhält?«
»Die Polizei wird uns nicht anhalten.«
»Ich fahre besser auf einen Parkplatz.«
»Du musst dich entscheiden: Du fährst auf einen Parkplatz, und ich blase dir keinen. Oder wir fahren weiter, und ich blase dir einen.« Sie fuhren weiter, und sie blies ihm einen, aber zur Ejakulation kam es nicht, weil kurz vorher entweder gerade eine besonders scharfe Kurve auftauchte oder ein Bremsmanöver nötig war oder sie vor einer Ampel zu stehen kamen und die Leute zu gaffen schienen. Machte nichts, in Provincetown könnten sie ungestört fortfahren, und das ein Jahr lang, denn so lange ging Schrekers Stipendium. Und sie, was würde sie

in dem Jahr machen? Schreiben? Video? Töpfern? Fotografieren? Malen? Malen! Ja, malen! Natürlich malen! Warum nicht malen? Malen!

Sie hatte in Paris gemalt, sie hatte in Rom gemalt. Aquarelle und Acryl. Sozusagen als Hobby, während sie das Schreiben sozusagen professionell betrieben hatte, wenn auch weniger obsessiv als Ann Charlotte. Sie hatte schon in der Schule gerne gemalt. Als Kind natürlich. Und dann jahrelang nicht mehr. Hatte ein paar Bilder in der Wohnung hängen, die von Erik und den Kindern, auch von Besuchern, auch von ihr selber, mehr als Inventar denn als Kunst betrachtet wurden. Bis vor drei Tagen. Bis es klingelte. Bis Schreker vor der Tür stand. Bis sie die Tür öffnete und sie übereinander herfielen, als hätten sie Jahre auf diesen Moment gewartet. Bis er, als er ins Badezimmer ging, das Bild neben der Tür entdeckte.

»Ist das von Zoe?«

»Nein, von mir. Gefällt es dir?«

»Es ist … wie soll ich sagen … es ist wundervoll. Es … es erinnert mich an Hopper. Kennst du Hopper?«

»Natürlich.«

»Wie soll ich sagen … Es ist noch radikaler als Hopper … in der Darstellung der Einsamkeit, meine ich. Und ist dabei ganz eigenständig.«

»Ist das dein Ernst?«

»Gibt es noch andere Bilder von dir?«

»Im Wohnzimmer hängt noch eins. Die anderen sind im Keller.«

Das im Wohnzimmer war ein Selbstporträt.

»Mein Gott«, rief Schreker, »das ist großartig! Hast du schon Ausstellungen gehabt?«

»Ausstellungen?«

»Jetzt tu doch nicht so naiv! Das sind großartige Bilder. Du bist eine großartige Künstlerin!«

»Hast du das auch zu Zoe gesagt?«

»Was hat das denn damit zu tun?«

»Du sagst es nur, um mich ins Bett zu kriegen.«

»Ich darf dich daran erinnern, wir waren schon im Bett.«

»Du denkst also wirklich, dass ich Talent habe.«

»Talent? Das nennst du Talent? Es ist mehr als Talent. Es ist … Ach was, du glaubst mir sowieso nicht.«

»Hat Zoe dir geglaubt?«

»Müssen wir jetzt unbedingt über Zoe sprechen?«

Sie sprachen auch jetzt nicht über Zoe. Was Zoe wohl machte? Und Thomas? Und Erik? Hatte er einen Privatdetektiv engagiert, um sie zu suchen? Sie hatte ihr Handy seit dem Start in Frankfurt ausgeschaltet. Funktionierte es überhaupt hier in Amerika? Komisch, sie war glücklich, aber es reichte nicht. Nicht das stille Glück. Nicht, wie sie an Schrekers Seite durch diese wunderbare Hopper-Landschaft fuhr, mit dem Hopper-Himmel, den Hopper-Häusern, den Hopper-Sanddünen. Das stille Genießen reichte nicht. Da war das Verlangen, Ann Charlotte anzurufen. Arthur anzurufen. Ja, auch und gerade Erik und Zoe anzurufen, um es ihnen ein für allemal heimzuzahlen. Rache für ihre jahrelangen Demütigungen, Erniedrigungen, Beleidigungen. Für das entgangene Leben. Das Aschenputteldasein.

Sie ließ Schreker bei der nächsten Telefonzelle halten, nahm ihr gesamtes Münzgeld und wählte Ann Charlottes Nummer. Es meldete sich nur der Anrufbeantworter, der mitteilte, unter welcher Nummer Ann Charlotte zu erreichen war. Moment mal, hatte sie richtig gehört? Diese Nummer … die kam ihr irgendwie bekannt vor. Nein, unmöglich, sie musste sich verhört haben. Sie wählte ein zweites Mal, und wieder der Anrufbeantworter mit der

Nummer, unter der … Verdammt, sie hatte richtig gehört, es war … es war … unmöglich! Das war jetzt der alles entscheidende Moment: dem Wahnsinn verfallen oder Ruhe bewahren.

Zwanzig Jahre immer wieder mal gedacht, jetzt werde ich aber wahnsinnig. Und dann nie wahnsinnig geworden. Auch keine Wahnsinnstat begangen. Aber manchmal nah dran gewesen. Bei Zoe zum Beispiel, als sie unter Dreimonatskoliken litt und sie, die Mutter, nächtelang nicht schlafen ließ. Aber hatte sie Zoe mit dem Handtuch erstickt? Nein, sie hatte das Handtuch in der Hand gehalten und sich vorgestellt, wie es wäre, wenn, aber getan hatte sie es nicht. Und Thomas? Hatte sie Thomas in seiner schlimmsten Trotzphase etwa aus dem Fenster geworfen? Nein, sie hatte gedacht, soll er ruhig am Fenster herumklettern und rausstürzen, dann ist endlich Ruhe, aber sie hatte das Fenster schließlich geschlossen. Und Erik? Hatte sie ihn mit dem Brotmesser im Schlaf abgestochen? Nein, hatte sie nicht getan. Hundertmal hatte sie es sich vorgestellt, aber kein einziges Mal getan. Weil … weil sie eben nicht wahnsinnig geworden war. Weil … weil sie im letzten Moment die Kontrolle über sich zurückgewonnen hatte.

Aber jetzt, in diesem Moment, kurz vor Provincetown, schien sie dem Wahnsinn zu verfallen. Nein, nicht zu verfallen, der Wahnsinn schien sie anzuspringen wie ein wild gewordener Köter, denn Ann Charlotte war zu Erik und den Kindern gezogen, und das ganz offiziell!

»Nimm mich in den Arm«, sagte Marion. »Und halt mich ganz, ganz fest. Und lass mich nie, nie mehr los!«

»Was ist denn passiert?«

»Los, nimm mich schon in den Arm!« Was Schreker tat, und er hielt sie mit seinen kräftigen Armen so fest, dass er ihr fast die Luft abdrückte. Aber genau das brauchte sie jetzt. Die beste Freundin! Fickte nicht nur ihren Mann, was sie ihr noch irgendwie hätte durchgehen lassen können. Nein, riss sich auch noch die Kinder unter den Nagel!

»Wir müssen sofort zurück nach Berlin!«, sagte Marion.

»Wie bitte?«

»Zurück nach Berlin, auf der Stelle!«

»Aber was ist denn passiert? Ist jemand gestorben?«

»Schlimmer!«

Sie beruhigte sich wieder, was sicher an Schrekers Armen lag. Und seinem mächtigen Brustkorb. Erik hatte keinen mächtigen Brustkorb, auch Arthur nicht. Und kräftige Arme hatten sie auch nicht. Zurück nach Berlin? War sie etwa wahnsinnig geworden? Zurück zu ihrer Familie, die sie nicht hatte hochkommen lassen? War doch perfekt, dass Ann Charlotte sich jetzt um die Brut kümmerte. Da musste sie nicht länger ein schlechtes Gewissen haben. Und für den sensiblen Thomas wäre auch gesorgt. Und Ann Charlotte würde bald kreativ vertrocknen. Sie rief Arthur an. Nur der Anrufbeantworter. Wählte seine Handynummer.

»Ja?«

»Ich bin's, Marion.«

»Marion!«

»Da bist du überrascht, was?«

»In der Tat … Hör zu, Marion, ich bin gerade in Wien … mitten in einem wichtigen Gespräch. Kann ich dich nachher zurückrufen?«

»Ich bin in Amerika. Da staunst du, was?«

»Was machst du denn in Amerika?«

»Bisher hauptsächlich vögeln.«

»Und deine Familie?«

»Ist in Berlin. Ich bin mit meinem Geliebten in Amerika.«

»Marion, kann ich dich später zurückrufen?«

»Ich will gar nicht, dass du zurückrufst. Ich wollte dir nur was sagen.«

»Geht es nicht später?«

»Nein.«

»Dann mach's kurz!«

»Du bist ein Arschloch, Arthur. Ein riesengroßes.«

»Ich weiß. Aber dieses Arschloch, Marion, wird in Hollywood bald eine Riesennummer sein. So long!« War ein Fehler gewesen, anzurufen. Rächte sich jetzt durch Melancholie- und Zweifelsanfälle. Was, wenn sie doch keine Malerin war? Wenn Schreker ihrer nach ein paar Wochen überdrüssig wurde?

»Könntest du bitte etwas schneller fahren?«

»Liebling, ich fahre schon Höchstgeschwindigkeit.«

»Nur ein bisschen schneller.«

»Gut so?«

»Noch ein bisschen.«

»Nein. Hier sind die Strafen wegen zu schnellen Fahrens happig.«

»Du fährst nicht zu schnell.«

»Ich fahre schneller als fünfzig Meilen.«

»Erik ist nie schnell gefahren. Auf der Autobahn höchstens hundert, auf der Landstraße siebzig.«

»Ich fahre am Limit, Liebling.«

»Wir sind immer überholt worden und haben nie andere überholt.«

»Ich erinnere dich daran, dass ich allein in den letzten fünf Minuten zwei, drei Autos überholt habe.«

»Als Teenager war ich in James Dean verliebt.«

»Er ist mit dreihundert verunglückt.«

»Er liebte das Risiko.«

»Als Künstler liebe ich auch das Risiko. In der Kunst, nicht auf der Straße.«

Horror Vacui

Seit seinem Rausschmiss und Simones beruflichem Wiedereinstieg stellte Duvall ihr morgens wieder den Kaffee hin. Brachte Justin in den Kindergarten und holte ihn am frühen Nachmittag wieder ab. Kochte abends wieder für die beiden und ging nachmittags wieder mit Justin auf den Spielplatz. War wieder verliebt in die Simone wie zu Anfang, und war auch verliebt in Justin. Und beide waren wieder verliebt in ihn. Und der Sex mit der Simone war noch großartiger als zu Anfang. Besser als mit Ann Charlotte oder gar … mit Heidi Brockmann wär's wohl eh Scheiße geworden, nicht so reif, nicht so tief, nicht so spirituell wie mit der Simone. Mit der Simone inzwischen mehr Hildegard von Bingen als Alfred Kinsey.

Die Simone verstand naturgemäß die Welt nicht mehr. Kam ja aus Wien-Penzing, und obwohl sie bei einem Bankenmulti arbeitete, hatte sie von der Welt, außer Geld, noch nicht viel gesehen. Aber liebte er nicht gerade diese Penzinger Naivität an ihr? Die Frittatensuppenherzigkeit? Die Tafelspitzseligkeit? Die Topfenstrudelunschuld?

Die Welt nicht verstehen, aber trotzdem keine Fragen stellen, das war die Simone. Als ob es *Suche nach Vati* nie gegeben hätte. Als ob er nie mit einem Fuß in Hollywood gestanden hätte. Comeback gescheitert, bevor es überhaupt richtig angefangen hatte, aber die Simone schien es gar nicht zu bemerken. Und nicht die klitzekleinste Bemerkung über Ann Charlotte, dabei hatten sie vor Monaten noch zu dritt gevögelt. Falls morgen ein Atomkrieg ausbrechen und die Simone überleben würde, würde sie gleich übermorgen ein Apfelbäumchen pflanzen. Und den Atomkrieg mit keinem Wort mehr erwähnen.

Die Simone war schon weg, Justin rief aus dem Badezimmer: »Papa komm, habe Aa gemacht.«

»Großes Aa?«, rief Duvall.

»Kleines Aa«, rief Justin.

»Eine richtig schöne Wurst«, sagte Duvall, als er das Ergebnis von Justins Bemühungen begutachtete.

Gab mal wieder den Kampf ums Zähneputzen. Auch das Anziehen war ein Problem. Justin wollte keinen Pullover anziehen, auch keine Jacke. War aber kühl draußen. Justin wollte Sandalen anziehen, war aber nass draußen. Wollte keine Mütze anziehen, neigte aber zu Mittelohrentzündungen. Mittelohrentzündung bedeutete schlaflose Nächte. Schlaflose Nächte für ihn, denn die Simone brauchte natürlich ihren Schlaf.

»Bist du noch mein Freund?«, fragte Justin.

»Natürlich bin ich noch dein Freund«, antwortete er.

»Bist du traurig?«

»Nein.« Warum auch? War eben eine Schnapsidee gewesen, dieser Comebackversuch.

»Wollen wir nicht puzzeln?«, fragte er Justin.

»Jetzt? Muss ich nicht in den Kindergarten?«

»Du musst nicht in den Kindergarten, wenn du nicht willst. Wir können auch puzzeln.«

»Ich will aber in den Kindergarten.«

»Du willst wirklich nicht puzzeln?«

»Wir puzzeln auch im Kindergarten.«

»Aber willst du nicht mit deinem Papa puzzeln?«

»Ich will in den Kindergarten.« Eigentlich sollte er erleichtert sein über das Ende. Heidi Brockmanns letzter

Satz klingelte noch in seinen Ohren: *Wenn du mir noch einmal nahe kommst, du Wichser, schneide ich dir die Eier ab!* Das ließ keinen Spielraum für Interpretationen.

»Ich hol dich heute früher vom Kindergarten ab.«

»Warum?«

»Freust du dich denn nicht, wenn ich dich früher abhole?«

»Nein.«

»Aber dann könnten wir länger auf den Spielplatz. Oder in den Zoo.«

»Nicht früher abholen.«

Horror Vacui. Trotz der Simone, trotz Justin. Machte ihn ganz wehrlos. Er hatte ja wenig Erfahrung mit seiner Seele, trotz der Simone, trotz Justin. Er hatte zwar Bücher von Kierkegaard, Montaigne und Pascal gekauft und sogar schon auf das Nachtschränkchen gelegt, aber reingeschaut hatte er noch nicht. Keine Erfahrung mit seiner Seele, aber viel Erfahrung mit seinem Schwanz, der allerdings jetzt orientierungslos herumbaumelte. Lag's an seiner herumirrenden Seele?

Eine gewisse Lebensmüdigkeit, das ja. Keine Schwanzmüdigkeit, das leider nein. Der Impuls, Ann Charlotte anzurufen, weil auf einmal wieder die Lust, mit Ann Charlotte, nein, rief nicht an. Rief die Simone an und fragte, ob sie, nachdem er Justin in den Kindergarten gebracht habe, Zeit für Telefonsex hätte. Hatte sie nicht, weil mehrere Besprechungen anstanden, aber sie wollte heute früher nach Hause kommen.

Aber gab's da nicht Nadine, die Kindergärtnerin? Leitete die Murmelgruppe. Justin war in der Urmelgruppe, die Erzieherin in der Urmelgruppe war fünfzig, fett und berlinerte, aber Nadine war höchstens dreißig, war mollig, hatte große Titten und sprach Hannoveranisch.

»Ich möchte mit dir puzzeln, Papa«, sagte Justin.

»Auf einmal?«

»Puzzeln, Papa!«

»Du kannst im Kindergarten puzzeln!«

»Will aber zu Hause puzzeln.«

»Wir können heute Nachmittag zu Hause puzzeln.«

»Will aber jetzt puzzeln.« Also gut. Puzzelte und vergaß Nadine. Würde, sobald er Justin in den Kindergarten gebracht hätte, Kierkegaard lesen. Und erhob sich dabei trotzdem sein Schwanz, würde er so lange kalt duschen, bis sich sein Schwanz nie mehr erheben könnte.

Er brachte Justin in den Kindergarten und stattete anschließend Frau Ricke, der Kindergartenleitung, einen Besuch ab. Schlug ihr eine Theater AG vor. Zweimal die Woche à zwei Stunden.

»Toll«, sagte Frau Ricke, »und Sie würden das machen?«

»Ich bin Schauspieler. Vielleicht haben Sie mich einmal im Fernsehen gesehen als Doktor Markus.«

»Bedauere, im DDR-Fernsehen lief *Doktor Markus* nicht.«

»Haben Sie kein West-Fernsehen geschaut?«

»Mein Exmann war bei der Stasi.«

»Ja, gerade dann.«

»Tut mir leid.«

»Wenn Sie einen Videorekorder haben, bringe ich Ihnen gerne ein paar Folgen mit.«

»Habe ich nicht.«

»*Doktor Markus* gibt es mittlerweile auch auf DVD.«

»Ich glaube Ihnen auch so, dass Sie ein guter Schauspieler sind.«

»Ich würde es natürlich gratis machen.«

»Das höre ich gern.«

»Wissen Sie, ich bin in einem Alter, wo man immer mehr an die jungen Menschen denkt. Auch an die ganz jungen. Am besten wäre es, eine Erzieherin würde mitmachen … für Rollenspiele und so.«

»Das ist schwierig bei dem knappen Personal.«

»Ich hätte da an Nadine gedacht. Sie hat so einen starken theatralischen Ausdruck. Auch ihre Gesten, sie scheint mir ein Naturtalent zu sein.«

Perlmann

Max Perlmann saß immer noch im Rollstuhl. Natürlich, was hatte Arthur denn erwartet? Vor rund fünfzehn Jahren hatte er Perlmann zuletzt gesehen. Perlmann war schon damals über achtzig gewesen. Das Alter, die Zipperleins, kannte er doch von sich selbst. Vor fünfzehn Jahren hatte ihn vielleicht drei-, viermal im Jahr der Rücken gezwackt – und jetzt? Er war schon glücklich, wenn an drei, vier Tagen im Jahr der Rücken *nicht* zwackte. Und es war ja nicht nur der Rücken, sondern es waren auch beide Knie. Und die Knöchel. Und die Handgelenke. Dazu Hautprobleme. Und die Verdauung. Natürlich die Zähne. Schweißausbrüche am Tag und in der Nacht. Haarausfall. Hämorrhoiden.

Er begrüßte Perlmann und lächelte. Perlmann blieb stumm und lächelte nicht. Erkannte er ihn überhaupt wieder? War er noch böse wegen damals? Die Pflegerin, Frau Weiss, hatte Arthur gleich wiedererkannt. Sie war damals sehr böse auf ihn gewesen und outete sich jetzt als großer *Doktor-Markus*-Fan. Er versprach ihr, den Original-Doktor-Markus-Arztkittel mit Autogramm zu schicken.

»Haben Sie das gehört, Herr Perlmann?«, sagte die Pflegerin.

»Guido Duvall ist in *Suche nach Vati* für die Hauptrolle vorgesehen«, sagte Arthur.

»Haben Sie das gehört, Herr Perlmann?«, sagte die Pflegerin.

»Neben Herrn Perlmann natürlich«, sagte Arthur.

»Haben Sie das gehört, Herr Perlmann?«, sagte die Pflegerin. Perlmann schwieg noch immer. Sah müde aus, erschöpft. Sollte er sich bei Perlmann entschuldigen? Er hatte zwar damals im Rettungswagen gesagt, wie leid es ihm tue, aber eine richtige Entschuldigung, nein! Er hatte später auch keinen Entschuldigungsbrief geschickt. Hatte Blumen geschickt mit einer Karte und herzlichen Grüßen, mehr nicht. Hatte Perlmann auch nicht mehr besucht.

Er war noch jung gewesen, relativ jung, auf jeden Fall unerfahren. Dazu dieser mörderische Stress. Kam kaum zum Schlafen, und wenn, wachte er morgens um fünf schon auf. Und schlief vor zwei nie ein. Dachte an die vergangene Probe, dachte an die nächste Probe. Hatte den protestierenden Autor vor Augen, der um sein Stück fürchtete. Hatte die keifende Burger vor Augen, die es nicht schaffte, gleichzeitig mit den anderen Schauspielern den Löffel in die Suppe zu tauchen. Dachte an den Bühnenbildner, der sich als der eigentliche Regisseur aufspielte. Dachte an die Kostümbildnerin, die sich nur einmal hatte blicken lassen. Dachte an den Komponisten der Bühnenmusik, der noch keinen einzigen Ton komponiert hatte. Dachte an die Förderanträge, die bisher alle abgelehnt worden waren. Dachte … dachte … dachte …

Bei seinem ersten Besuch hatte er, wie jetzt auch, Diätsachertorte mitgebracht. War anfangs ein schönes Gespräch gewesen, das heißt ein Perlmann-Monolog. Perlmann hatte von seiner Zeit in Amerika erzählt, der

Zusammenarbeit mit Piscator in New York, seiner Arbeit in Hollywood, den Bekanntschaften mit Paul Newman und Jack Lemmon. Aber dann war Arthur ein Fauxpas unterlaufen.

»Herr Perlmann«, hatte er gesagt, »in dem Interview neulich im Fernsehen sagten Sie, Sie seien in Hollywood Akzentschauspieler gewesen, und da wollte ich mal fragen –«

Bei dem Wort *Akzentschauspieler* war Perlmanns blasses Gesicht noch blasser geworden. An die Brust gegriffen hatte er sich und gerufen: »Frau Weiss, bringen Sie mir schnell ein Glas Wasser! Schnell! Und drei von den gelben Pillen, schnell!«

»Ganz ruhig bleiben!«, rief Frau Weiss aus der Küche. »Bin sofort da.« Frau Weiss war in fünf Sekunden bei Perlmann gewesen, aber Arthur waren es wie fünf Stunden vorgekommen. Er hatte das Schlimmste befürchtet, Perlmann atmete ja nicht mehr ruhig, röchelte, ruderte mit den Armen wild herum. Und dann die Blicke von Frau Weiss. Und erst die Worte: »Ich habe Ihnen doch bereits am Telefon gesagt, dass Herr Perlmann sich auf keinen Fall aufregen darf. Haben Sie gehört? Auf keinen Fall!«

Aber Perlmann war schon in Fahrt und nicht mehr zu stoppen: »Akzentschauspieler … aber … aber doch nur, weil …«

»Natürlich …«

»Wenn die Nazis nicht …«

»Natürlich … meine Frage …«

»Was glauben Sie überhaupt? Andere Emigranten haben kein Bein auf den Boden bekommen. Besonders für Schauspieler war es außerordentlich schwierig.«

»Aber Herr Perlmann, ich habe das doch gar nicht negativ …«

»Akzentschauspieler!«

»Aber Sie haben doch selbst in dem Interview …«

»Akzentschauspieler … In Hollywood musste man damals Royal English sprechen. Ich sprach kein Royal English.«

»Nicht aufregen, Herr Perlmann. Ich habe es doch gar nicht … nicht negativ …«

»Akzentschauspieler … Was glauben Sie, was aus Gary Cooper in der Emigration geworden wäre?«

»Ich möchte mich bei Ihnen entschuldigen, Herr Perlmann, ich habe es wirklich nicht so …«

»Akzentschauspieler …«

»Soll ich vielleicht besser gehen?«

Er war nicht gegangen, denn er hatte ja einen Empfehlungsbrief dabei, den er sozusagen im Namen von Max Perlmann geschrieben hatte. Einen Empfehlungsbrief für das Projekt *Huhn in der Suppe* im Rahmen der Veranstaltungsreihe *Drei Monate gegen Rassismus*. Einen Empfehlungsbrief für die noch ausstehenden Förderanträge, damit die nicht auch noch negativ beschieden wurden. Und tatsächlich, Perlmann hatte unterschrieben, ohne einen Blick auf den Brief zu werfen. Hatte seine Unterstützung für das Projekt zugesagt, ohne eine einzige Zeile des Stücks gelesen zu haben. Und, mehr noch, hatte sich bereit erklärt, exklusiv aus seinen amerikanischen Exiltagebüchern zu lesen. Perlmann hatte mit seiner Prominenz das Projekt gerettet und würde jetzt auch *Suche nach Vati* retten.

»Hier ist das Drehbuch von *Suche nach Vati*«, sagte Arthur.

»Legen Sie's bitte aufs Bett!«, sagte Perlmann. Also doch, Perlmann redete. Redete mit ihm! Und wollte, dass er das Drehbuch genau dort hinlegte, wo er damals *Huhn in der Suppe* hatte hinlegen sollen.

»Aber diesmal einen Behindertentransport und keinen Rettungswagen!«, sagte Perlmann und lachte. Auch Frau Weiss lachte. Er lachte nicht, sondern schluckte, schluckte noch einmal und lächelte, während Perlmann immer noch lachte. Auch Frau Weiss lachte noch. Jetzt lachte er auch, verhalten. Perlmanns Gedächtnis funktionierte also, er wäre als Schauspieler voll einsatzfähig.

»Vorsicht, Herr Perlmann!«, sagte Frau Weiss. »Auch übermäßiges Lachen ist nicht gut für Ihr Herz!« Aber Perlmann hörte nicht auf zu lachen, war ganz rot im Gesicht, würde er jetzt einen Herzinfarkt bekommen, wäre es die Spätfolge des damaligen Missgeschicks – und Arthur wäre schuld.

»Ich habe eine kleine Diätsachertorte mitgebracht«, sagte Arthur.

»Haben Sie das gehört, Herr Perlmann?«, sagte Frau Weiss. »Herr Schulze hat eine kleine Diätsachertorte mitgebracht.«

»Natürlich habe ich das gehört«, sagte Perlmann. »Ich bin ja nicht schwerhörig. Die Frage aber ist: Ist es wirklich Diätsachertorte?«

»Ich habe ausdrücklich Diätsachertorte verlangt«, sagte Arthur.

»Prüfen Sie das bitte nach, Frau Weiss!«

»Aber Herr Perlmann, haben Sie denn kein Vertrauen?«

»Sicher ist sicher.«

»Erinnern Sie sich noch an den ersten Besuch von Herrn Schulze? Auch da hatte er Diätsachertorte mitgebracht. Und auch da hatten Sie anfänglich Zweifel, ob es wirklich Diätsachertorte ist.«

»Und?«

»Es war Diätsachertorte!«

»Aber erinnern Sie sich noch an Frau Doktor Böhmer mit ihrem angeblichen Diätapfelstreuselkuchen?«

»Helfen Sie mir …«

»Frau Doktor Böhmer, die ehemalige Kulturstadträtin. Die sich für meine Ehrenbürgerschaft eingesetzt hat.«

»Das muss vor meiner Zeit gewesen sein.«

»Frau Doktor Böhmers angeblicher Diätapfelstreuselkuchen war ein ganz gemeiner Apfelstreuselkuchen. Ihre Vorgängerin fand mich nach zwei Stücken bewusstlos auf dem Teppich.« Frau Weiss kontrollierte das Etikett.

»Diätsachertorte. Wie Herr Schulze schon sagte.«

»*Wie Herr Schulze schon sagte* … Herr Schulze, damals haben Sie gesagt, Sie hätten einen Behindertenfahrdienst bestellt.«

Seine Assistentin hatte ihn bestellt, das heißt, hätte ihn bestellen sollen. Er war kurz vor sieben im Maimonides-Zentrum gewesen und hatte dem Sicherheitsmann gesagt, er warte im Foyer auf den Behindertenfahrdienst. Und dann kam plötzlich ein Rettungswagen herangebraust, und zwei Sanitäter stürmten mit einer Trage herein. Er fragte den Sicherheitsmann, zu wem die Sanitäter wollten, der Sicherheitsmann sagte, zu Perlmann. Spätestens jetzt hätte es ihm dämmern müssen. Er war nach draußen gegangen, um ganz sicherzugehen, dass es sich um einen Rettungswagen handelte. Es war die Johanniter-Unfallhilfe.

Er rief seine Assistentin an, um zu fragen, ob sie wirklich einen Behindertenfahrdienst bestellt habe. Sie sagte, die Burger habe sich vor einer halben Stunde auf dem Klo eingeschlossen. Er fragte den Sicherheitsmann, wie das sein könne, dass ein Rettungswagen komme, wenn man einen Behindertenfahrdienst bestellt habe, aber auch der Sicherheitsmann konnte sich das nicht erklären, denn Notfälle ließen sich ja nicht vorhersagen. Die Männer hatten Sturm geklingelt, Frau Weiss hatte geöffnet und gedacht, sie müssten wegen einer Bombendrohung evakuiert werden, und Perlmann, der hatte im Foyer mit zitternden Lippen zu ihm gesagt: *Ich bin nicht krank! Ich bin nicht krank!* Arthur hatte wieder seine Assistentin angerufen, aber die war wegen der Burger so durcheinander gewesen, dass sie nach dem Unterschied zwischen einem Behindertenfahrdienst und einem Rettungssanitäter gefragt hatte.

»Wichtige Dinge darf man niemals den Assistenten überlassen«, sagte Perlmann. »Ich war der Assistent von Piscator, aber Piscator hat die wichtigen Dinge gemacht. Bis dato hatte ich in meinen dreiundachtzig Jahren viel erlebt, aber so ein Desaster wie mit Ihnen noch nicht.«

»Ich habe damals vorgeschlagen, das Ganze abzublasen«, sagte Arthur.

»Halbherzig haben Sie das vorgeschlagen. Sie hofften doch, dass es irgendwie gehen würde, meine Gesundheit war Ihnen in dem Augenblick wurscht.«

»Herr Perlmann, so würde ich das nicht –«

»Sie brauchten einen prominenten Juden mit einer eindrucksvollen Verfolgtenvita. Für mich als Mensch haben Sie sich einen Dreck interessiert.«

Terror

»Gebt mir hundert Tage!«, hatte Ann Charlotte beim Einzug zu Zoe und Thomas gesagt. »Und wenn ihr dann meint, die Alte soll abhauen, dann haue ich ab!«

Heute war der zehnte oder elfte Tag, und der achte oder neunte Tag, dass sie dachte, mein Gott, wäre ich hier bloß nie eingezogen. Verstopfter Abfluss, aber weder Zoe noch Thomas waren bereit, sich drum zu kümmern. Hätte doch genügt, die Rohre aufzuschrauben und die Haare rauszuholen. Hätte sich ja selbst drum gekümmert, wenn sie sich unters Waschbecken hätte bücken können, aber unmöglich mit ihrem Bauch. Und dann, wäre komisch gewesen, Marions Haare rauszuholen.

Im Spülbecken stapelte sich das Geschirr. Das Klo stank wie eine Jauchegrube. In den Wohnzimmerecken Spinnweben. Die Fenster waren seit Jahren nicht mehr geputzt worden. Zoe hockte in der Küche und rauchte.

»Könntest du bitte in deinem Zimmer rauchen?«

»Bist du meine Mutter?«

»Zum Glück nicht.«

»Ich habe in der Nacht *cool & terror* gelesen.«

»Und?«

»Hat mir nicht gefallen.«

»Und?«

»Was und?«

»Ich habe dich gebeten, in der Küche nicht zu rauchen. Normalerweise macht es mir nichts, wenn jemand raucht, aber während meiner Schwangerschaft –«

»Sind doch nicht meine Zwillinge.« Ann Charlotte war überrascht, dass sie sich mit ihrem Bauch so schnell erheben konnte. War nicht überrascht, dass sie so harte Ohrfeigen verpassen konnte. Hatte sie schon Guido verpasst. War auch nicht überrascht, dass Zoe in Tränen ausbrach und Verwünschungen ausstieß. Nur die Art der Verwünschung, gut, da musste sie schlucken.

»Du sollst Krüppel zur Welt bringen. Hast du gehört? Krüppel! Down-Syndrom-Babys! Mongoloide Babys! Babys mit Schlitzaugen!« Zwei weitere Ohrfeigen, noch härter, aber Zoe hörte nicht auf: »Du bist eine Hure! Und du trägst Hurenbabys im Bauch!« Gab Zoe einen Faustschlag mitten ins Gesicht, Zoe fiel vom Stuhl, konnte sich gerade noch auffangen, so dass sie nicht mit dem Kopf auf den Boden knallte. In dem Moment kam Thomas in die Küche, wieder mit diesem teilnahmslosen Blick. Sagte nichts, war vermutlich seit Tagen im Hungerstreik, nahm sich ein Glas Saft und verschwand wieder. Zoe lag noch immer am Boden und flennte. Und drohte damit, sich umzubringen.

»Tu's doch!«, sagte Ann Charlotte. »Niemand wird dir eine Träne nachweinen!«

»Wenn ich mich umbringe, wird Papa dich umbringen.«

»Sag mal, Logik scheint nicht gerade deine Stärke zu sein. Dein Papa wird erleichtert sein, dich vom Hals zu haben. Und deine Mama wird, wo immer sie auch ist, bei der Nachricht von deinem frühzeitigen Ableben Luftsprünge machen. Ja, ich wage zu prophezeien, sie wird gleich den nächsten Zug oder das nächste Flugzeug zurück nehmen. Und dann werden wir alle zusammen mit Champagner anstoßen!«

»Wenn Marion wüsste, dass du hier … hier … mit Papa!«

»Na, ruf sie doch an und sag's ihr!«

»Sie geht nicht an ihr Handy.«

»Eben. Und weißt du auch warum? Sie hat die Schnauze voll von dir. Du und dieses anämische Schweigemonster habt sie hinausgeekelt. Aber mich werdet ihr nicht hinausekeln. Verstanden?«

»Du kommst dir wohl besonders cool vor.«

»Jedenfalls bin ich nicht so eine miese kleine Zicke wie du! Künstlerin sein wollen, ich lach mich schief. Da ist ja deine arme Mama noch eine größere Künstlerin als du. Das einzige, worin du Talent hast, ist Sadismus. Nein, stimmt nicht, im Dich-selbst-Bedauern bist du sogar ein Genie, du Zickenfräulein!«

»Noch einmal dieses Wort, und ich … ich …«

»Zickenfräulein! Zickenfräulein! Zickenfräulein!« Zoe hatte ein Obstschälmesser in der Hand, das Brotmesser war glücklicherweise im Geschirrstapel. Zoe kam mit dem Obstschälmesser den Zwillingen gefährlich nahe, aber da bekam sie Zoes Handgelenk zu packen und drehte es um.

»Aua!«, schrie Zoe. »Du tust mir weh!«

»Das ist genau meine Absicht, Zickenfräulein! Lass augenblicklich das Messer fallen! Fallenlassen!«

»Ich schreie!«, schrie Zoe. »Hilfe! Hilfe!«

»Was ist denn hier los?«, sagte Erik, der gerade hereingekommen war.

»Nach was sieht's denn aus?«, sagte Ann Charlotte. »Deine geliebte Tochter hat soeben versucht, in meinen Bauch zu stechen. Ich muss dir nicht sagen, was das für Folgen gehabt hätte.«

»Zoe, bist du jetzt vollkommen durchgedreht?« Zoe ließ das Messer sinken. Blieb am Boden liegen.

»Papa, schick sie weg!«

»*Sie* heißt Ann Charlotte und bleibt hier wohnen. Wie oft soll ich dir das noch sagen?«

»Sie bleibt nicht hier wohnen.«

»Ann Charlotte bleibt hier wohnen!«

»Nur über meine Leiche!«

»Dann über deine Leiche!«

»Papa, weißt du, was du da sagst? Papa, ich bringe mich um!«

Zoe stürmte ins Badezimmer, Erik hinterher. Zoe verschloss die Tür, Erik hämmerte gegen die Tür und rief: »Wenn du nicht sofort die Tür aufmachst, breche ich sie auf.« Er kam nach ein paar Minuten zurück in die Küche und ließ sich auf den Stuhl fallen.

»Ich kann nicht mehr.«

»Wenn es dem Frieden dient, ziehe ich aus.«

»Wo ist Thomas?«

»Keine Sorge, Thomas lebt noch. Er war vor ein paar Minuten in der Küche.«

»Hat er was gegessen?«

»Nein, aber ein Glas Saft getrunken.«

»Immerhin.«

Das Telefon klingelte. War das wieder der anonyme Atmer? Oder die anonyme Atmerin? Atmete, aber sprach kein Wort. Seit sechs Tagen ging das so. Hatte zuerst Zoe im Verdacht gehabt, aber gestern war sie zu Hause gewesen, als Atmer oder Atmerin wieder am Apparat gewesen war. Ging ran, und da war er wieder, der laute Atem.

»Wer sind Sie? Marion, bist du's? Marion, wenn du's bist, dann sag endlich was! Beschimpf mich von mir aus, das heißt, mach's lieber nicht, denn die Beschimpfungen deiner Tochter und die Ignoranz deines Sohnes reichen mir schon. Marion, hör endlich auf mit diesem blöden Spiel! Ist nicht komisch, Marion, ist überhaupt nicht komisch. Ich habe Angst, Marion, hast du verstanden? Angst!« Das Seltsame war, Atmer oder Atmerin legte nie auf. Ann Charlotte hatte bisher immer aufgelegt. Aber jetzt würde sie nicht auflegen. Einfach nicht auflegen, bis der oder die andere die Geduld verlor. Sie musste ja nicht sprechen. Atmete einfach auch. Und wenn es gar nicht Marion war? Wenn es Guido war?

»Fick dich selbst, Guido, falls du es bist? Hast du gehört? Fick dich selbst!« Gleichmäßiges Atmen am anderen Ende, nein, dieser Jemand war nicht Guido, Guido hätte die Kontrolle verloren, hätte sie beschimpft, und außerdem, er mochte alle menschlichen Schwächen und

Fehler haben, Hinterhältigkeit gehörte nicht dazu. Und wenn es Freunde von Zoe waren? Die Zoe angestiftet hatte, sie, Ann Charlotte, zu zermürben?

Noch immer gleichmäßiges Atmen. Sie atmete nicht gleichmäßig. Besuchte einmal die Woche einen Geburtsvorbereitungskurs, machte Übungen für das Bauchatmen, das tiefe Atmen, das gleichmäßige Atmen, das Entspannungsatmen und atmete jetzt ganz ungleichmäßig.

»Was ist los?«, sagte Erik. Sie erschrak. Mein Gott, was war mit ihr los? Sie zitterte.

»Halt mich fest, ja. Halt mich fest!«

In der rechten Hand hielt sie noch immer das Telefon. Glaubte, das gleichmäßige Atmen zu hören, obwohl sie das Ohr gar nicht am Telefon hatte. Erik nahm sie in den Arm. Jetzt weinte sie. Mein Gott, wann hatte sie zuletzt geweint? Allein, ja, aber in Gegenwart eines anderen? In der Kleinstadt am Wörthersee hatte sie nicht geweint, andere Autorinnen hatten geweint, geheult, geflennt, diese Literaturhäschen, in den Armen ihres Lektors, in den Armen ihrer Agentin, während der Jurydiskussion mit den Kameras auf dem Gesicht, aber sie nicht. Auch Autoren hatten in Klagenfurt geflennt, gerade Autoren, allerdings heimlich, allerdings nicht so heimlich, dass sie es nicht bemerkt hätte. Möllenkötter hatte in Klagenfurt fast geflennt, *sie* hatte Möllenkötter trösten müssen. Und jetzt, jetzt weinte sie. Die Schwangerschaftshormone, natürlich. Eine Südtiroler Bergbauerntochter weinte nicht so einfach drauflos. Eine weinende Südtiroler Bergbauerntochter hätte es nicht in die Literaturwelt geschafft. Hätte nicht *cool & terror* geschrieben. Sie drückte Erik das Telefon in die Hand.

»Es ist wieder diese Person.« Erik legte auf.

»Warum hast du aufgelegt?«

»Soll ich mir ihr Atmen anhören?«

»Ihr Atmen?«

»Oder sein Atmen. Jedenfalls das Atmen dieser Person.«

»Du hast gesagt, ihr Atmen.«

»Was soll das? Hätte ich *sein* Atmen gesagt, hättest du gefragt: Warum sein Atmen? Warum nicht ihr Atmen?«

»Vor ein paar Tagen hast du auch gesagt: ihr Atmen.«

»Zufall.«

»Weißt du mehr als ich?«

»Ann Charlotte, lass uns jetzt nicht streiten. Das ist doch genau das, was diese Person will.«

»Warum sollte die das wollen?«

»Ich weiß es nicht. Warum sollte sie sonst anrufen?«

»Also doch eine Frau.«

»Ann Charlotte, bitte! Sie – die Person.«

»Und wenn es Marion ist?«

»Glaube ich nicht. Vielleicht hat es mit deinem Filmprojekt zu tun.«

»Da habe ich mich längst draus zurückgezogen.«

Zoe stand in der Küche. War das Zufall? Direkt nach dem Anruf. Wollte Zoe sehen, welche Wirkung der Telefonterror hatte? War sie vorgestern nicht auch direkt nach dem Anruf in die Küche gekommen? Aber an den anderen Tagen? Da war Zoe doch gar nicht dagewesen. Aber Thomas! Aber war der nicht die ganze Zeit in seinem Zimmer hocken geblieben? Wurde sie etwa paranoid? War sie es vielleicht schon? Was würde Frau Doktor Bach dazu sagen? Wieder das Telefon. Wenn es wieder dieser Atemterrorist war, oder die Atemterroristin, dann … dann …

War Möllenkötter. Mein Gott, Möllenkötter. Auf einmal große Sehnsucht nach der Schweinemastgegend, nach dem Gülleduft.

»Ist was Furchtbares passiert, Ann Charlotte. Kannst

du mich hören? Ich kann dich kaum hören. Nein, niemand ist gestorben, alle gesund in der Familie, außer der Jüngste … Windpocken, ja … im Kindergarten angesteckt. Aber warum ich anrufe, Ann Charlotte. Ist blöd am Telefon, aber ich kann nicht weg.

Was, du hast als Kind noch keine Windpocken gehabt? In der Schwangerschaft sind Windpocken doppelt gefährlich. Oder sind's die Röteln? Egal, kann sowieso nicht kommen. Warum ich dich anrufe … Das Angebot des Publikumsverlags … du erinnerst dich … hat sich zerschlagen. Du hast richtig gehört … zerschlagen … der Grund? Wurde mir nicht mitgeteilt … war ja noch nichts unterschrieben.

Zurück zu Moll, sagst du? Ob ich zurück zu Moll kann? Natürlich nicht! Es ist aus, Ann Charlotte, ich stehe auf der Straße. Angebote von anderen Verlagen? Nein, liegen mir noch keine vor … schwierige Zeit für die Verlage … überhaupt schwierige Zeit. Muss jetzt Schluss machen, Ann Charlotte.

Ach, was ich noch sagen wollte. Falls du bei einem neuen Verlag unterkommst, leg ein gutes Wort für mich ein, ja … Nein, der Publikumsverlag wird *Wir lassen einen Drachen steigen* nicht machen … Aber ja, Ann Charlotte, aber ja, Weidinger, der Geschäftsführer, war begeistert … hat er wenigstens gesagt.

Du hast weiter an *Wir lassen einen Drachen steigen* geschrieben? Ein richtiger Roman, sagst du? Zum ersten Mal ein richtiger Roman? Tut mir leid, aber der Publikumsverlag hat abgewunken. Was soll das, Ann Charlotte? Ist doch nicht meine Schuld, du hast mit der … nun ja, Mainstreamkacke angefangen. Wegen dir wollte ich doch weg von Moll … Weil du uns mit deiner Mainstreamkacke bei Moll unmöglich gemacht hast. Ja, jetzt wein doch nicht. Was soll ich denn machen? Hab fünf

Kinder zu ernähren. Muss jetzt wirklich Schluss machen. Ja, telefonieren wir ein andermal. Viel Glück, Ann Charlotte, ja, Kopf hoch, du wirst es schon schaffen.«

Diminutivschock

Was war da los in der Welt? Eckhard verstand die Welt einfach nicht mehr. Noch weniger als früher. Carol war ausgezogen und hatte Henry Balthasar mitgenommen, einfach so. Ohne jede Vorankündigung oder gar Warnung. Kein Zettel auf dem Küchentisch, kein Zettel am Spiegel, kein Brief, keine Nachricht auf dem Anrufbeantworter. Morgens hatten sie noch zusammen gefrühstückt, sogar ohne zu streiten, und am Nachmittag, nach seiner Rückkehr von der Besprechung mit Svenja Ratinger, war Carol fort.

Vormittags hatte er in der U-Bahn gesessen, und plötzlich hieß es: »Station Berliner Straße, alle aussteigen. Betriebsstörung.« Von wegen Betriebsstörung. Seit Tagen gab's mal wieder Terrorwarnungen, von schmutziger Bombe war die Rede, und dann Betriebsstörung. Glaubten die Fahrgäste natürlich nicht, weshalb sie in Panik gerieten, trotz der Durchsage, sich ruhig zu verhalten. Je sonorer die Durchsagestimme, desto größer die Panik. Er war natürlich als letzter oben am Ausgang angekommen, außer Atem und wahrscheinlich bedrohter durch einen Herzinfarkt als durch einen Terroranschlag.

Eckhard hatte sich auf den Schrecken gleich drei Erdbeertörtchen genehmigt. Hatte sich schon vor einer halben Stunde, unmittelbar nach dem Treffen mit Svenja

Ratinger, zwei Nougatkringel genehmigt. Ratingers Ankündigung, aus dem Projekt auszusteigen, war in seinem Magen wie eine Bombe eingeschlagen. Hatte eine ganze Kraterlandschaft hinterlassen. Hatte sich nur zwei Nougatkringel genehmigt, weil es nur zwei gab. Hätte sich lieber zehn oder zwanzig genehmigt. *Suche nach Vati* am Ende, ganz klar. Er hatte sich das Ende schon Wochen lang vorgestellt, im Grunde hatte er es sich von Anfang an vorgestellt, war in letzter Zeit sogar erleichtert gewesen bei der Vorstellung, fortan von Leuten wie Guido Duvall, Heidi Brockmann, ja selbst Arthur verschont zu bleiben, aber jetzt keine Erleichterung, nur Leere. Das heißt Hunger, das heißt Heißhunger.

Wenn man die ganze Welt auffressen könnte, er wäre bereit. Die Welt auffressen, wie Heuschrecken ganze Landstriche auffraßen, und dann, mit der ganzen Welt im Leib, sich nicht wie die Heuschrecken millionen-, ja milliardenfach vermehren, sondern platzen. Einfach so. Wie ein Luftballon. Stattdessen hatte er zu Svenja Ratinger gesagt: »Sie machen einen großen Fehler, Svenja. *Suche nach Vati* wird ein Erfolg, glauben Sie mir!«

»Ach ja? Heidi ist ausgestiegen. Und ohne Heidi keine *Suche nach Vati*.«

»Da habe ich aber ganz andere Informationen. Kennen Sie Manfred Perlmann?«

»Sie meinen Max Perlmann?«

»Genau den meine ich. Arthur ist ein guter Freund von Max Perlmann. Hat schon früher sehr erfolgreich mit ihm gearbeitet. Und jetzt ist Arthur nach Wien gefahren, um Max Perlmann zu engagieren.«

»Glaube ich nicht.«

»Aber ich weiß es.«

»Max Perlmann müsste um die hundert Jahre alt sein.«

»Na und? Ein Jahrhundertfilm mit einem Jahrhundertschauspieler!«

»Sie sollten Waschmittel verkaufen.«

»Und Sie Waschmittel produzieren.«

Ratingers Rückzug bedeutete eine Finanzierungslücke von ca. fünfhunderttausend Euro. Oder Dollar? Egal, jedenfalls eine Menge Geld.

Die nächste Hiobsbotschaft wartete auf seiner Mailbox, kurz nachdem er an der U-Bahn-Station Berliner Straße den rettenden Ausgang erreicht hatte. Die Detektei McBain & Murphy bestätigte den anfänglichen Verdacht, dass es sich bei der Familie, die Heidi Brockmann in der Sumner Greene Avenue um den Hals gefallen war und die sie als ihre Verwandten ausgegeben hatte, tatsächlich um Mitglieder einer Wanderschauspielgruppe handelte. Er hatte gleich versucht, Arthur anzurufen, aber nur die Mailbox erreicht.

Und dann Carols leere Kleiderschränke. Das leer geräumte Kinderzimmer. Kein einziges Spielzeug hatte sie zurückgelassen, kein einziges Kleidungsstück von Henry Balthasar, keine Fotos, nichts. War da eine Weltverschwörung gegen ihn im Gange? Wartete in einer U- oder S-Bahn, in einem Bus oder in einer Straßenbahn ein Rucksackbomber auf ihn? War das sein Schicksal? Ein letztes Mal Erdbeertörtchen verdrücken, und dann irgendwo einsteigen, und dann zerplatzen?

Das Telefon klingelte. Er sprang auf und erreichte es mit wild hämmerndem Herzen. Es war Carols Mutter, die Carol sprechen wollte. Er ersparte sich die Konversationseinführung und sagte, Carol sei ausgezogen.

»What?«, rief Gillian mit überschnappender Stimme. »What?«

»Carol has moved out.«

»And Henry Balthasar?«

»She's taken him with her.«

»Are you kidding?«

»No, I'm not, Gillian. And I'd better say this right now: It's not my fault.«

»It's not your fault? Whose fault is it? Is it Carol's fault?«

»That's not what I'm saying.«

»Is it Henry Balthasar's fault?«

»Of course not.«

»Is it my fault?«

»Gillian, please …«

»Is it Dick's fault?«

»Okay, Gillian, to be honest it's your fault. I mean not your fault but your family's fault.«

»Are you nuts, Öckert?«

»Listen, Gillian. I never wanted to be in the film business.«

»What are you talking about, Öckert?«

»I mean it was my decision to go into the film business but it was not my idea.«

»Was it my idea?«

»No.«

»Do you want to talk to Dick?«

»No.«

»So what happened?«

»I don't know.«

»I want to talk to Carol.«

»Me too.«

»Are you sure that you don't want to talk to Dick?«

»No, I'm not.«

»I'll call him.«

»Just a second, Gillian. It was because of the pressure your familiy put on me that I went into the film business.«

»You are kidding, Öckert.«

»No, I'm not. I wanted to be successful. Like my brothers-in-law.«

»There is nothing wrong with being successful.«

»Of course not. But I'm not successful.«

»You mean you wasted the 800 000 Dollar Dick gave you?«

»Not really.«

»What do you mean with *not really*?«

»I still have lots of that money.«

»So?«

»I hate the film business.«

»I don't understand.«

»I mean, I not only hate the film business, I also hate your familiy.«

»Öckert, you are nuts.«

»I mean I can't stand your family. Your fucking sons. The wifes of your fucking sons. I just can't stand them. And worst of all is Dick.«

»You are drunk, Öckert.«

»No, I'm not. I can't stand this kind of conversations when he talks to me like I'm his little son. Or his employee. When he gives me advice. I hate his advice.«

»Listen, Öckert, you have obviously a problem, and maybe it's quite easy to solve your problem.«

»What's my problem, Gillian? Tell me.«

»You should take better care of your son. Maybe that's the solution.«

»Thank you for your advice, Gillian. To be honest, it's not only that I hate being patronized. I hate being matronized even more. Do you understand me, Gillian?«

»Fuck you, Öckert.«

»Alright, Madam!«

Er stürzte zum Kühlschrank, aber der war leer. Nein,

zwei Gläschen Babybrei gab es, die Carol offenbar vergessen hatte. Karotte-Apfel und Pfirsich-Apfel, schmeckte grausig, aber darauf kam es nicht an. Er ging aufs Klo und nahm einen Teil der Zeitung mit. Wollte die Seite mit den Todesanzeigen eigentlich nicht lesen, aber las sie jetzt. Las den Satz von Marc Aurel: *Wie du beim Sterben gelebt zu haben wünschest, so solltest du schon jetzt leben.* Du meine Fresse, nicht eine Minute hatte er bisher so gelebt. Wie lebte man so? Hatte Marc Aurel so gelebt? Und noch ein Gedanke, nicht von Marc Aurel, aber auch auf der Todesanzeigenseite: *Und alles Drängen, alles Ringen, ist ew'ge Ruh' in Gott dem Herrn.* Was bedeutete das? Eine Aufforderung, sich aufs Bett zu legen und die Decke anzustarren. Henry Balthasar zu wickeln? Aber wo steckte Henry Balthasar? War heute der alles entscheidende Tag in seinem Leben? Der Tag, der die Wende bringen würde? U-Bahn fahren und warten, bis die Bombe hochging, die Bombe überleben, Verletzte bergen und gleichzeitig den oder die Attentäter überwältigen? Sein Foto würde um die Welt gehen, bis nach Pittsfield, Mäss. Dick würde anrufen und gratulieren, Gillian sich entschuldigen, Carol und Henry Balthasar würden zurückkehren.

Er fuhr nicht mit der U-Bahn. Rief den Pizzaservice an und bestellte Pizza Salami und Pizza Hawaii. Und überlegte, wie er es anstellen könnte, Carols Freunde anzurufen und sich nach Carols Verbleiben zu erkundigen, ohne dass diese Verdacht schöpften. War eigentlich unmöglich, also ließ er es vorerst bleiben. Mit leerem Magen ging's sowieso nicht. Versuchte stattdessen den heutigen Morgen zu rekonstruieren. Da hatten sie doch in aller Harmonie gefrühstückt. Oder hatte er sich das bloß eingebildet? Er hatte Henry Balthasar gewickelt, nicht Carol. Er hatte Henry Balthasar das Fläschchen gegeben, nicht Carol. Heute Morgen hatte er sich richtig Mühe gegeben. Dachte wieder an Marc Aurel. Heute Morgen hatte er tatsächlich so gelebt, *wie du zum Sterben gelebt zu haben wünschest.* Und dann dieser Schlag ins Gesicht. Was würde Marc Aurel dazu sagen? War doch auch ein Schlag ins Gesicht von Marc Aurel.

Es klingelte, der Pizza-Service. In Nullkommanix war die halbe Pizza Salami verschlungen, dann die ganze, dann die Pizza Hawaii. Fühlte sich danach kotzelend. Zu schnell gegessen, zu wenig gekaut, nichts dabei getrunken, das bekannte Übel. Es klingelte schon wieder. Carol und Henry Balthasar? Auf einmal hatte er allergrößte Sehnsucht nach Carol und Henry Balthasar. Carol und Henry Balthasar, das war seine Familie, nicht die *Suche-nach-Vati*-Deppen. Wie hatte er diese banale Erkenntnis bloß aus den Augen verlieren können? Er wartete ungeduldig hinter der Wohnungstür, bis er Carol in die Arme schließen, bis er Henry Balthasar auf den Arm nehmen konnte. Da hörte er schon Carols Schritte, die sich ungewöhnlich leicht anhörten, wo sie sich gewöhnlich schwer anhörten, weil sie doch Henry Balthasar auf dem Arm trug. War es die Vorfreude auf ihn, Henry Balthasars zwar nicht biologischen, aber doch eigentlichen Vater? War es die Selbsterkenntnis, sich in ihm, Eckhard, getäuscht zu haben? War es die reumütige Rückkehr, die sie die Stufen hochschweben ließ?

Eckhard riss die Wohnungstür auf und … und … Adele Güssing! *Die* Adele Güssing! *Die* Adele Güssing vom Ziegelhofweg. Potzblitz, was war das denn für ein Tag heute? *Suche nach Vati* im Arsch, dann die Familie abgehauen, sich mit den Schwiegereltern überworfen, Evakuierung der U-Bahn-Station überlebt, auf Marc Aurel getroffen, und jetzt Adele Güssing! Die große, unglückliche Liebe seiner Studentenzeit! Mit der er nie im Bett gewesen war. Mit der er so lange über die Art ihrer Beziehung gequatscht hatte, bis sie die erotische Autobahnauffahrt verfehlt und in der platonischen Sackgasse gelandet waren. Und damals war er kein Fettwanst gewesen, sondern durchaus sportlich. Und hatte auch kein dünnes graumeliertes Haar gehabt, sondern eine kastanienbraune Schafsmähne. Nur getraut hatte er sich auch damals nicht so richtig. Adele Güssing allerdings auch nicht.

»Mensch, Eckhard«, sagte sie.

»Mensch, Adele«, sagte er.

»Darf ich reinkommen?«

»Bitte!« Auch Adele Güssing war älter geworden, die schönen vollen Brüste hingen ein bisschen wie Euter. Und die Haut im Halsbereich faltig wie bei der Heidi Brockmann, obwohl Adele Güssing zwanzig Jahre jünger war. Zuviel Sonnenbaden wahrscheinlich, zuwenig Sonnencreme. War schon ein Schock, Adele Güssing gealtert zu sehen. Was für ein Schock musste es erst für sie sein, *ihn* anzuschauen?

»Gut siehst du aus«, log Adele Güssing.

»Du auch«, log er. »Kann ich dir was anbieten?«

»Ein Teechen wäre fein.« *Teechen*. Hatte sie schon damals gesagt. Hatte er schon damals blöd gefunden. Abends *Teechen* trinken beim heimeligen *Scheinchen* von *Kerzchen*, und sonntagmorgens ein oder zwei *Eichen* essen, dazu *Brötchen* mit *Aprikosenmarmelädchen* drauf. Im Grunde war da der Weg in den Ziegelhofweg vorgezeichnet gewesen. Trotzdem, ein Jahr lang hatte er damals von ihren Brüsten geträumt. Und hatte sich doch mit den Brüsten von Lady Chatterley vertrösten müssen.

»Wie bist du denn an meine Adresse gekommen?«, fragte Eckhard.

»Ganz einfach. Ich habe im Telefonbuch nachgeschaut.« Er erzählte ihr, dass er vor Monaten im Internet nach ihr geforscht hatte.

»Und warum hast du dich nicht gemeldet?«

»Ich wollte es tun, aber dann ist immer irgendwas dazwischen gekommen.«

»Kenne ich.« In Wahrheit war's der Ziegelhofweg gewesen. Hätte sie in einer Adenauerallee gewohnt, einer Berliner Straße oder an einem Gerhart-Hauptmann-Platz, er hätte sich augenblicklich gemeldet. »Wohnst du noch im Ziegelhofweg?«

»Ja, klar. Warum fragst du?«

»Nur so.« Ziegelhofweg. War Adele Güssing gekommen, weil sie seine Hilfe brauchte? Suchte sie jemanden, der sie aus dem Ziegelhofweg rettete? Nicht auszuschließen, auch damals war sie zu ihm gekommen, wenn's schlecht mit ihrem Freund lief. Hatte sich ausgeweint, trösten lassen. Einmal, da waren sie schon längst in der platonischen Sackgasse, hatte sie gemeint, vielleicht sollten sie einfach nach Amerika abhauen.

»Jetzt sofort?«

»Nein, ich meine in Zukunft. Irgendwann einmal. Wenn alles schief geht. Wenn alle Stricke reißen. Verstehst du?«

Hatte ihr nicht gesagt, dass es bei ihm schon längst so weit war. Bei ihr dagegen gab's noch Hoffnung auf die nahe Zukunft. Dass es mit ihrem Freund wieder besser wurde. Dass sie im Nachrückverfahren einen Studienplatz bekam. Hatte sie dann schließlich auch bekommen, der Freund wurde abgehalftert, sie ging weg aus Freiburg, und Eckhard verschenkte *Lady Chatterley*.

Und jetzt? Trank ihr Teechen und aß Plätzchen dazu und würde, blieb sie länger, beim Scheinchen von Kerzchen ein Rotweinchen trinken. Und er, er würde ein Bierchen süffeln.

»Was machst du so? Bist du verheiratet? Hast du Kinder?«

»Beides. Und du?«

»Ich bin verheiratet und habe zwei Kinder, eine Tochter und einen Sohn. Amelie, meine Tochter, wird im Oktober zehn, und Tim, mein Sohn, ist sieben Jahre alt.«

Natürlich. Eckhard erinnerte sich, dass die Familien im Ziegelhofweg in Munzingen, im Ziegelhofweg in Opfingen und im Ziegelhofweg in Ballrechten-Dottingen auch meistens zwei Kinder hatten. Und oft ein Junge und ein Mädchen. Wahrscheinlich bekam man gar keine Baugenehmigung für den Ziegelhofweg, wenn man nicht einen Sohn und eine Tochter hatte. Den Familienhund nicht zu vergessen.

»Und beruflich?«

»Ich führe gemeinsam mit meinem Mann eine sportorthopädische Praxis. Und du?«

»Ich bin Produzent.«

»Von was?«

»Ich produziere Filme.«

»Filmproduzent, du lieber Gott. Zähl mal ein paar Titel auf, vielleicht habe ich einen davon gesehen.«

»Glaub ich nicht.«

»Zähl doch mal auf.«

»Um ehrlich zu sein, ich bin gerade dabei, den ersten Film zu produzieren. Ich habe vorher in der Theaterbranche gearbeitet.«

»Interessant. Bei welchem Theater denn?«

»Theatergruppe 94.«

»Nie von gehört.«

»Ganz bekanntes Theater in Berlin. Ich will mich nicht selbst loben, aber man kann sagen: *das* Off-Theater in Berlin.«

»Off-Theater?«

»Avantgardetheater. Gibt es bei euch auf dem Dorf natürlich nicht.«

»Braunschweig ist nur zwanzig Kilometer entfernt.«

»Und wo liegt Braunschweig?«

»Das ist ein Witz, nicht wahr? Witze hast du früher nicht gemacht.«

»Habe ich schon, aber nicht in deiner Gegenwart.«

»Warum nicht?«

»Wenn man verliebt ist, macht man keine Witze.«

»Ach so.«

»Wenn man unglücklich verliebt ist, meine ich.«

»Du meinst, du warst …«

»Themawechsel: Wie lebt es sich denn so in der Nähe von Braunschweig?«

»In Braunschweig gibt es ein Staatstheater.«

»Aber bestimmt kein Off-Theater.«

»Und jetzt produzierst du Filme.«

»Meinen ersten.«

»Das stelle ich mir sehr aufregend vor. Worum geht es da in dem Film?«

»Lässt sich in aller Kürze kaum sagen. Kennst du Heidi Brockmann?«

»Natürlich.«

»Sie spielt mit.«

»Ich würde nicht gerade sagen, dass ich ein großer Fan von ihr bin, aber …«

»Guido Duvall spielt auch mit.«

»Guido Duvall? *Frauenarzt Doktor Markus*? Den gibt es also auch noch. Lach nicht, aber ich hab damals keine einzige Folge verpasst. Arztserien erfreuen sich bei Ärzten allergrößter Beliebtheit.«

»In Arztserien sind Ärzte eben noch Götter in Weiß.«

»Mag sein. Sag mal, was macht ein Produzent eigentlich?«

»Alles. Geld beschaffen. Das Team zusammenstellen. Schauen, dass alles läuft.«

»Und läuft es?«

»Es gibt natürlich Krisen, aber wo gibt es die nicht?«

Adele Güssing musste aufs Klo. Gott sei Dank, denn er merkte, wie er mit der Konversation immer mehr ins Schlingern geriet. Gemahnte ihn böse an die platonische Sackgasse. Und was quatschte er da überhaupt? *Suche nach Vati* war doch im Arsch – oder etwa nicht? Und wollte er fortan nicht Henry Balthasars Windeln wechseln? Schon … ja … aber … Adele Güssing kam aus dem Bad und … Ging die Phantasie mit ihm durch? Litt er unter Wahrnehmungsstörungen? Spielte die Welt denn heute komplett verrückt? Adele Güssing hatte sich umgezogen. Nein, sie hatte sich ausgezogen, und zwar Bluse und Rock. Und trug jetzt nichts weiter als ein … ein … hieß das Negligé? War ihr zu warm? Hatten Bluse und Rock beim Händewaschen Wasser abbekommen? Oder wurde seine Enthaltsamkeit von damals belohnt?

Er hatte ja nie mit dem Bild von Adele Güssing vor Augen masturbiert. Stimmte gar nicht, wie ihm jetzt einfiel, in der Zeit, wo sie noch nicht in der platonischen Sackgasse waren, hatte er ihr Bild nicht besudelt, danach aber, und spätestens als sie einen Studienplatz bekommen und Freiburg verlassen hatte, hatte es kein Halten mehr gegeben.

»Was ist?«, sagte Adele Güssing.

»Was soll sein?«

»Bist du überrascht?«

»Überrascht? Nun, wie soll ich sagen …«

»Du brauchst nichts zu sagen. Setz dich doch!«

»Wohin soll ich mich setzen?«

»Wohin du willst. Ich setze mich auf die Couch.«

»Soll ich mich auch auf die Couch setzen?«

»Wie du willst. Es ist ja deine Wohnung. Es ist ja deine Couch.«

»Eigentlich gehört die Couch Carol.«
»Carol?«
»Meine Frau.«
»Und wo ist sie jetzt?«
»Ehrlich gesagt, ich weiß es nicht.«
»Wann kommt sie wieder?«
»Auch das weiß ich nicht.«
»Stört es dich?«
»Was?«
»Wollen wir woanders hingehen?«
»Du meinst …«
»Müssen wir nicht, wir können auch hier bleiben. Aber setz dich, bitte, du machst mich ganz nervös, wenn du so hin und her läufst.«
Eckhard setzte sich ans andere Ende der Couch.
»Weiter weg geht's wohl nicht.«
Er rückte etwas näher.
»Warum schaust du mich nicht an?«
»Ich schaue dich doch an.«
»Richtig anschauen. Gefalle ich dir nicht?«
»Doch, schon.«
»Aber?«
Er verstand es selbst nicht. Vor zwanzig Jahren hätte er es sich von einer Adele Güssing im Negligé nicht zweimal sagen lassen, er solle sich doch bitte zu ihr setzen, er solle doch bitte etwas näher kommen. Lag es an ihrem gealterten Körper? Keineswegs, sie sah trotz allem noch gut aus, und er, mit Bauch und Hängebackengesicht, war ja auch nicht gerade Adonis. Nein, nein, und es war ja auch keineswegs so, dass ihm sexuelles Verlangen fremd war. Auf der Amerikareise hatte er allergrößtes sexuelles Verlangen nach Ariane und immerhin großes nach Ann Charlotte gehabt. Selbst Heidi Brockmann hätte er gebumst, wenn sie Interesse an ihm gehabt hätte. Aber

warum nicht Adele Güssing? Die Frau, deretwegen er den größten Liebeskummer seines Lebens gehabt hatte. Deretwegen er mindestens so viele schlaflose Nächte gehabt hatte wie Carol bislang wegen Henry Balthasar. Der er an die zwanzig abgeschickte und mindestens hundert unabgeschickte Briefe geschrieben hatte. Deretwegen er sein Studium aufgegeben hätte, um mit ihr in einer Hütte in den Cevennen oder einer Dachkammer in Lissabon zu leben. Deretwegen er … ach, deretwegen er alles, aber auch wirklich alles aufgegeben hätte.

Und jetzt? Er brauchte nichts aufzugeben, sondern sich bloß zu entkleiden. Was Adele Güssing jetzt vollständig tat. Noch immer attraktiv, keine Frage, aber statt sich auf ihre Brüste zu konzentrieren, schweiften seine Gedanken ab zum Ziegelhofweg.

»Lebst du gern im Ziegelhofweg?«

»Wie bitte?«

»Ich habe gefragt, ob du gerne im Ziegelhofweg lebst.«

»Ja, warum fragst du?«

»Nur so.«

»Soll ich mich wieder anziehen?«

»Hast du jemals daran gedacht, wegzuziehen?«

»Du meinst, weg aus dem Vorort? Direkt nach Braunschweig?«

»Weg vom Ziegelhofweg, meine ich.«

»Ist das wieder einer deiner Witze?«

»Nein.« Adele Güssing zog sich an, schnell, aber nicht hastig.

»Würdest du mir bitte ein Teechen machen?«

»Natürlich.« Adele Güssing folgte ihm in die Küche.

»War wohl ein Fehler.«

»Was?«

»Dass ich hergekommen bin.«

»Nein, ich habe mich gefreut.«

»Wirklich?«

»Aber ja.«

»Ich habe vor kurzem deine Briefe wiedergelesen.«

»Und?«

»Es sind die schönsten Briefe, die ich je bekommen habe.«

»Deine sind auch sehr schön.«

»Hast du sie je wiedergelesen?«

»Um ehrlich zu sein, nein. Aber ich habe oft an dich gedacht.«

»Das ist schön.«

»Hier, dein Tee.«

»Danke. Ich hatte gedacht, es könnte schön werden.«

»Was?«

»Zwischen uns.«

»Ich meine, es ist doch …«

»Ich hatte gedacht, es ließe sich … Kommst du mich mal besuchen?«

Netzwerkfliese

Es war Viertel vor neun, in fünfzehn Minuten begann sein Kurs. Er musste noch kopieren, aber der Kopierapparat war besetzt. Und vor ihm waren Hildegard und Franz dran. Abgestandene Luft, verschlossene Fenster, weil die Mehrheit der Dozenten zugluftempfindlich war. Die Angst vor Erkältung war größer als ihre Geruchsempfindlichkeit. Von der Erkältung zum grippalen Infekt war es nicht weit, und bei grippalem Infekt musste der Unterricht ausfallen. Bei Unterrichtsausfall Nachholtermin. Mehr als zwei oder drei Nachholtermine waren aber nicht möglich, ansonsten musste eine Vertretung einspringen. Das bedeutete aber Honorarverlust. Noch immer gab's feste Plätze wie früher. Noch immer Stullen mit Käse oder Wurst, die hinuntergeschlungen wurden. Stullen, deren Geruch ihm schon damals jeden Appetit genommen hatte. Desgleichen der Geruch von Früchte- und Kräutertee. Mit Ausnahme von ihm und Franz waren alle entweder früchtetee- oder kräuterteeabhängig.

»Muss das sein, Stullen am Morgen? Wir sind doch hier nicht in einer Fabrik.«

»Wenn es dir nicht passt, kannst du ja rausgehen«, sagte Annette.

»Ich fordere eine früchte- und kräuterteefreie Zone.«

»Du hast gar nichts mehr zu fordern«, sagte Roswitha.

Das stimmte. Plötzlich war alles ganz schnell gegangen. Anruf von der Kurz-Kowalski, er möge bitte in ihr Büro kommen.

»Herr König, Sie werden mit sofortiger Wirkung kündigen!«

»Ich werde kündigen? Sind Sie Hellseherin? Wissen Sie mehr über mich als ich selbst?«

»Sie haben keine andere Wahl. Entweder Sie kündigen als Programmbereichsleiter und können fortan als freiberuflicher Honorardozent weiterarbeiten, oder Sie haben eine Klage am Hals wegen sexueller Belästigung.«

»Sexueller Belästigung? Jetzt machen Sie aber Witze. Wen sollte ich denn – Achtung: kleiner Scherz! – außer mich selbst sexuell belästigt haben?«

»Sie haben Roswitha Klinger die Bluse heruntergerissen.«

»Ausgerechnet Roswitha. Die ich nicht mal mit der

Kneifzange anfassen würde. Die schon morgens eine Fahne hat. Die sich nicht regelmäßig zu waschen scheint. Und ich sollte ihr die Bluse runtergerissen haben? Weswegen denn? Damit sie sich endlich mal wäscht?«

»Schluss jetzt, König! Es gibt Zeugen.«

»Zeugen? Dass ich nicht lache. Da kann es sich höchstens um Läuse handeln.«

Er hatte, zurück im Büro, gleich den Privatdetektiv angerufen. Der hatte den Scheck schon bekommen, aber noch keine Ergebnisse. Auch drei Tage später gab's noch keine Ergebnisse. Er hatte dann die Kündigung unterschrieben, weil, so die Kurz-Kowalski, Roswitha ihn morgen anzeigen würde. Als Zeuginnen würde sie Sabine und Hildegard benennen. Kurzer Anruf bei Sabine bestätigte seine Befürchtung, dass sie entschlossen war, ihn fertigzumachen.

»Du hast uns jahrelang getriezt, und jetzt ist die Zeit der Rache gekommen.«

»Auf falsche Zeugenaussage steht Knast.«

»Auf Arroganz leider noch nicht.«

»Glaubst du etwa, die permanenten Weiterbildungsveranstaltungen, die Jours fixes, die Qualitätstestierung, die Dauerevaluation, dieser ganze bürokratische Mist ist meine Idee? Das glaubst du doch hoffentlich nicht. Das kam von der Kurz-Kowalski, ich habe das, was sie delegiert hat, bloß exekutiert.«

»Du hast immer eine Ausrede parat.«

»Und du solltest dir mal eine andere Frisur machen lassen!«

Hildegard zeigte sich noch weniger einsichtig. »Wir tun alles, damit dein Terrorregime beendet wird.«

»Mein Terrorregime? Ja, seid ihr denn alle gaga? Bei mir stand immer der Student im Vordergrund.«

»Du meinst, der Kursteilnehmer.«

Einen Tag später erfuhr er durch den Kollegen in Neukölln von Kurz-Kowalskis erzwungenem Rücktritt. Und dass sie seinen Posten als Programmbereichsleiter übernehmen werde. Werner Maybach sollte der neue Volkshochschulleiter werden. Maybach hatte im Zuge der Fusionierung der Berliner Volkshochschulen seinerzeit seinen Leiterposten verloren und hatte seitdem auf einer Warteliste für neu zu besetzende Leiterposten gestanden. König konnte es nicht glauben. Maybach war doch vollkommen unfähig, der war doch nur so weit gekommen, weil er einmal stellvertretender Berliner Juso-Vorsitzender gewesen war. Der konnte nicht mal mit einem Computer umgehen. Der konnte weder vernünftig Englisch noch sonst eine Fremdsprache. Der konnte auch nicht frei sprechen. Bei jeder Konferenz klebte er an seinen Zetteln. Der schaute einen im Gespräch niemals direkt an.

Und die Kurz-Kowalski? Die war doch auch bei den Jusos gewesen, aber offenbar hatte man ihr den kurzzeitigen Abstecher zu den Grünen übel genommen. Aber das hatte ihr nicht das Genick gebrochen, sondern die so genannte Lernerorientierte Qualitätstestierung. Sie hatte zwar die Arbeitsgruppe geleitet, die eigentlich er hätte leiten sollen, aber dann hatte sie einen entscheidenden Fehler gemacht. Denn zur Lernerorientierten Qualitätstestierung gehörte auch, dass Programm- und Volkshochschulleitung von den Dozenten evaluiert wurden. Die Dozentenvertretung hatte die Bögen ausgearbeitet, vier Bögen mit achtzig Fragen, aber die Kurz-Kowalski hatte den Einsatz der Bögen mit dem Argument abgeschmettert, die Fragen seien zu zahlreich und zu ungenau und deshalb nur unter großem Kostenaufwand statistisch auswertbar.

König hatte sich die Fragen angeschaut. Waren präzise Fragen, und nicht eine überflüssig. Die Kurz-Kowalski musste Angst vor der negativen Beurteilung der Großfelder und der jungen Dozenten gehabt haben. Die Netzwerkfliese als Gütesiegel hätte nicht überreicht werden dürfen. Bei der Zeremonie war der Bezirksstadtrat anwesend, auch die Gutachterin, es gab ein Foto in der Zeitung, wo der Bezirksstadtrat und die Kurz-Kowalski die Fliese in die Höhe hielten. Maybach hatte offenbar die unterlassene Evaluation spitz bekommen und den Bezirksstadtrat informiert. Das hieß aber, der Bezirksstadtrat musste denken, dass auch er als Programmleiter gegen die Evaluation durch die Dozenten gewesen war. Das bedeutete aber …

Bedeutete, dass er augenblicklich versuchen sollte, einen Termin beim Bezirksstadtrat zu bekommen, um die Geschichte aufzuklären. Vielleicht war das die Chance, doch noch Volkshochschulleiter zu werden. Oder wenigstens Programmbereichsleiter zu bleiben.

Er rief im Büro des Bezirksstadtrats an und hatte die Sekretärin am Apparat. Sie versprach, dass der Bezirksstadtrat zurückrufen werde.

Es war halb elf, Pause. König ging in den Dozentenraum, wo es wieder nach Stullen und Kräuter- und Früchtetee roch.

»Wie fühlst du dich?«, fragte Hildegard.

»Blendend.«

»Muss ein komisches Gefühl sein, wieder als Dozent zu arbeiten«, sagte Sabine.

»Kann nicht klagen.«

»Willkommen an Bord«, sagte Franz und klopfte ihm auf die Schulter.

Die Tür ging auf, und alle Köpfe fuhren herum. Dachten, fürchteten oder hofften, es wäre die Kurz-Kowalski. Hatten sie schon zu seiner Zeit als Programmbereichsleiter getan, wenn die Tür aufging, gedacht, gefürchtet oder gehofft, er wäre es. Die Marienrader gefürchtet, die Großfelder und die Junglehrer gehofft. Und während die Köpfe in seine Richtung gefahren waren, war gleichzeitig das Tuscheln verstummt. Hatten wahrscheinlich wieder über ihn getuschelt, wie sie mittlerweile über die Kurz-Kowalski tuschelten. Die, wie sie spätestens gestern bei der Programmkonferenz erkannt haben mussten, einen harten Kurs fuhr. Bis 2009 mussten alle Dozenten, die nicht Deutsch als Fremdsprache studiert hatten, ein mehrwöchiges unterrichtspraktisches Seminar besuchen und das aus eigener Tasche bezahlen.

»Aber wir haben zwanzig Jahre Unterrichtserfahrung«, hatte Sabine gejammert.

»Meinst du, ich mache diese Vorschriften?«, hatte die Kurz-Kowalski geblafft.

»Dein Ton«, hatte Roswitha gesagt.

»Also, wer dieses Seminar bis 2009 nicht gemacht hat, bekommt keinen Kurs mehr.«

»Aber das ist doch Erpressung«, sagte Franz.

»Wir sollten uns wehren«, sagte Kerstin.

»Ich lasse eine Liste rumgehen, da könnt ihr euch eintragen«, sagte die Kurz-Kowalski.

»Wir sollten das diskutieren«, sagte Hildegard.

»Ihr könnt das von mir aus in eurer Freizeit diskutieren, ich habe jetzt noch eine ganze Latte von Programmpunkten«, beendete die Kurz-Kowalski die Diskussion.

Es war nicht die Kurz-Kowalski, die eintrat, sondern Thorsten, ein junger Kollege. Aufatmen. Thorsten grüßte, König grüßte als einziger zurück. Thorsten nahm Platz und legte die Unterrichtsunterlagen vor sich auf den Tisch.

»Das ist Roswithas Platz«, sagte Sabine. Thorsten nahm die Unterrichtsunterlagen und sprang auf.

»Bleib sitzen!«, sagte König. »Wenigstens eine meiner Reformmaßnahmen soll nicht umsonst gewesen sein.«

»Wenn Roswitha kommt, musst du aber aufstehen«, sagte Franz.

»Setz dich!«, sagte König. Thorsten blieb stehen.

»Warum setzt du dich nicht?« Thorsten setzte sich. Kurz darauf kam Roswitha, und Thorsten stand wieder auf.

»Bleib sitzen!«, sagte König.

»Ich muss etwas früher in meinen Kurs«, sagte Thorsten und stand auf.

»Wo sind die Großfelder Kollegen?«

»Keine Ahnung«, sagte Annette.

»Habt ihr sie endgültig vergrault?«

Wieder ging die Tür auf, wieder fuhren die Köpfe herum.

»Morgen«, sagte die Kurz-Kowalski und knallte ein Papier auf den Tisch.

»Ein neues BAFL-Formular?«, fragte Franz.

»Habt ihr noch immer nicht mitgekriegt, dass das BAFL jetzt BAMF heißt? Ich empfehle euch dringend, mal auf die Website des BAMF zu gehen.«

»Waltraut, ich habe es mitgekriegt«, sagte Kerstin.

»Wird aber auch Zeit«, sagte Kurz-Kowalski.

»Das Blatt ist leer«, sagte Sabine.

»Weil ihr euch nicht eingetragen habt«, sagte Kurz-Kowalski. »Kinder, Kinder, wie oft soll ich euch noch sagen, dass die Volkshochschule sich in einem verschärften Wettbewerb befindet? Die Gelder sind knapp, besonders in Berlin. Und bisher haben wir noch immer was vom Bezirk bekommen. Und warum? Weil wir uns zum

Beispiel bereit erklärt haben, die Deutschprüfung für die Staatsbürgerschaftsanerkennung abzunehmen.«

»Engagement zahlt sich eben aus«, sagte Franz.

»Bitte verschon mich jetzt mit deinen Späßchen, Franz. Die Lage ist ernst. Am Mittwoch soll die nächste Deutschprüfung hier stattfinden, aber noch niemand hat sich dafür eingetragen. Das geht so nicht.«

»Aber Waltraut, das hätten wir doch noch gemacht«, sagte Annette.

»Hättet ihr noch gemacht? Und wenn nicht? Die Leute kommen und stehen vor verschlossenen Türen. Ja, denkt doch mal darüber nach. Der Maybach flippt doch aus, wenn der das hört. Und erst wenn der Bezirksstadtrat das hört. Ein langes und hartes Jahr habe ich –«

»Haben wir, Waltraut!«, sagte Kerstin.

»Haben wir an der Lernerorientierten Qualitätstestierung gearbeitet. Ich will euch nicht sagen, wie viele Stunden ich abends und am Wochenende damit verbracht habe.«

»Zum Ins-Kino-Gehen hat's doch noch gereicht«, sagte Franz.

»Es war ein unglaublicher Kraftakt mit erheblichem zusätzlichem Arbeitsaufwand.«

»Ich muss gehen«, sagte Kerstin. »Die Pause ist zu Ende.«

»Einen Moment noch«, sagte Kurz-Kowalski. »Ich bin noch nicht fertig. Ein unglaublicher Kraftakt, wie gesagt. Jedenfalls, ich lasse mir das von euch nicht kaputt machen, habt ihr verstanden?«

»Niemand will dir was kaputt machen«, sagte Hildegard.

»Dann tragt euch gefälligst in die Liste für die Deutschprüfungen ein. Und in die Liste für die Fortbildung habt ihr euch auch noch nicht eingetragen.«

Und fort war die Kurz-Kowalski.

»Und?«, sagte König. »Seid ihr von der neuen Programmbereichsleitung noch immer so begeistert?«

»Wir dürfen uns das einfach nicht gefallen lassen«, sagte Sabine.

»Dann müsst ihr euch wehren«, sagte König. »Gegen mich habt ihr euch nicht gewehrt, sondern ihr habt gegen mich intrigiert. Habt mich verleumdet. Das ist nicht dasselbe.«

»Es sind vor allem ihre Launen«, sagte Annette. »An einem Tag kannst du gut mit ihr reden, am nächsten faucht sie dich an.«

»Ich war nicht launisch«, sagte König.

»Nein, du warst gleichbleibend schlecht gelaunt«, sagte Franz.

»Sie kanzelt dich ab«, sagte Sabine.

»Ich muss in den Kurs«, sagte Kerstin.

»Sie behandelt dich wie ein kleines, unartiges Kind«, sagte Hildegard.

»Wir müssen was unternehmen«, sagte Franz.

Aufzug

Arthur hatte diesmal keine Diätsachertorte dabei, sondern einen Diätapfelstrudel.

»Fühle mich heute gar nicht gut«, sagte Perlmann bei der Begrüßung.

»Ich habe schlecht geschlafen«, sagte Arthur. »Das Bett ist zu hart. Außerdem kann man das Fenster nicht richtig öffnen.«

»Billigpension wahrscheinlich.«

»Ich habe gestern Abend in Ihren amerikanischen Exiltagebüchern gelesen.«

»Ich kann nicht mehr lesen. Meine Augen.«

»Ich habe mich köstlich dabei amüsiert. So dreckig es Ihnen manchmal auch ergangen ist, Ihr Sinn für Humor scheint Sie nie verlassen zu haben.«

»Er hat mich oft verlassen, glauben Sie mir. Humor ist nicht der verlässlichste Freund im Leben.« Arthur sagte, dass er auch *Löwen haben mehr als sieben Leben* gelesen habe.

»Kenne ich nicht.«

»Das ist der Titel Ihrer Autobiographie.«

»Habe mich an den deutschen Titel nie gewöhnen können. Ursprünglich hatte der Verlag vorgeschlagen: *Löwen schnurren nicht*. Habe ich gerade noch verhindern können.« Im Original lautete der Titel *Sentimental Escape*.

Die Geschichte mit dem Rettungswagen kam auch drin vor, die Meldungen über Funk, die sie während der Fahrt zum Theater begleiteten. Über einen Verkehrsunfall mit mehreren Toten und Schwerverletzten, über einen Herzinfarkt, einen Schlaganfall, über jemanden, der drohte, vom Dach zu springen. Die Sanitäter waren nicht die feinfühligsten gewesen. Hatten davon erzählt, was sie jeden Tag zu sehen bekämen: abgetrennte Gliedmaßen, entstellte Gesichter, aufgeschlitzte Bäuche, herausquellende Eingeweide. Und dann die Selbstmörder. Besonders die, die sich nicht sauber aufhängten oder in der Badewanne die Pulsadern aufschnitten, sondern die es mit einer Pistole taten, so dass anschließend ein Putztrupp geschickt werden musste.

Einer der Sanitäter hatte zu Perlmann gesagt, er solle sich einfach vorstellen, sie befänden sich nicht in einem

Rettungswagen, sondern einem Taxi, schließlich sei er doch Schauspieler. Und der andere hatte Arthur ausgemalt, dass man bei einer Panikattacke glaube, die Welt würde sich drehen und verschwinden. Und ein Abgrund würde sich öffnen, und zwar genau vor einem, als habe der Abgrund nur auf einen gewartet.

»Ich stand damals im Rettungswagen kurz vor einem Herzinfarkt«, sagte Perlmann.

»Und ich kurz vor einer Panikattacke«, sagte Arthur.

»Ich sage Ihnen mal was, Herr Schulze. Als ich achtunddreißig Hals über Kopf Wien verlassen musste, weil die Nazi-Häscher hinter mir her waren, da hatte ich ansatzweise ein Gefühl von Panik. Von berechtigter Panik, wie ich Ihnen sicher nicht zu erklären brauche. Und als ich Jahre später aus denselben Gründen Paris verlassen musste, da hatte ich wieder so ein Gefühl, das mit Panik durchaus exakt definiert werden kann. Und als ich mittellos in New York ankam, da hatte ich, ich will es nicht leugnen, so etwas wie Existenzangst, um nicht zu sagen, gelegentliche Existenzpanik. Und mit den Jahren immer wieder mal, und als ich mich im hohen Alter entschloss, in meine Heimatstadt Wien zurückzukehren, auch da hatte ich durchaus das Gefühl von Panik und war nicht sicher, ob mein Entschluss richtig war. Und bei meinem Empfang in Wien, so herzlich, so freundschaftlich er auch war, hatte ich durchaus das Gefühl von Panik, und auch jetzt, wo ich auf mein Leben zurückschaue und mir, abgesehen von Krankheit und Tod, keine größeren Gefahren mehr drohen, spüre ich ab und zu Panik.«

»Aber Herr Perlmann«, sagte Frau Weiss, »als Krankenschwester mit Schwerpunkt Psychosomatik kann ich Ihnen versichern, dass ich bei Herrn Schulze alle Symptome einer Panikattacke beobachten konnte.«

»Ich habe damals vorgeschlagen, umzukehren«, sagte Arthur. »Ihr Leben war mir wichtiger als die Premiere.«

»Dass ich nicht lache«, sagte Perlmann. »*Ihr* Leben war Ihnen wichtiger als die Premiere, Sie hatten Angst um *Ihr* Leben.«

Arthur hatte auf einmal ein komisches Gefühl. Lag es am Apfelstrudel? War er nicht frisch gewesen? Salmonellenvergiftung? Aber Perlmann und Frau Weiss – die aßen munter weiter. Klaustrophobie? Panikattacke? Arthur hyperventilierte, er hatte seit längerem keine Atemübungen mehr gemacht. Frau Weiss ging das Blutdruckmessgerät holen. Arthur fragte Perlmann nach seiner Bekanntschaft mit Paul Newman. Perlmann erzählte, er habe Paul Newman einmal in einem Restaurant in Hollywood getroffen.

»Ich stand neben ihm am Pissoir.«

»Und?«

»Wollen Sie etwa von mir wissen, wie lang sein *dick* ist, wie der Amerikaner sagt? Um ehrlich zu sein, ich habe nur flüchtig hingeschaut. Aber ich hatte, in aller Bescheidenheit, den Eindruck, meiner sei größer.«

Frau Weiss war zurück und legte das Blutdruckmessgerät an.

»Hundertfünfzig zu hundert.«

»Noch immer zu hoch.«

»Aber besser als gestern.«

Perlmann sagte, es sei Zeit für sein Nachmittagsschläfchen.

»Noch eine Frage«, sagte Arthur. »Bei meinem letzten Besuch hatte ich das Drehbuch von *Suche nach Vati* dagelassen, und da wollte ich mal –«

»*Suche nach Vati* – auch so ein blöder Titel. Wer erfindet bloß all diese blöden Titel?«

»Ist nur ein Arbeitstitel, Herr Perlmann.«

»Absolut blöder Titel. Ist der Titel schon blöd, ist der Film meistens noch blöder.«

Und wenn Arthur *Sentimental Escape* verfilmte? Das war ja ein unglaublicher Stoff, dramatisch, tragisch, komisch. Kein Vergleich mit *Suche nach Vati.* Perlmann schien die Idee zu gefallen, auch wenn er die vorgeschlagenen Titel – *Flucht ohne Wiederkehr, Kein schöner Land, Nur die Erinnerung bleibt* – blöd fand.

»Aber ich stimme der Verfilmung nur zu, wenn die Rettungswagenszene vorkommt«, sagte Perlmann.

Arthur hatte ein stilles Dankgebet ausgestoßen, als der Rettungswagen endlich das Theater erreichte. Die Sanitäter hoben Perlmann aus dem Rettungswagen und setzten ihn in den Rollstuhl. Arthur bedankte sich bei den Sanitätern und bei Perlmann, dass er die Strapazen in Kauf genommen hatte. Perlmann lächelte, und Arthur dachte, der Abend könnte noch gelingen. Da fragte Perlmann: »Wo findet die Lesung statt?«

»Im zweiten Stock«, sagte Arthur.

»Und wo ist der Aufzug?«

»Aufzug?«

»Aufzug. Oder glauben Sie etwa, ich gehe in den zweiten Stock?« Arthur rief seine Assistentin an, die noch immer mit der Burger zu kämpfen hatte. Von einem Aufzug wusste sie nichts. Der Hausmeister brachte die Gewissheit, dass es keinen Aufzug gab.

»Tut mir schrecklich leid«, sagte Arthur. »Ein schreckliches Versäumnis.«

»Ihnen tut immer alles schrecklich leid.«

Die Sanitäter waren noch da, rauchten eine Zigarette.

»Und wenn ich die Sanitäter frage, ob die Sie hochtragen, Herr Perlmann?«

»Kommt nicht in Frage. Sehen Sie nicht, wie ich zittere?«

»Tut mir wirklich schrecklich leid.«

»Hören Sie schon auf! Ich habe die Nazis überstanden, ich habe das Exil überstanden, ich habe die Rückkehr nach Wien überstanden, ich überstehe Wien und die Zumutungen des Alters jeden Tag aufs Neue, aber ob ich den heutigen Abend überstehe?«

Comeback

Es war Herbst, und da war noch immer der Horror Vacui. Horror Vacui im Herbst aber bedeutete Horror Vacuissimo im Winter, wenn nicht von irgendwoher eine Sonne kam. Aber woher sollte die kommen? Die Simone, das war die Sonne seines Lebens, klar, und Justin, das war auch die Sonne seines Lebens, klar, trotzdem, irgendwas fehlte. Arbeit natürlich, und mit der Arbeit Sinn, und ohne die Arbeit gab's eben keinen Sinn.

Duvall war zum Arbeitsamt gegangen, aber allein in Berlin waren Tausende Schauspieler arbeitslos gemeldet. Hätte bei einem Off-Off-Off-Theaterprojekt mitmachen können, klar, oder bei einem Low-Low-Low-Budget-Film mit No-No-No-Gage, und hätte er auch gemacht, wenn er fünfundzwanzig gewesen wäre und vollkommen unbekannt und nicht fünfundvierzig und ehemals berühmt.

Er schlief schlecht und trank zuviel, und trank er wenig, schlief er gar nicht, also trank er immer mehr, um immer besser zu schlafen, was immer weniger gelang. Dafür erregte er sich bei jeder Kleinigkeit immer häufiger, zum Beispiel, wenn die Simone ihren BH auf der Waschmaschine liegen ließ, statt ihn in den Wäschekorb zu stecken. Oder all die Sachen, die Justin auf den Boden warf oder liegen ließ und nicht wieder aufhob. Hätte ihn vor Monaten noch nicht gestört, hätte er vor Monaten selber aufgehoben, aber jetzt stand er immer kurz vor der Explosion. Wenn es einen Ausweg gegeben hätte, Sex zum Beispiel, aber er hatte den tollsten Sex mit der Simone, fast jeden Tag, wie in ihren ersten Wochen, trotzdem, am Horror Vacui änderte das nichts. Hatte der Papst vielleicht doch recht? Fehlte ihm der Glaube?

Ach was, *Suche nach Vati* hätte es getan. Aber *Suche nach Vati* existierte nicht mehr. Oder doch? Er hatte versucht, Arthur anzurufen, am Tag, sogar mitten in der Nacht, hatte Dutzende Nachrichten hinterlassen, aber kein Rückruf. Hatte Eckhard angerufen, aber der wusste selbst von nichts, außer dass Svenja Ratinger sich aus dem Projekt verabschiedet hatte. Hatte einen Brief an Heidi Brockmann geschrieben mit einem Friedensangebot, aber keine Reaktion bekommen.

Immerhin, er leitete die Theatergruppe im Kindergarten. Zusammen mit Nadine, der molligen Erzieherin von der Urmel-Gruppe. Machte großen Spaß mit den Kleinen, war allerdings nur einmal die Woche am Mittwochvormittag. Hätte er am liebsten jeden Vormittag gemacht. Die Gelegenheit, Nadine zu vögeln, hatte sich noch nicht ergeben. Nadine war verheiratet und nahm es offensichtlich ziemlich genau mit der Treue. Andererseits, wie sie ihn anschaute, wenn er Justin hinbrachte und wieder abholte, oder während der Stunde, wo sie mit den Kindern Theater spielten, das machte ihn zuversichtlich, dass sich da noch etwas ergeben würde. Müsste aber bald sein, denn je häufiger er sie traf, desto besessener wurde er von ihrem Körper. Erinnerte ihn in seiner

Schwerfälligkeit an Flusspferde und Seekühe, seine Lieblingstiere.

Interessant, dass er bisher niemals eine wirklich dicke Frau gevögelt hatte. Vollschlanke ja, mollige ja, dickliche ja, aber eben nie eine wirklich dicke Frau. Hunderte Frauen gevögelt, und die allermeisten sportlich schlank, und die Simone so richtig mager, aber nicht eine einzige dicke dabei. War ein Versäumnis, ganz klar. Diskriminierung. Sein Frauengeschmack war eben doch Nullachtfünfzehn. Er war von sich selbst enttäuscht, wie er jetzt darüber nachdachte. Der große Frauenliebhaber, der keine anderen Frauen bevorzugte als der Durchschnittsmann, nur mehr Frauen. Nicht anders als jemand, der sich als Gourmet ausgab und dann jeden Tag Schweinekoteletts mit Kartoffelpüree verputzte.

Dabei war ja schon die Art, wie Nadine sich kleidete, verführerisch. Eben keine engen Kleider, die alles zeigten, Wurstpellen, in denen das Fleisch eingezwängt war. Stattdessen T-Shirts, Blusen oder Pullover von zeltartiger Größe, die Raum für Phantasie ließen. Die von einer hochgebirgsartigen Brustlandschaft träumen ließen, von einem Bauch, auf dem abends das schwere Haupt tiefer und weicher gebettet werden konnte als auf dem tiefsten und weichsten Kopfkissen. Und erst der Po, verhüllt von Hosen oder Röcken, in die Heidi Brockmann zweimal und die Simone dreimal hineingepasst hätte. Ein Po, oder besser gesagt, ein Arsch, der geradezu die wildesten Gelüste weckte. Der in seiner Größe und Topographie tage- und nächtelange Expeditionen erforderlich machte, ja geradezu Entdeckungsreisen. Guido Duvall, der Kolumbus, der Humboldt von Nadines Arsch!

Gewöhnlich holte er Justin gegen vier vom Kindergarten ab, aber heute machte er sich schon um halb drei auf den Weg. Konnte ja mit Justin ins Naturhistorische

Museum gehen. Oder wieder ins Aquariumhaus. Justin interessierte sich im Moment besonders für Leguane. Als sie gestern bei den Leguanen gewesen waren, hatte er eine Mutter zu ihrem halbwüchsigen Sohn sagen hören: »Schau nur, wie die beiden schmusen.«

Woraufhin Duvall zu der Frau gesagt hatte: »Die schmusen nicht, die ficken!« Unterwegs dachte er nicht an Leguane, sondern an Nadine. Gestern war sie bereits fort gewesen, als er Justin abholte. Hatte ihn nicht traurig gemacht oder gar melancholisch, trotzdem … Hatte den Nachmittag nicht so genießen können wie sonst. War Justin sofort aufgefallen.

»Papa, bist du traurig?«

»Nein.«

»Du guckst aber traurig.«

»Ich bin müde, nicht traurig.«

»Du guckst aber nicht müde.«

»Wie guckt man denn, wenn man müde ist.«

»Wie Mama.«

Die Kinder spielten im Garten, er winkte Justin zu, grüßte Anneliese, die Leiterin der Murmel-Gruppe. Von Nadine keine Spur.

»Ist Nadine krank?«, fragte er Anneliese.

»Nein, sie ist noch drinnen. Sie kommt gleich.«

»Könnte ich mal kurz die Toilette benutzen?«

»Klar. Die Tür ist noch offen.«

Er öffnete gerade die Tür zum Garten, als Justin rief: »Ich will mit, ich will mit.«

»Ich gehe nur kurz auf die Toilette.«

»Ich will mit.«

»Musst du denn auch?«

»Nein.«

»Schau nur, Fabian will mit dir spielen.« Noch mal gut gegangen, Justin war abgelenkt und er schon aus dessen Blickfeld. Die Urmel- und Murmelgruppen befanden sich im ersten Stock. Auf der Treppe begegnete ihm die Putzfrau.

»Ist noch jemand oben?«

»Ja. Nadine.«

Sein Herz schlug schneller, vielleicht vom zügigen Treppensteigen. Blödsinn, er war ja nicht unsportlich, wahrscheinlich hatte auch Kolumbus' Herz schneller geschlagen, als er glaubte, Indien erreicht zu haben. Und er wäre in wenigen Sekunden das erste Mal allein und ohne Kindergeschrei mit Nadine in einem Raum. Oder im Flur, jedenfalls, wenn alles gut ging, für einige Momente unbeobachtet.

»Hallo«, hörte er ihre Stimme. »Wenn du Justin suchst, er ist mit den anderen Kindern unten im Garten.«

»Ich weiß, Anneliese hat's mir gesagt. Und sie hat mir auch gesagt, dass ich dich hier oben finde.«

»Ja, ich hatte was vergessen. Gehen wir runter zu den anderen?«

»Warte noch einen Moment, Nadine. Ich muss kurz aufs Klo.«

»Ich kann dir auch den Schlüssel dalassen, und du schließt ab und gibst mir dann den Schlüssel unten.«

»Nicht nötig, bin sofort wieder da.« Duvall ging auf die Toilette fürs Personal, aber pinkelte nicht, obwohl er einen ziemlich starken Drang verspürte. Nutzte die Zeit, um vor dem Spiegel sein Gesicht zu justieren. Guido-Duvall-Blick wegmachen, Doktor-Markus-Blick anknipsen. Funktionierte noch immer, und auch das Doktor-Markus-Lächeln.

»Da bist du ja«, sagte Nadine.

»Da bin ich«, sagte Duvall.

»Ist was?«

»Du hast eine schöne Bluse an.«

»Danke.« Lächelte sie jetzt mit dem Doktor-Markus-Lächeln an. Doktor Markus hätte gesagt: »Würden Sie sich bitte oben frei machen?«

Duvall sagte: »Würdest du die Bluse bitte ausziehen?«

»Wie bitte?« Aber da presste er Nadine schon an sich und drückte ihr Doktor-Markus-Küsse auf den Mund.

»Gibt es hier irgendwo einen Ort, wo wir ungestört sind?«

»Das geht doch nicht.«

»Geht nicht? Natürlich geht das.« Er hatte seine rechte Hand schon unter ihrer Bluse.

»Da lang«, keuchte Nadine. Sie zog ihn in den Schlafraum der Urmel- und Murmelgruppe. An die dreißig Matratzen lagen auf dem Boden. Die eine Hand noch beim Erklimmen ihres Brusthochgebirges, die andere beim Herunterzerren seiner Hose. Duvall keuchte jetzt auch, als befände er sich kurz vor dem Gipfel des Mount Everest, ohne Sauerstoffflasche. Lag jetzt unten und Nadine oben, und ob es die Lust war oder die Last – ihre Dreizentnerlast –, er stand jedenfalls kurz vor dem Atemstillstand. Und kurz vor dem ultimativen Orgasmus, die Frage war jetzt nur, ob er den noch erleben würde, ob er nicht vorher erstickte, ob er nicht vorher zerquetscht wurde. Aber nein, vorher hörte er die Stimme von Frau Ricke, der Kindergartenleiterin: »Bumsen im Kindergarten! Im Schlafraum der Kleinen! Das ist die Höhe! Ich rufe die Polizei!«

»Es … es … ist … nicht … das … was … Sie … glauben … was … es … ist«, stammelte er.

»Ach nein? Ist das vielleicht Pilates? Schämen Sie sich, Herr Duvall! Und du, Nadine, das wird Konsequenzen haben, das ist dir hoffentlich klar!«

»Tut mir wirklich leid.«

»*Tut mir wirklich leid*. Das musst du dir vorher überlegen. Und jetzt hör endlich auf zu flennen! Herr Duvall, reichen Sie Ihrer Beischläferin ein Tempo!«

»Ich nehme die ganze Verantwortung auf mich, Frau Ricke.«

»Das ehrt Sie, Herr Duvall, macht die Sache aber selbstverständlich nicht besser. Ich möchte Sie hier nicht mehr sehen! Haben Sie verstanden? Ich empfehle Ihnen, Justin in einem anderen Kindergarten anzumelden.«

»Aber Justin ist doch unschuldig, Frau Ricke. Sind die Zeiten der Sippenhaftung nicht längst vorbei?«

»Wenn Ihnen das lieber ist, kann ich Sie auch wegen Hausfriedensbruch anzeigen!«

Er musste einen neuen Kindergarten suchen. Musste der Simone erklären, warum ein neuer Kindergarten gesucht werden musste, und vor allem, warum von einem Tag auf den anderen. Die Wahrheit konnte er der Simone natürlich nicht zumuten, aber für Argumente war sie durchaus empfänglich: Der Kindergarten sei immer mehr zu einer Verwahranstalt verkommen, das Essen miserabel, Musik- und Englischunterricht ersatzlos gestrichen und so weiter. Und dann, in der zweiten kindergartenlosen Woche, nach tagelangem Marathonpuzzeln, bevor sein Kopf selbst zu einem Puzzle wurde, der erlösende Anruf: Ein Montessori-Kindergarten, der noch einen freien Platz hatte. Montessori, davon hatte auch die Simone schon gehört. Eine Woche dauerte die Einführung; in den ersten beiden Tagen hielt er sich den ganzen Vormittag, sozusagen auf Abruf, im Kindergarten auf. Schaute den Kindergärtnerinnen zu, wie sie mit den Kleinen Lieder, Buchstaben, Zahlen übten, wie sie mit ihnen in den Garten gingen, wie sie aßen.

Und dann, nach überstandener Einführung, wieder Horror Vacui. Es gab jetzt nicht mehr den Ausweg, eine

Nadine zu vögeln. Gab auch im Montessori-Kindergarten Nadines, allerdings hießen sie Maria und Susanne, die eine war mollig, die andere fast so dick wie Nadine, aber nein, einen erneuten Kindergartenwechsel hätte er der Simone nicht erklären können. Auch für Justin unzumutbar. Dagegen musste er seinem Schwanz die Nähe von Maria und Susanne zumuten, auch wenn er dabei noch so wild ausschlug. Aber er konnte nicht immer das tun, was sein Schwanz wollte, sein Schwanz legte sich nach jedem Einsatz wohlig zurück, auf ihn aber wartete der kleine Tod, und danach statt Auferstehung Horror Vacui.

Und jetzt, an diesem Vormittag, im Auge des Horror Vacui, der Griff zum Telefon. Die Simone seit drei Stunden fort, Justin vor zwei Stunden in den Kindergarten gebracht, die Zeitung von vorn bis hinten durchgelesen, Fernseher eingeschaltet, Fernseher ausgeschaltet, auf die Couch gelegt, die Augen geschlossen, und … und. Beim Nummerndrücken wieder aufgelegt. Nein, so ging das nicht. Kein Selbstbewusstsein mehr, ohne das ging es aber beim Telefonieren nicht.

Er schaltete den Fernseher ein, schaltete den Videorekorder ein, legte eine *Doktor-Markus*-Kassette ein. Holte einen der fünfzehn Aktenordner mit Zuschriften von *Doktor-Markus*-Zuschauern. Las drei, vier Briefe, davon zwei Heiratsangebote und ein Fickangebot. Hatte er damals das Fickangebot angenommen? *Laura Habler.* Erinnerte sich nicht, eine Laura Habler gevögelt zu haben. Hatte es versäumt, eine Liste aufzustellen. Klappte den Aktenordner wieder zu. Half nicht wirklich. Machte achtzig Situps, half aber auch nicht. Machte hundert Liegestütze, half auch nicht, außer dass er jetzt schwitzte und eine Dusche nehmen konnte. Hätte er auch so nehmen können, aber jetzt sozusagen aus Notwendigkeit.

Wie sollte es weitergehen? Viel trinken, damit er alle paar Minuten pinkeln konnte? Viel futtern, damit auch Magen und Darm was zu tun bekämen? Mehrmaliges Kacken am Tag statt wie gewöhnlich nur einmaliges? Mehrmaliges Kacken am Tag bedeutete höheren Toilettenpapierverbrauch, was wiederum einen häufigeren Toilettenpapierkauf nach sich zog. Ursache, Wirkung, Ursache, Wirkung: Könnte er so sein Leben in den Griff bekommen? Er versuchte wieder Arthur anzurufen, aber wieder meldete sich nur die Mailbox. Erneuter Versuch, wieder die Mailbox. Beim hundertvierzehnten oder hundertfünfzehnten Versuch meldete sich endlich Arthur: »Wollte dich sowieso angerufen haben.«

»*Wolltest mich sowieso angerufen haben.* Ich hätte schon längst tot sein können.«

»Bist du denn schwerkrank?«

»Ich hätte mich umbringen können.«

»Du und umbringen.«

»Ich und umbringen. Ja, glaubst du denn, mir ist der Gedanke noch nie gekommen?«

»Aber warum solltest du dich umbringen wollen?«

»Ja, glaubst du, du besitzt das Verzweiflungsmonopol?«

»Reden wir ein andermal darüber.«

»Auch als Doktor Markus hatte ich ein gewisses Verzweiflungspotenzial.«

»Das stimmt.«

»Kein Fernsehfrauenarzt, ja überhaupt kein Fernseharzt hat je diese Verzweiflungszustände gekannt wie Doktor Markus.«

»Wenn du's sagst.«

»Jawohl, ich sage es. Schon als Doktor Markus war ich im Grunde ein Charakterdarsteller.«

»Warum ich anrufe, Guido: In einer Stunde treffen wir uns auf der *Ponderosa*.«

»Heidis *Ponderosa*?«

»Sag mal, was ist los mit dir? Bist du betrunken?«

»Ich bin fassungslos, das ist los. Das bedeutetet …«

»Bedeutet, dass wir weitermachen. Also, in einer Stunde auf der *Ponderosa*. Das letzte Treffen. Und morgen in aller Frühe beginnen wir zu drehen.«

Horror Vacui? Fremdwörter, als hätte er sie nie gehört. Er rief gleich die Simone an, um zu fragen, ob sie heute Justin vom Kindergarten abholen könnte. Konnte nicht, weil sie eine wichtige Sitzung hatte. Also gut, würde er Justin abholen und auf die *Ponderosa* mitnehmen. Für die kommenden Wochen müssten sie ein Kindermädchen finden. Er schwebte jetzt durch die Wohnung, wo er tagelang nur gekrochen war. Kaum saß er im Wagen, meldeten sich wieder Zweifel. Ach was, das war jetzt seine letzte Chance, sein Comeback! Waren schon alle da, Heidi Brockmann, Arthur, Eckhard, ja selbst Ann Charlotte im hochschwangeren Zustand.

»Schön, dich wiederzusehen«, sagte Heidi Brockmann und gab ihm links und rechts einen Kuss.

Er stammelte: »Ich … freue … mich … auch … Heidi … äh … Heidi Lea … Gut siehst du aus.«

»Du auch, Guido. Ich freue mich schon auf unsere Zusammenarbeit.« Da kam ihm Eckhard entgegen. Der stocksteife, in sich gekehrte, deprimierte Eckhard, der jetzt aber lächelte und ihn fest an sich drückte. Und ihm auf die Schulter klopfte und sagte: »Ich bin dein größter Fan!«

»Wie bitte?«

»Fan. Ich habe gesagt, ich bin dein größter Fan. Heinrich Brockmann, das ist eine Oskar-Rolle. Eine Oskar-Rolle für einen Oskar-Schauspieler.«

»Danke, das ist wirklich sehr nett.« Schon stand Ann Charlotte vor ihm. Lächelte ebenfalls, wollte ihn umarmen, was mit ihrem Riesenbauch nicht ganz einfach war.

»Zwillinge«, sagte sie.

»Schön«, sagte er.

»Wirst du uns mal besuchen kommen?«

»Ja.«

In einem unbeobachteten Moment nahm er Arthur zur Seite: »Sag mal, was ist das hier eigentlich? Hast du mit denen eine Gehirnwäsche veranstaltet?«

»Nein. Aber allen ist mittlerweile klar geworden, dass sie den Erfolg brauchen. Sie dürsten förmlich danach.«

»Und du?«

»Ich dürste auch danach. Oder glaubst du, ich will wieder bei *Easy Deutschland* anheuern? Falls Carol mich überhaupt nehmen würde. Erfolg und Anerkennung, darum geht's doch.«

»Meine Rede.«

»Fehlt die Anerkennung, fehlt das Selbstwertgefühl.«

»Nicht zu sprechen vom Geld.«

»Das ist unsere letzte Chance.«

»In der Tat.«

»Die Brockmann wird ja nicht mehr gebucht. Ihre Affäre mit dem Staatssekretär – das war nur noch peinlich. Und ihre Strickblusenkollektion auf dem Home-Shopping-Kanal … Man hat giftige Rückstände in der Wolle gefunden.«

»Wusste ich gar nicht.«

»Sie hat das Testinstitut verklagt.«

»Und?«

»Verloren.«

»Sicher teuer.«

»Sehr teuer.«

»Dazu die Fotos mit mir.«

»Haben das Fass zum Überlaufen gebracht.«

»Aber ist die Geschichte von *Suche nach Vati* … Ich meine, hat dieses Detektivbüro nicht –«

»Wir drehen *Suche nach Vati* als reinen Fernsehfilm ohne Doku-Elemente.«

»Dann hat Heidi Brockmann also zugegeben, dass sie in ihrer Autobiographie –«

»Hat sie nicht. Sie faselt noch immer von den jüdischen Wurzeln ihrer Familie. Egal, ich werde das Vater-Tochter-Drama in den Vordergrund stellen und es erotisch aufladen.«

»Inzest?«

»Der Vater reibt der Tochter beim Sonnenbaden den Rücken ein und gerät dabei unter ihr Bikinihöschen.«

»Verstehe ich dich richtig? Ich reibe Ariane …?«

»Richtig. Und Perlmann sitzt im Rollstuhl und –«

»… schaut zu.«

»Eben nicht. Er sitzt da mit einer Schlafbrille.«

»Verstehe. Perlmann verkörpert den blinden Seher.«

»Eine denkbare Interpretation.«

Kostkinder

Ann Charlotte wählte Eriks Büronummer, eine Frau Kurz-Kowalski meldete sich. Erzählte ihr, dass das jetzt ihr Büro sei und Erik wieder als Dozent arbeite.

»Sagen Sie ihm, ich bin auf dem Weg ins Krankenhaus. Sagen Sie ihm, es ist soweit. Er weiß dann schon Bescheid.« Aber würde er auch wirklich kommen?

»Stimmt was nicht?«, fragte die Hebamme.

»Silvia, kann sein, dass wir allein sein werden.«

»Erik wird schon kommen.«

In den letzten Tagen hatte es eine weitere Klimaverschärfung im Hause König gegeben. Zoe stellte ihren Vater jeden Morgen und jeden Abend vor die Wahl: *die da* oder ich. Und Thomas hatte in ihrer Gegenwart überhaupt noch kein Wort gesprochen. Und Erik wurde immer grauer im Gesicht und sagte ihr abends im Bett: »Was soll ich machen? Es sind meine Kinder.« Marion rief seit ein paar Tagen jeden Abend an. Dafür rief Atmer oder Atmerin nicht mehr an. Konnte natürlich Zufall sein, aber konnte natürlich auch sein, dass die Sonne sich doch um die Erde dreht. Marion sprach nie mit ihr. Grüßte sie nicht mal, sagte nur: »Könnte ich bitte meinen Mann sprechen?« Okay, war bitter, aber irgendwie auch verständlich.

»Du kannst ruhig weinen«, sagte Silvia.

»Warum sollte ich weinen?«

»Du befindest dich in einem großen emotionalen Stress.«

»Meine Eltern sind Südtiroler Bergbauern.«

»Was hat das damit zu tun?«

»Mein Vater war ein Kostkind.«

»Kostkind?«

»Mein Vater hatte vierzehn Geschwister. Er wurde als Bub zu einer Bauernfamilie gegeben, weil meine Großeltern zu arm waren, um alle Kinder zu ernähren.«

»Traurig.«

»Mein Vater musste schon als Bub schwer arbeiten. Er bekam bei den Kosteltern Kost und Logis und … Schläge.«

»Wirklich traurig.«

»Mein Vater heißt Josef, aber die Kosteltern haben ihn nicht Josef genannt. Kein einziges Mal.«

»Sondern? Sepp?«

»Nein, *er*.«

»Er?«

»Ja. Wenn mein Vater den Stall ausmisten sollte, haben sie gerufen: *Er* soll den Stall ausmisten.«

»Das ist ja furchtbar.«

»Und meine Mutter hatte neun Geschwister und war auch ein Kostkind.«

»Und wurde *sie* gerufen.«

»Genau.«

»Mein Gott!«

»Deshalb …«

»Trotzdem, weinen tut gut.«

»Oh, jetzt kommt wieder so eine Welle. Puh!«

»Atmen. Das Atmen nicht vergessen!«

»Ich atme doch.«

»Die Wellen werden in immer kürzeren Abständen kommen.«

»Das ist ja furchtbar.«

»Das ist die Geburt.« Sie rief Guido an, der gerade Drehpause hatte.

»Es ist soweit.«

»Das ist ja toll.«

»Kommst du?«

»Ob ich komme? Willst du denn, dass ich komme? Störe ich nicht, wenn ich komme? Ich meine, wer kommt denn noch alles?«

»Kommst du oder kommst du nicht? Du bist der Vater.«

»Sicher, Süße, ich weiß … Das heißt, so hundertprozentig sicher bist du dir doch nie gewesen.«

»Ich schon, aber du nicht. Hör zu, komm oder komm nicht, jedenfalls weißt du Bescheid.«

Silvia tätschelte ihre Wange und ihren Bauch.

»Mir geht's gut. Große Schmerzen, aber es geht mir gut.«

»Gut.«

»Meine Mutter wurde als Kostkind auch geschlagen. Jeden Tag. Mit einem Stock. Und einmal die Woche ausgepeitscht.«

»Hör auf damit! Konzentrier dich lieber auf die Geburt. Denk positiv!«

»Ich denke positiv. Ich denke an meine Eltern. Sie haben mich nie geschlagen, kein einziges Mal!«

»Ja.«

»Nicht ein einziges Mal ist ihnen die Hand ausgerutscht, stell dir vor!« Weinte jetzt, die Tränen ließen sich gar nicht mehr stoppen. Hatte kein Taschentuch dabei, machte nichts. Weinte wie als Kind, wenn sie wegen der Armut ihrer Eltern verspottet wurde. Hatten kein Auto, keinen Fernseher, fuhren das erste Mal ans Meer, da war sie schon fünfzehn.

»Lass es raus«, sagte Silvia.

»Was?«

»Alles.«

War noch nicht geschrieben, das Buch über ihre Eltern. Das Kostkindbuch. Ginge nicht mit Drive, Speed und Sound. Müsste ein stilleres Buch werden, ihre Eltern waren stille Leute, schon als Kinder mundtot gemacht. Müsste das Buch noch schreiben, ehe die Eltern starben, damit sie es ihnen vorlesen könnte.

Ihr Handy klingelte, Möllenkötter.

»Ann Charlotte, wie geht's? Du verstehst mich kaum? Ja, laut hier, bin auf der Buchmesse. Ja, Frankfurt … natürlich Frankfurt … ist doch Herbst … Herbst, ja … nicht Frühling, nein … Ja, gibt es in Berlin denn keine Jahreszeiten mehr?

Du bist auf dem Weg ins Krankenhaus? Ist es was Schlimmes? Schwanger? Wehen, ich verstehe. Du fährst ins Krankenhaus, weil du … klar … Ich war ja bei allen

Geburten dabei. Da könnte ich dir was erzählen. Lieber nicht, lieber nicht. Alles Gute jedenfalls!

Soll ich Schluss machen? Du hast noch einen Moment? Okay, warum ich anrufe … Gute Nachricht, gute Nachricht! Moll, du erinnerst dich? Ja, Moll ist tot. Ja, traurig, aber es ging Gott sei Dank schnell. Ja, schmerzlos. Seine Tochter, erinnerst du dich? Die dünne Bleiche mit den Kleinmädchenzöpfen. Unscheinbar, ja. Die leitet den Verlag. Ja, überfordert. Natürlich! Um es kurz zu machen, sie hat mich angerufen, ob ich nicht auf weiteres … Ja, stell dir vor … ich bin wieder drin. Dagmar ist … ja, so heißt sie … Dagmar ist pro forma Verlagsleiterin, aber ich Programmleiter. Hast du gehört? Ja, Programmleiter, aber mit erweitertem Aufgabengebiet.

Was das heißt? Alles … ich mache alles … vor allem, ich entscheide alles. Und du bist wieder dabei. Was sagst du? Ein Buch über deine Eltern? Südtiroler Kostkinder? Entschuldige, ich hör dich so schlecht. Hier ist es so laut. Kostkind … Was habe ich mir darunter … ich meine … Kostkind, ist das nicht … Ja, arm, das denke ich mir … Antiidylle, ja … Innerhofer, Winkler, ja … Aber ich meine, ist das nicht, ich meine, passé? Müssen wir noch drüber sprechen.

Was ich mir in meiner neuen Aufgabe von dir natürlich wünsche … Ann Charlotte, versteh mich nicht falsch, ich wäre nicht mehr allein dein Lektor. Nein, auch nicht die rechte Hand von Dagmar, nein. Dagmar ist pro forma der Kopf und ich ihre rechte Hand, aber faktisch bin natürlich ich der Kopf und Dagmar meine … nun, linke Hand. Ja, also was ich mir wünsche, wäre wieder die alte Ann Charlotte. Du weißt schon, Sound, Speed und Drive, ja. Wenn das mit dem Kostkindthema geht, nichts dagegen … eine Art Kostkindrap vielleicht … viel Glück und bis bald, Ann Charlotte!«

»Atmen«, sagte Silvia. »Du musst die Schmerzen wegatmen.«

»Schmerzen?«

»Du hattest doch eben große Schmerzen.«

»Schon.«

»Ich seh doch, dass du Schmerzen hast.«

»Na ja.«

»Wenn du keine Schmerzen hast, fahren wir wieder zurück.«

»Ich habe Schmerzen.«

»Du musst die Zwillinge auch wollen.«

»Ich will sie ja.«

»Jetzt wollen.«

»Will ich ja.«

»Namen?«

»Noch keine.«

»Bei meinen beiden hatten wir die Namen schon zwei Jahre vorher.«

»Und?«

»Michaela und Dieter.«

»Dieter?«

»Ist wieder im Kommen … Bauchatmung.«

»Ja, doch.«

»Tapfer sein ist gut, aber die Heldin spielen würde ich an deiner Stelle nicht.«

»Tu ich doch gar nicht.«

»Du musst dich dem Schmerz hingeben … und dann loslassen.«

»Ja.«

»Das kann Stunden gehen, und das hier ist erst der Anfang.«

»Du machst mir ja Mut.«

»Du atmest nicht richtig.«

»Ich versuch's ja schon die ganze Zeit.«

Als sie auf den Klinikparkplatz fuhren, wurde ihr ein wenig schummrig. Gab jetzt kein Zurück mehr, Blödsinn, hatte nie ein Zurück gegeben, aber jetzt schon gar nicht. Da musste sie durch, da würde sie durch.

Sie war auch durch das Wettlesen in der Kleinstadt am Wörthersee, von der Auslosung über die Jurydiskussion bis zum Bürgermeisterempfang, durch die unzähligen Smalltalks mit Kollegen und Kritikern. Und ihre Eltern waren erst recht durch, durch die Kostkindkindheit, und hatten mit ihrer kargen Bergbauernexistenz fünf Kinder in die Welt gesetzt. Und durch den Literaturbetrieb, da musste man ja auch erst durch. Ihr war ja nichts geschenkt worden. Nie was geschenkt worden. Überragendes Talent, schon, aber wie viele überragende Talente blieben auf der Strecke? Eben, aber sie war durch, mit oder gegen oder ohne Moll, mit oder gegen oder ohne Möllenkötter, durch.

Am Klinikeingang Marion. Marion! Überrascht? Verwundert? Schockiert? Überhaupt nicht. Irgendwie geahnt, mit der Intuition der Südtiroler Bergbauerntochter. Was das Leben im Innersten zusammenhält – es gab Momente, da glaubte sie dem Geheimnis wirklich sehr nahe zu sein, und jetzt war einer dieser Momente. Marion, natürlich Marion! War irgendwie doch die beste Freundin! Seelenfreundin, und eben kein Zufall, dass sie sich in den Mann ihrer besten Freundin verliebt hatte. Ach was, verliebt, vielleicht, ja, vielleicht, eher nicht, nein, verliebt nicht, aber irgendwas schon, Reden am Nachmittag, genau, eine Eric-Rohmer-Geschichte. Umarmten sich wie zwei alte Freunde, die vier Jahre im Krieg gewesen waren. Die auf verschiedenen Seiten gekämpft hatten.

Aber jetzt, jetzt waren sie im *Waldfriede*. Redeten nichts, gingen Arm in Arm durch den Klinikeingang, vergessen die Schmerzen, vergessen die Hebamme. Aber nur für einen Moment, denn im nächsten eine Schmerzflutwelle, die sie auf einen Stuhl zwang.

»Atmen«, sagte Silvia. »Tief einatmen, tief ausatmen. Bauchatmung.«

»Ich versuch's ja.«

»Leg die Arme auf den Bauch«, sagte Marion, »das hilft.«

»Geht schon wieder.« Ging nicht schon wieder, denn die Flutwelle war noch nicht abgeebbt. Oder es kam eine neue und noch wuchtigere. Atmete jetzt besser, was ihr ein Lob der Hebamme einbrachte. Gingen in den Kreißsaal. Als sie den Radiorekorder sah, fiel ihr ein, dass sie die CDs vergessen hatte. War ja eine moderne Geburtsstation, konnte Musik bei der Entbindung gehört werden. Hatte sich auch schon Klaviersonaten von Haydn und Mozart rausgelegt. Und Cellosonaten von Bach. Zu blöd. Aber was hielt Marion da in den Händen? Einen ganzen Stapel CDs, und wie sie mit einem Blick sah, war auch was von Mozart dabei.

Wer kam denn da in den Kreißsaal geschlendert? Guido! Umarmte sie, tätschelte ihren Bauch. Umarmte Marion und tätschelte ihre Wangen. Einen Moment später betrat Arthur den Kreißsaal. Umarmte sie, tätschelte den Bauch, gab Marion die Hand. Die zog ihn an sich und küsste ihn. Die Hormone schienen nicht nur bei ihr außer Rand und Band.

»Einen Moment, meine Herren«, sagte Silvia. »Was soll das hier werden? Ein Almauftrieb? Ein Stammtisch?«

»Bei der Geburt von Zwillingen sind doch sicher doppelt so viele Angehörige erlaubt.«

»Glaube ich nicht.« Und wer stolzierte da in den Kreißsaal? Erik! Sah mitgenommen aus. Kam wohl gerade aus dem Unterricht. Marion stürzte auf ihn zu und … umarmte ihn.

»So geht das nicht«, sagte Silvia. »Wir feiern keine Party, das heißt, wir können nach der Geburt gerne eine feiern. Ann Charlotte, du entscheidest, wer hier bleibt. Wir haben drei freie Plätze, zwei sind schon vergeben, nämlich deiner und meiner. Also?«

»Ich warte draußen«, sagte Arthur.

»Ich auch«, sagte Marion.

»Ich ebenfalls«, sagte Erik.

»Bleibe ich also übrig«, sagte Duvall.

»Logisch«, sagte Arthur. »Wer von uns ist denn der Frauenarzt?«

»Und der Vater«, sagte Marion.

»Und du hast doch schon ein Kind und das Ganze also schon einmal mitgemacht«, sagte Erik.

»Eben nicht«, sagte Duvall. »Ich war bei Justins Geburt nicht dabei.«

»Du warst nicht dabei?«, sagte Ann Charlotte.

»Können wir bitte die Diskussion verkürzen«, sagte Silvia.

»Ich enthülle jetzt mein großes Geheimnis«, sagte Duvall. »Ich kann kein Blut sehen.«

»Schluss jetzt, sonst werde ich wirklich böse«, sagte Silvia. »Wer wird bei der Geburt dabei sein?«

»Also gut«, sagte Duvall, »ich versuche es. Aber wenn's nicht geht, gehe ich raus.«

»Einverstanden«, sagte Silvia.

Neue, stärkere Schmerzwellen. Schmerzsturmflut. Atmete irgendwie, ob mit Bauch oder ohne, erinnerte sich nicht. Erinnerte sich, dass sie Guidos Hand presste. Erinnerte sich, dass sie – aber erinnerte sich nicht, wann der Wechsel geschehen war – nicht mehr Guidos, sondern Eriks Hand presste. Und erinnerte sich dann wieder, dass die Zwillinge auf ihrem Bauch lagen und rechts neben dem Bett Guido und links Erik stand. Und dann war's nach Hause gegangen, aber was heißt nach Hause, wo war das Zuhause jetzt? Im Auto von Erik war's jedenfalls fort vom Krankenhaus gegangen, und dann waren sie in seiner Wohnung eingetroffen, natürlich mit den Zwillingen. Das hatte sie schon kapiert, nein, nicht kapiert, wusste sie, genau, sie würde die nächsten Jahren immer mit den Zwillingen sein, auch und vor allem körperlich.

Da kam sie also in Eriks Wohnung an, mit den Zwillingen, und woran sie sich noch in all ihrer Müdigkeit und Erschöpfung erinnerte, waren die Gesichter von Thomas und Zoe. Dass die nämlich strahlten, als sie die Zwillinge erblickten. Und erst recht, als sie sie auf den Arm nahmen, vorsichtig, sehr vorsichtig.

Ein Wunder, o ja!

Windeldiskurs

Ann Charlotte stillte Magdalena. Zoe hatte Josef auf dem Arm. Thomas sprach vom Hertha-Spiel heute Abend. Und Erik kümmerte sich um den Kaffee. Gleich würden noch Arthur und Guido Duvall vorbeischauen. Vielleicht auch eine Carol und ein Eckhard mit ihrem Sohn Henry Balthasar. Was war das? Ein Witz? Eine Idylle? Eine Fata Morgana? Ann Charlotte stillte jetzt Josef. Und Zoe nahm Magdalena. Und Thomas fragte seinen Vater, ob sie vor dem Hertha-Spiel eine Pizza essen gehen könnten.

»Aber klar«, sagte Erik und lächelte.

»Gehen wir nach dem Frühstück in den Volkspark?«, schlug Ann Charlotte vor.

»Ich bin dabei«, sagte Zoe. »Mama, kommst du auch mit?« *Mama*! Wann hatte Zoe zuletzt *Mama* gesagt? Mit zehn Jahren? Mit elf?

»Ich komme auch mit«, sagte sie. »Entschuldigt mich, bitte, bin sofort wieder da.«

Marion konnte gar nicht schnell genug auf die Toilette kommen, aber nicht wegen Durchfall. Oder schon Durchfall, aber eine Art seelischen Durchfalls. Wie sie jetzt weinte, seit Jahren hatte sie nicht mehr so geweint. Und wie der Knoten im Hals sich löste. Jahrelanger Knoten im Hals, ein Wunder, dass sie überhaupt hatte schlucken können, und jetzt war er einfach weg. Den hatte selbst Kris Kristofferson nicht lösen können. Sie zum Weinen bringen können, das hatte er geschafft. Wenn sie *Sunday Morning Coming Down* hörte, waren die Tränen nur so geflossen. Es war für sie ein Ritual geworden, nach dem Sonntagsfrühstück mehrmals hintereinander sein *Sunday Morning Coming Down* zu hören. Ohne Kris Kristofferson hätte sie sich wahrscheinlich die Pulsadern aufgeschnitten. Oder Erik das Brotmesser in den Bauch gerammt. Und Zoe mit kochendem Wasser verbrüht. Und jetzt war dieser Sonntagmorgen da, noch schöner als erträumt.

Was war passiert? Ja, wenn sie's hätte sagen können, da hätte sie ja gleich einen Ratgeberbestseller schreiben können. Gut, sie hatte Schreker verlassen. War zurückgekehrt nach Berlin. War in dieselbe Wohnung eingezogen, in der ihr Mann mit seiner Geliebten, die gleichzeitig ihre beste Freundin war, lebte. Hätte sicher nicht jede gemacht. Hatte die ersten Nächte auf der Couch im Wohnzimmer geschlafen, was auch nicht jederfraus

Sache gewesen wäre. Und hatte auf Zoes Frage, ob sie Schreker gebumst habe, ganz ruhig geantwortet: »Ja. Und es war sehr schön.«

»Und warum bist du zurückgekommen?«

»Weil mein Platz hier ist.«

»Wenn du meinst.« Dann hatte sie angefangen, die Wohnung zu putzen. Hatte zwei Tage gedauert, bis die letzten Spinnweben entfernt waren. Kaufte ein, kochte und aß die ersten Tage allein, bis sich Ann Charlotte dazugesellte.

»Soll nicht ich auf der Couch schlafen?«

»Du mit deinem Bauch? Kommt nicht in Frage.«

»Es ist dein Bett und dein Mann. Das habe ich nicht vergessen.«

»Wenn die Zwillinge da sind, hätte ich mein Bett gern wieder. Den Mann kannst du behalten.« Was die Wahrheit war. Keine Liebe mehr für Erik, aber jetzt, seit der Rückkehr, auch kein Hass. Grandioser Irrtum, ihre Ehe, was nicht hätte passieren dürfen, was aber passiert war. So einfach war das und so kompliziert.

Und auf einmal hatte sich Zoe mittags dazugesetzt.

»Ist noch was übrig?«

»Es ist genug für alle da. Auch für deinen Bruder.«

»Ich weiß nicht, was mit Thomas los ist. Mit mir redet er auch nicht mehr.«

»Wird schon wieder werden.« Sie schenkte Zoe ihre Video- und ihre Fotokamera. Die Erzählungen hatte sie schon in Provincetown verbrannt. War ihr wie eine Befreiung vorgekommen. Jahrelang den Künstlerträumen nachgejagt, und wie leicht es fiel, sie aufzugeben. Seit ihrer Rückkehr ging sie einmal die Woche zu einer Therapeutin. Die hatte sie das letzte Mal gefragt: »Wovor haben Sie die größte Angst, Frau König?«

»Die größte Angst?«

»Sie haben über die Ängste Ihrer Kinder gesprochen … die Angst vor dem Karriereabsturz bei Ihrem Mann. Jetzt frage ich: Wovor haben Sie Angst?«

»Vor Spinnen.«

»Und?«

»Vor einer schweren Krankheit.«

»Das meine ich nicht. Davor haben wir alle Angst. Haben Sie Angst, allein zu sein? Angst vor Kontrollverlust?«

»Ich muss einen Moment nachdenken.« Der Moment dauerte eine Viertelstunde.

»Und?«, fragte die Therapeutin. »Die Stunde ist gleich zu Ende. Haben Sie eine Antwort gefunden?«

»Können wir bei der nächsten Sitzung darüber sprechen?«

»Sie schwitzen ja. Ist Ihnen nicht gut?«

»Ich habe seit dem Frühstück nichts mehr gegessen.«

»Sie zittern ja. Ist wirklich alles in Ordnung mit Ihnen?«

»Bin nur unterzuckert.«

Auf der Straße wäre sie fast zusammengesackt. Aber nicht wegen Unterzuckerung, sie hatte vor der Sitzung noch ein Stück Kuchen gegessen. Es war wegen der Antwort. Sie wusste die Antwort. Ihre Angst … ihre größte Angst war … nein, es war peinlich, es nur zu denken. Stellte auf einmal ihr ganzes Leben in Frage. Und doch, es musste sein. Ihre größte Angst war … ja … nun … eine Spießerin zu werden! Wo sie die Spießer immer nur in den anderen gesehen hatte. *Spießer, das sind nicht die anderen, das bist du selber!* Von wem stammte das noch mal? Arthur? Bei ihm traf es ja auch zu, aber bei ihr?

Und ab in den Volkspark zum Picknick, obwohl es schon Oktober war. Aber goldener Oktober mit gemeldeten zweiundzwanzig Grad. Zoe schob den Kinderwagen mit den Zwillingen, Thomas hatte sich bei Erik untergehakt, Ann Charlotte plauderte mit Arthur, Guido Duvall mit Eckhard und sie mit Carol. Henry Balthasar wurde abwechselnd von Eckhard und Arthur geschoben. Konnte sich kaum auf das konzentrieren, was Carol sagte, weil sie so glücklich war. Am liebsten wäre sie etwas abseits gegangen, um zu betrachten und zu begreifen. Um die Bilder abzuspeichern. Um dieses Glück ein für allemal festzuhalten und nie mehr loszulassen. Mein Gott, sie hatte jetzt dieses *Goldene-Blatt*-Gefühl, diesen *Neue-Post*-Zustand. Mein Gott, sie hätte jetzt wieder losheulen können. Brauchte nur Zoe anzulächeln, und wenn Zoe dann zurücklächelte, und Zoe lächelte zurück – Zoe hatte während der zwanzig Minuten, die sie inzwischen unterwegs waren, bestimmt an die fünfzehnmal zurückgelächelt! – , dann stand sie wieder kurz vor dem Dammbruch. Vor achtzehn oder neunzehn Jahren aus dem Paradies vertrieben worden, jahrelang durch Wüsten geirrt und keinen Moses dabei, der den Weg wies, von Jahwe ganz zu schweigen, und jetzt, noch wenige Minuten bis zum Volkspark, winkte die Wiederaufnahme ins Paradies.

Da war auf einmal Arthur an ihrer Seite, der ihr ins Ohr flüsterte: »Ich habe dich vermisst, Liebling.«

»Habe ich richtig gehört? Hast du soeben *Liebling* zu mir gesagt?«

»In der Tat, mein Schatz.«

»Schatz? Du hast das Wort immer gehasst.«

»Jetzt hasse ich es nicht mehr, Schatzi!«

»Sogar Schatzi. Wo ist dein Schatzihass geblieben?«

»Überwunden, Marion.«

»Ein Wunder, Arthur!«

»Ich glaube, ich liebe dich noch immer.«

»Noch immer? Hast du mich denn je geliebt?«

»Das weißt du nicht?«

»Ich habe es nicht gespürt.«

»Nie?«

»Sagen wir: selten.«

»Kommst du heute Abend zu mir? Ich koche für uns.«

»Du kochst? Du hast nie gekocht, wenn ich bei dir war. Entweder habe ich gekocht, oder du hast den Pizza-Service angerufen.«

»Ich habe auch manchmal Thai-Food kommen lassen.«

»Stimmt.«

»Aber heute Abend koche ich für uns.«

Wäre sie jetzt nicht in diesem ... nein, nicht *Neue-Post*-Zustand, in der *Neuen Post* gab es zu viele Geschichten mit Schicksalsschlägen ... eher *Gala*-, ja *Bunte*-, wenn nicht gar *Brigitte*- beziehungsweise *Cosmopolitan*-Zustand gewesen, jedenfalls in dieser Mischung aus Selbstbewusstsein und purem Glücklichsein, nun, das Arthur-Intermezzo hätte eine Eintrübung bedeuten können. War ja nicht nur glücklich gewesen, die Zeit mit Arthur. War ja im Grunde genommen überhaupt nicht glücklich gewesen, die Zeit mit Arthur, das heißt, schon ein bisschen glücklich, aber gab es das überhaupt, ein bisschen glücklich? Hatte sie als Frau von siebenundvierzig Jahren nicht endlich ein Anrecht auf das volle und uneingeschränkte Glücklichsein? Und, das spürte sie in ihrem *Cosmopolitan*-Zustand ganz, ganz deutlich, das Glück wartete nicht auf einen, das Glück musste frau sich nehmen.

Zoe hatte den Kinderwagen mit den Zwillingen an Thomas übergeben und war an ihre Seite gekommen.

»Ich habe gestern Abend die Fotoalben durchgeschaut«, sagte Zoe. »Die mit den Kinderfotos.«

»Das müssen ja zwanzig und mehr Alben sein.«

»Vierunddreißig, ich habe sie gezählt. Es sind ganz viele Fotos von mir und Thomas im Volkspark dabei.«

»Wir sind damals jeden Sonntag mit euch in den Volkspark gekommen. Und nicht nur sonntags, auch oft während der Woche. Der Volkspark ist euer zweites Zuhause gewesen.«

»Deshalb habe ich den Volkspark immer gemocht.«

»Wir haben damals ganz in der Nähe des Volksparks gewohnt. Fünf Minuten zu Fuß, und wir waren im Volkspark. Im Volkspark habt ihr das Laufen gelernt.«

»Es gibt auch viele Fotos von dir und Papa.«

»Natürlich.«

»Auf einigen seht ihr beide sehr, sehr glücklich aus.«

»Das waren wir wohl auch.«

»Es gibt Fotos, wo wir alle vier drauf sind.«

»Die haben Freunde gemacht oder der Opa.«

»Ich wollte sagen, die Fotos zeigen eine glückliche Familie.«

»Zoe, mein Schatz, wir waren auch einmal eine glückliche Familie.«

»Warum haben wir das nicht bleiben können?«

»Zoe, manchmal ist das Leben … wie soll ich sagen … Du weißt selbst, wie das Leben manchmal …«

»Mama, du weinst ja … nicht weinen … Mama, komm, ich halte dich fest! Ganz, ganz fest!«

Endlich angekommen im Volkspark, mit knapper Not dem Ertrinken entronnen. Trotz verschwommener Augen konnte sie sehen, wie saftig grün die Wiese war. Im Frühling, da war die Wiese noch braun gewesen. Es musste hier, während sie auf Cape Cod gewesen war, viel geregnet haben. Dachte an Schreker, der auf Cape Cod geblieben war. An Schreker zu denken half beim Tränenzurückdrängen. Und Guido Duvall zuzuschauen, wie er die Decken auf die Wiese legte, die Zwillinge und Henry Balthasar aus den Kinderwagen hob und Ann Charlotte, Zoe und Carol in die aufnahmebereiten Arme legte. Und dann tranken sie Prosecco, Apfelsaftschorle, Bier, Rotwein, Kaffee, Tee. Aßen Mozzarellasticks, Oliven, getrocknete Tomaten, Dörrmischobst, Croissants, Bagels. Erik, Arthur, Guido Duvall und Thomas spielten Fußball, Erik und Arthur bildeten das eine Team, Guido Duvall und Thomas das andere. Guido Duvall und Thomas gewannen.

Zoe griff zu dem Buch, das Arthur mitgebracht hatte, *The moviegoer*. Hatte sie auch schon drin gelesen, musste zwei oder drei Jahre her sein, zu Ende gelesen hatte sie es nicht. War ein schönes Bild jetzt, wie Magdalena und Henry Balthasar auf der Decke schliefen. Wie Carol ihren Sohn anschaute. Wie Ann Charlotte Josef die Windel wechselte. Wie Zoe beim Lesen wohlig seufzte. Wie Arthur Erik auf die Schulter klopfte. Wie Guido Duvall Thomas zu seinen Toren gratulierte. Wie Erik Thomas umarmte. Wie Guido Duvall im Spaß mit Arthur zu ringen anfing. Und noch immer goldener Oktober, gefühlte fünfundzwanzig, sechsundzwanzig Grad. Samtweiche Luft, leichter Wind, mehr Windhauch als Wind.

Und dann, dann schloss das Paradies seine Pforte. Einfach so. Wenn sie ihre Frage noch hätte zurücknehmen können, vielleicht wäre dann alles anders gekommen. Aber so. Sie fragte Ann Charlotte, die noch immer beim Windelwechseln und offenbar nicht die Geschickteste war: »Welche Windeln nimmst du denn?«

Ann Charlotte schaute kurz auf, möglicherweise verwundert über die Frage, und fragte zurück: »Welche Windeln?«

Hier hätte Marion die Sache auf sich beruhen lassen können, oder einfach sagen: »Vergiss es, Ann Charlotte, war nicht so wichtig.« Doch stattdessen sagte sie: »Ich habe früher immer Pampers genommen. Aber eine Freundin von mir meinte kürzlich, die Windeln bei Lidl wären die besten.«

»Die sind nicht von Pampers«, sagte Ann Charlotte. »Und bei Lidl habe ich sie auch nicht gekauft. Ich kaufe überhaupt nicht bei Lidl.«

»Boykottierst du Lidl?«, schaltete sich Carol ein.

»Nein, boykottieren wäre zuviel gesagt. Ich kaufe bei Lidl alle drei, vier Wochen meinen Vorrat an Kaugummi. Aber eigentlich hasse ich Lidl. Auch Aldi.«

»Ich boykottiere Lidl«, sagte Carol. Jetzt hätte sie Carol fragen können, warum, und das Gespräch hätte wahrscheinlich eine ganz andere Richtung genommen, eine politische möglicherweise, eine gesellschaftspolitische, und da hätte sich gerade Ann Charlotte schön einbringen können. Aber nein, sie musste weiter auf dieser lächerlichen Windelfrage herumreiten, als ob Windeln ihr Hauptinteressengebiet wären. Waren sie jetzt nicht und waren sie auch früher nie gewesen. Ein Teufel musste sie in dem Moment geritten haben, der Windeldiskursteufel.

»Wenn ich dir einen Rat geben darf, Ann Charlotte, die Windeln von Pampers sind wirklich am saugfähigsten.«

Da schaute Ann Charlotte ein zweites Mal auf, während Josef zu schreien begann. Von Josefs Schreien aufgeweckt, begann Magdalena ebenfalls zu schreien. Es dauerte höchstens eine Minute, bis Henry Balthasar aufwachte, und höchstens fünf weitere Sekunden, bis er ebenfalls zu schreien begann. An diesem Punkt wäre die Eskalation noch aufzuhalten gewesen. Sie hätte bloß diesen lächerlichen Windeldiskurs beenden müssen. Oder, besser noch, sie hätte sich um die schreiende und weinende Magdalena kümmern sollen, denn Ann Charlotte war noch immer damit beschäftigt, dem schreienden und weinenden Josef die Windel zu wechseln; war wirklich nicht die Geschickteste, die arme Ann Charlotte, aber gerade deswegen hätte sie ihr ja helfen sollen.

Carol hatte inzwischen Henry Balthasar die Windel gewechselt, und der hatte auch gleich aufgehört mit Weinen und Schreien, was Ann Charlotte unter noch größeren Druck setzte, das Wickeln endlich abzuschließen. Aber weit davon entfernt, Ann Charlotte fluchte, weil von der Windel offenbar der Klebeverschluss abgegangen war. Und sie, Marion, hatte nichts Besseres zu tun als zu sagen: »Ann Charlotte, unter Freundinnen, ich kann dir Pampers wirklich empfehlen. Da geht der Klebeverschluss nicht ab, und in der Handhabung sind die kinderleicht.«

»Ich habe genug von deinem blöden Windelgequatsche«, sagte Ann Charlotte.

Ruhig sagte Ann Charlotte das, und hätte Marion jetzt den Windeldiskurs mit einem Witz abgeschlossen, und wäre es der allerblödeste gewesen, die Geschichte wäre möglicherweise nicht aus dem Ruder gelaufen. Aber nein, sie schoss gleich zurück: »Entschuldige bitte, Ann Charlotte, was heißt denn hier *blödes Windelgequatsche*? Ich will dir doch nur helfen! Ich sehe doch, dass du ein wenig überfordert bist.«

»Überfordert? Ich? Ich bin unterfordert, Marion, nicht überfordert! Unterfordert von deinem geistlosen Gequatsche! Wenn du dir selber zuhören könntest, Marion, was du für einen Brei dahersabberst, du würdest das Kotzen kriegen. *Ich*, Marion, ich könnte jeden Moment kotzen, und wenn ich endlich mit dieser vollgeschissenen Windel durch bin und auch die vollgeschissene Windel von Magdalena gewechselt habe, werde ich kurz durchatmen. Und dann, Marion, ich versprech's dir hiermit hoch und heilig, dann, dann werde ich kotzen!«

»Was ist denn auf einmal mit euch los?«, fragte Carol.

»Mit mir ist alles in Ordnung«, sagte Marion, »aber Ann Charlotte hat offenbar ein Problem. Seit zehn Minuten versucht sie schon, dem armen Josef die Windel zu wechseln. Das sieht eher nach Kindesmissbrauch denn Windelwechseln aus. Und wie die arme Magdalena in ihrer Scheiße liegt und weint und schreit, das sieht mir verdammt nach Kindesvernachlässigung aus.«

»Das Problem mit Marion ist«, sagte Ann Charlotte, »dass sie eigentlich gar keine Kinder haben wollte. Sie wollte Schriftstellerin werden. Aber sie hat nie kapiert, dass Schreiben mit Arbeit und Disziplin zu tun hat. Und natürlich Talent! Nachdem sie zwischenzeitlich auch Malerin, Regisseurin, Bildhauerin, Videokünstlerin, Performerin und so weiter werden wollte und es aber aus denselben Gründen wie bei der Schriftstellerei nicht geworden ist, ist sie halt Mutter geworden. Mutter zu werden ist nicht so schwer, Mutter sein dagegen sehr.«

»Wenn ich deinen Vortrag mal unterbrechen darf, Ann Charlotte, letzteres sieht man gerade bei dir.«

»Ich verstehe nicht, was mit euch los ist«, sagte Carol. »Eben war doch noch alles schön und friedlich. Und jetzt redet ihr wie Furien.« Carol nahm Henry Balthasar auf den Arm und ging zu den anderen. Ann Charlotte sagte: »Du hasst mich, Marion, stimmt's?«

»Ich dich?«

»Du hast mich immer gehasst. Du warst immer neidisch auf mich. Weil ich das gemacht habe, was ich wollte, und du nicht.«

»Küchenpsychologie!«

»Aber manchmal stimmt sie. Ich habe das gemacht, was ich wollte, und hatte auch noch Erfolg. Das war zuviel für dich!«

»Hörst du nicht, wie der arme Josef wimmert?«

»Bald wirst du ganz allein sein. Zoe ausgezogen, Erik fort, bleibt Thomas. Du wirst dich an Thomas klammern, du wirst all deine verlorenen Hoffnungen auf Thomas übertragen. Der arme Thomas! Er wird unter deinen Erwartungen zusammenbrechen.«

»Und Josef und Magdalena werden schwer traumatisiert sein, wenn sie nicht endlich saubere Windeln bekommen.«

»Was wirst du in zehn Jahren machen? In Straßencafés hocken und Milchkaffee schlürfen? Gebeugt über ein so genanntes *gutes* Buch? Wirst nach abgehalfterten Künstlern Ausschau halten und versuchen, sie mit deinem pseudointellektuellen Gequatsche zu ködern! Wirst ihnen von deinen angeblich so wilden Zeiten in Paris und Rom vorschwärmen, und wie du damals an deinem großen Roman geschrieben hast!«

Marion stand auf und verpasste Ann Charlotte eine Ohrfeige. Und wickelte Josef zu Ende.

»Finger weg von meinem Kind!«, schrie Ann Charlotte. Marion verpasste ihr weitere Ohrfeigen, bis Ann Charlotte taumelte und ins Gras fiel. Wo Ann Charlotte praktischerweise so lange liegen blieb, bis Marion auch Magdalena gewickelt hatte. Kaum konnte Ann Charlotte wieder stehen, bekam sie weitere Ohrfeigen, aber jetzt wehrte sie sich mit Fäusten und Tritten. Und Worten: »Ich bringe dich um, Marion!«

Marion hatte, anders als früher bei Zoe und Erik, nicht den Wunsch, Ann Charlotte umzubringen, sondern sie nur zu ohrfeigen. Und das tat sie, weil das so gut tat. Sie hätte Ann Charlotte gern noch weiter geohrfeigt, aber Arthur hinderte sie daran. Versuchte sie daran zu hindern und fing sich dabei selber Ohrfeigen. Waren jetzt schon drei, die sie am Ohrfeigen hinderten: neben Arthur auch Erik und Thomas. Und Carol, Guido Duvall und Zoe hielten Ann Charlotte fest. Eckhard hatte Henry Balthasar auf dem Arm und versuchte die Zwillinge zu beruhigen. Irgendwie gelang es ihr, sich loszureißen und Ann Charlotte mitten ins Gesicht zu spucken. War noch befriedigender als sie zu ohrfeigen.

Volkshochschulleitbildbeauftragter

König feierte heute seinen vierundfünfzigsten. Oder fünfundfünfzigsten? Vierundfünfzigsten, aber komisch, einen Moment nach dem Aufwachen war er sich nicht sicher gewesen. Was hieß überhaupt *feierte*? War ja niemand mehr da, mit dem er hätte feiern können. Marion war vor drei Tagen ausgezogen und vorletzte Woche bereits Ann Charlotte mit den Zwillingen. Hatte sich zurück in dieses Südtiroler Bergbauernnest geflüchtet, wo sie aufgewachsen war.

»Und was wird aus uns?«, hatte er sie gefragt, bevor sie ins Taxi stieg.

»Weiß nicht. Brauche Zeit zum Nachdenken. Du kannst mich ja besuchen kommen.« Auch Marion hatte bei ihrem Auszug gesagt, sie brauche Zeit zum Nachdenken. Gestern hatte er in der Zeitung gelesen, dass man sich unter Umständen beim Zahnarzt dem Leben besser gewachsen fühle als auf seiner eigenen Geburtstagsparty.

Es war schon acht, und er lag noch immer im Bett, obwohl in einer Stunde sein Kurs begann. Kopieren musste er auch noch, und wenn er erst um Viertel vor neun im Dozentenraum aufkreuzte, gab's sicher eine Kopierschlange. Ein Blick aus dem Fenster, goldenes Oktoberwetter, dabei war Mitte November. Seit sechs Wochen goldenes Oktoberwetter, und sosehr er dieses goldene Oktoberwetter nach dem eher verregneten Sommer geliebt hatte, mittlerweile konnte er es nicht mehr sehen. Wünschte sich schmuddeliges, graues, deprimierendes Novemberwetter. Weltuntergang wäre jetzt nicht schlecht. Oder Bombenanschlag auf die Volkshochschule, oder wenigstens Bombenwarnung mit anschließender Evakuierung.

Und wenn er wieder einen Terroralarm auslöste? Hatte vor Monaten geklappt, würde jetzt wieder klappen. Könnte er sich doch ein schönes Geschenk zu seinem Geburtstag mit machen. Wäre wahrscheinlich das einzige Geschenk, denn Zoe hatte schon letztes Jahr seinen Geburtstag vergessen. Thomas sowieso. Obwohl Thomas wieder mit ihm sprach, war er noch nicht ganz über den Berg. Und die Situation war nach Marions und Ann Charlottes Auszug wieder fragil. Besonders fehlten die Zwillinge.

Telefon.

»Möllenkötter hier!«

»Ich weiß. Niemand anderer würde es wagen, mich um acht in der Früh anzurufen!«

»Gestern habe ich es am Nachmittag probiert, da waren Sie nicht da.«

»Da habe ich unterrichtet.«

»Vorgestern habe ich es am Vormittag probiert. Waren Sie auch nicht da.«

»Auch da habe ich unterrichtet. Und gleich werde ich wieder unterrichten.«

»Haben Sie Neuigkeiten von Ann Charlotte?«

»Nein. Und das sage ich Ihnen mittlerweile seit zwei Wochen. Rufen Sie sie doch selber an!«

»Sie geht nicht an ihr Handy.«

»Bei mir geht sie auch nicht ran.«

»Haben Sie irgendwelche Veränderungen bei ihr bemerkt?«

»Veränderungen?«

»Ja, ich meine, ich kenne Ann Charlotte seit sieben, acht Jahren, aber dass sie sich vollkommen zurückzieht, das habe ich bei ihr noch nie erlebt.«

»Sie hat Zwillinge bekommen.«

»Das weiß ich, aber –«

Liebte König Ann Charlotte? Liebte sie ihn? Er erinnerte sich noch, als Ann Charlotte aus New York angerufen hatte. Als er zuerst gedacht hatte, sie wolle mit Marion reden. Wo sie dann aber mit ihm hatte reden wollen. War schön gewesen, vielleicht das Schönste an ihrer Geschichte, weil so unverhofft. Ein Wunder. Und dann, dann war irgendwie wieder der Alltag eingebrochen. Und Alltag war, dass Zoe kein Frühstück vorbereitet hatte. Saß da auf dem Stuhl und starrte aus dem Fenster.

»Hast du Kummer?«, fragte er und hoffte, sie würde antworten, nein, bin nur ein bisschen müde.

Aber Zoe fragte: »Hast du in meinem Alter an Selbstmord gedacht?« Hatte er, und zwar oft, und auch an Mord hatte er gedacht, das halbe Schulkollegium, seine Eltern, Dutzende von so genannten Schulkameraden hatte er auf seiner schwarzen Liste gehabt.

»Zoe, vielleicht sollten wir doch einen Psychologen aufsuchen.«

»Will zu keinem Seelenklempner.«

»Ist es noch wegen Ansgar?«

»Ansgar? Wer ist Ansgar?«

»Oder Schreker?«

»Ich habe keinen Liebeskummer, wenn du das meinst.«

»Sondern?«

»Lebensekel. Weltabscheu.«

»In deinem Alter?« Hatte er in ihrem Alter auch gehabt. Und hatte er jetzt in seinem Alter, besonders heute, an seinem Geburtstag. Beneidete sie geradezu um ihre Situation. Perverser Gedanke, entsprach aber leider der Wahrheit. Denn würde sich Zoe umbringen, würde man denken: So jung, so schön, so talentiert, eine Tragödie! Bei ihm dagegen: Frau weg, Geliebte weg, Anstellung weg, was ist ihm anderes übrig geblieben?

»Schläft Thomas noch?«

»Weiß nicht.«

»Hat er heute keine Schule?«

»Doch.«

»Und du?«

»Ich bleibe heute zu Hause.«

Er war zu schwach, um Widerstand zu leisten. Wäre ja selber am liebsten zu Hause geblieben. Wenn jetzt wenigstens, als kleine Verbeugung vor seinem Geburtstag, die Verdauung funktioniert hätte, aber nein, es kam wieder nichts. Und sein Gesicht, mein Gott, wie grau das war. Wenn jetzt Marion angerufen hätte, um ihm zu gratulieren. Und Ann Charlotte. Aber vielleicht riefen sie erst am Abend an. Aber, verdammt noch mal, warum konnten sie nicht *jetzt* anrufen? Jetzt hätte er ihre Anrufe gebraucht, am Abend könnte er schon tot sein.

War ihm nie wichtig gewesen, sein Geburtstag, aber jetzt war er traurig, dass niemand anrief. Sie wussten doch, dass er gleich in die Volkshochschule musste, Vormittagskurs, dann kurze Mittagspause, die, wenn er sie im Dozentenraum verbrachte, ihm die Laune, falls er nach den drei Stunden Unterricht noch eine hatte, restlos zerstören würde, dann Nachmittagskurs, dann wieder kurzer Aufenthalt im Dozentenraum, und dann, hätte er eine Heckler & Koch bei der Hand, Kopfschuss. Marion und Ann Charlotte mussten doch wissen, dass er es heute gar nicht in die Volkshochschule schaffte, wenn sie jetzt nicht …

König setzte sich neben das Telefon und wartete, dass es klingelte. Würde es nicht klingeln, würde er weiter warten. Spätestens in einer halben Stunde würde es klingeln, es wäre die Volkshochschule, um zu fragen, wo er bleibe. Thomas kam aus dem Badezimmer getrottet und fragte: »Was machst du denn hier?«

»Ich warte.«

»Auf was?«

»Dass das Telefon klingelt.«

»Cool.« Thomas trottete weiter in die Küche. Kurz darauf kam Zoe.

»Stimmt mit dir was nicht?«

»Ich warte darauf, dass das Telefon klingelt.«

»Papa, ich mache mir Sorgen.«

»Und ich habe heute Geburtstag, verdammt noch mal!« Er sprang auf und schrie: »Ich habe heute Geburtstag. Ich werde vierundfünfzig. Dreiundfünfzig beschissene Jahre habe ich schon hinter mich gebracht, warum gratuliert mir nicht endlich jemand dazu?!«

Zoe umarmte ihn, hielt ihn fest, küsste ihn. Sagte: »Tut mir leid, ich kann mir Geburtstage einfach nicht merken.«

»Aber deinen habe ich mir immer gemerkt.«

»Herzlichen Glückwunsch, Papa! Du bist der beste Papa auf der ganzen –«

»Hör schon auf!«

Auch Thomas kam jetzt aus der Küche und gratulierte. Fühlte sich jetzt ein, zwei Minuten wirklich gut und glaubte schon, er würde es in die Volkshochschule schaffen, aber als er sich gerade anziehen wollte, überkam ihn wieder diese grenzenlose Unlust. Dieser fundamentale Volkshochschulekel! Wenn er wenigstens Programmleiter geblieben wäre, er würde es jetzt ohne Probleme in die Volkshochschule schaffen. Und wenn er erst Volkshochschulleiter geworden wäre! Dachte einen Moment an den Wichsausweg, aber half nicht. Hatte er bislang noch selten erlebt, er steckte also wirklich in einer verschärften Krise.

Es war schon fünf vor neun, um neun begann der Kurs. Er starrte auf das Telefon, aber dieses Telefon, das schon so oft geklingelt hatte, das zu den unmöglichsten und ungelegensten Zeiten geklingelt hatte, es klingelte jetzt einfach nicht. Und klingelte jetzt doch.

»Ich bin's noch einmal«, sagte Möllenkötter. König wollte schon den Hörer auf den Boden werfen, beherrschte sich im letzten Moment.

»Haben Sie zufällig die Telefonnummer von Ann Charlottes Eltern?«

»Nein. Aber ich habe heute Geburtstag.«

»Dann gratuliere ich Ihnen sehr herzlich. Und feiern Sie schön. Bis bald.« Wieder klingelte das Telefon.

»Dr. Werner Maybach ist mein Name. Ganz herzlichen Glückwunsch zum Geburtstag, Herr Dr. König.«

»Vielen Dank, Herr Dr. Maybach … Äh, wenn Sie mir noch verraten würden, wer Sie sind.«

»Guter Scherz, Herr Dr. König, man hat mir von Ihrem trockenen Humor bereits berichtet.« Richtig, jetzt fiel es ihm wieder ein, Dr. Maybach war der neue Volkshochschulleiter. Er bat König, in sein Büro zu kommen. Und der Vormittagskurs? Kein Problem, Dr. Maybach würde ihn für heute absagen. Desgleichen den Nachmittagskurs.

»Die Studenten werden es verschmerzen können«, sagte Dr. Maybach.

»Haben Sie gerade *Studenten* gesagt?«

»Seit ich als Dozent bei der Volkshochschule Charlottenburg begonnen habe, und das war vor achtundzwanzig Jahren, sage ich *Studenten*. Ich habe von der Sprachregelung *Kursleiter-Kursteilnehmer* nie etwas gehalten.«

Da war die Energie, da war der Schwung. Größer, als wenn Marion oder Ann Charlotte angerufen hätten. Er schwang sich aufs Rad und erreichte zehn Minuten später die Volkshochschule. Gewöhnlich brauchte er eine Viertelstunde. Die Kurz-Kowalski ging gerade die Treppe hoch. Sah ihn und schaute auf die Uhr und wollte etwas sagen, aber da war König schon im Gebäude verschwunden. Maybach empfing ihn mit Champagner.

»Auf Sie, Herr Dr. König!«

»Auf die Volkshochschule, Herr Dr. Maybach!«

»Auf das Leitbild der Volkshochschule, Herr Dr. König. Setzen Sie sich doch! Ich möchte gleich zur Sache kommen. Könnten Sie sich vorstellen, Herr Dr. König … entschuldigen Sie bitte den Ausdruck, er stammt nicht von mir … Volkshochschulleitbildbeauftragter zu werden?«

»Ich?«

»Worauf ich hinaus will: Das Leitbild der Volkshochschule, und nicht nur das der Volkshochschule Großfelde-Marienrade, hat gelitten in den letzten Jahren.«

»Zweifellos.«

»Ich will unsere Erfolge keineswegs kleinreden, aber es gibt noch eklatante Mängel. Wir waren immer stolz auf unsere Toleranz und Offenheit. Bildeten ein Forum für das Gespräch zwischen Andersdenkenden. Wollten verantwortungsvoll miteinander umgehen und Entscheidungsprozesse durchsichtig machen, Mitwirkung ermöglichen und noch vieles mehr. Ich frage Sie, ist das noch immer unser Leitbild?«

»Meines schon, aber wenn ich mir da manche meiner Kollegen und Kolleginnen anschaue –«

»Sie haben vollkommen recht. Die Realität sieht leider so aus, dass an der Volkshochschule nordkoreanische Verhältnisse herrschen. Keiner macht den Mund auf aus Angst, seinen Job zu verlieren.«

»Ich nenne einmal einen Namen, Herr Dr. Maybach. Einen Doppelnamen … k. und k., wenn Sie wissen, wen ich meine.«

König trank ein weiteres Glas Champagner. Dachte daran, dass er, seit er in Maybachs Büro war, nicht mehr an Ann Charlotte gedacht hatte. An Marion schon gar nicht. Auch nicht ans Wichsen. Er war in diesen Minuten so weit von jeder Wichsversuchung entfernt wie seit Jahren nicht mehr. Hätte ihn jetzt jemand gefragt, ob er ein glücklicher Mensch sei, er hätte gesagt: Ja, das bin ich! Und dieser Zustand ging noch weiter, denn Maybach sagte, dass in wenigen Minuten die Netzwerkfliese entfernt werde.

»Die Volkshochschule will sich nicht länger mit unverdienten Lorbeeren schmücken. Dank Ihrer Hartnäckigkeit und Unbestechlichkeit konnten wir den Skandal der unverdient verliehenen Netzwerkfliese aufdecken. Meine Vorgängerin hat unter fadenscheinigen Gründen die Evaluation ihrer eigenen Arbeit durch die Dozenten verhindert. Was, nebenbei, ein Hohn ist für eine Institution wie die Volkshochschule mit ihren antiautoritären Wurzeln. Vom demokratischen Leitbild ganz zu schweigen.« Maybach schaute auf die Uhr.

»Gleich kommt der Bezirksstadtrat.«

»Der Bezirksstadtrat?«

»Selbstverständlich. Er war bei der Übergabe des Gütesiegels und der Verleihung der Netzwerkfliese dabei, er wird auf meinen ausdrücklichen Wunsch hin auch bei der Aberkennung des Gütesiegels dabei sein.«

»Und was geschieht mit der Netzwerkfliese?«

»Frau Maier, die Erstgutachterin, wird ebenfalls dabei sein. Sie wird die Netzwerkfliese wieder mitnehmen und sie, falls wir bei der nächsten Qualitätstestierung erneut das Gütesiegel verliehen bekommen, und dann hoffentlich zu Recht, wieder mitbringen. Im Übrigen wird die Aberkennung, genauso wie es bei der Verleihung war, auf Video festgehalten, als warnendes Beispiel für die Zukunft!«

Tod

Stimmte schon, seit Wiederaufnahme der Dreharbeiten nuschelte Duvall. Die Heinrich-Brockmann-Aphasie nach dem zweiten Schlaganfall. Am dritten war Heinrich Brockmann gestorben. Stimmte schon, auch bei den Mahlzeiten trug er einen Hut. Und schlief in altmodischen Pyjamas. Stimmte auch, dass er nach Mottenkugeln stank. Aber musste deshalb die Simone einen großen Koffer für sich und einen kleinen für Justin packen?

»Ich mache das nicht noch mal mit«, sagte die Simone. »Ruf mich an, wenn die Dreharbeiten zu Ende sind. Dann ziehen wir wieder ein.« Und schwuppdiwupp waren die Simone und Justin fort. Und beide hatten ihn zum Abschied nicht mal geküsst.

Früher nie Verdauungsprobleme gehabt, aber jetzt bekam er sie selbst durch täglich eine Flasche Sauerkrautsaft plus zehn Esslöffel Leinsaat ins Joghurt plus eine ganze Packung Früchtewürfel nicht in den Griff. Musste jetzt wieder, aber konnte nicht. Aufgeblähter Bauch, mit dem er sein Hemd gar nicht hätte zuknöpfen können, mit dem er allerdings in Heinrich Brockmanns Hemden bequem hinein passte. Und nicht nur Verdauungsprobleme, sondern auch Migräneattacken. Wie Heinrich Brockmann. Und Ischiasbeschwerden. Vor Beginn der Dreharbeiten gar nicht gewusst, wo sich der Ischiasnerv befindet, mittlerweile war er ein regelrechter Ischiasnervexperte geworden. Nutzte aber nichts, denn bei Ischiasbeschwerden half nur Schonung, sprich Bettruhe. Aber das waren nur die körperlichen Beschwerden, schlimmer waren die … Wusste nicht, wie er sie nennen sollte. Schlief schlecht, träumte schlecht, aber schlimmer als die Nächte waren die Tage. Noch immer hatte er keinen Schluck Kaffee getrunken, weil die Hand so zitterte. Den halben Kaffee auf Tisch und Boden vergossen, das ja. Essen war auch schwierig. Das Brot zum Mund führen war schon eine große Anstrengung. Das Kauen die größte, ohne Sabbern ging es kaum noch. Er war jetzt erleichtert, dass ihm niemand zuschaute.

Plötzlich standen die Simone und Justin vor ihm. Er hatte weder Schritte noch Schlüsselgeräusche gehört. Komisch, früher hatte er ein so ausgezeichnetes Gehör gehabt. Was heißt früher, vor zwei Wochen noch.

»Igittigitt«, sagte Justin. »Schau, Mama, der Papa sabbert wie ein Baby.«

»Lass dich nicht stören«, sagte die Simone, »hab nur was vergessen, sind gleich wieder weg.«

»Nein, bleibt bitte! Ich brauche eure Hilfe.«

»Dann musst du dir auch helfen lassen!« Er entledigte sich des Heinrich-Brockmann-Outfits, und die Simone deckte den Frühstückstisch. Aber komisch, oder nicht komisch, nein, gar nicht komisch, gleich nach dem Frühstück meldete sich wieder dieser hinterhältige Horror Vacui. Seit Wiederaufnahme der Dreharbeiten hatte er Ruhe vor ihm gehabt, aber jetzt war er wieder da. Und stärker denn je, als hätte er einen großen Bruder mitgebracht.

»Was ist mit dir los?«, sagte die Simone. »Eben war noch alles so schön und jetzt …« Gab keine Worte dafür außer eben *Horror Vacui*. Aber würde die Simone das verstehen? Kannte man in Wien-Penzing überhaupt den Horror Vacui?

»Alles okay«, sagte er, »bin nur ein bisschen erschöpft von den Dreharbeiten.«

Der Horror Vacui begann ihn zu beschimpfen, und dessen großer Bruder boxte ihn in die Rippen. Verraten hast du mich, sagte der Horror Vacui, betrogen. Und der große Bruder nickte dazu, grinste feist und verteilte weitere Rippenstöße.

Das Zittern setzte wieder ein, als er die Kaffeetasse zum Mund führen wollte.

»Du zitterst wieder«, sagte die Simone.

»Ich sehe es«, sagte er.

»Was hast du gesagt?«, sagte die Simone.

»Ich sehe es, habe ich gesagt.«

»Du sprichst wieder so komisch«, sagte die Simone. »Bist kaum zu verstehen.« Und Justin, der auf seinem

Schoß gesessen hatte, kletterte eilig hinunter und flüchtete zu seiner Mama.

»Herrgottnochmal!«, sagte er. »Was starrt ihr mich denn alle so an? Habe ich etwa die Blattern?«

»Was sind Blattern?«, fragte Justin die Simone.

»Oder Aids. Habe ich etwa Aids?«

»Was ist Aids?«, fragte Justin.

»Nicht vor dem Jungen«, sagte die Simone.

»Stimmt doch«, sagte er. »Ich bin doch kein Aussätziger, ich bin Schauspieler.«

»Komm, wir gehen!«, sagte die Simone zu Justin. Und begann wieder die Koffer zu packen.

»Geht doch!«, sagte er. »Aber vorher verrate ich euch, wen ihr zurücklasst.«

»Was hat Papa gesagt?«, fragte Justin Simone.

»Ihr lasst den deutschen Robert de Niro zurück. Und in fünf Jahren, das kann ich euch jetzt schon versprechen, wird man Robert de Niro den amerikanischen Guido Duvall nennen!« Die Tür fiel ins Schloss und sein Kopf auf den Tisch. Wo er eine halbe Stunde liegen blieb, in einer immer größer werdenden Tränenlache. Da klingelte es, es war der Fahrer, der ihn zum Drehort bringen sollte.

»Alles in Ordnung?«, fragte der Fahrer.

»Mit mir ja, aber Sie sind zehn Minuten zu spät.«

»Der Verkehr.«

»Straßenverkehr?«

»Was soll das?«

»Alter Witz aus einer *Doktor-Markus*-Folge.«

»Selten so gelacht.« Sie blieben im Stau stecken und kamen eine halbe Stunde zu spät. Er schlüpfte in die Badehose und legte sich auf die Sonnenliege. Ariane legte sich auf die Sonnenliege daneben. Perlmann saß im Rollstuhl und hatte die Schlafbrille auf. Die Sonne schien, aber es war kalt, nur zehn Grad. Er fror nicht. Ariane fror und beschwerte sich, dass seine Hände beim Eincremen so kalt seien. Eine Assistentin brachte eine Schüssel mit warmem Wasser, in das er seine Hände eintauchen konnte. Arianes Rücken war auch kalt. Immer wieder musste die Aufnahme unterbrochen worden, um ihren Rücken und seine Hände zu wärmen.

Ein Aufschrei. War es Svenja Ratinger? Heidi Brockmann? Noch ein Aufschrei, von Arthur. Duvall sah, wie der Rollstuhl auf den Swimmingpool zurollte, nein, zuraste, nein, -flog, jedenfalls zu schnell für ihn, um den Rollstuhl zu fassen zu kriegen. Der jetzt ins Wasser stürzte, ins eiskalte Wasser, wie er, Sekunden später, beim Eintauchen selber spürte. Arthur war schon im Wasser, auch der Kameramann, auch ein Assistent, und es gelang ihnen, mit Hilfe anderer, die am Beckenrand standen, Perlmann ins Trockene zu bringen und seine Kleider zu wechseln. Da war auch schon der Rettungswagen. Perlmann atmete ruhig, vielleicht zu ruhig, aber Duvall war kein Arzt. Der Arzt machte ein optimistisches Gesicht. Arthur atmete nicht ruhig, sprang während der Fahrt mehrmals auf und griff sich an den Hals.

»Sie müssen durch die Nase einatmen, die Luft kurz anhalten und wieder durch die Nase ausatmen«, sagte der Arzt. Aber Arthur gelang es nicht, den Anweisungen des Arztes zu folgen. Er riss beim Atmen den Mund ganz weit auf.

»Sie hyperventilieren«, sagte der Arzt.

Traum

Vor dem Einsteigen vier Sandwichs erstanden. Vor dem Umsteigen in Hannover drei Sahnetörtchen und zwei Mürbekringel. Sofort nach der Ankunft in Braunschweig McDonald's gesucht und gefunden. Die eine Hand hielt den Big Mac, die andere hielt die Reisetasche. Und dann in den Bus eingestiegen, um zu diesem Kaff zu gelangen, dessen Namen er sich einfach nicht merken konnte. Walingrode? Haselrode? Walinglünne? Lünnerode? Rodelünne? Maisfelder, Weizenfelder, Gerstenfelder, und dann wieder Kühe. Und Schweine, aber er sah sie nicht, nicht ein einziges. Er roch sie nur. Sah die riesigen Hallen, wo die Schweine eingesperrt sein mussten.

Und dann war der Bus angekommen. Es stank auch hier nach Schweinen. Kein Vergleich zu den Weindörfern, wo er als Briefträger gearbeitet hatte. Eckhard suchte den Ziegelhofweg und fand ihn am Dorfausgang. Der Ziegelhofweg führte an Maisfeldern vorbei. Die Maisfelder stanken nach Gülle. Mehrere Häuser, die im Rohbau standen. Unerklärlich, dass hier Leute bauen wollten. Noch unerklärlicher, dass hier schon Leute wohnten, und zwar nicht wenige. Bestimmt an die zwanzig Häuser standen da herum. Und in einem davon wohnte Adele Güssing. Seine große unerfüllte Liebe! Und war hier geendet!

Er klingelte und fürchtete im selben Moment, ein Hundebellen zu hören. Ziegelhofwegbewohnerin *und* Hundebesitzerin, das wäre zuviel gewesen. Hätte ihn der Mut verlassen. Aber jetzt, als Adele Güssing die Tür öffnete, spürte er mehr Mut denn je.

»Du hier?«, sagte Adele Güssing. »Das ist wirklich eine Überraschung!«

»Adele, wir haben nicht viel Zeit. Pack schnell was zum Anziehen ein. Und vergiss nicht den Reisepass, in drei Stunden müssen wir in Frankfurt sein.«

»Sag mal, willst du nicht erst mal reinkommen?« Er zog die Flugtickets aus der Innentasche seines Mantels und wedelte damit vor Adele Güssings Gesicht herum. Küsste sie.

»Mensch, Eckhard, das hätten wir auch zwanzig Jahre früher haben können.«

»*Wer zu spät kommt, den bestraft das Leben* – aber ich bin nicht zu spät gekommen. Ruf schnell ein Taxi!«

»Und Amelie und Tim?«

»Wir lassen sie nachkommen.«

»Und was ist mit deiner Familie?«

»Adele, was ist los? Willst du noch einmal zwanzig Jahre warten?«

Sie fuhren gerade zehn Minuten, als Adele Güssing den Taxifahrer bat, umzukehren.

»Nicht umkehren«, sagte Eckhard.

»Was denn jetzt?«, fragte der Taxifahrer.

»Weiterfahren«, sagte Adele Güssing, »aber in Braunschweig nehme ich dann den Bus zurück.« Aber sie stieg auch in den Zug nach Frankfurt und erzählte auf der Fahrt von ihrer Ehe, was keine lustige Geschichte war. In der Abflughalle wollte sie zum Abschied noch einen Kaffee mit ihm trinken. Es wurden drei, und als sein Flug aufgerufen wurde, ging sie mit. Als sie das Flugzeug betraten, bat Eckhard die Stewardess, ein Foto von ihnen beiden zu machen.

»Ich bin so glücklich«, sagte Eckhard.

»Ich auch«, sagte Adele Güssing. Vor zwanzig Jahren, dachte er, wäre er in der jetzigen Situation wohl noch glücklicher gewesen. Das Flugzeug startete, und Adele Güssing klammerte sich an seinen Arm.

»Flugangst?«

»Nur ein bisschen.« Über dem Atlantik geriet das Flugzeug in Turbulenzen, und Adele Güssing schien in ihn hineinkriechen zu wollen.

»Du bist so ruhig«, sagte sie.

»Es wird schon nichts passieren«, sagte er. Die Turbulenzen ließen nach, und Adele Güssing entspannte sich wieder.

»Bist du auch wirklich glücklich?«, fragte sie.

»Ich war noch nie so glücklich wie in diesem Moment«, sagte er.

»Du machst dir doch keine Sorgen?«

»Ich und Sorgen?«

»Wenn du willst, können wir gleich wieder zurückfliegen.«

»Warum sagst du das? Willst du etwa zurückfliegen?«

»Ich meine ja nur.« Mein Gott, die Zerredungsgefahr drohte wieder. Wie vor zwanzig Jahren. Was bedeutete, dass jederzeit die Blitze der platonischen Liebe einschlagen konnten. Hoffentlich schafften sie es vorher noch ins Hotelbett, wenigstens für eine Nacht.

»Hast du was gesagt?«, fragte Adele Güssing.

»Nein«, sagte er.

»Mir war, als hättest du was gesagt?«

»Ich habe nur nachgedacht.«

»Und? Willst du mir nicht verraten, über was du nachgedacht hast?« Er hatte zwischen sechzehn und zwanzig den ganzen Chandler gelesen, hatte aber nichts genutzt. Auch die Bogart-Filme nicht.

»Hast du Angst vor mir?«, fragte Adele Güssing.

»Angst vor dir? Warum sollte ich Angst vor dir haben?«

»Ich weiß nicht.« Er bestellte einen Whiskey und hoffte auf schwere Turbulenzen. Sie landeten sicher in New York.

»Ich freue mich ja so«, sagte Adele Güssing im Taxi.

»Ich auch«, sagte er. Sie gingen in ein japanisches Restaurant. Danach gingen sie in ein Jazz-Lokal.

»Was Pierre jetzt wohl macht?«, sagte Adele Güssing.

»Wer?«

»Mein Mann.«

»Er wird jetzt vermutlich schlafen.«

»Ich habe ihm eine SMS geschickt.«

»Und hat er geantwortet?«

»Ich habe noch nicht nachgeschaut.« Sie gingen in eine Bar. Keine Spur von Müdigkeit, auch kein Hungergefühl, obwohl er nur ein Sushi gegessen hatte. Danach ins Hotel. Im Aufzug sagte Adele Güssing: »Bist du nervös?«

»Nervös? Warum sollte ich nervös sein? Bist du nervös?« Adele Güssing schüttelte den Kopf. Ein bisschen nervös war er schon, weil er fürchtete, Platon könnte im letzten Moment noch an die Zimmertür klopfen. Tat Platon aber nicht.

Stattdessen sagte Adele Güssing: »War's schön?«

»Ja.«

»Hätten wir auch schon vor zwanzig Jahren haben können.«

»Ich weiß.«

»Wenn du damals nicht so passiv –«

»Ich weiß.«

»Habe ich was Falsches gesagt?«

»Entschuldige, ich bin müde. Der Jetlag.«

Sie blieben drei Tage in New York. Gingen ins MoMA, fuhren rauf aufs Empire State Building, besuchten das Einwanderermuseum auf Ellis Island. Mit dem Zug fuhren sie nach Washington, D.C. Besuchten die National Gallery und den Heldenfriedhof von Arlington und in Baltimore ein Baseballspiel zweier College-Mannschaften. Flogen dann weiter nach Florida. Mieteten einen Bungalow in Strandnähe. Langweilte ihn, am Strand rumzuliegen, aber Adele Güssing schien es zu genießen. Machte keine gute Figur in ihrem Bikini, wo sie früher in T-Shirt, weitem Pullover, was auch immer, eine gute Figur gemacht hatte. Und im Bikini die allerbeste. Verbarg sein Gesicht hinter der *New York Times*, um Adele Güssing im Bikini nicht sehen zu müssen. Dachte, dass er das eigentlich gar nicht denken dürfte, denn er selbst machte ja die allerschlechteste Figur.

Sie schliefen noch miteinander, aber schliefen jetzt, anders als noch in New York, Washington, D.C., und Baltimore, mehr Stunden nebeneinander als miteinander. Nach einer Woche Florida fragte er Adele Güssing, ob es nicht vielleicht allmählich Zeit wäre, an den Rückflug zu denken.

»Gefällt es dir hier nicht?«

»Doch, natürlich.«

»Langweile ich dich?«

»Wie kommst du darauf?«

»Wollten wir nicht für immer bleiben?«

»Stimmt.«

»Wolltest du nicht ein neues Leben mit mir anfangen?«

»Und du?«

»Vermisst du deine Familie?«

»Was sagt denn deine Familie?« Er flog nach Boston, nahm dann den Bus nach Pittsfield. Die Schwiegereltern waren nicht da, Bob, der Nachbar, sagte, sie seien für ein paar Tage zu Freunden nach Chicago gefahren. Am nächsten Tag flog er zurück nach Berlin.

Ehrengrab

Arthur kam am Südbahnhof an. Es war grau und kalt in Wien, und es nieselte. Auch in Berlin war es grau und kalt gewesen, genieselt hatte es ebenfalls. Er nahm ein Taxi zu seinem Hotel und rief Frau Weiss an.

»Haben Sie Zeit?«

»Zeit schon, aber ich weiß gar nicht, ob ich Sie wiedersehen möchte.«

»Ich will mit Ihnen über Max Perlmann sprechen.«

»Ich weiß gar nicht, ob ich Sie treffen will.«

»Nur ganz kurz. Auf einen Kaffee.«

»Gehen Sie morgen auf die Beerdigung?«

»Sollte ich nicht? Glauben Sie, Herr Perlmann hätte mich bei seiner Beerdigung nicht dabei haben wollen?«

»Herrn Perlmann wäre es sicher lieber gewesen, er hätte bei *Ihrer* Beerdigung dabei sein können.«

Er nahm die U-Bahn bis Schottentor und ging den Ring entlang. Dachte daran, wie er das erste Mal in Wien gewesen war, in den frühen Achtzigern. Im Februar, für eine Woche. Hatte minus zwanzig Grad gehabt, und trotzdem, hatte sich gleich in Wien verliebt. In Berlin hatte er sich nie verliebt. Vernunftehe in permanenter Scheidungsgefahr. Mit Wien nie verheiratet gewesen, aber schöne Liebesaffären. War ein Jahr in Wien geblieben und fortgegangen. War zurückgekommen und eineinhalb Jahre in Wien geblieben. Wieder fortgegangen und wieder zurückgekommen und wieder fortgegangen und das Ganze so fünf-, sechsmal.

Er war müde und hungrig, und er fror. Und fühlte sich alt. Und war nicht verheiratet. Auch nicht geschieden. Er hatte keine Kinder. Er hatte eine Zweizimmerwohnung mit Fernseher und Stereoanlage. Und eine Geliebte.

Gestern nach dem Frühstück waren sie an den Schlachtensee gefahren. Beim Spaziergang wollte Marion seine Hand nehmen, aber er ließ sie in der Manteltasche.

»Was ist los, Schatz? Jetzt dürfen wir unsere Liebe allen zeigen.«

»Ich habe kalte Hände.«

»Ich werde sie dir wärmen.« Vorgestern hatte Goldberg angerufen und ihn zum Abendessen eingeladen. Marion hatte gesagt: »Warum hast du Herrn Goldberg nicht gefragt, ob du mich zum Abendessen mitnehmen kannst?«

»Habe ich nicht dran gedacht.«

»Arthur, du musst endlich begreifen, dass wir keine Affäre mehr haben, sondern ein Paar sind. Hast du verstanden? Ein Paar! Was machen Paare, Arthur?«

»Weiß nicht so genau. Gehen vermutlich ins Kino oder ins Theater, schauen Fernsehen, besuchen Restaurants oder Museen.«

»Du hast etwas vergessen, Arthur. Vor allem machen Paare alles *zusammen*.«

Er war schon am Karlsplatz. Und hatte keine Lust, weiterzulaufen. Stieg in den 2er ein und fuhr bis Stubenring. Blieb an der Ampel stehen, auch als sie auf Grün umsprang. Die Ampel sprang noch drei-, viermal auf Grün um, bevor er den Ring überquerte und das *Prückl* betrat. Er entdeckte Frau Weiss am Fenster, die gerade ein Stück Topfenstrudel zum Mund führte. Er bestellte ebenfalls Topfenstrudel und eine Melange und starrte auf seinen Topfenstrudel, während Frau Weiss auf die Reste ihres Topfenstrudels starrte. Am liebsten wäre er wieder gegangen. Oder am besten, er wäre gar nicht erst gekommen. Wenn Frau Weiss jetzt wenigstens etwas gesagt hätte. Oder ihn angeschaut hätte. Aber sie schaute bloß auf den letzten Rest ihres Topfenstrudels. Starrte geradezu auf ihn, als berge er ein Geheimnis. Seinen Topfenstrudel hatte er nicht mal angerührt.

»Warum schauen Sie mich so an?«, fragte Frau Weiss.

»Warum schauen Sie mich nicht an?«, fragte er.

»Ich schaue Sie doch an.«

»Ja, jetzt, aber vorhin.« Er starrte auf seinen Topfenstrudel. Probierte sogar ein Stückchen. Schmeckte nicht schlecht, hatte aber in Wien schon besseren Topfenstrudel gegessen. Die Melange schmeckte gut, obwohl, sie war nur noch lauwarm. Hatte sie zu lange abkühlen lassen. Frau Weiss kaute gerade das letzte Stückchen Topfenstrudel. Arthur spürte ihren Blick. Aß ein zweites und drittes Stückchen und spürte noch immer ihren Blick. Aß den Topfenstrudel fertig und schaute auf, und da war noch immer ihr Blick. Und der Blick, der wollte was sagen. Wollte nicht nur, der sagte was. An seine Adresse gerichtet, auch wenn er sich, um jeden Zweifel auszuschließen, umschaute. Aber da saß niemand, da standen nur eine leere Tasse und ein leerer Teller.

»Warum schauen Sie mich so an?«, fragte er.

»Was wollen Sie eigentlich? Zuerst werfen Sie mir vor, dass ich Sie nicht anschaue, und jetzt werfen Sie mir vor, dass ich Sie anschaue. Herr Ober, bitte zahlen!«

»Frau Weiss, so habe ich das nicht gemeint.«

Der Ober kam, Frau Weiss bezahlte und ging. Er blieb noch sitzen und fragte den Ober, ob er zufällig eine Zigarette habe. Die Zigarette rettete ihn die nächsten drei Minuten. In der Nacht retteten ihn keine Zigaretten, obwohl er sich welche gekauft hatte. Auch das Fernsehprogramm rettete ihn nicht. Er rief Marion an, aber es meldete sich nur die Mailbox.

Nach dem Frühstück ging er vom Schottentor aus wieder den Ring entlang. Strahlend blauer Himmel, milde Luft, eher Vorfrühling als Spätherbst, eher Geburts- als Beerdigungswetter. Er spürte auf einmal Euphorie und hoffte, dass sie nicht nur im mangelnden Schlaf begründet lag. Gut, er fühlte sich noch immer alt und hatte außer zweihunderteinunddreißig Folgen *Doktor Markus* bislang kaum bleibende Spuren auf Erden hinterlassen. Halt, er hatte doch einen Sohn! Hatte er gestern in seiner Bilanz vergessen.

Er erreichte den Schwarzenbergplatz und stieg in den 71er. Er hatte gelesen, dass Max Perlmann ein Ehrengrab bekommen sollte. Zu der Ehrenfeier waren die Gäste sicher persönlich eingeladen worden. Er hatte keine Einladung bekommen und hatte auch mit keiner gerechnet. Der Bürgermeister sollte eine Rede halten, der Kulturstadtrat, auch der Kulturstaatssekretär.

Er hatte mal gehört, dass der 71er auf dem Weg zum Friedhof mit vielen Trauergästen entgleist sei. Ein paar Trauergäste waren dabei umgekommen. Der 71er, in welchem er jetzt saß, war fast leer. Und entgleiste nicht. Sein euphorischer Zustand war trotzdem fort. Musste sich schon beim Einsteigen in den 71er am Schwarzenbergplatz fortgeschlichen haben. Beim Aussteigen die Sorge, er könnte den Trauerzug von Perlmann nicht finden. Müsste herumfragen und stundenlang auf dem riesigen Zentralfriedhof zwischen den Gräbern herumirren.

Er wäre fast in den Trauerzug hineingerannt. Es waren bestimmt zwei-, dreihundert Trauergäste gekommen. Da erblickte er Perlmanns Sarg, geschmückt mit der österreichischen und der amerikanischen Flagge. Und da waren der Bürgermeister und ein paar bekannte Schauspielergesichter, deren Namen ihm jedoch nicht einfielen. Der Mann da vorn, das musste der Kulturstaatssekretär sein, den er als vorzüglichen Burgschauspieler in Erinnerung hatte. Arthur schloss sich dem Trauerzug an.

Danksagung

Der Autor dankt der Stiftung Künstlerdorf Schöppingen, dem Künstlerhaus Lucas, dem Senat von Berlin, Leslie Topp, Michael Wabb und, last but not least, seiner Lektorin Astrid Graf.

Norbert Müller
Der Sorgengenerator
Roman
ISBN 3 7017 1366 9

»Der Sorgengenerator« liest sich (...) über weite Strecken wie im Coffeinrausch – die Augen weiten sich und das Herz beginnt zu rasen. Und selbst wenn die Binsenweisheit »Wer keine Sorgen hat, macht sich welche« aus jedem Kapitel spricht: Nach dieser rasanten Geschichte bereut es niemand, Lamberts Kummerkasten gewesen zu sein.

Der Tagesspiegel

Norbert Müller liefert mit seinem zweiten Roman ein witziges, scharf gezeichnetes Porträt eines disfunktionalen Intellektuellen, den zwar die Behandlung mongolischer Sprachstudenten in politisch korrekten Zorn versetzt, der aber gleichzeitig ohne große moralische Bedenken eine schwangere Frau mit einem behinderten Kind sitzen lässt.

Volltext

Obwohl man diesen nervenden Loser-Typen nicht im Kopf herumtragen will, kann man nicht aufhören zu lesen. Norbert Müller erzählt seine Geschichte mit so viel Witz, Ironie und Lebensnähe, dass man einfach wissen will, was seinem komischen Protagonisten noch alles widerfährt. Und das ist einiges.

fm4

Norbert Müller
Feierabend
Roman
ISBN 3 7017 1422 3

… der Mann muß schreiben – ein Humorist der es ernst meint.
Frankfurter Rundschau

Die Ironie, mit der ein ganz normales Männerschicksal vor der Kulisse einer Stadt im Schockzustand inszeniert wird, ist wunderbar beißend und unverschämt.
Zitty

Norbert Müller hat mit „Feierabend" eine unterhaltsame Satire auf das Berufs- und Privatleben eines von der Midlifecrisis geschüttelten Mannes vorgelegt. Darin gelingt es ihm bravourös, ein ernstes Thema mit viel Augenzwinkern dazustellen. Sein Roman besticht durch vergnügliche Handlung, bissigen Erzählstil, lebendige Figuren und witzige Dialoge.
Wiener Zeitung

Sieben Jahre hat es gedauert, bis das aufrechte Wien endlich den herzerfrischend bösen und unverschämten Roman bekommen hat, den es verdient. Die Political Correctness von damals hat inzwischen freilich Feierabend gemacht.
Falter

autor**in**residenz

Alek Popov
Mission: London
Roman
ISBN 3 7017 1457 6

»Mission: London« ist ein Roman über etwas, das unser aller Leben beherrscht: die Bürokratie. Und Alek Popov macht uns mit geschliffenen literarischen Instrumenten klar, was Behörden aus Menschen machen und was für Menschen diese brauchen, um zu funktionieren. Sein Roman ist ein so urkomischer wie tieftrauriger Blick auf die comédie humaine der modernen Verwaltungsgesellschaft – Kracauer live und heute, sozusagen.
Deutschlandradio

»Mission: London« ist der erheiterndste Roman der zeitgenössischen bulgarischen Literatur. So lustig, dass man am Ende weinen möchte …
Georgii Tsankov

Ein wahrlich europäischer komischer Roman in der Tradition von P. G. Wodehouse, Roald Dahl und Tom Sharpe.
Christo Kjosew

autorinresidenz